Tödliche Besessenheit

Im Nordosten von Frankreich in einem alten elsässischen Bauernhaus entstehen die spannenden Krimis der gebürtigen Saarländerin Elke Schwab. In der Nähe zur saarländischen Grenze schreibt und lebt sie zusammen mit ihrem Mann samt Pferden, Esel und Katzen. Sie wurde 1964 in Saarbrücken geboren und ist im Saarland aufgewachsen. Nach dem Gymnasium in Saarlouis arbeitete sie über zwanzig Jahre im Saarländischen Sozialministerium, Abteilung Altenpolitik. Schon als Kind schrieb sie über Abenteuer, als Jugendliche natürlich über Romanzen. Später entschied sie sich für Kriminalromane. 2001 brachte sie ihr erstes Buch auf den Markt. Seitdem sind fünfzehn Krimis und sechs Kurzgeschichten von ihr veröffentlicht worden. Ihre Krimis sind Polizeiromane in bester „Whodunit"-Tradition. 2013 und 2014 erhielt sie den Saarländischen Autorenpreis der „HomBuch" in der Kategorie „Krimi". 2013 wurde ihr der Kulturpreis des Landkreises Saarlouis für literarische Arbeit mit regionalem Bezug überreicht..

Bisher erschienen:

- *Tödliche Besessenheit* – Solibro Verlag, 2015
- *Pleiten, Pech und Leichen* – Sutton Verlag, 2014
- *Blutige Mondscheinsonate* – Solibro Verlag, 2014
- *Urlaub mit Kullmann* – Ub-Verlag, 2013
- *Eisige Rache* – Solibro Verlag, 2013
- *Blutige Seilfahrt im Warndt* – Conte Verlag, 2012
- *Mörderisches Puzzle* – Solibro Verlag, 2011
- *Galgentod auf dem Teufelsberg* – Conte Verlag, 2011
- *Das Skelett vom Bliesgau* – Conte Verlag, 2010
- *Hetzjagd am Grünen See* – Conte Verlag, 2009
- *Tod am Litermont* – Conte Verlag, 2008
- *Angstfalle* – Gmeiner Verlag, 2006
- *Grosseinsatz* – Gmeiner Verlag, 2005
- *Kullmanns letzter Fall* – Conte Verlag, 2004
- *Ein ganz klarer Fall* – Eigenverlag, 2001

Elke Schwab

TÖDLICHE BESESSENHEIT

Ein Baccus-Borg-Krimi

SOLIBRO Verlag Münster

1. Sprado, Hans-Hermann: *Risse im Ruhm.*
   Münster: Solibro Verlag 1. Aufl. 2005
   ISBN 978-3-932927-26-5 • eISBN 978-3-932927-67-6 (E-Book)

2. Sprado, Hans-Hermann: *Tod auf der Fashion Week*
   Münster: Solibro Verlag 1. Aufl. 2007
   ISBN 978-3-932927-39-3 • eISBN 978-3-932927-68-3 (E-Book)

3. Elke Schwab: *Mörderisches Puzzle*
   Münster: Solibro Verlag 1. Aufl. 2011
   ISBN 978-3-932927-37-9 • eISBN 978-3-932927-64-5 (E-Book)

4. Elke Schwab: *Eisige Rache*
   Münster: Solibro Verlag 1. Aufl. 2013
   ISBN 978-3-932927-54-6 (TB) • eISBN 978-3-932927-72-0 (E-Book)

5. Elke Schwab: *Blutige Mondscheinsonate*
   Münster: Solibro Verlag 1. Aufl. 2014
   ISBN 978-3-932927-85-0 (TB) • eISBN 978-3-932927-86-7 (E-Book)

6. Elke Schwab: *Tödliche Besessenheit*
   Münster: Solibro Verlag 1. Aufl. 2015
   ISBN 978-3-932927-95-9 (TB) • eISBN 978-3-932927-96-6 (E-Book)

ISBN 978-3-932927-95-9
1. Auflage 2015

Umschlaggestaltung: *Michael Rühle*
Coverfoto: © *iStockphoto.com/knape*
Foto der Autorin: *Alida Scharf, Köln*
Druck und Bindung: *GGP Media GmbH, Pößneck*
Printed in Germany

Prolog

Der barbarischen Rohheit des Vierteilens fielen vor allem Verräter und Attentäter zum Opfer. Wie Robert-François Damiens, ein Mann „mit Adlernase, sehr tief liegenden Augen und krausen Haaren". Er hatte 1757 ein Attentat auf Ludwig XV. unternommen. In einem Musterprozess wurde er zum Tode durch Vierteilung seines Körpers nach vorher durchzuführenden Folterungen verurteilt: Er sei am ganzen Körper mit glühenden Zangen zu reißen; anschließend seien geschmolzenes Blei, siedendes Öl und brennendes Pechharz, Wachs und geschmolzener Schwefel in seine Wunden zu gießen. Schließlich sollten vier Pferde den Körper des Malträtierten zerreißen; Glieder und Rumpf seien anschließend zu verbrennen und ihre Asche in alle vier Winde zu zerstreuen.

Ein Schmunzeln huschte bei diesen Gedanken über sein Gesicht.

Er ließ den Blick durch das düstere Gewölbe schweifen und spürte, wie ihn sein Plan mit großer Zuversicht und Freude erfüllte. Es war ihm gelungen, anstatt der vier Pferde eine andere Konstruktion zu erfinden, die ihre Verrichtung zuverlässiger ausübte – und platzsparender. Der Gedanke, vier Rösser für eine Exekution anzuspannen, hatte ihm nicht behagt. Das machte die Vollendung seines Werkes von niederen Lebewesen abhängig. Und wie sich schon in der Geschichte herausgestellt hatte, garantierten solche Methoden nur selten Erfolg. Der zum Tode Verurteilte war ihm erst einmal entkommen – ein unverzeihliches Vergehen.

Aber seine unübertreffliche Intelligenz hatte ihn nach Fertigstellung der

Maschine, die das Vierteilen vollziehen sollte, restlos überzeugt: Er war ein Genie. Niemand konnte ihm das Wasser reichen. Er war zu schlau. Der Frevler, für den er diese Kostbarkeit vorgesehen hatte, war jede Minute wert, die er mit Arbeit und Schweiß in diese Entwicklung gesteckt hatte. Er durfte keinen einfachen Tod sterben, schließlich hatte er sich des Verrats schuldig gemacht. Er hatte versucht, seiner gerechten Strafe zu entgehen. Aber niemand durfte sich seinem Meister entziehen. Das war die schlimmste Freveltat, die der höchsten und grausamsten Strafe bedurfte.

„Zu allen Zeiten hat es den Menschen Lust bereitet, das Blut von seinesgleichen zu vergießen; und um seine Lust zu stillen, hat er diese Leidenschaft bald unter dem Schleier der Gerechtigkeit, bald unter dem der Religion versteckt. Aber der Untergrund, das Ziel, war zweifellos stets das erstaunliche Vergnügen, das er dabei empfand."

Die Vorstellung, wie der Delinquent an den Strängen litt und um Gnade winselte, ließ sein Herz vor Freude höher schlagen. Lange sollte er leiden, bevor der Tod ihn erlöste. Nur so würde ihm der volle Genuss des Rituals zugutekommen.

Kapitel 1

Miriam stand am Fenster und schaute hinaus auf die herrliche Blumenpracht in ihrem Garten. Alles blühte, was sie im Frühling angepflanzt hatte. Ihre *Bourbon Queen*, eine Strauchrose in hellem Rosa, bildete einen schönen Blickfang. Als sie eingepflanzt wurde, bestand sie nur aus nackten Ästen. Nie hätte Miriam erahnt, wie schön sie werden konnte. Rosarote Blüten mit einem betörenden Duft zierten inzwischen den größten Teil des Gartens. Der Rhododendron blendete in kräftigem Pink, Magnolien schimmerten in Blutrot, der Hibiskus in Lila. Ihre Arbeit trug Früchte – Früchte, die ihr Herz höher schlagen lassen sollten. Aber sie konnte sich nicht wirklich an der Schönheit ihres Werks erfreuen. Ihr Mann stand neben ihr, bewunderte ebenfalls die bunte Farbenpracht. Aber sein Gesicht blieb skeptisch. Sie hatten alles, was sie wollten: ein Häuschen am Stadtrand, einen Garten, nette Nachbarn. Doch ihr Glück war überschattet, ihr Leben ein einziger Trümmerhaufen.

„Wie konnte es nur so weit kommen?", grübelte er. „Wie bist du auf den Gedanken gekommen, das Problem allein lösen zu können?" Während er sprach, zuckte sein rechtes Auge, eine Eigenschaft, die erst in den letzten Wochen aufgetreten war.

Miriam schaute weiter auf das Blumenmeer und blieb still. Der Vorwurf in seiner Stimme schmerzte, aber das Verständnis, das er ihr entgegenbrachte, noch viel mehr.

„Wie konntest du dich zu einer solchen Sache hinreißen lassen?", murmelte er, während er sich nervös an den Ellenbogen kratzte. „War das Haus wirklich so wichtig?"

Ihr Blick schweifte vom Garten hinüber zu ihrem Mann. Er war groß und sportlich gebaut, hatte ein markantes Gesicht, blondes, lockiges Haar, blaue Augen und einen dunklen Teint. Ein Mann, der durch sein glänzendes Äußeres auffiel. Doch nun war sein Gesicht von Sorgen gezeichnet, seine Ellenbogen wund gekratzt und sein rechtes Auge zuckte unablässig.

Miriam gab sich allein die Schuld an seinem Zustand. Sie hatte ihm all seine Illusionen genommen – mit einem einzigen Satz: Sie hatte gestanden, mit einem anderen Mann ins Bett gegangen zu sein – in der Hoffnung, damit ihre finanzielle Notlage überwinden zu können.

Schwermütig setzte Georg Hammer sich. Der Brief lag immer noch auf dem Küchentisch. Beide hatten das Foto kaum gesehen, da ahnten sie schon, welche Ausmaße Miriams Fehltritt angenommen hatte. Dieses zeitliche Zusammentreffen unterstrich das Groteske ihrer Situation: Just in dem Augenblick, als Miriam ihr Geständnis abgelegt hatte, kam dieser Brief, der alles nur noch schlimmer machte.

„Ich hätte dich besser kennen müssen. Ich hätte wissen müssen, was du tust", tadelte Georg sich selbst.

„Leider habe ich mich selbst nicht genug gekannt, um zu erahnen, wieweit ich gehen würde", bemerkte Miriam reumütig. „Ich wollte uns retten und habe uns nur noch tiefer ins Elend gestürzt. Jetzt hat er uns endgültig in der Hand. Das wollte ich bestimmt nicht."

„Ja! Jetzt wird es niemals enden. Er kann mit uns machen, was er will. Es sei denn, wir tun etwas dagegen", bestätigte Georg.

„Was können wir schon tun? Wir sind machtlos." Miriam setzte sich neben ihren Mann und nahm sanft seine Hände in ihre, um ihn daran zu hindern, sich weiter an den Ellenbogen zu kratzen.

„Das stimmt nicht ganz. Ich bin am Ende, habe nichts mehr zu verlieren. Aber glaub mir, ich werde eine Lösung finden."

***

Wütend schlug Lukas Baccus mit der geballten Faust gegen den Kaffeeautomaten. Er fluchte wie ein altes Waschweib: „Scheiß Technik! Wenn man was braucht, klappt's nicht. Wie komm ich jetzt zu meinem Koffeinschub?"

Plötzlich stieg ihm angenehmer Kaffeeduft in die Nase. Fragend schaute er sich um. Neben ihm stand sein Kollege Theo Borg – in seiner Hand eine Tasse dampfenden Kaffees.

„Probier es mal damit!"

„Danke", murmelte Lukas, nahm den Kaffee und verschwand.

Im gleichen Augenblick hörte er, wie Theo an dem von ihm ergebnislos traktierten Automaten einen Knopf drückte und geräuschvoll eine Tasse voll laufen ließ, die er aus dem unteren Fach herauszog.

Kopfschüttelnd klemmte sich Lukas hinter seinen Monitor und versuchte, nicht darüber nachzudenken, weshalb sich die Technik ausgerechnet gegen ihn verschworen hatte. Seine Laune war ohnehin schlecht genug.

Er warf einen Blick durch den Raum. Das Büro glich einer Schaltzentrale der NASA. Das hektische Treiben, die Kakofonie der verschiedenen Rechner – nicht zu vergessen die ständig sirrende Klimaanlage. Die Tische der Kollegen standen parallel aufgereiht, wie in einem Schulzimmer, alle mit Blick auf einen überdimensional großen Flatscreen, die neueste Errungenschaft der Hausspitze.

„Was für eine Laus ist dir denn heute über die Leber gelaufen?", fragte Theo.

„Marianne hat schon wieder damit angefangen, dass sie Kinder haben will", erklärte Lukas nach einem kurzen Moment nachdenklichen Zögerns.

Theo zog seine Stirn in Falten, schaute mit kritischem Blick zu seinem Kollegen und Freund herüber, der sich seine rotblonden Locken mit beiden Händen zerzauste.

„Was ist daran so schlimm? Ihr seid vier Jahre verheiratet, da kann man schon mal an Kinder denken."

„Du musst mich gerade in Sachen Familienplanung beraten", entgegnete Lukas gereizt. „Du hast zwar ständig neue Bettgefährtinnen, aber nicht die geringste Ahnung, was es heißt, als Bulle, der keine geregelten Arbeitszeiten kennt, ein Familienleben zu führen. Eine Frau allein ist schon anstrengend genug."

„Dann hättest du nicht heiraten sollen."

„Danke für den Tipp! Aber ich liebe Marianne nun mal, egal, wie nervig sie manchmal ist. Doch ein Kind halse ich mir nicht auf."

„Marianne ist immerhin schon 32. Sie kann nicht mehr ewig warten. Hast du dir das auch schon mal überlegt?"

„Ich weiß, wie alt sie ist. Aber ich will jetzt kein Kind. Und in fünf Jahren auch nicht. Thema erledigt. Basta."

Die Tür zum Büro des Abteilungsleiters wurde aufgerissen. Josepha Kleinert, die Sekretärin, kam mit hoch erhobenem Haupt heraus spaziert, eine Haltung, mit der sie glaubte, ihre Körpergröße von nur 1,48 Meter überspielen zu können. Sie trug wie immer ein graues, einfaches Kleid und Stöckelschuhe, die halsbrecherisch aussahen. Ihre graumelierten Haare hatte sie wie üblich streng zu einem konservativen Knoten zurückgebunden.

„Ach du lieber Gott, die Kleinert schon wieder", murrte Lukas in Theos Richtung.

Die beiden wussten: Wenn die kleine Frau derart gebieterisch auftrat, bedeutete das Arbeit.

„Der Chef lässt euch bitten!"

„Wir stehen untertänigst zu seinen Diensten." Theo erhob sich und salutierte.

Im Gänsemarsch trotteten die beiden Polizeibeamten in das Büro des Ersten Hauptkommissars. Hinter ihnen schloss Josepha Kleinert die Tür. Schlagartig waren alle Geräusche aus dem Großraumbüro verstummt, eine bedrückende Stille machte sich breit. Der Dienststellenleiter saß mit einer Banane in der wurstigen Hand und einer Hornbrille auf dem halben Nasenrücken hinter seinem Schreibtisch und schaute seine Mitarbeiter an, als wollten die ihm seine Banane abnehmen.

„Guten Morgen, Chef!", erwiderten Lukas und Theo wie aus einem Mund seinen knappen Gruß.

Wendalinus Allensbacher wehrte erwartungsgemäß ab: „Sie

wissen, dass ich sowas nicht hören will. Das klingt nach Hierarchie. Und die gibt es nicht in Behörden wie unserer. Und schauen Sie nicht so gierig auf meine Banane, ich mache Diät!", fügte er grimmig hinzu. Sein Gesicht leuchtete rot, sein wulstiger Hals hing aus seinem viel zu eng geknöpften Kragen, und wie fast immer lief ihm von den Schläfen in Strömen der Schweiß herunter.

„Eine gute Entscheidung", kommentierte Theo, wofür er einen besonders bösen Blick erntete.

Allensbacher bat die beiden, Platz zu nehmen. In aller Ruhe aß der korpulente Mann seine Banane auf und warf die Schale in einen Abfalleimer, bevor er sich seinen Mitarbeitern widmete. Gespannt warteten Lukas und Theo darauf, was nun käme.

***

Juliane saß auf dem Chintz bezogenen Sofa, dessen Muster sie vor einiger Zeit selbst ausgesucht hatte. Sie spürte, wie die pastellfarbenen Blumen abermals begannen, sich in ihr Gemüt zu schleichen. Sie bohrten sich regelrecht in ihre Seele, brannten dort ihre Abdrücke hinein. Auch wenn Juliane die Augen schloss, sah sie ständig dieses Muster.

Verzweifelt richtete sie den Blick zum Fenster. Die Sonne knallte unbarmherzig hinein, aber das Blumenmuster blieb vor ihrem inneren Auge. Irritiert überlegte sie, weshalb sie sich ein derart aufdringliches Muster ausgesucht hatte. War ihre Stimmung damals bunter und fröhlicher gewesen? Heute sah sie nur noch schwarz; wenn sie ihr Haus noch einmal einrichten müsste, wäre die gesamte Einrichtung schwarz.

Der Schlüssel in der Haustür drehte sich. Überrascht schaute sie auf die Uhr. Es war erst halb zehn. Um diese Zeit kam die Hauswirtschafterin noch nicht vom Einkaufen zurück. Also konnte es nur ihr Mann sein. Verwirrt schaute sie zur Wohnzimmertür, da trat Udo auch schon ein. Seine stechend blauen Augen blieben auf ihrem Gesicht haften.

„Ich weiß nicht, was du erwartest, aber ich glaube, ich werde dich enttäuschen. Ich habe meine Meinung nämlich nicht geändert", bemerkte er anstelle eines Grußes.

„Wir werden ja sehen, wer hier wen enttäuscht", erwiderte Juliane trotzig. Sie spürte, wie ihr Kampfgeist erwachte.

„Ich vergaß, auf wen ich mich eingelassen habe."

„Was machst du um diese Zeit hier?", überging sie seine boshafte Bemerkung.

„Das geht dich nichts an." Mit diesen Worten eilte er durch das Wohnzimmer und zerrte hastig an seiner Krawatte.

„Ich ziehe mich nur um und fahre zurück zur Arbeit. Sorge bitte dafür, dass der Anzug in die Reinigung kommt und die übrigen Sachen sofort gewaschen werden!"

Juliane wunderte sich über die Eile, in der die Kleidungsstücke gereinigt werden sollten, aber sie enthielt sich eines Kommentars. Nachdenklich schaute sie ihrem Mann nach, wie er mit eleganten Bewegungen auf die Treppe zueilte und, zwei Stufen auf einmal nehmend, in den ersten Stock sprintete. Sein Aussehen hatte sie schon immer fasziniert. Seine Figur und seine Ausstrahlung hatten im Lauf der Jahre nicht das Geringste von ihrem Reiz eingebüßt. Aber sein Charakter hatte sich erst mit der Zeit offenbart. Er konnte nur dann charmant sein, wenn er etwas brauchte – dann jedoch war er absolut unwiderstehlich. Seine ständige Gier nach immer neuen Perversionen machte ihn einerseits interessant, andererseits flößte sie Juliane aber auch Furcht ein. Niemals war etwas bei ihm wie am Tag zuvor, nie konnte man sich auf eine seiner Gewohnheiten einstellen. Sein ganzes Leben war unstet.

Auch deshalb hatte Juliane sich angewöhnt, regelmäßig selbst für Überraschungen zu sorgen.

***

„Es handelt sich um einen Selbstmord", erklärte Allensbacher seinen Mitarbeitern. „Einen zweifelhaften Selbstmord."

„Was ist ein zweifelhafter Selbstmord?", fragte Lukas irritiert und fügte ironisch hinzu: „Hat er sich aus zehn Metern Entfernung erschossen?"

Theo stimmte in sein Lachen ein, aber ihr Chef fand die Bemerkung überhaupt nicht komisch. Böse fauchte er: „Baccus, wenn Sie so weitermachen, versetze ich Sie in den Innendienst."

„Und Sie machen dann meine Arbeit?", fragte Lukas schnippisch und konnte ein breites Grinsen nicht unterdrücken. „Das will ich sehen."

Die Schweißperlen des Vorgesetzten wurden größer.

„Sie werden noch sehen, was mit Ihnen passiert", drohte der Chef, aber die beiden Kommissare hörten nicht auf zu lachen. Es dauerte eine geraume Weile, bis sie sich beruhigt hatten.

Josepha Kleinert betrat das Zimmer und verkündete: „Herr Allensbacher, Kriminalrat Ehrling ist am Telefon und möchte sofort mit Ihnen sprechen."

Allensbacher nahm den Hörer vom aufleuchtenden Telefon und meldete sich mit einer Stimme, die vor Unterwürfigkeit nur so troff.

„Ja, Herr Ehrling! Selbstverständlich, Herr Ehrling! Am Wochenende?" Dabei tat er so, als schaute er in einem Terminkalender nach, der gar nicht existierte. „Sicher, da habe ich Zeit für Sie. Kein Problem. Ich bringe den Dünger selbst mit."

Als er das Gespräch beendet hatte, blickte Allensbacher in zwei noch immer grinsende Gesichter.

„Wenn Sie weiter so dämlich lachen, kommen Sie beide zur Streife und dürfen Knöllchen verteilen."

„So lange wir keinen Dünger für den Kriminalrat schleppen müssen, ist uns alles recht", gab Lukas zurück, der wie immer seinen Mund nicht halten konnte.

Allensbacher bemühte sich, die Bemerkung zu überhören, was ihm sichtlich schwer fiel. Mit einem Taschentuch wischte er sich den Schweiß aus dem Gesicht. „Also, wir haben einen zweifelhaften Selbstmord."

„Das wissen wir bereits ..."

„Halten Sie endlich die Klappe!"

„Sehr wohl, Chef!"

Der Kopf des Dicken wurde immer röter, doch er bemühte sich um Beherrschung. Baccus und Borg zählten zu den besten Ermittlern in seiner Abteilung, die zudem noch hoffnungslos unterbesetzt war. Deshalb war er auf sie angewiesen. Also schluckte er die Aufsässigkeit und fuhr mit seinen Erläuterungen fort: „Es handelt sich um eine junge Frau namens Franzi Waltz, 27 Jahre alt, verheiratet. Sie hat sich aus dem Fenster im zwölften Stock gestürzt."

„Und was ist daran zweifelhaft?", fragte Theo.

„Sie hatte vor dem Selbstmord vermutlich Ecstasy in hoher Dosis genommen und daraufhin viel geredet, besser gesagt geschrien. Ein Nachbar sagte, er habe gehört: *Du Schwein, dich mache ich fertig, du kriegst mich nicht.* Oder so ähnlich …"

„Und das halten Sie für zweifelhaft?", gab sich Theo weiterhin skeptisch.

„Ja, niemand bringt sich um, nachdem er gesagt hat, *du kriegst mich nicht*", beharrte Allensbacher leicht brüskiert.

„Das kann man auch anders sehen: Vielleicht wollte jemand etwas von ihr, was sie ihm nicht geben wollte. Und durch ihren Freitod bekommt er es nun auch nicht mehr."

Verwirrt schaute Allensbacher zu Theo hinüber. Man sah ihm an, dass er über diese Theorie erst einmal nachdenken musste.

„Stimmt!", gab er schließlich zu. „Überprüfen Sie beide Möglichkeiten!" Damit war für ihn die Sache erledigt.

„Dürfen wir vielleicht auch erfahren, wo sich diese Franzi Waltz aus dem Fenster gestürzt hat? Wir sind ja gut, aber Hellseher sind wir noch nicht", fragte Lukas nach.

„Stimmt." Allensbacher kratzte sich an der Stirn und griff dann zu einem Zettel auf seinem Schreibtisch. „Hier habe ich alles aufgeschrieben."

Lukas und Theo eilten die Treppe hinunter in den Polizeihof, wo der neue Dienstwagen für sie bereitstand. Als Lukas den silber-metallic blinkenden Mercedes sah, rief er: „Ich fahre."

„So ein Mist, jetzt war ich zu langsam", nölte Theo, als er den Wagen bemerkte. „Seit wann haben wir solche Dienstfahrzeuge?"

„Seit ich die letzte Kiste zu Schrott gefahren habe", erwiderte Lukas frech grinsend.

„Du kostest den Staat mehr Geld, als du einbringst. Hast du dir das schon mal überlegt?"

„Du bist nur sauer, weil ich schneller war und jetzt fahren darf. Also spar dir deine Kommentare."

Lukas schwang sich hinter das Steuer und startete den Motor, der leise summend zum Leben erwachte. „Ist das ein Luxus. Echter Komfort. Und so was bei der Polizei!"

Theo schnallte sich an und tat so, als würde ihn das alles nicht sonderlich interessieren.

„Warum bist du nur so schlecht gelaunt?", spottete Lukas fröhlich weiter.

„Weil ich deinen Fahrstil nicht abkann, egal, was für ein Auto wir haben. Du schaffst es garantiert, die Fahrt in einem Mercedes genauso unerträglich zu machen wie in einer Ente."

„Fahre ich dir zu schnell?"

„Unter anderem."

„Wenn Marianne im Auto sitzt, darf ich kaum Gas gaben, schon nörgelt sie. Deshalb nutze ich jede Gelegenheit, in der mir niemand in den Ohren liegt."

„Rede nicht ständig so schlecht über Marianne!", tadelte Theo seinen Freund. „Ich finde sie toll. Sie kann prima kochen."

„Das ist für dich wichtig, was? Du läufst ja immer mit leerem Magen durch die Welt."

„Das ist nicht wahr", wehrte Theo schwach ab, aber im Grunde genommen hatte Lukas recht.

„Und es ist doch wahr. Deine Bettgespielinnen wissen anscheinend nichts mit dem Herd anzufangen."

„Ich lasse sie gar nicht erst dorthin. Was soll ich noch mit ihnen anfangen, wenn sie sich die Finger verbrannt haben."

Jetzt lachten beide wieder.

***

Doris kam erschöpft nach Hause. Ihr Mann war zum Glück noch nicht da. Sie betrat ihre Eigentumswohnung, die in Saarbrückens ruhiger Höhenlage Am Triller lag, genau dort, wo sie beide schon immer hatten leben wollen. Zitternd zog sie ihre hochhackigen Schuhe aus. Sie war nicht nur erschöpft, sie war verzweifelt. Was hatte sie nur getan? Wie konnten sie glauben, sie hätten ihr Ziel erreicht? Ihr Blick wanderte durch die luxuriöse Wohnung, die im fünften Stockwerk lag. Alles, was diese Räume schmückte, war teuer gewesen, sogar das Panoramafenster, das einen herrlichen Blick über die Stadt freigab, hatte seinen Preis gefordert. Aber das schien es wert gewesen zu sein, sie wollten nur noch genießen. Doch dann war alles anders gekommen.

Geschwind zog sie sich aus und lief zur Dusche. Sie wollte ihrem Mann nicht in dieser Verfassung gegenübertreten, wenn er nach einer zusätzlichen Schicht heimkehrte.

Kaum stand sie unter dem angenehmen Wasserstrahl, wurde die Tür aufgesperrt. Sie drehte den Wasserhahn ab und trat aus der Duschkabine heraus. Günter sah erschöpft aus, dabei musste er in wenigen Stunden zu seiner zweiten Arbeitsstelle. Das war der Preis, den sie für diese Wohnung zahlen mussten – aber das Geld reichte immer noch nicht. Sie hatten sich hoffnungslos verkalkuliert.

„Ich glaube, ich schaffe das nicht mehr lange“, stöhnte Günter und ließ sich auf sein Bett fallen. Erst jetzt bemerkte er, dass Doris’ Seite unbenutzt war. Hellwach drehte er sich um und schaute sie fragend an. In ein Handtuch gehüllt stand sie vor dem Bett. Ihr Gesicht färbte sich dunkelrot. Schuldbewusst wich sie seinem Blick aus. Sie brauchte nichts zu erklären, ihr Mann hatte bereits verstanden.

„Aber warum? Wir hätten es auch so geschafft.“

„Eben nicht“, gab Doris zerknirscht zurück und hielt ihm einen Brief unter die Nase. „Er droht mit Zwangsversteigerung. Da habe ich keine andere Lösung gesehen.“

„Und was hast du erreicht?“ Günter hatte sichtlich große Mühe, seinen Groll zu unterdrücken.

„Zumindest einen Aufschub.“

„Und einen neuen Termin mit ihm?“

„Nein, ich werde nie wieder dort hingehen.“

„Dieser Kerl ist doch tatsächlich in der Lage und nimmt mir alles, was ich habe, sogar meine Frau“, tobte er. Seine Müdigkeit war von einer Sekunde auf die andere verflogen. „Aber dem werde ich es zeigen. Bei mir hat sich dieses Schwein verrechnet. Pfeiffer hat mich unterschätzt ...“

Kapitel 2

Das Hochhaus war weiträumig mit grün-weißem Flatterband abgesperrt, vor dem sich zahlreiche Schaulustige drängten. Polizeiautos mit blinkendem Blaulicht, ein Krankenwagen, ein Feuerwehrwagen und eine Menge von Polizisten untermauerten den Eindruck, dass hier etwas von immenser Wichtigkeit vor sich ging.

Nachdem Lukas und Theo sich durch die Menschenmasse hindurch gedrängt hatten, sahen sie, wie ein schwarzer Plastiksack weggetragen wurde.

„Der Mann mit dem Sack soll warten", befahl Theo.

Die beiden Kommissare richteten ihre Blicke auf die daliegende Tote. Es war kein schöner Anblick. Der Kopf der jungen Frau war zertrümmert, vom Gesicht nichts mehr zu erkennen. Langes blondes Haar verteilte sich in der Blutlache. Der Körper der Toten wirkte unversehrt, sie war bis auf einen knappen Slip und Nylonstrümpfe nackt. Blaue Flecken übersäten den Leib, besonders an den Innenseiten der Oberschenkel.

„Was glaubst du?", fragte Lukas leise. „Vergewaltigung?"

„Könnte sein. Oder Sadomaso Sex. Wenn jemand auf Ecstasy ist, ist alles möglich", rätselte Theo, während er sich seine schwarzen Haare aus dem Gesicht strich.

„Na, ihr zwei degenerierten Schwachköpfe. Habt ihr euch mal wieder tüchtig an einer Toten aufgegeilt?", schallte es ihnen plötzlich in einer Lautstärke entgegen, dass jeder Umstehende es deutlich verstehen konnte.

Entsetzt schauten sich die beiden Polizeibeamten um und sahen Berthold Böhme mit seinem dicken Bauch auf sie zugewatschelt kommen. Er sah aus wie immer: Seine Uniform war übersät mit Fettflecken, seine Haare, oder das was davon übrig war, hingen strähnig aus seiner Kappe heraus und in seinem fast zahnlosen Mund steckte eine Pfeife, die niemals brannte.

„Das hätte ich nicht von euch gedacht, dass ihr so viel Spaß an einer zerfetzten Leiche habt. Schöne Brüste hat die Kleine, das muss man ihr lassen. Wirklich schade, die hätte ich gerne vernascht.“

Lukas bemühte sich, dem Fiesling nicht ins Gesicht zu schlagen. Theo, der den Groll seines Kollegen bemerkte, hielt seine Hand besänftigend vor Lukas und sagte an Böhme gewandt: „Na, werter Herr Kollege, hat die Waschmaschine mal wieder eine Reparatur nötig?“

Verblüfft schaute der ungepflegte Polizist auf Theo. Fast wäre ihm die Pfeife aus dem Mund gefallen.

„Sie pinkelfeiner Snob. Wenn Sie glauben, dass Sie mit Eitelkeit Fälle lösen können, haben Sie sich geirrt. Wenn Sie mal die Drecksarbeit machen müssten, die wir hier ständig erledigen, käme kein einziger Fall zum Abschluss“, schimpfte er, als er seine Fassung zurückgewonnen hatte. „Sie sind sich doch zu schade für das, was wir tun. Ihr kommt euch doch nur eine Nase voll holen und spielt euch auf wie *Graf Koks*.“

„Es reicht!“, wies Lukas den Dicken giftig zurecht. „Wenn Sie einen Verweis wollen, können Sie uns das auch direkt sagen. Wir veranlassen dann das Nötigste.“

„Ach ja. Sie veranlassen dann das Nötigste! Das Nötigste! Mein Gott, wie haben wir es heute so nötig“, spottete Böhme. „Lukas Baccus. Wer ihn nicht kennt, hat die Welt verpennt.“

Mehr sagte er nicht. Er wusste, wo seine Grenzen lagen. Zwanzig Dienstjahre hatten nicht dazu gereicht, ihm zu einer besseren Position als Kommissar zu verhelfen. Also blieb ihm nichts anderes übrig, als immer wieder vor jüngeren Beamten kuschen zu müssen.

„Was habt Ihr bis jetzt herausgefunden?“, kam Theo auf den dienstlichen Teil zu sprechen.

„Dass diese Puppe sich aus dem Fenster gestürzt hat und seitdem nicht mehr so gut aussieht wie vorher.“

Gleichzeitig drehten sich Lukas und Theo um und ließen Böhme allein mit seinen Weisheiten zurück. Sie steuerten das Hochhaus an, in dem die Tote gewohnt hatte.

Ein hoch gewachsener, dünner Mann in Uniform kam ihnen mit schlaksigen Bewegungen entgegen. Schon von weitem winkte er, sie sollten auf ihn warten. Es war Karl Groß, der wegen seines Namens und seiner tatsächlichen Körpergröße ständig als „Karl der Große" gehänselt wurde. Karl arbeitete mit Böhme in einem Team und wurde darum von niemandem beneidet.

„Die Tote hatte hier eine Wohnung zusammen mit ihrem Mann. Den konnten wir noch nicht ausfindig machen. Er ist nicht auf seiner Dienststelle, nicht bei seinen Eltern, genauso wenig bei ihren Eltern – nirgends. Hat sich anscheinend in Luft aufgelöst."

„Besteht die Möglichkeit, dass er seine Frau aus dem Fenster gestoßen hat?", fragte Lukas.

„Die Nachbarn haben einen Streit gehört. Es wäre also möglich. Aber niemand hat gesehen, mit wem sie sich gestritten oder ob sie vielleicht sogar Selbstgespräche geführt hat. Wie es in der Wohnung aussieht, nahm sie regelmäßig Drogen, man sollte also keine Möglichkeit ausschließen."

Im 12. Stock wimmelte es ebenfalls nur so von Polizisten, die damit beschäftigt waren, die Nachbarn zu befragen. Das Team der Spurensicherung bevölkerte in seinen Astronautenanzügen die Wohnung. Lukas, Theo und Karl hatten Mühe, angesichts dieser Menschenmassen in die Wohnung der Toten zu gelangen.

„Der Ehemann heißt Robert Waltz, 36 Jahre alt und ist gestern Abend das letzte Mal von Nachbarn gesehen worden", teilte ein Polizist mit.

„Danke, Dieter. Mach weiter so!", sagte Karl.

„Weitere Ecstasy-Tabletten haben wir nicht entdeckt. Aber wir suchen noch", rief ein anderer junger Uniformierter Karl dem Großen zu, als dieser die Wohnung betrat.

„Für wen arbeiten die Jungs hier eigentlich?", fragte Theo erstaunt. „Für dich oder für Böhme?"

„Den Bericht verlangt Böhme, aber die Jungs geben ihn mir, damit ich ihn weiterreiche."

„Das sind die wahren Helden des 21. Jahrhunderts“, stellte Lukas spöttisch fest.

In der Wohnung herrschte Chaos. Die geisterhaft verhüllten Männer und Frauen von der Spusi ließen keinen Winkel unbeachtet. Sämtliche Schränke waren geöffnet, deren Inhalte durchwühlt, Schubladen herausgezogen und ebenfalls auf dem Fußboden entleert worden. Das Sofa bestand nur noch aus seinen Einzelteilen. Dort lagerte der gesamte Vorrat an Ecstasy-Tabletten.

„Also, die hätte sich gar nicht aus dem Fenster zu stürzen brauchen“, bemerkte eine junge Polizistin, die vor dem Sofa kniete und die Tabletten aufsammelte. „Bei der Anzahl von Tabletten wäre es auch einfacher gegangen.“

„Toll, Marie-Claire! Deinen Sarkasmus habe ich schon immer geschätzt“, bemerkte Karl.

„Ist Ecstasy die einzige Droge, die Sie finden konnten?“, fragte Theo die Polizistin. Als Marie-Claire Leduck zu ihm aufsah, stellte er mit Entzücken fest, dass sich unter dem Schutzanzug eine bildhübsche junge Frau verbarg.

„Wer sind Sie, dass Sie solche Fragen stellen?“, fragte sie frech.

„Theodor Borg von der Dienststelle für Tötungsdelikte und Sexualverbrechen.“

Marie-Claire schaute sich suchend nach einer anderen Kollegin um, die das Gespräch belauscht hatte. Die beiden kicherten wie pubertierende Schulmädchen. Sie drehte sich zu Theo um und meinte: „Ja!“

„Was, wie bitte?“, stotterte Theo. Er hatte offenbar seine Frage vergessen.

„Außer Ecstasy wurde hier keine andere Droge gefunden.“

„Ach so, ja. Vielen Dank!“

Der Teppichboden wurde hochgehoben, um nachzusehen, ob sich darunter womöglich ein Versteck befand; ebenso wurden die Bodenleisten untersucht.

„Habt ihr eigentlich bedacht, dass hier noch jemand wohnt?“, fragte Lukas einen Beamten, der gerade den Kronleuchter im Wohnzimmer abschraubte.

„Natürlich. Der arme Kerl wird sich freuen, wenn er zurückkommt."

Tolle Antwort. Lukas staunte.

„Wir haben den Auftrag, alles zu durchsuchen und das machen wir auch."

***

Udo wirkte entspannt, als er die Treppe heruntereilte. Beschwingt schritt er auf seine Frau zu, gab ihr einen Kuss auf die Wange und sagte: „Vergiss die Reinigung nicht! Bring den Anzug bitte selbst dorthin! Ich möchte nicht, dass du Theresa damit beauftragst."

Juliane erwiderte nichts. Sie würde ihrem Mann diesen Gefallen tun, auch wenn ihr die Eile, die er wegen dieser Kleinigkeit an den Tag legte, weiterhin seltsam erschien. Sie schaute Udo nach, wie er auf die Tür zusteuerte. Er trug einen Seidenanzug in Maronrot mit lachsfarbenem Seidenhemd und passender Krawatte, dazu braune, glänzende Schuhe – ein perfektes, elegantes Outfit. Seine Figur wirkte athletisch, seine Bewegungen geschmeidig. Sein Haar war ganz kurz, schon fast geschoren, was ihm eine unbestreitbare Autorität verlieh, die er genoss. Seine Ausstrahlung und seine Bewegungen drückten Überlegenheit aus. Er spürte die Verunsicherung, die er bei anderen durch sein Auftreten auslösen konnte.

Schon früh hatte Udo Wege gefunden, aus seinem Aussehen und Auftreten Kapital zu schlagen. Seine Berufswahl verdankte er nicht dem Zufall. Er war Immobilienmakler, und zwar der erfolgreichste der ganzen Stadt. Zudem machte er es sich zum Hobby, Spenden für wohltätige Zwecke zu überreichen, was seine Popularität förderte. Ständig schrieb die Zeitung lobend über ihn: *Udo Pfeiffer, der gute Engel, stiftet für die einkommensschwache Bevölkerung Wohnungen, womit er der Obdachlosigkeit entgegenwirkt.* Diese Berichte waren Balsam für sein Ego; sein Selbstbewusstsein wuchs mit jeder guten Tat.

„Vergiss die Reinigung nicht, Liebes!"

„Ich leide noch nicht an Alzheimer."

„Gut zu wissen, denn ich komme heute Abend später nach Hause. Dann weißt du wenigstens, wer durch die Tür tritt."

***

Lukas und Theo näherten sich ihrem Dienstwagen. Plötzlich löste sich ein junger Mann mit Mikrofon in der Hand und einem Kameramann im Schlepptau aus der Zuschauermenge und eilte ihnen entgegen. In eifrigem Ton fragte er: „Stimmt es, dass dieser Fenstersturz gar kein Selbstmord ist, sondern Mord?"

Ratlos schauten Lukas und Theo sich an. Sie hatten keine Order, Auskünfte an die Presse zu geben.

„Sie müssen doch sagen können, ob das Opfer allein war, als es passierte", bohrte der Journalist weiter.

„Hören Sie! Wir haben gerade ein paar Minuten dort verbracht. Deshalb ist es uns nicht möglich, Aussagen zu machen. Wir müssen erst ermitteln", versuchte Lukas den Journalisten abzuwimmeln.

„Aber Sie müssen doch wissen, was passiert ist. Wurde die Frau erpresst? Nahm sie Drogen? Hat der Erpresser sie aus dem Fenster geworfen oder ihr Ehemann?"

Theo und Lukas bewegten sich stur auf ihr Auto zu.

„Wenn Sie etwas erfahren, dann sagen Sie es mir bitte!", rief er den Beamten nach, als sie bereits ins Auto einstiegen. Hastig steckte er Theo eine Visitenkarte zu.

Die Ermittler schlugen die Autotüren zu. Lukas brauste mit hohem Tempo los.

„So eine Scheiße", schimpfte er. „Diese Pressefuzzys wissen anscheinend schon wieder mal mehr als wir."

„Ja, ich frage mich auch, wie die das immer schaffen. Ich glaube, wir haben den falschen Beruf. Als Journalist kommt man schneller an Informationen." Theo zerfledderte die Visitenkarte in tausend Fetzen. „Ich hoffe nur, dass er Unrecht mit der Erpressungstheorie hat. Denn dann bekämen wir viel Arbeit."

Die Sonnenstrahlen hatten den Innenraum des Autos stark aufgewärmt. Die beiden gerieten mächtig ins Schwitzen. Der Verkehr floss nur schleppend, jede Ampel schaltete auf rot, gerade wenn sie ankamen.

„Kannst du dir keinen Weg aussuchen, der weniger verstopft ist?", murrte Theo, während er sich umständlich seine Jacke auszog.

„Klar, ich hätte auch über Land fahren können", entgegnete Lukas gelassen.

„Jetzt haben wir so einen feudalen Wagen, aber hat der auch eine Klimaanlage?"

„Hat er. Aber gib der Technik eine Chance. So schnell kann sie die erhitzte Luft nicht abkühlen."

Die Ampel schaltete auf Grün, die stockende Fahrt ging weiter bis zur nächsten Ampel. An dieser Kreuzung im Herzen Saarbrückens prangten den Wartenden von allen Seiten Reklameschilder entgegen. Theo und Lukas schauten sich gelangweilt um. Nach einer Weile erspähte Lukas das Schild der Immobilienagentur Pfeiffer.

„Sieh mal! Dort ist der Häuserfritze, den meine Frau aufgesucht hat", kommentierte er.

„Toll! Wie aufregend." Theo gähnte demonstrativ.

„Sagt dir das nichts?"

„Doch! Sie will ein Haus kaufen."

„Genau!" Lukas knurrte. „Ein Haus, damit wir mehr Platz für Kinder haben."

„Marianne denkt halt vorausschauend. Außerdem habt ihr dann auch mehr Platz für mich. In eurer kleinen Wohnung muss ich mich immer auf dem unbequemen Sofa abquälen. Das würde dann aufhören", stellte Theo lachend fest.

„Na toll! Daran habe ich noch gar nicht gedacht, dann kannst du vielleicht gleich bei uns einziehen."

„Habt ihr schon ein Angebot?", fragte Theo, dessen Neugier nun geweckt war.

„Ja, mehrere. Dieser Pfeiffer hat leider nur ziemlich teure Häuser im Angebot. Deshalb wurden wir uns noch nicht einig."

„Nehmt mich das nächste Mal mit! Ich kann euch bei der Suche helfen", schlug Theo vor. „Ich werde darauf achten, dass das Gästezimmer groß genug ist und nach Osten zeigt. Ich werde gerne von der Sonne geweckt."

„Wenn du bei uns pennst, bist du noch nie mit der Morgensonne aufgewacht. Meistens am späten Nachmittag und mit einem dicken Kater."

***

Berthold Böhme beobachtete, wie Theo und Lukas vor dem Journalisten flüchteten. Das war seine Chance, den beiden Schnöseln einen Strich durch die Rechnung zu machen. Zielstrebig näherte er sich dem jungen Zeitungsreporter, der ratlos dem funkelnagelneuen Mercedes nachschaute. Die Hände in den Taschen blieb Böhme dicht hinter ihm stehen und paffte an seiner nicht angezündeten Pfeife.

Es dauerte nicht lange, bis der Reporter den Polizisten bemerkte. Im Eiltempo lief er auf ihn zu und fragte: „Können Sie uns etwas über den Fenstersturz sagen? Ist es Selbstmord oder Mord oder was glauben Sie, was dort vorgefallen ist?"

Wichtigtuerisch atmete Böhme tief durch und richtete seinen Blick theatralisch in Richtung Himmel, bevor er antwortete: „Ich kann mir nicht vorstellen, dass sich eine so hübsche junge Frau aus dem Fenster wirft. Sie war gerade mal 27 Jahre alt, stand mitten im Leben."

„Gibt es Anzeichen für Mord?"

„Auf jeden Fall. Die Nachbarn haben einen Streit belauscht. Das lässt doch tief blicken."

„Tief blicken?"

„Das Opfer war nicht allein", erklärte Böhme. „Außerdem

ist ihr Ehemann spurlos verschwunden. Merkwürdig, finden Sie nicht auch?"

„Sehr sogar. Wie kommt es, dass nur von Selbstmord gesprochen wird? Was will die Polizei vertuschen?" Der Jagdinstinkt des Journalisten war geweckt worden.

„Vielleicht will man falsche Spuren legen", überlegte Böhme, wobei sein nachdenkliches Gesicht schon fast echt wirkte.

„Und warum sollte die Polizei das tun?"

„Vermutlich will man den Täter in Sicherheit wiegen, damit er aus seinem Versteck herauskommt."

„Als Täter steht also der Ehemann des Opfers im Verdacht, stimmt das?"

„Auf jeden Fall!"

„Wurde das Opfer erpresst?"

Verblüfft schaute Böhme den jungen Mann an. Krampfhaft überlegte er, aber es wollte ihm absolut keine passende Antwort einfallen. Also verneinte er diese Frage einfach.

„Nahm das Opfer Drogen?"

„Ja, Ecstasy wurde in der Wohnung gefunden."

„Vielen Dank, Herr ...! Wie heißen Sie denn?", fragte der Reporter.

„Ich glaube, für Sie ist es wichtiger, andere Dinge herauszufinden als meinen Namen. Das könnte sich auszahlen."

***

Im Landeskriminalamt herrschte reges Treiben. Allensbacher stand mit der Kollegin Peperding zusammen, es sah danach aus, als gäbe es Ärger. Theo und Lukas wollten sich davonschleichen, doch Andrea hatte sie bereits entdeckt. Mit ihrer dunklen Stimme rief sie so laut, dass sie unmöglich überhört werden konnte: „Da sind ja die beiden Hallodris! Glaubt bloß nicht, ihr könntet diese Geschichte ungeschehen machen."

„Was für eine Geschichte?" Lukas und Theo schauten sich staunend an.

„Haben Sie noch keine Nachrichten gehört?“, fauchte Allensbacher die beiden mit hochrotem Kopf an. „Gerade vor einer viertel Stunde haben sie es in einem Sonderbericht gebracht.“

„Wir haben mit niemandem von der Presse gesprochen“, stellte Theo klar. „Und was überhaupt soll denn gebracht worden sein?“

„Sehen Sie nun endlich ein, dass die beiden Nichtsnutze für unseren Job ungeeignet sind? Die denken doch nur mit dem Schwanz“, keifte Andrea.

„Nicht so ordinär, Frau Peperding. Erst müssen wir die Angelegenheit klären, bevor wir mit Vorwürfen um uns schmeißen“, wies Allensbacher die junge Kommissarin zurecht.

„Was war denn nun in den Nachrichten?“, fragte Theo, dem es allmählich unbehaglich wurde.

„Ich habe es aufgezeichnet“, erklärte Andrea sichtlich stolz. Sie präsentierte den Kollegen ein kleines Tonbandgerät und schaltete es ein. Eine blecherne Stimme berichtete:

„Am heutigen Vormittag brachte eine junge Frau auf dem Eschberg die ganze Stadt in Aufregung. Die 27-jährige Schönheit stürzte halbnackt aus dem Fenster eines Hochhauses im zwölften Stock. Die Polizei glaubt offenbar nicht an Selbstmord. Sollte es sich aber tatsächlich um ein Gewaltverbrechen handeln, können wir nur hoffen, dass unsere Freunde und Helfer ihr Möglichstes tun werden, den Fall schnell aufzuklären. Denn, wo soll sich ein Mensch noch sicher fühlen können, wenn nicht zu Hause in den eigenen vier Wänden?

Weiterhin wurde festgestellt, dass das Opfer die Droge Ecstasy in großen Mengen in seiner Wohnung lagerte. Dies gibt Anlass, einen Appell an die Drogenfahndung unserer hiesigen Polizei zu richten, diesem und anderen Missbrauchsfällen endlich Einhalt zu gebieten. Und nun weiter mit unserer Sendung ‚Autoren im Gespräch‘!“

Verblüfft starrten Theo und Lukas das Tonbandgerät an.

„Was fällt Ihnen ein, solche Informationen an die Presse zu geben, wo Sie doch genau wissen, wer bei uns für die Öffentlichkeitsarbeit zuständig ist?“ Allensbachers Kopf glühte hochrot, als stünde er kurz vor einen Hirnschlag. „Sie haben den ganzen Polizeiapparat lächerlich gemacht, die Ermittlungen behindert, Fakten bekannt gegeben, die streng vertraulich sind ... Sie haben ..."

Die Tür zu Allensbachers Vorzimmer ging auf und Josepha Kleinert tippelte ihm mit einem Glas Wasser entgegen. „Herr Allensbacher, hier habe ich Ihre Tablette, damit Sie keinen Herzinfarkt bekommen."

Schlagartig herrschte Stille im Raum. Jeder starrte auf das Wasserglas und auf den Dienststellenleiter. Der nahm verwirrt das Glas entgegen, trank es in einem Zug aus und gab es der kleinen Frau zurück. Dann schaute er sich verwundert um. „Haben Sie nichts Besseres zu tun, als mich anzugaffen?"

Sofort machten alle Anwesenden Anstalten, zu ihren Plätzen zurückzukehren und ihre Arbeit wieder aufzunehmen. Auch Theo und Lukas wollten sich verziehen, aber Allensbacher hielt sie zurück.

„Halt! Wir waren noch nicht fertig. Kommissar Marx von der Drogenabteilung ist schon informiert. Er ist auch nicht gerade glücklich über diese voreiligen Auskünfte, weil er bereits verschiedene Spuren verfolgt hat und nun befürchten muss, dass durch Ihre Redseligkeit seine Arbeit behindert wird."

„Wir haben nichts gegenüber der Presse gesagt", verteidigte sich Lukas. „Wir haben gesagt, dass wir ermitteln müssen, dann sind wir abgehauen."

„Und woher haben die Journalisten dann diese Informationen, die verblüffend authentisch sind?"

„Das wissen wir nicht!", sagte Theo.

„Ach, das wissen Sie nicht!" Allensbacher keuchte. „Ich gehe jetzt zum Kriminalrat und erkläre ihm, die beiden Kommissare wüssten von nichts. Bestimmt wird ihn das zufriedenstellen und er geht beruhigt ins Wochenende."

„Sagen Sie es ihm doch, während Sie seinen Vorgarten düngen. Dann ist er bestimmt milder gestimmt", gab Lukas ebenso unfreundlich zurück. Hastig versuchte Theo ihn zum Schweigen zu bringen, doch es war zu spät. Die freche Bemerkung war niemandem entgangen.

„Das hat Folgen!“ Allensbacher eilte davon.

Als Lukas und Theo ihre Schreibtische ansteuerten und sich hinter die Monitore ihrer Computer kauerten, waren alle Augen auf sie gerichtet.

„Jetzt habt ihr endlich mal gezeigt, was in euch steckt, nämlich gar nichts“, schimpfte Andrea und baute sich drohend vor den beiden auf. „Nur weil ihr Typen seid, seid ihr befördert worden. Dabei war von Anfang an klar, dass ich qualifizierter bin als ihr Idioten, die nur Sex im Kopf haben.“

Plötzlich tauchte ein Schatten neben Lukas auf. Zunächst dachte er, es sei wieder Andrea, aber vor ihm stand die junge Polizeipsychologin Silvia Tenner. Ihre blonden, lockigen Haare leuchteten, ihre blauen Augen strahlten.

„Glaubst du nicht, es wäre besser, dich mal bei mir auszusprechen? Mit deinen Aggressionen bringst du nicht nur dich in Schwierigkeiten, sondern auch Theo. Ich glaube, dass du dringend ein Gespräch brauchst.“

Verdutzt schaute Lukas sie an. Warum kam Silvia gerade jetzt mit diesem Vorschlag?

„Die Idee ist gar nicht so übel“, antwortete Lukas mit zuckersüßer Stimme.

Erstaunt schaute Theo am Tisch gegenüber auf.

„Ich ziehe mich aus, lege mich auf deine Couch und lasse mir von dir einen blasen. Das wird meine Weltanschauung mit Sicherheit verbessern.“

„Idiot!“, fauchte die Psychologin und eilte davon.

„Du brauchst auch eine Therapie. In dir schlummern ungeahnte Aggressionen“, rief Lukas ihr hinterher.

„Lass sie in Ruhe!“, funkte Theo dazwischen. „Silvia tut nur ihre Arbeit.“

„Ich weiß. Sie kommt immer im richtigen Augenblick“, spottete Lukas weiter.

Wütend sprang Theo auf und stürmte ohne ein weiteres Wort

aus dem Büro. Verblüfft über diese heftige Reaktion, folgte Lukas seinem Freund und holte ihn erst im Treppenhaus wieder ein. Völlig außer Atem fragte er: „Was ist denn mit dir los? Habe ich dich etwa empfindlich getroffen?"

Theo wollte wortlos weitergehen, doch Lukas hielt ihn an der Schulter zurück. „War da was mit euch beiden?", fragte er.

„Du merkst auch alles", murrte Theo. „Nur leider erst dann, wenn es zu spät ist."

„So ein Mist! Es tut mir leid! Ich wollte dich nicht verletzen. Ich habe doch einfach nur so dahingeredet."

Jetzt musste Theo schmunzeln. „Die Entschuldigung ist dir bestimmt schwergefallen. Aber du kannst dich wieder beruhigen. Wir sind nicht mehr zusammen. Es hätte sowieso nicht gepasst. Sie kann ihren Psychokram noch nicht mal im Bett vergessen. Das ging mir schnell auf die Nerven."

Als sie ins Büro zurückkamen, wartete Allensbacher dort auf sie. „Frau Peperding und Frau Blech werden den Fall Franzi Waltz weiterbearbeiten", erklärte der Dienststellenleiter. „Sie beide dürfen sich der Schreibtischarbeit widmen, bis der Kriminalrat entschieden hat, wie es mit Ihnen weitergehen soll."

Mit diesen Worten ließ er die verdutzten Beamten stehen.

„Mene, Tekel, Phares!" Plötzlich stand Dieter Marx, der Kollege aus der Drogenabteilung, hinter Theo und Lukas.

Konnte es noch schlimmer kommen? Es konnte.

„Mene, Tekel, Phares", wiederholte Marx geheimnisvoll.

„Ich verstehe nur *Ene, mene, muh*", grummelte Lukas.

Endlich lieferte Marx ihnen die Erklärung seiner Worte: „Mene bedeutet: gezählt! Gezählt sind eure Tage, an denen ihr euch auf Kosten anderer mit Erfolg schmücken konntet. Tekel heißt: gewogen! Das Glück war euch die längste Zeit gewogen, deshalb war es ein Genuss, euch den Fall abzunehmen. Und Phares bedeutet: geteilt. Geteilt wird eure Aufgabe und zwar aufgeteilt unter den Kollegen, die es besser verstehen. Das heißt nichts anderes, als dass ihr es verdient habt, dass man euch den Fall entzieht. Ihr habt euch gegen den Herrn des Himmels erhoben und euch selbst die Macht verliehen, ein Urteil über einen Nächsten abzugeben – dazu noch ein falsches."

„Und deshalb bist du nun hierher gekommen: Um uns zum letzten Gericht zu führen und uns mit deinem biblischen Gequatsche zu foltern", gab Theo böse zurück.

„Nein, ich bin gekommen, um zu sehen, wie Gott für Gerechtigkeit sorgt. Ein gewissenloser Bote richtet Unheil an. Ihr habt unsere jahrelange Arbeit zerstört. Nur dem Schuldlosen ist der Herr eine Zuflucht, Verderben aber den Übeltätern!" Dabei hob er drohend seinen langen, dünnen Zeigefinger.

„Amen!", setzte Theo hinzu.

„Und wenn wir dir sagen, dass wir überhaupt nicht mit der Presse gesprochen haben?", fragte Lukas den großen Mann, der wie immer schwarz gekleidet war.

„Wenn ihr sagt, dass ihr frei von Sünde seid, dann führt ihr euch selbst in die Irre und die Wahrheit ist nicht in euch. Wenn ihr eure Sünden bekennt, ist der Herr treu und gerecht; er vergibt und reinigt euch von allem Unrecht."

„Mein Güte, sollen wir uns das noch lange anhören. Weshalb bist du gekommen?" Lukas wurde ungeduldig. „Haben wir nicht schon genug Ärger am Hals?"

„Ich bin nur gekommen, um euch mitzuteilen, dass wir nicht jeden einzelnen kennen können, der im Besitz von Ecstasy ist. Das Ehepaar Waltz ist uns in keinem Zusammenhang mit Drogen bisher aufgefallen. Jeder, der auch nur einmal mit einem Drogendealer in Verbindung gestanden hat, ist in unseren Akten vermerkt. Von den beiden aber gibt es absolut nichts. Deshalb bin ich überrascht über die große Menge dieser Droge in ihrer Wohnung. Aber, nur verständiger Sinn nimmt die Gebote an, wer Törichtes redet, kommt zu Fall. Es liegt nicht an euch, die Arbeit anderer zu beurteilen. Seht euch vor!"

„Vielleicht nimmt dein verständiger Sinn neben den Geboten auch noch die Wahrheit an", erwiderte Lukas.

„Der Zuchtlose sucht Weisheit, doch vergebens, dem Verständigen fällt die Erkenntnis leicht. Ich brauche mir eure Boshaftigkeiten nicht anzuhören, denn der Gute findet Gefallen beim Herrn, den Heimtückischen aber spricht er schuldig. Macht nur weiter so und ihr werdet sehen."

Mit diesen Worten verschwand der gottesfürchtige Kollege der Drogenpolizei und hinterließ eine Woge des Unbehagens im Großraumbüro.

„Meine Güte, jetzt werden wir auch noch mit Flüchen belegt. Reicht es denn nicht, dass wir mit unseren irdischen Kollegen Probleme haben?"

Theo erhob sich von seinem Platz und verkündete: „Ich finde, es ist Zeit zum Mittagessen. Mit vollem Magen und ein paar kühlen Bierchen kann ich besser überlegen, wie es weitergehen soll."

Lukas stimmte zu. Gemeinsam steuerten sie auf die Tür zu, als die ihnen mit Schwung entgegenkrachte. Der für Öffentlichkeitsarbeit zuständige Kollege stürmte ins Großraumbüro. Sein Auftritt war bühnenreif. Der Mann, der seine Freizeit, seinem Äußeren nach zu urteilen, auf der Hantelbank und unter dem Solarium verbrachte, genoss die ungeteilte Aufmerksamkeit aller Anwesenden.

„Da seid ihr ja." Er baute sich breitbeinig vor Lukas und Theo auf.

„Aber nicht mehr lange", entgegnete Theo gereizt. „Wir gehen in die Mittagspause."

„Das würde euch so passen. Der Kriminalrat hat mich angerufen und beauftragt, euch hier festzuhalten, bis er eintrifft. Er möchte sich persönlich mit euch unterhalten."

„Wir haben Mittagspause und ein Recht darauf", protestierte Lukas.

Das Grinsen des Kollegen wurde noch breiter. „Umso ärgerlicher! Ihr werdet hungrig warten müssen."

Kapitel 3

Es wollte nicht dunkel werden. Es war bereits 22 Uhr. Lukas saß auf der Terrasse und trank inzwischen sein sechstes Bier. Dieser Nachmittag war der schlimmste in seinen bisherigen Dienstjahren gewesen. Der Kriminalrat Hugo Ehrling war erst erschienen, als die Mittagspause vorüber war, und hatte sich in allen Einzelheiten die peinliche Situation berichten lassen, in die sie geraten waren. Aber er glaubte ihnen nicht – und dagegen waren Theo und Lukas machtlos.

„Lukas, sieh dir mal dieses Haus an! Das ist wundervoll. Genauso stelle ich mir mein Traumhaus vor", jubelte Marianne in der Küche; sie saß dort schon seit Stunden am Tisch und studierte Kataloge mit Immobilienangeboten. Lukas konnte sich allerdings kaum für ein Haus begeistern, während sein Arbeitsplatz gerade auf der Kippe stand.

„Ich schaue mir kein Haus an."

„Anstatt dich zu betrinken, könntest du dich ruhig mal damit befassen. Ich will nicht ewig zur Miete wohnen."

„Warum nicht? Ich habe kein Geld, ein Haus zu finanzieren. Also zahle ich lieber Miete, die ich mir auch leisten kann", entgegnete Lukas.

„Immerhin verdiene ich auch Geld", bemerkte Marianne spitz. „Und sogar mehr als du. Also würde die Finanzierung mehr zu meinen Lasten als zu deinen laufen. Warum wehrst du dich nur so dagegen?"

„Weil wir dann soviel Platz haben, dass ich kein Argument mehr gegen deine Familienplanungen vorbringen kann."

„Aber, du könntest es dir doch wenigstens auf einem Foto anschauen!" Marianne kam mit dem Katalog zu ihm auf die Terrasse. Sie hatte ihre braunen, widerspenstigen Haare zu einem zahmen Zopf zurückgebunden. Ihr rundliches Gesicht wirkte jugendlich. Niemand käme auf die Idee, dass sie inzwischen 32 Jahre zählte und anfing, mit ihrem Alter zu hadern.

„Am besten fragst du Theo, der kann dich besser beraten“, murrte Lukas, doch da lag das Foto schon auf seinem Schoß.

„Und warum sollte ich Theo fragen?“

„Weil er ganz genaue Vorstellungen davon hat, wie sein Gästezimmer aussehen soll. Er will ein Fenster nach Osten.“

„Osten? Wieso?“

„Weil er mit der Morgensonne aufstehen will.“

Das Haus auf dem Hochglanzfoto war wirklich ein Traum: weiß und groß, mit Fenstern vom Boden bis zur Decke. Das Dach aus schwarzem Schiefer, die Treppe aus weißem Marmor, die Terrasse von weißen Mauern eingerahmt. Von hier aus führte ein Weg zu einem gepflegten, grünen Rasen mit Swimmingpool. Ein überdachter Balkon. Weiß schimmerte auch das Geländer, mit kunstvollen, schmiedeeisernen Verzierungen eingerahmt. Der Anblick vermittelte dem Betrachter das Gefühl, sich im Urlaub zu befinden. Der Himmel leuchtete strahlend blau, alle Pflanzen standen in herrlicher Blüte.

„Und warum verkauft der Vorbesitzer so ein schönes Haus?“, wollte Lukas wissen, der dieser Illusion nicht verfallen wollte.

„Er hat sich finanziell übernommen.“

„Und genau das würde uns auch passieren.“

„Ach was“, wehrte Marianne ab. „Der Makler – ein sehr anziehender Mann übrigens – hat mir genau vorgerechnet, wie ich es finanzieren kann. Er kann uns sogar ein Kreditinstitut empfehlen, das gute Konditionen anbietet. Er sieht da gar kein Problem – und ich auch nicht.“

Wieder musste Lukas an das Gespräch mit dem Kriminalrat denken. Sofort sank seine Stimmung auf den Gefrierpunkt. Er konnte in seiner Situation unmöglich an eine große Investition denken. Wie enttäuschend wäre es, solch ein Haus später wieder verkaufen zu müssen.

„Es geht jetzt wirklich nicht“, erklärte er mürrisch. Er wollte aufstehen und sein nächstes Bier holen, doch Marianne drückte ihn in seinen Gartenstuhl zurück, kniete sich mit einem verführerischen Grinsen vor ihn und begann, liebevoll seine Oberschenkel zu streicheln. Sofort spürte Lukas, wie er unter ihren Berührungen dahinschmolz. Er schloss die Augen und wollte einfach nur noch genießen. Zu seinem Pech aber sah er seinen Chef vor Augen – und die gute Stimmung war schlagartig wieder entschwunden.

„Marianne, es tut mir leid, aber der heutige Tag hat mir nur Unglück gebracht."

„Was ist denn passiert?"

Er berichtete ihr alles bis ins letzte Detail und meinte abschließend: „Der Kriminalrat befasst sich persönlich mit dem Fall. Er will sich morgen früh mit dem Personalrat abstimmen und klären, ob Theo und ich überhaupt noch im Dienst bleiben können."

Marianne seufzte und begann, mit ihrem Stuhl zu schaukeln. Nach einer Weile sagte sie leise: „Wir können uns das Haus trotzdem leisten. Mit meinem Gehalt funktioniert das wunderbar. Wenn wir den Kredit aufnehmen, zahlen wir ihn in kleineren Raten zurück. Dann sind wir nicht davon abhängig, wie viel wir gerade verdienen. Außerdem lenkt so ein Haus uns beide ab, wir können uns dann auch mal über andere Dinge freuen als nur über die Arbeit und berufliche Erfolge. Glaub mir, so ein Haus wirkt Wunder."

Lukas stöhnte laut auf: „Du bist nicht zu belehren. Hat dir der Makler eine Gehirnwäsche verpasst oder was?"

„Nein, er hat einfach nur erkannt, wonach ich mich sehne."

***

Das Haus lag im Dunkeln. Juliane hätte schwören können, es hell erleuchtet verlassen zu haben. Schnell schaltete sie sämtliche Lampen an. Alles sah unverändert aus. Das Telefon läutete. Es war die aufdringliche Stimme dieses Kredithais, den sie noch nie leiden konnte: „Wo steckt Udo? Ich versuche schon den ganzen Tag, ihn zu erreichen."

„Er ist heute Morgen ins Büro gefahren und müsste immer noch dort sein."

„Im Büro ist er nicht. Seine Sekretärin sagt, dort sei er nur ganz kurz gewesen und bereits vor der Mittagspause wieder verschwunden. Und bei euch rufe ich schon seit Stunden an. Wo steckt ihr denn alle?"

„Ich bin zu Hause, wie du wohl bemerkt hast, und Udo ist nicht da. Wenn er nicht in seinem Büro und auch nicht bei dir ist, weiß ich nicht, wo er sein sollte."

Sie legte auf. Auf dem Weg nach oben grübelte sie irritiert über diesen Anruf. Wo trieb Udo sich den ganzen Tag herum, wenn er nicht im Büro war? Was geschah hinter ihrem Rücken? Hatte er es tatsächlich so eilig gehabt, sein Vorhaben in die Tat umzusetzen? Das durfte einfach nicht sein. Sie musste alles dransetzen, ihn aufzuhalten.

„Udo, was hast du nur wieder gemacht?", rief sie durch den Flur, als redete sie mit einem unartigen Kind. „Udo, ich höre gar nichts von dir."

Stille. Nur das Ticken der Wanduhr erfüllte die große Diele.

„Udo, was ist denn los mit dir? Wo bleiben deine Verwünschungen?"

Wieder wartete sie vergeblich auf eine Antwort.

Die Stille wirkte bedrohlich. Zaghaft stieg Juliane die breiten Treppenstufen empor und schaute sich ständig ängstlich um. Niemand war zu sehen, nichts zu hören. Sie war ganz allein in dem großen Haus. Oben angekommen erkannte sie, dass die Badezimmertür halb offen stand. Vorsichtig stieß sie Tür auf und trat ein. Ein Badetuch lag zerknüllt auf den zartrosa Bodenfliesen. Das Waschbecken war verschmutzt. Leichter Dunst stand in dem Raum und konnte nicht abziehen, da das Fenster fest verschlossen war. Die bernsteinfarbenen Kacheln waren mit einem dünnen Feuchtigkeitsfilm überzogen.

Suchend ging sie weiter. Am Ende des Flures lag das gemeinsame Schlafzimmer. Die Tür stand offen. Eigenartig.

Mit weichen Knien ging sie weiter, begleitet von bösen Vorahnungen. Im Türrahmen stehend warf sie einen Blick auf das große Ehebett. Der Schock fuhr ihr durch sämtliche Glieder. Was sie dort vorfand, übertraf ihre schlimmsten Befürchtungen. Alles war voller Blut – die Wände, die Möbel, die Spiegel, selbst an der Decke klebte Blut. Befand sie sich in einem Alptraum? Oder in einem Horrorfilm? Ihr Herz wummerte, ihr Kopf dröhnte. Etwas donnerte. Hatte sie gerade eine Tür zuschlagen gehört?

***

Um zwei Uhr nachts klingelte das Telefon. Im Halbschlaf hob Lukas den Hörer ab und zuckte zusammen, als er die hellwache Stimme seines Kollegen Theo hörte: „Wach auf, alter Junge! Wir haben Arbeit."

„Ich träume wohl schlecht."

„Nein! Wir haben einen delikaten Mordfall. Ich komme dich in einer Viertelstunde abholen."

„Was soll das, mich mitten in der Nacht aus dem Bett zu holen?", fragte Lukas gereizt. „Ich denke, wir stehen kurz vor unserer Suspendierung."

„Überleg doch mal: Dieser Fall ist äußerst wichtig. Wenn wir ihn bekommen, können sie uns nicht suspendieren."

„Und was ist mit Andrea und Monika? Ich denke, die haben unseren Job übernommen?"

„Die bearbeiten den Fall Waltz. Also, in einer Viertelstunde bin ich da. Wenn du nicht vor der Tür stehst, hupe ich so lange, bis du rauskommst."

Mühsam schleppte sich Lukas ins Badezimmer. Das Einzige, was ihn um diese Zeit wecken konnte, war eine kalte Dusche. Danach zog er sich schlotternd an. Im gleichen Augenblick hörte er auch schon das Auto seines Kollegen vorfahren. Eilig rannte er hinaus, damit Theo nicht wirklich auf die Idee kam, ein Hupkonzert zu veranstalten. Kaum hatte er die Haustür geöffnet, überkam ihn das Gefühl, gegen eine Mauer zu rennen. Die Luft war schwül und erdrückend. Schwerfällig ging er auf das Auto zu, wo Theo hinter dem Steuer wartete. Auch er wirkte ziemlich geschafft.

„Ich habe das Gefühl, das gibt gleich ein heftiges Gewitter", prophezeite Theo und fuhr schon los, da hatte Lukas die Tür noch nicht richtig geschlossen.

„Was ist passiert, außer dass du unter die Meteorologen gegangen bist?"

„Udo Pfeiffer, der Immobilienmakler, ist tot in seinem Bett aufgefunden worden."

„Was für ein Zufall. Bei dem wollte Marianne unbedingt ein Haus kaufen. Deswegen haben wir uns heute Abend noch gestritten."

„Dann stehst du also schon mal unter Verdacht", bemerkte Theo sarkastisch, wofür er ein verdutztes Gesicht seines Kollegen als Antwort erntete.

„Wach endlich auf!", rief Theo etwas lauter. „Dieser Fall ist verdammt heikel, weil Pfeiffer im Rampenlicht steht. Er hat Sozialwohnungen für Bedürftige gestiftet und damit einen publicityträchtigen Beitrag zur Behebung der Obdachlosigkeit geleistet. Wir müssen damit rechnen, dass wir von der Öffentlichkeit mächtig unter Druck gesetzt werden."

„Na toll. Der letzte Druck durch die Öffentlichkeit hat uns fast Kopf und Kragen gekostet. Mein Bedarf ist damit eigentlich gedeckt."

Ein greller Blitz leuchtete auf, gefolgt von einem gewaltigen Donnergrollen. Wie aus dem Nichts prasselte ein heftiger Platzregen auf das Autodach. Die beiden konnten überhaupt kein Wort mehr verstehen. Lukas sah nur, dass sich Theos Lippen bewegten.

„Hast du verstanden?"

Lukas schüttelte den Kopf.

Innerhalb weniger Minuten gelangten sie in das Wohnviertel am Rotenbühl. Nach und nach wurden aus Mietshäusern schöne Villen, die ihre vornehme Distanz gegenüber der Außenwelt durch riesige, baumbestandene Gärten wahrten. Die zeitgenössische Architektur traf hier auf traditionelle Bauweisen aus dem neunzehnten und frühen zwanzigsten Jahrhundert. Das Haus, das sie ansteuern wollten, mussten sie nicht lange suchen. Es unterschied sich von allen anderen, weil es umringt war von Polizeiautos mit Blaulicht.

Lukas und Theo parkten notgedrungen in großem Abstand von ihrem Einsatzort. Im Eiltempo liefen sie durch den starken Regen. Unter dem Torbogen angekommen waren sie klitschnass.

„So ein Mist", schimpfte Theo. „Konnte dieser Regen nicht noch eine Viertelstunde warten."

„Dem da drin ist es vermutlich ziemlich egal, ob es regnet oder nicht", bemerkte ein Polizist und verzog angeekelt das Gesicht. „Macht euch auf etwas gefasst! Der Junge sieht nicht mehr so gut aus."

„Ihr habt hoffentlich alles so gelassen, wie es war?", fragte Lukas.

„Klar, den Anblick wollten wir euch nicht ersparen."

Der Eingangsbereich der Villa war prunkvoll: Böden aus weißem Marmor, Wände mit Stuck verziert, Portraits in Öl an dem marmornen Treppenaufgang, in Gold gerahmte Spiegel, kunstvolle Putten, die von der Decke herab starrten – alles zeugte von der Wohlhabenheit der Besitzer dieses Anwesens.

Aus einem Nebenzimmer drangen gedämpfte Stimmen zu ihnen. Die beiden Kommissare steuerten darauf zu. Als sie durch die Tür traten, fanden sie sich in einem verträumten Raum wieder, dessen Einrichtung aus antiken Schränken mit aufwändigen Schnitzereien, Vitrinen und einer Standuhr mit römischem Ziffernblatt bestand. Blumen verschönten das Ambiente, messingverzierte Kerzenständer standen auf den Beistelltischen und weiße Skulpturen auf dem weichen, hellen Teppich durften auch nicht fehlen. Gemusterte Gardinen und Polsterbezüge setzten dem Ganzen ein I-Tüpfelchen auf.

Inmitten dieser Herrlichkeiten saß eine Frau wie aus Stein gemeißelt. Ihre kastanienbraunen Locken rahmten ein blasses, schmales Gesicht ein. Ihre glasigen Augen blickten starr geradeaus.

„Das ist Juliane Pfeiffer, die Ehefrau des Toten“, erklärte eine Beamtin.

Ein Notarzt eilte herbei.

„Sie steht unter Schock“, bemerkte er, noch bevor er mit seinen Untersuchungen überhaupt begonnen hatte. Unverzüglich knöpfte er die Bluse der Frau auf.

Lukas starrte wie gebannt auf diese unwirkliche Szene. Er sah einen schlanken Oberkörper mit wohlgeformten Brüsten.

Theo rammte ihn in die Seite. „Was glotzt du so?“

Lukas besann sich und folgte seinem Kollegen hinaus in den großen Flur.

„Die Leiche des Mannes liegt oben im Schlafzimmer“, erklärte ein junger Polizist. Und kaum hatte er den Satz ausgesprochen, da rannte er schon mit würgenden Lauten aus dem Haus, hinaus in den prasselnden Regen.

„Muss ja wirklich schlimm aussehen!“, bemerkte Theo kopfschüttelnd.

Oben trafen sie auf die Kollegen von der Spurensicherung in ihren weißen Astronautenanzügen. Als sie Theo und Lukas sahen, traten alle zurück und ließen den beiden Kommissaren freie Sicht.

Das, was sie dort sahen, übertraf ihre schlimmsten Vorstellungen. Vor ihnen lag ein blutüberströmter, nackter Mann, an beiden Händen mit Handschellen an die Gitterstäbe am Kopfende des Bettes gefesselt. Sein Kopf war mit einem glatten Schnitt vom Rumpf abgetrennt. Der Oberkörper, die Arme und die Beine – alles war blutverschmiert. Nur das Gesicht nicht. Kein Spritzer, nichts. Die toten Augen starrten an die Decke. Der Mund stand offen. Zwischen seinen gespreizten Beinen verteilten sich Spuren von Kot und Urin.

Lukas ließ seinen Blick weiterwandern und registrierte, dass Wände, Boden, der barocke Standspiegel und sogar die Decke mit Blut bespritzt waren. Um das Bett herum hatte sich eine

Lache gebildet, die es den Beamten unmöglich machte, näher als zwei Meter an die Leiche heranzutreten. Die Spurensicherung und der Polizeifotograf standen am Fußende und warteten auf grünes Licht von den Ermittlern. Lukas spürte, wie sich unkontrolliert Speichel in seinem Mund sammelte. Unauffällig schluckte er, war aber nicht in der Lage zu sprechen.

Auch Theo verhielt sich merkwürdig ruhig. Er drehte sich einfach nur um und wollte schnell aus dem Zimmer eilen, als ein Mitarbeiter der Spurensicherung ihnen zurief: „Was ist nun? Können wir mit der Arbeit beginnen?“

„Ja, ja“, murmelte Lukas. „Fangt an!“

Hastig folgte er Theo, der sich auf die oberste Treppenstufe gesetzt hatte und kreidebleich im Gesicht war: „So etwas habe ich nicht erwartet.“

„Ich auch nicht“, gab Lukas zu.

„So brutal, wie der hingerichtet worden ist ... Auf den muss jemand verdammt wütend gewesen sein. Ob das mit seinem Job zusammenhing?“, überlegte Theo, der noch immer ziemlich fassungslos aussah.

„Kann sein“, meinte Lukas. „Bei den Preisen seiner Häuser kann einer schon mal die Nerven verlieren. Aber so ein Gemetzel? Das ist doch der reine Wahnsinn!“

Lukas ging langsam, Stufe für Stufe, die Treppe hinab. Theo folgte ihm, als hätte er Angst, allein mit der geköpften Leiche zurückbleiben zu müssen.

Als sie in das gemütliche Zimmer im Erdgeschoss zurückkehrten, saß die Ehefrau des Ermordeten noch immer regungslos auf dem Sofa. Der Arzt war mit seinen Untersuchungen fertig und verabreichte ihr ein Medikament.

„Wir müssen sie ins Krankenhaus bringen“, erklärte er.

Die Frau zeigte keinerlei Reaktion.

„Hat sie den Toten gefunden?“, fragte Theo.

„Ja. Sie hat auch die Polizei gerufen“, erklärte die junge Beamtin.

„War sie allein im Haus?“

„Ja."

Das Telefon klingelte. Staunende Blicke wurden ausgetauscht. Nach kurzem Zögern hob Lukas ab und meldete sich: „Hallo!"

„Endlich bist du da", plapperte eine aufgeregte Stimme am anderen Ende der Leitung unvermittelt los. „Ich habe schon den ganzen Tag versucht, dich zu erreichen. Hast du mitbekommen, was mit dieser Franzi Waltz passiert ist?" Plötzlich hielt die Stimme inne. „Wer ist da am Apparat?"

„Hier ist Lukas Baccus von der Kriminalpolizei Saarbrücken. Und wer sind Sie?"

„Scheiße!" Und schon hatte der Unbekannte aufgelegt.

„Was war das für ein komischer Vogel?" Lukas schien noch immer nicht richtig begriffen zu haben, was da eben geschehen war. „Der Anrufer hat geglaubt, Pfeiffer wäre am Apparat und losgeplaudert."

„Und? Was hat er gesagt?", fragte Theo ungeduldig.

„Er hat gefragt: *Hast du mitbekommen, was mit dieser Franzi Waltz passiert ist?*"

„Das war Peter Meyer", erklärte die Frau des Toten mit einer erstaunlich klaren Stimme. Es waren die ersten Worte, die Lukas und Theo überhaupt von ihr zu hören bekamen.

„Und wer ist Peter Meyer?", fragte Lukas, nachdem er sich von seinem ersten Schrecken erholt hatte.

„Also, ich muss Sie doch bitten", funkte der Arzt dazwischen. Doch Lukas war alarmiert und wiederholte seine Frage. Er konnte seinen Blick nicht von dieser Frau abwenden, er fühlte sich wie gefesselt von ihrem Anblick.

„Ein Freund meines Mannes. Er hat den ganzen Tag über versucht, meinen Mann zu erreichen", erklärte sie und drehte dabei langsam ihren Kopf zu Lukas.

„Und was haben er und Ihr Mann mit Franzi Waltz zu tun?", hakte Lukas nach.

„Das weiß ich nicht."

„Hören Sie, Herr Baccus! Frau Pfeiffer steht unter Medikamenteneinfluss. Sie können sie jetzt nicht mit Ihren Fragen belästigen. Ich nehme sie zur Überwachung mit ins Krankenhaus, dort können Sie sie morgen besuchen."

Nachdem der Arzt mit seiner Patientin die Villa verlassen hatte, suchten Lukas und Theo in Pfeifers Unterlagen nach ersten Hinweisen, aber erfolglos. Das Einzige, was sie entdeckten, waren Kochrezepte und Modeprospekte.

„Ich bekomme das Gefühl, dieser Udo Pfeiffer lebte verdammt vorsichtig."

Theo konnte dem nicht widersprechen. „Es ist schon merkwürdig, im eigenen Haus keinerlei berufliche Dinge aufzubewahren. Da kommt doch der Gedanke auf, dass der Mann irgendetwas zu verbergen hatte."

„Das denke ich auch. Meine Güte, Marianne wollte ausgerechnet von diesem Kerl ein Haus kaufen. Vielleicht hängt der Mord ja wirklich mit seinen Geschäften zusammen."

Eine Beamtin trat auf die beiden Kommissare zu: „Wir haben vermutlich die Tatwaffe gefunden. Sie liegt oben. Wollen Sie sich das gute Stück mal ansehen, bevor wir es eintüten und mitnehmen?"

„Was ist es denn für eine Waffe?", erkundigte sich Lukas.

„Ein Beil."

„Sehr geschmackvoll. Bringen Sie es zur Spurensicherung! Die können mehr damit anfangen als wir."

„Besonders vorsichtig ist der Täter nicht vorgegangen. Könnte das eine Tat im Affekt gewesen sein?", mutmaßte Theo.

„Für einen Affekt hat der Täter aber erstaunlich genau getroffen", ertönte eine donnernde Stimme hinter den beiden. Sie drehten sich um und blickten in das Gesicht von Dr. Stemm, dem zuständigen Gerichtsmediziner. Der sah aus wie immer, er schien durch seinen Job völlig abgestumpft zu sein. Allerdings verkniff er sich seine üblichen sarkastischen Kommentare.

Widerstrebend folgten Lukas und Theo dem Pathologen nach oben in das Zimmer, wo das Massaker stattgefunden hatte.

„Schauen Sie!", begann Stemm, während er über Abdeckplanen, die das Blut bedeckten, auf die Leiche zuging. „An der linken Schulter findet sich eine Verletzung, die von der Tatwaffe verursacht worden sein kann. Der Täter wurde entweder abgelenkt oder das Opfer hat sich bewegt.“

Lukas hatte große Mühe, nicht vollends die Fassung zu verlieren. Der Geruch war noch penetranter geworden und der Anblick des Toten schien nicht weniger grauenvoll als vor wenigen Minuten zu sein.

„Außerdem gibt es keinerlei Spuren von Verletzungen an den Handgelenken, was bedeutet, er hat sich freiwillig fesseln lassen“, fuhr Dr. Stemm mit seinen Erklärungen fort.

„Warum sollte sich das Opfer ruhig verhalten, wenn jemand mit einem Beil in der Hand auf ihn losgeht?“, rätselte Lukas, während er seinen Blick auf die Handgelenke richtete, die in der Tat unversehrt aussahen.

„Vermutlich wurden ihm die Augen verbunden oder etwas über den Kopf gestülpt. Er konnte nichts sehen. Das erklärt auch, warum das Gesicht nicht mit Blut verschmiert ist.“

„Liegt ein Sexualverbrechen vor?“, fragte Theo, der gerade die unteren Extremitäten des Opfers begutachtete.

„Soweit wir das bislang beurteilen können, ja. Aber endgültig kann ich das erst nach der Obduktion feststellen.“

„Das könnte bedeuten, dass Pfeiffer bei einem Schäferstündchen ermordet wurde“, schloss Lukas.

Wenig später verließen die Ermittler im Eilschritt das unheimliche Haus. Es regnete immer noch, die Temperaturen sanken.

„Was machen wir mit Peter Meyer?“, fragte Lukas.

„Herausfinden, wo er wohnt. Und dann knöpfen wir ihn uns vor“, antwortete Theo.

„Jetzt?“

„Nein! Jetzt fertigen wir einen Bericht für Allensbacher an“, bestimmte Theo. „Damit haben wir ihm die Hände gebunden. Er kann uns nicht einfach vom Dienst suspendieren.“

„Wer weiß, auf welche Ideen Allensbacher kommt, während er dem Chef den Vorgarten düngt“, entgegnete Lukas.

Kapitel 4

Peter Meyer parkte seinen Wagen in der Nähe von Pfeiffers Haus und beobachtete nervös das Treiben in und vor der Villa. Juliane war schon vor einer Viertelstunde in einem Krankenwagen weggefahren worden. Verzweifelt zündete er sich inzwischen bereits die zehnte Zigarette an. Der Rauch stand mittlerweile so dick in seinem Auto, dass er Mühe hatte hinauszublicken.

Fieberhaft überlegte er, ob das, was hier geschehen war, mit dem Tod von Franzi Waltz in Verbindung gebracht werden konnte. Befanden sich verräterische Spuren in Udos Haus? Der Selbstmord der jungen Frau wurde angezweifelt, wie Meyer durch die Nachrichten mitbekommen hatte. Das allein schon bedeutete eine Menge Ärger. Vermutlich würde die Kripo bald auch auf seine Spur stoßen.

Der Gedanke an die bevorstehenden Befragungen machte ihn kirre. Er drückte seine Zigarette aus, die er gerade erst angezündet hatte. Mit zitternden Händen angelte er sofort den nächsten Glimmstängel aus der Schachtel, als er sah, wie zwei junge Männer in ein Zivilauto einstiegen, wendeten und davonfuhren.

Einer von ihnen war mit Sicherheit dieser Lukas Baccus, den er vorhin an der Strippe gehabt hatte. Was sich der Bulle wohl bei seinem wirren Gefasel gedacht hatte? Hoffentlich brachten sie ihn nicht mit Udos Spielchen in Verbindung, das könnte verdammt unangenehm für ihn werden. Er beschloss, den Geschäften, die sie in den letzten Jahren mit Leidenschaft betrieben hatten, ein Ende zu setzen. Viel zu gefährlich. Es grenzte ohnehin an ein Wunder, dass noch niemand ein Sterbenswörtchen davon verraten hatte. Bis jetzt.

Am besten zog er sich möglichst schnell und unauffällig aus der Affäre. Seinen Namen konnte er ändern. Das ging leicht, wie er wusste. Untertauchen, ja, das war die beste Lösung. Er durfte keine Zeit mehr verlieren.

Hastig startete er seinen Wagen und raste mit überhöhter Geschwindigkeit los. Erst im letzten Augenblick sah er eine Gestalt aus dem Nichts auftauchen. Mit schreckgeweiteten Augen starrte sie ihn an. Verzweifelt bremste Meyer. Der schwarze Schatten verschmolz mit der Dunkelheit.

Das Morgengrauen brach bereits an. Große Veränderungen standen bevor. Meyer beschleunigte sein Tempo, er musste unbedingt in den nächsten Stunden seine Koffer packen und die Stadt verlassen. Seine Wohnung, in der gleichzeitig seine „Goldgrube" untergebracht war, lag in einem heruntergekommenen Viertel, was ihm eine beruhigende Anonymität gesichert hatte. Die Menschen, die hier lebten, interessierten sich nicht für andere. Genau das hatte er die letzten Jahre dringend gebraucht. Geldgeschäfte wie seine betrieb man besser unter Ausschluss der Öffentlichkeit.

Endlich erreichte er sein Haus, stieg aus und rannte die Treppe an der Außenwand hinauf in das Stockwerk, das über seinen Büroräumen lag. Er wollte den Schlüssel ins Schloss stecken, da sah er es: Das Schloss war beschädigt, die Tür nur angelehnt. Panik kroch in ihm hoch. Zaghaft stieß er die Tür auf. Finsternis schlug ihm entgegen. Er hatte alle Läden heruntergelassen. So konnte kein Tageslicht eindringen.

Mutig tastete er die Wand nach dem Lichtschalter ab und schaltete das Licht ein. Nichts tat sich. Mit zitternden Knien schlich er tiefer in den Raum hinein. Seine Ohren waren aufs Äußerste sensibilisiert. Er hörte jedes Geräusch: das Brummen des Kühlschrankes, das Ticken der Wanduhr, das Rauschen des Aquariums. Aber nichts, das nicht hierher gehörte.

Etwas mutiger bewegte er sich auf die gegenüberliegende Wand zu, wo sich der nächste Lichtschalter befand. Unter das Rauschen des Aquariums mischte sich zunehmend etwas anderes. Zuerst ganz leise, sodass er es nicht gleich registriert hatte; dann aber immer deutlicher. Es war kein Rauschen, sondern ein Schlurfen. Und es kam näher. Schnell wollte er zum Lichtschalter springen, da hörte er ein dumpfes Knallen. Erschrocken drehte er sich um.

***

„Ist dir bewusst, dass heute Samstag ist?“, fragte Lukas vorwurfsvoll, als er gemeinsam mit Theo die leeren Büroräume betrat.

„Ja! Das ändert aber nichts daran, dass der Personalrat heute zusammentreffen und über unser Schicksal entscheiden will“, entgegnete Theo und schaltete seinen Computer ein. „Bevor die anfangen, muss Allensbacher oder vielleicht sogar der Kriminalrat sich unseren Bericht anschauen. Immerhin liegt hier ein schweres Verbrechen vor, das die Öffentlichkeit interessieren wird.“

Lukas holte sich einen Kaffee aus dem Automaten und stellte sich mit seiner Tasse ans Fenster, das zum Hof des Polizeigebäudes zeigte. Er sah, wie die Kollegen der Spurensicherung, der Fotograf und der Rest der Tatortgruppe eintrafen und mit ihrem gesammelten Material in die unteren Etagen des Gebäudes eilten.

„Die anderen kommen auch gerade. Ich gehe mal nach unten und erkundige mich, was sie noch gefunden haben“, schlug Lukas vor.

„Am liebsten wäre es mir, wenn du zur Gerichtsmedizin fährst. Die Leiche ist schon dort. Das Ergebnis der Untersuchung gehört in unseren Bericht.“

„Wie wäre es, wenn du in die Gerichtsmedizin fährst? Die anderen Ergebnisse sind für den Bericht genau so wichtig“, protestierte Lukas.

„Wir losen: Ich habe Kopf, du hast Zahl.“ Theo zog eine Münze heraus, warf sie in die Luft. „Zahl! Tut mir leid, altes Haus. Du musst zum Schlachtfest, ich kümmere mich um die anderen Untersuchungen.“

Damit war für Theo der Fall erledigt. Meckernd verließ Lukas das Büro.

Auf dem Parkplatz steuerte Lukas den Mercedes an. Aber auch dieser tolle Wagen konnte angesichts seines Ziels die Laune des Polizisten nicht anheben. Der Regen hatte inzwischen aufgehört, die Temperaturen stiegen an. Bald würde es wieder genauso schwül wie vor dem Gewitter sein.

Lukas stieg ein und fuhr los. Am besten, er brachte diesen unangenehmen Job schnell hinter sich. Es dauerte nicht lange, da beschlich ihn das Gefühl, verfolgt zu werden. Verwirrt schaute er in den Rückspiegel. Nichts. Er schob die vermeintliche Wahnvorstellung seinem bevorstehenden Rendezvous zu. Doch nach wenigen Kilometern überkam ihn diese Paranoia erneut. Im Rückspiegel sah er ein dunkles Fahrzeug. Er bremste ab und bog in letzter Sekunde in eine Seitengasse. Das Fahrzeug hinter ihm gab Gas und fuhr geradeaus weiter.

Lukas ließ den Mercedes zurückrollen und bog wieder auf die Hauptstraße ein. Das Auto vor ihm war schwarz und groß. Das Heck verschwand gerade aus seinem Blickfeld. Das Nummernschild konnte er nicht erkennen.

So ein Mist! Am besten erwähnte er diesen Vorfall auf der Dienststelle nicht, um sich weitere peinliche Fragen zu ersparen.

Der Rest der Fahrt verlief ohne Zwischenfälle, er kam gut durch den flüssigen Samstagmorgenverkehr. Zu flüssig für seinen Geschmack. Denn viel zu schnell stand er vor dem großen Gebäude, das die Gerichtsmedizin beherbergte. Mit einem mulmigen Gefühl im Bauch näherte er sich dem Eingang. Was beschäftigte ihn mehr? Die Obduktion oder der Verdacht, dass ihm jemand nachspionierte?

Der Gerichtsmediziner wartete schon auf ihn.

„Ach Lukas, du interessierst dich für diesen delikaten Fall? Du beweist von Mal zu Mal mehr Geschmack“, rief der massige Mann zur Begrüßung. Dabei lachte er dröhnend über seinen eigenen Witz.

Lukas ließ sich von einer Assistentin einen grünen Kittel reichen, den er überzog. Er wusste, dass es ihm bisher noch kein einziges Mal gelungen war, einer Obduktion bis zum Ende beizuwohnen. Auch dieses Mal beschlichen ihn schon früh Bedenken. Die Leiche hatte auch ohne Dr. Stemms Bearbeitung schon schlimm genug ausgesehen.

„Wir beginnen wie immer damit, den Torso mit einer Kreissäge aufzuschneiden“, sprach der Mediziner in ein Mikrofon und nahm besagtes Instrument in die Hand. Mit einem knirschenden Geräusch, das Lukas durch Mark und Bein ging, begann er mit seiner Arbeit.

***

Er kauerte hinter einer Parkbank unter einer dichten Hecke und beobachtete den Mann, der dort saß und Zeitung las. Geduldig wartete er, bis der Fremde seine Lektüre beendete, die Zeitung zusammenrollte und in den Papierkorb warf. Erst als der Mann sich entfernt hatte, huschte er aus seinem Versteck hervor, fischte die Zeitung aus dem Papierkorb und eilte damit zurück unter die Brücke am Saarufer. Dort hatte er ein halbwegs trockenes Lager für die Nacht gefunden.

Der Artikel, den er suchte, stand groß auf der Titelseite, versehen mit einem schönen Foto von Franzi Waltz. Darunter fand sich ein Bild des Hochhauses, aus dem sie gestürzt war. Wie dem Bericht zu entnehmen war, wurde die Selbstmordtheorie angezweifelt, aber Hinweise auf einen möglichen Mörder gab es keine.

Lange ließ er das Bild auf sich einwirken. Es war ein schönes Foto von Franzi. Sie trug ihre blonden Haare, die ihr ebenmäßiges Gesicht einrahmten, schulterlang. Lebhafte Augen blickten den Betrachter an. Wie alt sie wohl war, als dieses Bild gemacht wurde?

Tränen kullerten seine Wangen hinunter. Plötzlich tauchte ein Schatten neben ihm auf. Erschreckt schaute er auf und blickte in das Gesicht eines Obdachlosen. Der hielt ihm eine angebrochene Flasche Gin entgegen und bot ihm an, davon zu trinken. Der junge Mann lehnte dankend ab. Lieber vertiefte er sich in die Zeitungsberichte.

Murrend meinte der verwahrloste Alte: „Immer dasselbe mit den Neuen. Meinen, sie wären etwas Besseres."

***

„Die Todesursache ist eindeutig", erklärte der Gerichtsmediziner. „Der Beilhieb erfolgte genau zwischen dem Atlas und der Axis. Der Zwischenraum zwischen den beiden Halswirbeln ist besonders groß, weshalb die Durchtrennung reibungslos und ohne Beschädigung der Dornfortsätze erfolgte. Die einzige Verletzung, die das Bild der Perfektion stört, befindet sich an der Schulter. Vermutlich hat sich das Opfer während der Tat bewegt. Trotz allem haben wir hier eine Exekution mit Präzision vorliegen. Zu so etwas gehört das Wissen, an welcher Stelle man ansetzen muss, um mit einem einzigen Schlag hindurch zu kommen. Der Henker von Paris hat diese Kunst bereits im 16. Jahrhundert perfekt beherrscht."

Laut schallend lachte der Pathologe. Lukas mochte nicht einstimmen. Mit leisen Schritten entfernte er sich in eine Ecke des weiß gekachelten Raums. Von dort konnte er Stemms Bericht genauso gut verstehen.

„Die Extremitäten sind unversehrt. Auch der Genitalbereich. Sollte Geschlechtsverkehr stattgefunden haben, wurde keine Gewalt angewendet."

Nun nahm er sich mit der Oszillationssäge die Gehirnschale vor. Lukas verließ den kalten Raum. Diese Prozedur konnte er nicht mit ansehen. Und das, was er erfahren hatte, reichte. Da würde er doch lieber Theo anrufen. Mit zitternden Händen zog er das Handy aus der Hosentasche. Im Hintergrund hörte er den Gerichtsmediziner erneut lachen.

***

Georg Hammer eilte durch Regen und Dunkelheit nach Hause. Eigentlich sollte er über Pfeiffers plötzliches Dahinscheiden glücklich sein, aber eine andere Sorge machte sich in ihm breit. Die Zeit war zu knapp gewesen, sämtliche Unterlagen zu durchsuchen. Plötzlich war Pfeiffers Frau aufgetaucht. Juliane ... ausgerechnet Juliane. Seit seiner ersten Begegnung mit diesem Immobilienmakler war er vor keiner Überraschung mehr sicher.

Seine Suche hatte er nicht fortsetzen können, obwohl er wusste, dass es in der Villa etwas geben musste, das mit Sicherheit seinen Namen preisgab. Aber jetzt war es zu spät. Blieb nur die Hoffnung, dass die Polizei es ebenfalls nicht fand. Der Gedanke, entdeckt zu werden, war unerträglich. Dann wären alle Qualen und Strapazen, die er und Miriam auf sich genommen hatten, vergebens gewesen.

Hammer gelangte zu seinem kleinen, hübschen Häuschen am Stadtrand. Es lag im Dunkeln. Am Horizont schimmerte Dämmerlicht auf, ein neuer Tag brach an. Was würde er bringen?

Auf leisen Sohlen betrat er das Haus. Er wollte auf gar keinen Fall seine Frau wecken. Sie sollte nicht wissen, was er in der Nacht getrieben hatte.

Als er die Küche betrat, fuhr ihm der Schrecken durch alle Glieder. Eine Gestalt saß am Küchentisch. Mit zitternden Händen schaltete er das Licht ein – bereit, dem Unvermeidlichen ins Auge zu sehen. Doch es war nur seine Frau.

„Was tust du hier?“

Miriams Augen waren rot und verheult, ihre Wangen blass und eingefallen, ihr Haar strähnig und ungepflegt.

„Wo warst du die ganze Nacht?“, antwortete sie mit einer Gegenfrage.

So war das nicht geplant gewesen. Auf keinen Fall sollte sie unter seinen Alleingängen leiden. Da versuchte er alles, damit ihr Leben wieder ins Reine kam, und das kam dabei heraus. Doch nun war es zu spät. Er musste sie einweihen.

Er kniete sich vor sie und flehte: „Miriam, du darfst niemandem sagen, dass ich heute Nacht weg war – ganz egal, wer dich danach fragt.“

***

Kriminalrat Hugo Ehrling und Wendalinus Allensbacher standen in Josefa Kleinerts Büro und unterhielten sich lautstark. Die Mitglieder des Personalrates diskutierten ebenfalls heftig. Und bei allem ging es nur um die Frage, ob Lukas Baccus und Theo Borg weiterarbeiten durften oder nicht.

Theos beobachtete das Geschehen mit kalkweißer Miene.

„Was ist denn hier los?", fragte Lukas leise.

„Die sind sich nicht einig, ob wir den neuen Fall weiter bearbeiten sollen oder nicht", erklärte Theo. „Der Kriminalrat erwartet meinen Bericht. Dann will er entscheiden."

Lukas half seinem Freund, diesen Bericht schnell abzuschließen. Gemeinsam legten sie ihrem Vorgesetzten Allensbacher das hastig zusammengeschriebene Protokoll über die Ereignisse der letzten Nacht vor.

Hugo Ehrling nahm das Dokument an sich und begann zu lesen. Ehrling war größer als Lukas und Theo, wodurch seine Erscheinung Autorität einflößend wirkte. Sein Haar lag wie immer perfekt gescheitelt, sein maßgeschneiderter Anzug wies keine einzige Falte auf. Ehrlings Gesichtszüge wirkten angespannt, während er im Stehen, mit einer Hand elegant in der Hosentasche, den Bericht las.

Die Spannung im Raum war greifbar. Alle Augen auf Ehrling gerichtet warteten sie darauf, wie der sich nach seiner Lektüre entscheiden würde.

Der Kriminalrat blickte die beiden Kommissare ernst an. „Das ist ein sehr heikler Fall, ich denke, das wissen Sie?"

Lukas und Theo nickten.

„Wenn ich höre, dass Sie diesen Fall öffentlich missbrauchen, so wie das bereits einmal geschehen ist, sehe ich mich gezwungen, Maßnahmen zu ergreifen. Habe ich mich klar ausgedrückt?"

Wieder nickten die beiden, die sich mittlerweile wie zwei Schuljungen vorkamen, die bei einem dummen Streich erwischt worden waren.

„Ich habe für heute Nachmittag, 16 Uhr, eine Pressekonferenz einberufen, auf der ich persönlich Fakten über diesen Fall bekannt geben werde. Diese Fakten möchte ich bis dahin von Ihnen bekommen."

Ohne eine Antwort abzuwarten, trabte Ehrling eilig davon. Allensbacher watschelte hinter ihm her.

„Jetzt wird der Rasen gedüngt", flüsterte Lukas, doch Theo stieß ihm zur Antwort nur unsanft in die Rippen: „Halte bitte wenigstens einmal im richtigen Moment deine verdammte Klappe!"

Die Mitglieder des Personalrates verließen ebenfalls das Büro. Ruhe kehrte ein. Nur der Computer an Theos Tisch summte.

„Ich wusste, es kann für uns nur gut sein, wenn wir diesen Fall übernehmen. So kann er uns nicht einfach vor die Tür setzen." Theo rieb sich zufrieden die Hände.

„Wie gut, dass ich mit einem Strategen wie dir zusammenarbeite", spottete Lukas, doch Theo hatte sofort eine Antwort parat: „Du bringst uns durch deine impulsive Art nur in Schwierigkeiten. Da kann es wirklich nicht schaden, wenn einer von uns auch mal nachdenkt."

„Amen." Trotzig griff Lukas nach den Autoschlüsseln. Fragend schaute Theo auf: „Willst du dich aus dem Staub machen?"

„Ja. Ich will Pfeiffers Ehefrau besuchen. Heute wird sie ja wieder sprechen können."

Lukas war schon auf dem Weg zur Tür, als Theo ihn einholte: „Dich lasse ich besser keine Alleingänge machen."

***

Böhmes Beobachtungen bestätigten sich: Andrea Peperding hatte den Fall übernommen. Der dicke Polizist konnte ein Grinsen nicht unterdrücken. Sein erster Schachzug war ein voller Erfolg gewesen. Er war eben gut! Nun galt es nur noch herauszufinden, woran die beiden Schnösel stattdessen arbeiteten. Es würde ein Leichtes sein, auch dort seine Beziehungen spielen zu lassen.

Mit seiner unangezündeten Pfeife im Mund warf er der jungen Kommissarin sein charmantestes Lächeln zu. Bei genauer Betrachtung stellte er fest, dass die Beamtin Peperding ihre Haare viel zu kurz trug. Auch sonst war sie keine Augenweide. Und ihre Begleiterin, diese kleine Dicke mit den langen, braunen Haaren, noch weniger.

„Na, mit wem habe ich die Ehre?" Freundlich verbeugte er sich vor den beiden Kriminalbeamtinnen.

„Ich bin Andrea Peperding, das ist meine Kollegin Monika Blech."

Gemeinsam betraten sie die verwüstete Wohnung des möglichen Mordopfers Franzi Waltz. Böhme berichtete, was bisher gefunden worden war. Dabei hob er ein Foto hoch, auf dem das Opfer mit entblößtem Busen abgebildet war.

Andrea fragte gereizt: „Soll das Beweismaterial sein, das uns weiterbringt?"

Rasch besann sich Böhme: „Oh nein! Hinweise auf einen Mord gibt es nur wenige. Zum Beispiel Fußspuren in der Wohnung, die weder vom Opfer noch von ihrem Ehemann stammen. Also hatte sie Besuch. Allerdings ist nicht festzustellen wann."

Interessiert schaute sich Andrea alles an, bis seine Neugierde Böhme dazu brachte zu fragen: „Arbeiten Borg und Baccus nicht mehr an dem Fall?"

„Nein!"

„Woran arbeiten sie jetzt?"

„Heute Nacht hat es ein weiteres Tötungsdelikt gegeben, dessen Aufklärung die beiden übernommen haben."

„Davon weiß ich ja noch gar nichts. Bei uns wurde die letzte Nacht nichts gemeldet", stellte Böhme verblüfft fest.

„Der Fall unterliegt strenger Geheimhaltung, vermutlich deshalb."

Böhme ärgerte sich, dass diese Frau von sich aus nichts preisgab. Je mehr er nachhakte, umso mehr verriet er sein Interesse an Baccus und Borg. Das war nicht gut, er musste vorsichtiger sein.

„Das muss aber was verdammt Wichtiges sein. Normal dringt irgendetwas immer durch." Böhmes Tonfall klang beiläufig. Zu beiläufig, wie er verärgert feststellte.

Andrea reagierte nicht, sondern stolzierte sich aufmerksam umschauend durch die zerwühlten Räume. Monika folgte ihr auf dem Fuß.

Die Geduld des fettleibigen Polizisten wurde auf eine harte Probe gestellt. Sollte seine Glückssträhne so schnell wieder beendet sein? Niemals. Er bemühte sich, dicht hinter den beiden Frauen zu bleiben, um nichts zu verpassen.

Die Peperding sprach, die Blech notierte alles auf einem Block. Aber es gab nichts, was Böhmes Neugier befriedigt hätte.

„Vielleicht können Baccus und Borg meine Hilfe gebrauchen", versuchte er es erneut. „Die Drecksarbeit machen die beiden bekanntlich ja nicht gern selbst."

„Wenn die Kollegen Hilfe benötigen, werden sie sich bestimmt melden", erwiderte Andrea kühl.

Scheiße! Böhme kochte innerlich. Dieser Frau gegenüber freundlich zu bleiben, fiel ihm mit jeder Minute schwerer. „Ich wollte ja nur ein guter Kollege sein", brummte er missmutig.

Andrea machte sich nicht einmal die Mühe, auf diese Bemerkung zu reagieren.

Böhme musste seine Taktik ändern. Er lauerte. Die jüngere Beamtin hatte bislang noch kein einziges Wort gesagt. Eine Weile beobachtete er sie, bis er sich sicher war: Die Blech war das schwächste Glied in der Kette. Sie war die Richtige für ihn. Aus ihr bekam er bestimmt irgendetwas heraus. Jetzt musste er sie nur noch allein erwischen.

Und das Glück war mit ihm. Es dauerte nicht lange, bis er seine Gelegenheit bekam. „Wissen Sie, was heute Nacht passiert ist?"

„Aber sicher", antwortete Monika. „Der Immobilienmakler Pfeiffer wurde ermordet in seinem Bett aufgefunden. Muss schlimm ausgesehen haben. Er wurde geköpft und war ans Bett gefesselt – nackt!"

***

Lukas und Theo verließen den Parkplatz. Als Lukas ein schwarzes Auto bemerkte, war ihm sofort klar: Es handelte sich um denselben Wagen, der ihn am frühen Morgen verfolgt hatte. Er stand auf der anderen Straßenseite, aber der Fahrer war nicht zu erkennen.

„Ist was?“, fragte Theo.

„Warum fragst du?“

„Weil du plötzlich blass um die Nase geworden bist.“

Lukas schwieg. Er wollte auf keinen Fall mit Theo darüber sprechen, weil er befürchtete, dass sein Freund ihm die Geschichte nicht glaubte. Zwar arbeiteten sie schon seit fünf Jahren zusammen und waren genauso lange auch befreundet. Dennoch hatte es in all den Jahren eigentlich nie mehr als oberflächliches Geplänkel zwischen ihnen gegeben. Lukas wollte nicht riskieren, von Theo ausgelacht zu werden.

Schweigend legten sie die Fahrt zum Krankenhaus zurück. Unauffällig behielt Lukas immer den rechten Außenspiegel des Wagens im Auge. Aber kein schwarzes Auto folgte ihnen. Vermutlich litt er wirklich schon an Verfolgungswahn. Wie gut, dass er nichts erwähnt hatte.

Das Winterberg-Krankenhaus thront am Rande der Stadt auf einer Anhöhe. Juliane Pfeiffers Zimmer lag auf der Seite, die über die Dächer Saarbrückens zeigte.

Nur mit einem dünnen Nachthemd bekleidet stand sie am Fenster, als die beiden Kommissare eintraten. Lukas konnte ihre schlanke Figur durchschimmern sehen. Sie sah deutlich lebendiger aus als in der zurückliegenden Nacht. Ihre Gesichtsfarbe leuchtete, ihre großen Augen funkelten wie Smaragde, ihren Mund verzog sie zu einem Lächeln. Sie legte sich in ihr Krankenbett, zog sich die Bettdecke bis ans Kinn und wartete auf die Fragen ihrer Besucher.

„Wie geht es Ihnen?“, erkundigte sich Lukas, der seinen Blick abermals kaum von ihrem Gesicht abwenden konnte.

„Besser, danke." Julianes zarte Stimme ließ Lukas' Herz höher schlagen.

„Sie sehen auch viel besser aus", bemerkte Lukas – und spürte sofort Theos bohrenden Blick in seinem Nacken.

„Wir müssen Ihnen einige Fragen stellen", beschloss Theo, das Heft in die Hand zu nehmen.

„Fragen Sie nur", entgegnete Juliane.

„Waren Sie gestern Abend allein im Haus?"

„Ich kam spät nach Hause. Ich dachte, ich wäre allein. Bis ich Udos Jacke am Garderobenhaken entdeckt habe."

Sie blickte bei ihren Antworten nur Lukas ins Gesicht, der völlig von der Zeugin gefesselt zu sein schien.

„Wann sind Sie nach Hause gekommen?", fasste Theo nach.

„So gegen zehn Uhr."

„Und wo waren Sie den ganzen Tag?"

„Bei meiner Familie. Ich hoffe, das ist nicht verboten", antwortete Juliane Pfeiffer leicht mürrisch.

„Nein, natürlich nicht. Aber ich muss Sie das fragen, weil es für unsere Ermittlungen wichtig ist." Eine unbehagliche Stille trat ein, ehe Theo von Neuem ansetzte: „Wusste Ihr Mann, dass Sie zu Ihrer Familie gefahren sind?"

„Nein, diese Entscheidung kam spontan."

„Also konnte er nicht damit rechnen, ein leeres Haus vorzufinden, als er heimkam?", spekulierte Theo.

Juliane schaute ihn verwundert an und fragte zurück: „Was ist daran so interessant?"

„Ihr Mann hatte eindeutig Besuch", erklärte Theo. „Und dieser Besuch wurde von ihm freiwillig hereingelassen. Die Schlösser sind nämlich alle intakt."

„Wir bekommen öfter Besuch."

„Und ging ihr Mann mit seinen Gästen auch öfter ins Bett?"

„Was soll das denn?", funkte Lukas dazwischen.

Aber Theo ließ sich nicht beirren, sondern fragte ohne Rücksichtnahme weiter: „Oder haben Sie beide dieses gewagte Liebesspiel gespielt?"

Julianes Miene versteinerte sich von einer Sekunde auf die andere.

„Theo, das geht zu weit", versuchte Lukas erneut, seinen Freund zu stoppen.

„Wir haben keine Zeit, hier den Seelsorger zu spielen. Unser Chef will Fakten sehen und Frau Pfeiffer ist in meinen Augen eine Verdächtige. Warum soll ich da nicht weiter nachfragen?", entgegnete Theo mit leiser Stimme.

„Du verrennst dich in was. Überleg doch mal: Welche Frau mordet mit solch einer Brutalität?", flüsterte nun auch Lukas.

Aber Theo war nicht mehr aufzuhalten. Er ging auf Juliane zu und zog ihr die Decke bis zur Hüfte herunter. Beide Oberarme der Frau waren an den Innenseiten mit Hämatomen übersät. Am Hals zeichneten sich Striemen ab, die wie Würgemale aussahen.

„Und du meinst, ich verrenne mich in etwas?" Böse funkelte Theo seinen Freund und Partner an.

Lukas betrachtete entsetzt die Verletzungen der Frau. „Hat Ihr Mann das angerichtet?"

„Das sieht alles viel schlimmer aus, als es ist", wehrte Juliane ab. „Man muss mich nur ein bisschen fester anpacken und schon bekomme ich blaue Flecken."

„Aber nicht solche", beharrte Theo.

„Doch!"

„War das Liebesleben mit Ihrem Mann ausgeglichen?", warf Lukas ein.

„Es gab sicher schönere Zeiten, das gebe ich zu. Aber in welcher Ehe ist das nicht so?", entgegnete die junge Witwe und zog die Decke wieder über ihren Körper.

„Hatte Ihr Mann Feinde?"

„Oh ja! Ein Mann wie Udo hat mehr Feinde als Freunde", schnaubte sie verächtlich.

„Wie meinen Sie das?"

„Er hat mit seinem Geschäft viel Geld gemacht. Das gefällt nicht jedem."

„Hat er auch illegale Geschäfte betrieben?“, fragte Theo, dem die plötzliche Redseligkeit der Witwe gefiel.

„Das glaube ich nicht, aber ich kann das natürlich nicht beschwören. Um die geschäftlichen Dinge habe ich mich nicht gekümmert. Das wollte Udo nicht.“

„Hat Ihr Mann jemals Kunden zu Hause empfangen?“

„Nein, nie. Er sagte immer, Privates und Beruf müssten streng auseinander gehalten werden. Er hatte ja schließlich auch ein Büro.“

„Also besteht keine Wahrscheinlichkeit, dass er von einem Kunden in Ihrer Villa überrascht und ermordet wurde?“, versuchte Lukas abermals einzugreifen, um die Schärfe aus dieser Befragung herauszunehmen.

„Kaum. Die meisten Kunden wissen doch gar nicht, wo Udo wohnt.“ Nach einer kurzen Pause fügte sie hinzu: „Wohnte.“ In ihren Augenwinkeln schimmerten Tränen.

„Haben Sie einen Verdacht, wer das getan haben könnte?“, fragte Lukas.

Auf diese Frage schüttelte Juliane nur den Kopf und richtete ihren Blick aufs Fenster.

„Und Sie sind sich ganz sicher, dass niemand sonst im Haus war, als Sie am Abend zurückgekehrt sind?“

„Unser Haus ist groß. Wenn sich jemand die Mühe macht, sich irgendwo zu verstecken, dann lässt sich das nicht verhindern. Ich habe jedenfalls nicht die Angewohnheit, jedes Zimmer daraufhin zu prüfen, ob es auch leer ist.“

„Dann kann es also sein, dass der Täter noch im Haus war, als Sie heimkamen?“, überlegte Lukas.

Unwillkürlich schüttelte sich Juliane: „Dieser Gedanke ist grauslich ...“ Dann brach sie mitten im Satz ab.

„Was ist?“ Lukas schaute die Frau gespannt an. Auch Theo war plötzlich wieder ganz Ohr.

„Ich glaube, ich habe ein dumpfes Geräusch gehört, gerade als ich im Schlafzimmer ankam und dieses schreckliche Bild vor mir sah.“ Ihre Lippen bebten.

„Das Geräusch einer zuschlagenden Tür?“, meinte Theo.

„Ja.“ Wieder schüttelte sie sich, als fröstelte sie.

Tröstend legte Lukas seine Hand auf ihre Schulter, die unter dem Laken hervorlugte.

„Neigte Ihr Mann zu ungewöhnlichen Sexpraktiken?“, griff Theo das zuletzt ausgesparte, heikle Thema wieder auf.

Juliane wischte sich mit einem ihr von Lukas gereichten Taschentuch die Tränen aus dem Gesicht und antwortete schniefend: „Nicht ungewöhnlicher als andere auch.“

„Sie halten es also für völlig normal, ihren Partner mit Handschellen ans Bett gefesselt vorzufinden?“, versuchte Theo sie zu provozieren.

„Ich habe ihn normalerweise weder gefesselt noch blutverschmiert vorgefunden“, antwortete Juliane gereizt. „Was, bitte, sollen diese Fragen?“

„Ich überlege nur, wie es möglich ist, an Handschellen gefesselt zu sein, ohne die geringste Schramme an den Handgelenken aufzuweisen. So etwas setzt doch ein Einverständnis zwischen den Partnern voraus.“

„Halten Sie mich für pervers?“

„Vielleicht nur für pragmatisch. Sollte Ihr Mann solche Bedürfnisse gehabt haben, war es für Sie vielleicht ratsam, diese zu befriedigen“, sprach Theo seine Vermutungen ungerührt aus. „Als Ehefrau eines erfolgreichen Geschäftsmannes verfügt man über einen schönen Lebensstandard. Warum sollte man den aufgeben, nur weil er ein bisschen anders ist?“

„Ich glaube, Sie sind pervers!“ Juliane funkelte Theo böse an.

Doch der ließ sich nicht aus der Reserve locken: „Die Fesselung wäre jedenfalls eine perfekte Vorlage für den Mörder gewesen … falls noch jemand anderes im Spiel war ...“

Kapitel 5

„Jetzt haben wir durch deine übertriebene Fürsorglichkeit ganz vergessen zu fragen, was es mit diesem Peter Meyer auf sich hat", schimpfte Theo, der mit überhöhter Geschwindigkeit den Berg hinunter in die Stadt fuhr.

„Das finden wir auch so heraus! Und meine Fürsorglichkeit war ganz und gar nicht übertrieben. Im Gegenteil, du hast mit deinen Verdächtigungen maßlos übertrieben."

„Die Dame *ist* in meinen Augen verdächtig! Wir werden mal prüfen, ob sie gestern tatsächlich bei ihrer Familie war. Und ich prophezeie dir, sie war nicht dort."

„Lass sie in Ruhe! Sie hat niemals ihren Mann mit einer Axt erschlagen und verstümmelt. Du spinnst doch."

„Das werden wir ja sehen. Jedenfalls werde ich in unserem Bericht vermerken, welchen Eindruck diese Frau auf mich gemacht hat. Sie ist die Hauptverdächtige."

„Das wirst du schön bleiben lassen", entgegnete Lukas zornig. „Du zeichnest hier ein Bild von Juliane Pfeiffer, das nur in deinem Kopf existiert. Diese zierliche Frau eine Axtmörderin? Dass ich nicht lache. Vermutlich ist sie völlig harmlos und alles andere als eine rachsüchtige und habgierige Mörderin, die vor nichts zurückschreckt. Jedenfalls müssen wir erst mal alle Fakten überprüfen, ehe wir ihr mit haltlosen Beschuldigungen Schaden zufügen."

„Gib doch zu, sie hat dir gefallen!", bemerkte Theo spitz. „Ach, was rede ich, du bist scharf auf sie. Du hast sie angeglotzt wie das achte Weltwunder und dabei völlig vergessen, wie und wo du sie kennengelernt hast. Nämlich neben der noch warmen Leiche ihres brutal ermordeten Mannes."

Lukas drehte das Radio lauter, um sich Theos bissige Tirade nicht länger anhören zu müssen. Aus dem Lautsprecher ertönte passenderweise das Lied „Ich wär so gern so blöd wie du!" Zufrieden lehnte sich Lukas zurück und grinste.

Mitten im Song ertönte plötzlich die Stimme des Radiomoderators: „*Wir unterbrechen für eine wichtige Durchsage: Eben haben wir erfahren, dass eine der wichtigsten Persönlichkeiten unserer Stadt tot in seinem Bett aufgefunden wurde. Es handelt sich um den Immobilienmakler Udo Pfeiffer, einen Mann, der viel für Saarbrücken geleistet hat. Pfeiffer hat Wohnungen für sozial Schwache und Obdachlose zur Verfügung gestellt. Die Polizei spricht von einem besonders brutalen Gewaltverbrechen, das Opfer wurde mit einem Beil geköpft. Diese Methode mutet an wie eine Hinrichtung. Allerdings ist auch ein Sexualverbrechen nicht völlig auszuschließen.*

Die Ermittlungen laufen auf Hochtouren, bisher jedoch ohne Ergebnis. Wir können nur hoffen, dass die Polizei dieses schreckliche Verbrechen schnell aufklärt, damit das Vertrauen der Bevölkerung in unsere ‚Freunde und Helfer' nicht noch mehr erschüttert wird. Das Wissen, dass der Henker in Saarbrücken lebt und jederzeit von Neuem zuschlagen könnte, birgt die Gefahr panischer Reaktionen in sich. Sobald wir Näheres erfahren, werden wir Sie sofort unterrichten."

Entsetzt schaltete Lukas das Radio aus. Theo bremste den Wagen ab, fuhr im Schritttempo auf den Bürgersteig und hielt an.

„Was hat das jetzt wieder zu bedeuten?", fragte Lukas fassungslos.

„Ich habe das Gefühl, jemand will uns fertigmachen", bemerkte Theo tonlos.

Beide starrten aus der Windschutzscheibe und beobachteten die ahnungslosen Passanten, die unter Regenschirmen versteckt geschäftig hin- und hereilten.

„Aber wer?"

„Wer hasst uns am meisten?", antwortete Theo mit einer Gegenfrage.

„Andrea?"

„Ach was, die ist zwar durchgeknallt, aber soweit geht ihr Hass auf uns dann doch nicht", wehrte Theo entschieden ab.

„Vielleicht hast du recht", lenkte Lukas ein.

„Aber es kann nur jemand von uns sein, die genaue Beschrei-

bung der Tat spricht dafür. Was machen wir jetzt?"
„Ich schlage vor, wir fahren zum Haus der Pfeiffers und ermitteln weiter wie geplant. Vielleicht haben wir Glück und der Chef hat diese Meldung noch nicht mitbekommen. Er ist ja in seinem Wochenendhaus und lässt sich den Rasen düngen."
„Das ist im Augenblick wohl das Beste", stimmte Theo zu. „Aber dieser Kelch wird nicht einfach so an uns vorüberziehen. Schieben wir das Unvermeidliche also lieber noch etwas auf."

***

Polizeibeamte entfernten die Absperrungen vor der Villa. Hartnäckige Schaulustige standen trotz des Regens immer noch auf der Straße und versuchten, Näheres in Erfahrung zu bringen. Die Presse war natürlich auch vertreten – mit postierten Kameras.

Lukas und Theo stellten ihren Wagen ab. Ein Beamter trat ihnen entgegen und fragte: „Wieso ist dieser Fall schon in den Nachrichten? Wir hatten doch Order, unter absoluter Geheimhaltung zu arbeiten."
„Wir wissen auch nicht, wer die Informationen weitergegeben hat", antwortete Theo.
Der Polizist wirkte übermüdet, seine Augen waren stark gerötet, seine Uniform zerknittert. Mürrisch fügte er hinzu: „Wir sind seit Mitternacht im Einsatz. Wegen dieser angeblichen Geheimhaltungspflicht durften wir nicht abgelöst werden. Und dann so was. Ich bin sauer."
„Ich habe das Gefühl, dass alles noch viel schlimmer wird", stellte Lukas mit Unbehagen fest und schaute seinen Partner resigniert an. „Vermutlich hat jeder im Saarland heute Morgen das Radio an."
„Wenn wir nicht bald herausfinden, wer uns vorführt, sieht unsere Zukunft verdammt beschissen aus", bestätigte Theo.
Als sie den Vorgarten passierten, der durch die vielen Polizisten und deren Fahrzeuge zerwühlt war, eilten einige Repor-

ter auf sie zu, doch die beiden waren schneller. Sie stürmten ins Haus und warfen die Tür hinter sich zu. Die Bemühungen der Uniformierten, das von der Spurensicherung angerichtete Chaos zu beseitigen, waren seit einiger Zeit in vollem Gange, doch sah es noch immer so aus, als sei eine Bombe eingeschlagen.

„Die Haushälterin sitzt im Wohnzimmer“, begrüßte ein junger Polizist die Kommissare. „Sie wirkt geschockt. Dabei wissen wir nicht, was ihr mehr zu schaffen macht, das Chaos hier oder der Tod ihres Arbeitgebers.“

„Na ja, die Arbeitgeberin lebt ja noch“, bemerkte Lukas, worauf der Beamte erwiderte: „Von der hat sie noch keinen Ton gesagt. Sie spricht immer nur von dem Toten.“

Neugierig betraten Lukas und Theo das Zimmer, das in der Nacht so verträumt gewirkt hatte. Mit Entsetzen erkannten sie, dass auch dort fleißig gewütet worden war. Eine Frau mit südländischem Gesicht, zurückgebundenen Haaren und einem bunten Sommerkleid saß auf dem chintzbezogenen Sofa und drückte sich ein Taschentuch ins Gesicht.

„Das ist Theresa Acantelari“, stellte der junge Polizist die Haushälterin vor. Die blickte auf und stammelte einige Worte auf Italienisch.

„Kann sie auch deutsch?“, fragte Theo verunsichert.

„Natürlich kann ich deutsch. Ich arbeite schon seit 30 Jahren hier.“ Die alte Frau schluchzte. Graue Haare rahmten ihr runzliges Gesicht ein.

„Dann haben Sie schon für Pfeiffers Eltern gearbeitet? Der Tote war erst 38 Jahre alt“, folgerte Theo.

„Ja, 38 Jahre und schon tot“, bestätigte Theresa mit einem tiefen Seufzer. „Er war so ein guter Mensch!“

„Wie lange waren Sie gestern Abend im Haus?“

„Bis fünf Uhr, wie jeden Tag“, antwortete die Haushälterin und schniefte geräuschvoll in ihre Taschentuch. „Ich fange um acht Uhr morgens mit den Einkäufen an. Das Geld legt mir Udo immer am Vortag raus. Danach mache ich meine Hausarbeiten und schließlich koche ich etwas, was ich für die Herrschaften auf dem Herd stehen lasse. Gestern war es genau wie immer."

„Bekam Udo Pfeiffer Besuch, während Sie noch im Haus waren?"

„Nein, es war niemand im Haus."

„Bekam er öfter Besuch?"

„Nicht oft."

„Was waren das für Leute, die ihn besuchten?", mischte sich nun Lukas in die Befragung ein.

„Was weiß ich? Ich kannte die Leute nicht", murrte die Italienerin.

„Waren es Kunden?", beharrte Lukas.

„Ich weiß es nicht."

„Haben Sie überhaupt nie etwas mitbekommen, worüber er mit seinen Gästen gesprochen hat?"

„Nein. Wenn er Besuch bekam, ging er mit ihnen nach oben in sein Büro."

„Nach oben?"

„Ja, Udos Büro liegt oben. Dort war er ungestört."

„Ungestört?", wiederholte Theo ungläubig.

Theresa nickte.

„Oben?"

Wieder ein Nicken.

Lukas schaute Theo verdutzt an, der daraufhin erklärte: „Oben gibt es nur das Zimmer zwischen dem Bad und dem Schlafzimmer, das dafür in Frage kommt."

„Esattamente!", stimmte Theresa mit heftigem Kopfnicken zu.

„Und warum ist das so ungewöhnlich?" fragte Lukas, was ihn beschäftigte.

„Wenn das ein Arbeitszimmer sein sollte, ist das den Kollegen gestern nicht aufgefallen."

„Da das Zimmer vermutlich immer noch an derselben Stelle liegt, können wir uns ja jetzt selbst dort umsehen", schlug Lukas vor.

Theo und Lukas gingen in die erste Etage und suchten das

Zimmer auf. Ihr Blick fiel sofort auf einen großen, massiven Schreibtisch, der gewaltsam aufgebrochen worden war, ebenso der antike Sekretär. Zahlreiche Unterlagen und Gegenstände verteilten sich auf dem Boden.

„Sah das hier schon vor dem Wüten der Spusi so aus?“, erkundigte sich Theo.

„Ja. Dort haben sie nichts verändert“, bestätigte der junge Uniformierte, der ihnen aus dem Erdgeschoss gefolgt war.

Lukas und Theo begannen sofort, die Papiere zu durchstöbern, fanden aber nichts von Bedeutung – es handelte sich ausnahmslos um private Dokumente.

„Was hat der Täter hier nur gesucht?“, fragte Lukas und hielt eine Versicherungspolice hoch.

„Vermutlich wurde er genauso enttäuscht wie wir“, antwortete Theo und schaute sich fragend in dem großen Zimmer um. Eine Seite war komplett zugestellt mit Bücherregalen, die andere zierte ein Sideboard mit Spirituosen. Die Gläser auf dem Board waren unbenutzt. „Schlecht gelebt hat er nicht.“

„Nein. Und gearbeitet hat er hier auch nicht“, stellte Lukas fest, während er verschiedene Bücher aus einem Regal herauszog. „Alles reine Unterhaltungsliteratur. Mit seiner Arbeit hat keines der Bücher zu tun.“

„Dann hatte er dieses pompöse Büro nur für sein Privatvergnügen?“, überlegte Theo verwundert. „Das alles macht den Eindruck, als wollte er seiner Frau nur vortäuschen, in diesem Zimmer zu arbeiten. In Wirklichkeit hat er etwas anderes hier getrieben.“

„Wir haben unten in der Küche zwei Sektgläser gefunden, die fein säuberlich gespült worden sind. Was sollen wir damit machen?“, meldete sich plötzlich ein weiterer Polizist, der in der Tür stand.

„Ins Labor bringen. Vielleicht sind noch Spuren dran“, entgegnete Lukas und folgte dem Beamten nach unten.

In der Küche betrachteten Theo und Lukas die zwei sorgfältig gespülten Sektgläser.

„Kann man eventuell noch DNA-Spuren daran feststellen?“, fragte Lukas.

„Wir können es versuchen. Aber wenn die Gläser so intensiv abgespült wurden, wie es scheint, haben wir wenig Chancen“, meinte der Beamte und verstaute die Gläser in Nylontüten.

„Welcher Mörder macht sich die Mühe und spült hinterher?“, zweifelte Lukas.

„Ein Mörder hat immer etwas zu verbergen. Und unser Täter kannte sich zudem gut hier aus – wie jemand, der in diesem Haus lebt“, bemerkte Theo. „Und der- oder diejenige hätte in aller Ruhe die Gläser spülen und auf die Polizei warten können.“

„Man muss sich nicht gut auskennen, um eine Küche in einem fremden Haus zu finden. Lass Juliane in Ruhe!“, fauchte Lukas, dem die Spitze in den Worten seines Kollegen natürlich nicht entgangen war.

„Wie die trauernde Witwe hat sie jedenfalls nicht ausgesehen. Die Haushälterin weint mehr um ihn als seine eigene Frau.“

„Leck mich doch …“

„Fingerabdrücke wurden bisher auch keine gefunden außer von dort lebenden Personen“, stichelte Theo unbeeindruckt weiter. „Noch ein Indiz, das meinen Verdacht gegen deine Juliane erhärtet.“

„Oder es war ein Profi am Werk“, gab Lukas zurück, der sich wieder unter Kontrolle gebracht hatte.

„Ja klar, wie konnte ich das vergessen: die Mafia oder ein Berufskiller“, spottete Theo. „Wenn du den Verdacht von Juliane ablenken willst, musst du dir schon was Originelleres ausdenken.“

Lukas verkniff sich eine weitere Erwiderung und folgte Theo in das Zimmer, in dem die Haushälterin noch immer von den uniformierten Kollegen zurückgehalten wurde.

„Frau Acantelari, wie würden Sie die Beziehung der Eheleute Pfeiffer einschätzen?“, fragte Theo.

„Sie hatten wohl ihre besten Jahre hinter sich“, antwortete die Italienerin und rümpfte die Nase.

„Geht das etwas genauer?"

„Juliane Pfeiffer kommt aus einfachen Verhältnissen. Udo hat sie trotzdem geheiratet. Er hatte einfach schon immer ein viel zu großes Herz." Wieder begann sie zu jammern. „Am Anfang hat sie sich ja noch bemüht, ihm eine gute Frau zu sein, aber in letzter Zeit ..."

„Wie hat er sie denn kennengelernt, wenn sie aus ‚einfachen Verhältnissen' kam?"

„Ganz raffiniert: Das Luder hatte es darauf angelegt. Juliane gehört zu den Menschen, die kaum lesen und schreiben können, aber rechnen, das können sie alle. Dass Udo eine gute Partie war, hat sie gerochen. Sie war gerade mal 19, als die beiden heirateten."

„Sie glauben also nicht, dass es eine Liebesheirat war?", hakte Theo nach.

„Für Udo vielleicht ... Aber sie hat bestimmt schon auf dem Weg zum Traualtar ihre Erbschaft ausgerechnet", antwortete die alte Frau bitter.

„Das sind harte Vorwürfe, Frau Acantelari", schaltete sich Lukas in das Gespräch ein. „Sie behaupten, dass Frau Pfeiffer für ihren Mann nichts empfunden hat. Hat sie das Ihnen gegenüber geäußert?"

„Natürlich nicht. Juliane und ich sprechen sowieso nur wenig miteinander. Aber ich bin ja nicht blind. Außerdem kenne ich Udos Familie schon seit über 30 Jahren. Da weiß man, mit wem man es zu tun hat. Juliane passt da ganz einfach nicht hin."

„Erzählen Sie uns von Udos Eltern!", übernahm nun wieder Theo das Wort.

„Sein Vater hatte die Immobilienfirma gegründet, die Udo nach seinem Tod übernahm. Seine Mutter ist gestorben, da war ich gerade zwei Jahre hier angestellt. Es war schrecklich, sie hatte einen tragischen Unfall."

„Was für einen Unfall?"

„Sie stürzte mit ihrem Auto von einer Brücke runter."

„Wo war das?"

„In einem Ort bei Saarbrücken. Püttlingen heißt er, glaube ich. Sie hat sich dort immer mit Freundinnen getroffen. Eines Abends kam sie nicht mehr nach Hause." Wieder brach die alte Haushälterin in Tränen aus.

„Wann starb Udos Vater?"

„Vor zehn Jahren. Er war herzkrank."

***

„Franzi Waltz und ihr Mann haben eindeutig über ihre Verhältnisse gelebt." Andrea blätterte in Unterlagen, die sie unter dem Bettkasten gefunden hatte. „Ihre Schulden belaufen sich auf annähernd 200.000 Euro. Wenn man sich hier umschaut, fragt man sich schon, wo das ganze Geld geblieben ist."

Monika blätterte in einem Album – Robert Waltz war auf jedem Foto abgebildet. „Glaubst du, er hat seine Frau getötet?", fragte sie.

„Bei den Schulden ist alles vorstellbar. Er ist auf jeden Fall ein Verdächtiger."

„Wenn es um die Schulden geht, verstehe ich das nicht. Warum hätte er es tun sollen? Zu zweit ist doch trotzdem alles immer noch viel einfacher."

Andrea schnaubte verächtlich. „Anstatt hier herumzuträumen, solltest du dich besser mal nach möglichen Beweisstücken umsehen. Ich sag dir, zu zweit ist gar nichts einfacher. Mit einem Mann hat man einen Mitesser, aber das war es dann auch schon."

Monika Blech schluckte eine Antwort herunter und kramte in einer Kommodenschublade, in der sie schließlich einige Briefumschläge in einheitlicher Größe fand. Alle waren unverschlossen. Sie zog den Inhalt aus einem heraus. Zu ihrem Entsetzen entdeckte sie darin ein Aktfoto, das eindeutig das Opfer zeigte. Gespannt öffnete sie einen weiteren Umschlag. Auch darin befand sich ein Foto von Franzi Waltz – nackt und in einer für Monika ebenso entwürdigenden wie unästhetischen Pose.

Fassungslos betrachtete die junge Polizistin die in ihren Augen pornographischen Bilder und fragte sich, warum die Tote so etwas mitgemacht hatte.

„Du sollst arbeiten und nicht träumen“, rief Andrea ihre junge Kollegin in die Wirklichkeit zurück. Erst jetzt registrierte sie, was Monika in den Händen hielt. Verwirrt betrachtete auch sie nun die Bilder und öffnete weitere Umschläge. Das Modell war immer das gleiche, nur die obszönen Posen wechselten.

„Das ist ja ekelhaft ...“ Andrea zog angewidert die Mundwinkel nach unten. „Warum hat sie es zu solchen Aufnahmen kommen lassen? Freiwillig wohl kaum. Jedenfalls erwecken diese Bilder nicht den Eindruck, als hätte sie Freude daran gehabt.“

In diesem Augenblick betrat Böhme das Zimmer und fragte neugierig: „Haben Sie etwas gefunden? Kann ich Ihnen behilflich sein?“

Andrea musste nicht lange überlegen, ihre Antwort kam ihr wie von selbst über die Lippen: „Tun Sie einfach Ihre Arbeit und lassen Sie mich die meine tun! Dann ist alles in Ordnung.“

Kapitel 6

Hugo Ehrling erwartete sie bereits mit zorniger Miene im Büro, als Lukas und Theo eintrafen. Auch Allensbacher war anwesend – wie immer nervös in Gegenwart des Kriminalrats.

„Was geht in Ihnen vor?", fragte er zur Begrüßung. „Habe ich Ihnen nicht unmissverständlich erklärt, unter welchen Voraussetzungen Sie weiter an diesem Fall arbeiten dürfen?"

„Doch, das haben Sie", antwortete Theo. „Wir haben mit niemandem von der Presse gesprochen und haben auch nicht die geringste Vorstellung, wer das getan hat. Auf jeden Fall wollte dieser Jemand uns damit schaden."

„Interessant", bemerkte Ehrling nachdenklich. „Sie haben also den Verdacht, dass jemand Ihnen schaden will, indem er Informationen an die Presse weitergibt, die auf den ersten Blick nur von Ihnen stammen können?"

Lukas und Theo nickten.

„Wie kommen Sie darauf?"

„Wir haben weder im Fall Waltz noch im Fall Pfeiffer mit irgendjemand gesprochen."

„Aha. Und daraus schließen Sie, dass es jemand auf Sie abgesehen hat?"

„Ja. In beiden Fällen wird die Arbeit der Polizei diskreditiert. Und beide Male ist damit bestimmt nicht die Arbeit der Polizei im Allgemeinen gemeint, sondern unsere. Wir waren in beiden Fällen offiziell zuständig", bekräftigte Theo.

„Ja, waren ist die richtige Formulierung", erwiderte der Kriminalrat. „Denn ich sehe ich mich jetzt gezwungen, Sie auch von diesem Fall abzuziehen, da Sie beide der Polizeiarbeit einen untragbaren Schaden zufügen."

„Herr Kriminalrat", mischte sich überraschend Allensbacher in das Gespräch ein. „Wir können die beiden nicht von diesem Fall abziehen, weil wir nicht genug Mitarbeiter in der Abteilung haben."

„Was soll das heißen?"

„Frau Peperding und Frau Blech leiten die Ermittlungen im Fall Franzi Waltz. Und auch die anderen Ermittler sind voll ausgelastet. Es gibt niemanden mehr außer Baccus und Borg, der den Mord an Udo Pfeiffer bearbeiten könnte."

Dieser Einwurf brachte Ehrling ins Grübeln. Er drehte den Anwesenden den Rücken zu und ging mit langsamen Schritten auf das einzige Fenster zu. Nach einer Weile bemerkte er: „Sie glauben also tatsächlich, dass irgendjemand versucht, Ihre Arbeit zu behindern?"

„Ja!", bekräftige Theo. „Wir waren von beiden Pressemeldungen genauso überrascht wie Sie."

„Wenn dem so wäre, könnte das doch nur jemand aus den eigenen Reihen sein", überlegte der Kriminalrat weiter.

„Es sieht so aus. Aber wissen können wir das natürlich nicht", warf Lukas ein.

„Nun gut ... Das sind ja alles nur Vermutungen. Aber wenn die Personalsituation in Ihrer Abteilung nun mal so unerfreulich ist, wie der Kollege Allensbacher sagt, bleibt mir leider keine andere Möglichkeit, als Sie weiterarbeiten zu lassen. Sobald Frau Peperding und Frau Blech den Fall Waltz abgeschlossen haben, werde ich diese Entscheidung allerdings noch einmal überdenken. Bis dahin gebe ich Ihnen den wohl gemeinten Rat, keine weiteren Fehler zu begehen."

„Danke, Herr Kriminalrat", bestätigte Theo schnell. „Wir tun unser Bestes. In einer Stunde können wir Ihnen auch einen ersten Bericht vorlegen."

„Gut. Ich bleibe für den Rest des Tages auf der Dienststelle. Der Fall Pfeiffer ist äußerst brisant. Weitere Zwischenfälle dürfen wir uns nicht erlauben." Mit diesen Worten eilte Ehrling aus dem Großraumbüro.

„Sie beide machen mir nur Schwierigkeiten", fauchte Allensbacher.

„Was können wir denn für die Meldungen in der Presse?", verteidigte sich Lukas. „Wir haben wirklich mit niemandem gesprochen."

„Aha. Dann gibt es in den Medien neuerdings also Hellseher“, spuckte Allensbacher. Lukas und Theo wichen der Dusche aus. „Aber ich sage Ihnen, das eben war das letzte Mal, dass ich meine Hand schützend über Sie gelegt habe. Klären Sie diesen Fall und achten Sie vor allem darauf, dass ich die neuesten Ermittlungsergebnisse nicht noch mal aus dem Radio erfahren muss.“

Mit diesen Worten watschelte der dicke Mann aus dem Raum, ohne eine Antwort abzuwarten.

***

Der gerichtsmedizinische Befund lag vor ihnen auf dem Schreibtisch. Neugierig nahm Theo ihn an sich und las laut vor: „Das Opfer hatte Alkohol getrunken.“ Nachdenklich grummelte er: „Also hat er mit seinem Mörder angestoßen, bevor dieser zugestoßen hat.“

„Sehr freundlich vom Mörder. Er lässt dem Opfer wenigstens so viel Zeit zu wissen, mit wem er es zu tun hat“, warf Lukas ironisch ein.

„Außerdem hatte das Opfer kurz vor seinem Tod eine Ejakulation, er war also vermutlich mit dem Täter intim“, las Theo weiter. „Was einmal mehr die Aufmerksamkeit auf seine liebende Ehefrau lenkt.“

„Komm wieder auf den Boden der Tatsachen zurück!“, protestierte Lukas. „Wenn das DNA-Ergebnis vorliegt, wissen wir genau, dass Juliane Pfeiffer es nicht war.“

„Leider hat der Täter – oder die Täterin – nichts zurückgelassen, womit man eine DNA-Analyse erstellen könnte.“

„Wie geht das? Scheidensekret bleibt immer zurück.“ Lukas stutzte.

„Du kennst dich da vermutlich besser aus als ich … Aber ganz ahnungslos bin ich auch nicht. Eine Ejakulation kann auch oral oder manuell bewirkt werden. Dann ist es völlig normal, dass sich kein Scheidensekret nachweisen lässt.“

„Du bist ja besessen von der Vorstellung, Juliane müsse die Mörderin sein. Versuch doch nur einmal, unvoreingenommen zu recherchieren! Das würde deinen Ermittlungshorizont ungemein erweitern."

„Ich weiß, ich weiß", gab Theo mit einem bösen Grinsen zurück. „Juliane Pfeiffer ist eine Heilige. Also kann sie es nicht gewesen sein. Wir müssen also jemanden suchen, der weniger heilig ist und deshalb eine solche Tat begangen haben könnte, ohne das Weltbild von Kommissar Lukas Baccus zu erschüttern."

„Arschloch!", erwiderte Lukas und nahm seinem Freund den Bericht aus den Händen.

Ehe der Disput der beiden noch weiter eskalieren konnte, kamen ihre Kolleginnen ins Büro geeilt. Andrea fing sofort an, ihren Bericht in den Computer zu tippen, Monika fütterte sie mit sämtlichen Informationen, die beide gesammelt hatten.

Verblüfft beobachteten Lukas und Theo das hektische Treiben der beiden, stellten jedoch keine Frage, weil sie ahnten, dass sie ohnehin mit nichtssagenden Erklärungen abgespeist würden.

Zu beider Überraschung trat Andrea jedoch plötzlich zu ihnen an den Tisch und fragte: „Wer hat eigentlich den Verdacht ausgesprochen, dass es sich um eine Erpressung handeln könnte?"

„Die Presse. Wir waren mit unseren Ermittlungen noch nicht annähernd so weit, dass wir überhaupt einen Verdacht gehabt hätten", antwortete Theo. „Warum fragst du?"

Er erhielt keine Antwort.

„Ich versuche mal herauszufinden, was es mit diesem Peter Meyer auf sich hat", versuchte Lukas abzulenken und begann auf der Tastatur seines Rechners zu tippen. Als er die entsprechende Seite auf Google aufgerufen hatte, stöhnte er: „Oh mein Gott, wie viele Peter Meyers gibt es eigentlich in Saarbrücken?"

„Wer sagt uns eigentlich, dass er überhaupt aus Saarbrücken kommt?", warf Theo ein. „Wir wissen doch nur, dass er bei Pfeiffer angerufen hat. Und das vermutlich von seinem Handy aus."

„Da hast du recht", gab Lukas zu. „Am besten fahre ich noch

mal zu seiner Frau und frage sie über diesen Typ aus."
„Wie selbstlos", spottete Theo. „Ein wahrer Freundschaftsdienst, denn dieses Mal begleite ich dich lieber nicht."

***

Langsam fuhr er durch das Wohnviertel Rotenbühl und ließ seinen Blick über die Häuser schweifen. Schon bald hatte er die einfachen Mietshäuser passiert und näherte sich den prunkvollen Villen.

Doch viel bekam Lukas von dieser Umgebung nicht mit. Der Schrecken, der ihn überkommen hatte, als er Julianes Krankenzimmer leer vorfand, war noch immer nicht ganz verflogen. Sein erster Gedanke war, dass ihr etwas Schlimmes zugestoßen ist. Aber das hatte sich zum Glück nicht bestätigt. Im Gegenteil, sie hatte sich selbst aus dem Krankenhaus entlassen.

Auch wenn Lukas darüber erstaunt war, gefiel ihm die Aussicht, sie zu Hause aufzusuchen, deutlich besser als eine weitere Befragung am Krankenlager.

Er stellte seinen Wagen ab, trat unter dem Torbogen hindurch auf die Haustür zu und klingelte.

Die Haushälterin öffnete die Tür.

„Ich möchte zu Frau Pfeiffer. Ist sie da?"

Theresa musterte Lukas abschätzig und antwortete: „Sie ist vor einer Stunde gekommen, hat den Wagen geholt und ist sofort wieder verschwunden. Ich weiß nicht, wo sie ist."

Enttäuscht wollte Lukas sich schon zu seinem Wagen zurückbegeben, als ein roter Porsche mit offenem Verdeck um die Ecke geschossen kam. Am Steuer saß Juliane, deren kastanienbraunes Haar im Wind flatterte. Ihr Gesicht leuchtete rot. Beim Anblick des Polizeibeamten bremste sie hastig ab. Die Reifen quietschten.

Sie schwang sich über die geschlossene Wagentür, kam mit schnellen Schritten auf ihn zu und fragte: „Sie? Haben Sie etwas vergessen? Oder gibt es Neuigkeiten?"

Lukas staunte, die junge, attraktive Frau war im Vergleich zum Vortag im Krankenhaus kaum wiederzuerkennen. Ihre Augen sprühten vor Leben, ihr Haar wehte unbezähmbar, ihre Bewegungen waren anmutig. Ihre gertenschlanke Figur wurde durch die eng anliegende Hose und das kurze Top betont. Lukas atmete innerlich auf, dass Theo nicht bei ihm war. Der hätte diese Verwandlung sofort wieder als Verdachtsmoment gegenüber der Witwe ausgelegt.

„Ja, ich habe tatsächlich noch ein paar Fragen, die in der Zwischenzeit aufgekommen sind. Deshalb muss ich Sie leider noch einmal belästigen." Lukas spürte, dass sein Lächeln peinlich wirkte. „Im Krankenhaus sagte man mir, Sie hätten sich selbst entlassen. War das nicht etwas voreilig nach diesen schockierenden Erlebnissen?"

Juliane lächelte, wodurch sich ein kleines Grübchen auf ihrem Kinn bildete, auf das Lukas seine Augen heftete.

„Ach, im Krankenhaus wird man doch nur kranker gemacht, als man in Wirklichkeit ist. Ich habe es da einfach nicht mehr ausgehalten", erklärte sie und bat Lukas, mit ihr ins Haus zu kommen. „Oder glauben Sie wirklich, ich wäre unter all den Kranken besser aufgehoben als hier?"

Lukas sah in ihre strahlenden Augen und konnte nur genau die Antwort geben, die sie erwartete. Er verneinte.

Gemeinsam betraten sie das verspielt eingerichtete Zimmer, in dem Lukas die junge Witwe zum ersten Mal gesehen hatte. Dort war alles wieder sauber und aufgeräumt, während im Rest des Hauses immer noch die Spuren der Polizeiarbeit der letzten Nacht zu sehen waren. Gemeinsam ließen sie sich nebeneinander auf dem Sofa nieder.

„Wollen Sie hier wohnen bleiben?", fragte Lukas, nachdem er sich einigermaßen von seiner Überraschung erholt hatte.

„Wo sollte ich denn hin?"

„Zu Ihrer Familie vielleicht."

Darüber konnte Juliane nur lachen. „Ich kann durchaus hier weiterleben. Mein Mann und ich hatten getrennte Schlafzimmer. Ich komme mit dem Tatort nicht in Berührung, wenn ich es nicht will." Sie nahm sich eine Zigarette aus einem vergoldeten Etui und zündete sie an. Ihre Miene wirkte heiter und entspannt, so als sei sie eine zentnerschwere Last losgeworden.

Ihre plötzliche Unbeschwertheit war für Lukas schwer nachvollziehbar. Aber es musste eine einleuchtende Erklärung dafür geben, eine, die nichts mit Theos Vermutungen zu tun hatte.

„Was wollen Sie mich denn fragen?", riss Juliane ihn aus seinen Gedanken.

„Es geht um den Anrufer von gestern Abend, diesen Peter Meyer. Ich habe versucht, im Arbeitszimmer irgendwelche Hinweise auf ihn zu finden, aber vergeblich. Können Sie mir etwas über ihn sagen?"

„Udo war sehr vorsichtig, was seine Geschäfte anging." Sie lachte humorlos. „Schriftliches versuchte er auf das Nötigste zu beschränken, Dateien hat er nur unter größten Sicherheitsvorkehrungen abgespeichert. Sogar seinen Anrufbeantworter hat er mehrmals am Tag gelöscht. Manchmal habe ich mich schon gefragt, was das alles zu bedeuten haben könnte. Aber wie ich Ihnen gestern schon sagte, ich habe mich aus seinen Geschäften rausgehalten, weil er das so wollte." Sie blies Lukas eine Rauchwolke direkt ins Gesicht.

Lukas ließ sich durch diese kleine Provokation nicht ablenken. „Aber Sie fanden sein Verhalten schon ungewöhnlich oder etwa nicht? Mir kommt das alles sehr seltsam vor. Ihr Mann war Immobilienmakler, ein sehr erfolgreicher, wie ich gehört habe. Dass er in Bezug auf seine Arbeit Vorsichtsmaßnahmen ergreift, verstehe ich schon. Aber was Sie da schildern …?"

„Wenn jemand so viel Geld verdient wie Udo und innerhalb kürzester Zeit weit über die Stadtgrenzen hinaus bekannt wird, ruft das fast zwangsläufig Neider auf den Plan. Es gab sogar Drohbriefe. Allerdings hat er sie nicht ernst genommen. Angeblich jedenfalls."

„Hat er etwas dagegen unternommen?"

„Nein. Er hat seine Mitmenschen meistens unterschätzt.

Und Sie sehen ja, wie das geendet hat. Aber wie sagt man so schön: Hochmut kommt vor dem Fall."

„Das sind harte Worte über einen Menschen, der erst vor wenigen Stunden grausam ermordet wurde, dem Sie doch sehr nahe gestanden haben. Irgendwann einmal zumindest", stellte Lukas irritiert fest und wartete auf eine Reaktion. Die blieb jedoch aus. „Gibt es diese Drohbriefe noch?", hakte er nach längerem Schweigen nach.

„Nein. Ich sagte doch, Udo hat Schriftliches nicht länger als unbedingt nötig aufbewahrt. Und da er die Drohbriefe nicht ernst nahm, hat er sie einfach weggeworfen. Leider. Denn jetzt könnten sie nützlich sein."

Ihre Siegesgewissheit, ihre Selbstsicherheit – Lukas spürte einen Widerspruch zu der zerbrechlichen Juliane vom Abend zuvor, der ihn irritierte und gleichzeitig faszinierte. Und die Faszination gewann immer mehr die Oberhand. Er spürte, dass er sich auf ein Spiel mit dem Feuer einließ, aber wollte er sich wirklich dagegen wehren?

„Noch mal zu Peter Meyer", versuchte Lukas sich selbst zur Ordnung zu rufen. „Was können Sie mir denn über ihn sagen?"

„Er ist … war ein Geschäftspartner von Udo. Viel habe ich davon nicht mitbekommen. Aber ich glaube, es ging um den Verkauf von Häusern, bei denen Udos Kunden Schwierigkeiten mit der Finanzierung hatten. Also hat er sich einen Partner an Land gezogen, mit dem er zusammenarbeitete. Dieser Partner war Meyer. Und soweit ich weiß, funktionierte das ganz gut. Ob dabei alles mit rechten Dingen zuging, weiß ich nicht."

Lukas stutzte. Hatte seine Frau nicht erzählt, der Immobilienmakler hätte ihr ein Kreditinstitut empfohlen, das günstige Konditionen anbot? So allmählich fügte sich das Puzzle zusammen.

„Wo finde ich Meyer?"

„Seine Firma heißt *Meyers Goldgrube* und befindet sich im ‚Chinesenviertel'."

„Was hat Meyer mit dieser Franzi Waltz zu tun, die er am Telefon erwähnt hat? Es handelt sich um eine junge Frau, die gestern Morgen aus dem Fenster ihrer Wohnung gestürzt ist."

„Ich kenne keine Franzi Waltz." Juliane schaute Lukas mit ihren grünen Augen an und lächelte. Der Ermittler fühlte sich ertappt, es sah so aus, als hätte sie zweifelsfrei mitbekommen, dass sein Interesse an ihr weit über das Berufliche hinausging.

Schnell erhob er sich. Seine Hände wurden feucht. Er hatte längst nicht alle Fragen gestellt, deren Beantwortung für seine Ermittlungen wichtig waren. Aber er spürte instinktiv, dass er dieses Gespräch besser schnell beendete, ehe er sich noch zu einer Dummheit hinreißen ließ. Mit hastigen Schritten steuerte er auf die Haustür zu.

Juliane folgte ihm. Lukas richtete seine Blicke krampfhaft gerade aus, um sich unter Kontrolle halten zu können. Erst an der Haustür drehte er sich um – so schnell, dass er mit der jungen Frau zusammenstieß. Für Sekundenbruchteile hatte er das Empfinden, sie würde nicht zurückweichen, sondern im Gegenteil ihren Körper sanft gegen seinen schmiegen. Er konnte sich nicht dagegen wehren, in seiner Hose zeichnete sich deutlich eine Beule ab, was Juliane nicht entging. Mit einem honigsüßen Lächeln strich sie sich mit ihrem Zeigefinger über die Lippen.

***

Als Andrea und Monika das Großraumbüro betraten, saß Theo an seinem Computer und bemühte sich, den Bericht für Ehrling so ausführlich wie nur möglich zu verfassen. Er hatte inzwischen Laborbefunde und den abschließenden Obduktionsbefund erhalten, denen er verzweifelt die wichtigsten Details zu entnehmen versuchte. Er las den Absatz über die Mordwaffe. Das Beil war laut Bericht nur ein einziges Mal benutzt worden – bei dem Mord. Fingerabdrücke gab es keine.

Plötzlich flatterte ein pornographisches Bild vor seinen Augen, es zeigte eine attraktive junge Frau in einer eindeutigen und aufreizenden Pose.

„Schön, dass du mich bei der Arbeit aufheitern willst“, bemerkte Theo, ohne seinen Blick von dem Foto abzuwenden.

„Du sollst dich nicht aufgeilen, sondern sagen, was dieses Foto zu bedeuten hat!“, blaffte Andrea ihn an.

Theo lachte. „Ich sehe eine nackte Frau – ohne tieferen Sinn dahinter.“

„Blödmann! Hast Du wirklich nicht geschnallt, dass es sich bei der Frau um die Tote von gestern handelt? Na? Könnte es vielleicht sein, dass das Ehepaar Waltz mit diesen kompromittierenden Bildern erpresst wurde? Wir haben etliche von diesen Fotos gefunden, alle steckten in neutralen braunen Umschlägen. Und auf keinem Umschlag gibt es eine Anschrift. Vermutlich hat sie irgendjemand persönlich in den Briefkästen eingeworfen.“

„Oha!“ Theo stutzte. „Hatten die denn so viel Geld, dass sich eine Erpressung gelohnt hätte?“

„Das ist ja das Problem – sie waren im Gegenteil hoch verschuldet.“

„Dann weiß ich es auch nicht. Vielleicht haben sie die Bilder ja zum eigenen Vergnügen gemacht? Gibt ja Leute, die auf sowas stehen.“ Theo gähnte und wandte sich wieder dem Monitor zu. „Aber das ist ja jetzt dein Fall, warum nervst du mich mit diesen Geschichten?“

„Es hätte ja sein können, dass du etwas weißt, was du mir noch nicht gesagt hast.“

„Nein. Wir hatten keine Gelegenheit zu recherchieren, daher gibt es auch nichts, was ich dir verschweigen könnte.“

Andrea wollte sich enttäuscht zu ihrem Schreibtisch begeben, doch Theo hielt sie mit einer Gegenfrage zurück: „Hast du in der Wohnung von Franzi Waltz irgendetwas über einen Peter Meyer gefunden?“

„Allerdings!“ Andrea musterte ihren Kollegen argwöhnisch. „Dieser Meyer betreibt dubiose Kreditgeschäfte. Die beiden hatten sich dort Geld geliehen und sind nun bis über beide Ohren verschuldet. Bei ihrem Einkommen hätten sie keine Chance gehabt, ihre Schulden zu Lebzeiten abzuzahlen."

„Das ist es", rief Theo, der bei Andreas Bericht hellhörig geworden war. „Meyer vermittelt Kredite, die Pfeiffers Kunden benötigen, um die von ihm angebotenen Häuser finanzieren zu können."

In genau diesem Augenblick kam Lukas ins Büro und rief Theo von Weitem zu: „Weißt du, wer Peter Meyer ist?"

„Ja! Ein Kredithai, der mit unserem ermordeten Immobilienmakler Hand in Hand gearbeitet hat."

Lukas schaute seinen Freund verdutzt an.

„Siehst du, ich bin zu den gleichen Ergebnissen gekommen wie du", bemerkte Theo mit einem süffisanten Grinsen. „Und ich musste dazu noch nicht einmal von meinem Schreibtisch aufstehen."

„Und das ist gleichzeitig auch die Verbindung zwischen Meyer, Waltz und Pfeiffer", resümierte Lukas, nachdem er sich von seiner Verblüffung einigermaßen erholt hatte. „Was zu allem Überfluss bedeutet, dass wir nun auch noch mit unserer Chef-Emanze zusammenarbeiten dürfen."

Im ersten Augenblick begriff Lukas nicht, weshalb sein Freund und Kollege angesichts dieser Aussicht so blöd grinste. Dann endlich bemerkte er Andrea, die nur wenige Meter entfernt von ihnen neben ihrem Schreibtisch stand.

***

Seit einer Stunde hielt sich Böhme in Sichtweite der Pfeifferschen Villa auf. Er spürte eine unglaubliche Zufriedenheit in sich aufsteigen. Das nächste Mal, das schwor er sich, würde er einen Fotoapparat mitbringen, um Momente wie diesen fotografieren zu können. Baccus' Verabschiedung von der Witwe des Mordopfers zu beobachten, war ein Hochgenuss. Die beiden turtelten geradezu miteinander, als würden sie sich schon ewig kennen. Und es gab keinen Zweifel, der werte Kommissar hatte einen schönen Ständer. Na ja, das konnte Böhme schon verstehen, die Pfeiffer war ja wirklich eine heiße Braut. Und wie frech sie wenige Stunden nach der Ermordung ihres Mannes schon wieder flirtete, das gefiel ihm ausgesprochen gut. Der Lady würde er demnächst mal einen Besuch abstatten und ihr ein Angebot machen, unter welchen Voraussetzungen er seine Beobachtungen für sich behalten könnte. Ihm wurde jetzt schon ganz heiß bei dem Gedanken an ein Schäferstündchen. Ob er das Versprechen zu schweigen halten würde, darüber müsste er zu gegebener Zeit noch mal nachdenken.

Diese Gedanken versetzten den fettleibigen Polizisten in ein Hochgefühl, dass er am liebsten sich selbst gratuliert hätte. Zu schade, dass es niemanden gab, mit dem er seinen Erfolg feiern konnte. Na ja, dann würde er halt mit sich selbst feiern.

Zu Fuß begab Böhme sich auf den Weg zu seinem Treffpunkt mit einem ehrgeizigen, jungen Reporter, der schon begierig auf neue Informationen wartete.

***

Lukas hob den Hörer ab, er hatte schon auf dem Display erkannt, dass Marianne anrief.

„Ist es wahr? Ist Pfeiffer wirklich ermordet worden?", fragte sie.

„Ja, es stimmt."

„Und es war ein Sexualverbrechen?"

„Zumindest starb er bei einer der schönsten Tätigkeiten", meinte Lukas lakonisch. „Ob es ein Sexualverbrechen war, kann man daraus allerdings noch nicht schließen."

„Und was machen wir jetzt?"

„Wir schieben den Kauf eines pompösen Hauses ganz einfach noch etwas hinaus. Zum Beispiel, bis wir genug Geld haben, ein solches Haus vernünftig zu finanzieren", erwiderte Lukas.

„Du hörst dich an, als käme dir dieser Mordfall gerade recht …", schimpfte Marianne.

„Sei vorsichtig mit solchen Anschuldigungen. Immerhin sprichst du hier mit einem Kriminalkommissar, der in diesem Fall ermittelt", gab Lukas mit aufgesetzter Ironie zurück.

„Entschuldigen Sie, Herr Kommissar." Marianne lachte, um im nächsten Atemzug seufzend hinzuzufügen: „Aber das Haus ist doch so schön."

„Ein anderer Makler wird sicher in Pfeiffers Firma einsteigen. Dann können wir uns ja noch einmal beraten lassen. Aber im Augenblick habe ich wirklich keine Nerven für solche Probleme."

„Ich weiß … Meine Sorgen und Wünsche haben dich noch nie wirklich interessiert."

„Rede doch keinen Unsinn ...", wollte Lukas noch abwiegeln, aber seine Frau hatte bereits aufgelegt.

„War das Marianne?", hörte er Theo im Hintergrund fragen.

Lukas nickte und schaute seinen Partner frustriert an. „Sie sorgt sich offenbar nur um das Haus, das sie von Pfeiffer kaufen wollte. Dass ein Menschenleben frühzeitig beendet wurde, ist ihr egal."

„Du darfst so was nicht auf die Goldwaage legen. Marianne kann keine Beziehung zu einem Verbrechen herstellen, wie wir das tun. Das liegt einfach in der Natur der Sache. Sie ist Modedesignerin und du bist Bulle. Da liegen Welten dazwischen", warf Theo ein.

„Das hört sich ja fast so an, als wüsstest Du, wie es in einer Ehe zugeht", giftete Lukas zurück. „Habe ich da irgendwas in deiner Biographie nicht mitbekommen?"

„Beruhig dich mal. Will mich ja nicht als Besserwisser aufspielen, aber vielleicht bekomme ich von euren Problemen mehr mit, als du denkst. Ich bin zwar nicht verheiratet, aber stumpfsinnig bin ich auch nicht."

Lukas schwieg, im Stillen wusste er, dass sein Freund nicht völlig falsch lag mit dieser Einschätzung.

„Was haben wir denn hier?", rief Theo plötzlich.

„Was denn?"

„An Pfeiffers Leiche wurden Schamhaare gefunden, die eindeutig nicht von ihm stammen!"

„Na, dann werden wir ja auch bald herausfinden, ob wirklich Juliane diejenige war, die ihm letzte Freuden vor seinem Ableben bereitet hat", bemerkte Lukas grimmig.

Theo kramte auf seinem Schreibtisch nach den Untersuchungsergebnissen. „Hier irgendwo müssen Analysen der Blutproben von Juliane sein", erklärte er und fischte endlich das gesuchte Fax der Gerichtsmedizin aus dem Papierstapel.

„Was für Blutproben?" Lukas glaubte seinen Ohren nicht zu trauen.

„Na, Blutproben, mit denen ein DNA-Abgleich vorgenommen wurde. Das haben die Jungs von der Gerichtsmedizin tatsächlich sofort erledigt."

Lukas schluckte. „Was ist das denn für eine Aktion? Kannst Du mir mal erklären, was hier abgeht?"

„Auch ich weiß, dass deine Juliane schon heute Morgen das Krankenhaus verlassen hat. Da stellt man sich doch natürlich seine Fragen. Na, und da hab ich halt mal ein wenig Druck gemacht."

„Und was steht in dem Bericht?", fragte Lukas stockend, nachdem er sich von seinem ersten Schrecken erholt hatte.

„Es ist ein vorläufiges Ergebnis. Eine eindeutige DNA-Analyse dauert halt."

„Und das vorläufige Ergebnis?", hakte Lukas ungeduldig nach. „Jetzt spiel hier nicht den Geheimniskrämer."

„Es ist nicht eindeutig. Aber allem Anschein nach war Juliane beim letzten Schäferstündchen ihres Mannes nicht beteiligt."

Mit bedächtigen Schritten ging er den spärlich beleuchteten Raum auf und ab. Je besser sich seine Augen an die Dunkelheit gewöhnten, umso mehr fühlte er sich ins 16. Jahrhundert zurückversetzt. Die dunklen Kellergewölbe erinnerten in der Tat an englische Kerker, in denen die unrühmlichen Opfer oft fragwürdiger Prozesse bei schummriger Fackelbeleuchtung geköpft wurden.

Spanische Stiefel zur Zersplitterung von Schienbeinen und Füßen, Zangen zum Ausreißen der Fingernägel, sogar eine Streckbank zum Ausrenken der Glieder mit Seilzügen und Zangen durften seinem Sortiment an Foltergeräten nicht fehlen.

Die Sammlung war fast vollständig. Darmleiern und Hodenquetscher zierten sein Sortiment. Unversehrt lagen sie auf einem Regal und warteten darauf, zum Einsatz zu kommen.

Das richtige Opfer dafür würde in ihm seinen Meister finden. Er hielt die Augen stets offen. Ihm entging nichts. Keiner kam ungestraft davon, das hatte er erneut bewiesen. Jeder Frevler wurde seiner gerechten Strafe zugeführt.

Tauchgestelle, Folterpflöcke sowie Bleipeitschen durften einem Inventar jeder noch so kleinen Folterkammer nicht fehlen. Auch diese Geräte befanden sich in seiner Sammlung und zeugten von seiner Perfektion. Seine neueste Errungenschaft war das mit Nägeln versehene Folterrad. Welch eine Augenweide!

Hinzu kam der Eisenkäfig, der früher auch „Räubersarg" genannt wurde. In solchen Käfigen wurden die Frevler an öffentlichen Plätzen zur Schau gestellt, wobei sie durch Hunger, Durst oder Kälte ums Leben kamen.

Zu schade, dass diese Methode heute nicht mehr offiziell angewendet werden durfte. Das Volk hatte nicht die geringste Vorstellung davon, was ihm vorenthalten wurde.

Nach der täglichen Inventur schloss er in höchstem Maße zufrieden seine Schatzkammer ab, entstieg der Gruft und gelangte zurück in die Gegenwart, die ihm wie immer einen leisen Verlustschmerz bescherte. Der Schmerz angesichts einer Ära, die er nicht nur bewunderte, sondern wieder herbeisehnte.

Kapitel 7

Theresa staubte das Wohnzimmer ab und fuchtelte mit ihrem Wedel ständig um Juliane herum, die auf der Couch saß und in einem Magazin blätterte. Eine Weile schaute sie der Alten geduldig zu, dann verkündete sie beiläufig: „Sie können aufhören. Ich werde Ihre Papiere fertig machen, Sie sind entlassen."

Bleich vor Schreck schaute die Haushälterin die junge Witwe an und überlegte einige Sekunden, ehe sie mit boshaftem Grinsen erwiderte: „Das würde ich mir überlegen. Ich weiß viel zu viel, als dass Sie mich so einfach hier rauswerfen könnten."

„Womit wollen Sie mir denn drohen?", gab Juliane ungerührt zurück.

„Ich weiß zum Beispiel, was mit Udos Mutter damals passiert ist. Und ich weiß auch, warum!"

Juliane starrte die Alte irritiert an. Irgendetwas stimmte hier nicht.

„Ja", fügte Theresa triumphierend hinzu. „Ich war auch damals schon hier beschäftigt. Jetzt staunen Sie, oder? Das hat Udo Ihnen wohl nicht erzählt. Aber den anderen Teil der Geschichte, den kennen Sie offenbar."

„Ich denke, Sie sind seit 30 Jahren hier?"

„Ja, als Haushälterin, das stimmt. Aber vorher habe ich schon fast zehn Jahre als Küchenhilfe hier gearbeitet", erklärte die Alte – und ihre Augen funkelten böse bei diesen Worten. Zwar nahm sie sich vor, die Aussage der Alten zu überprüfen, aber zunächst beließ sie es dabei. Vorsicht war angeraten.

Zufrieden lächelte die Alte und setzte ihre Arbeit mit dem Staubwedel fort.

***

Der Verkehr war für einen Samstag ungewöhnlich dicht, sodass Lukas und Theo nur langsam vorankamen. Es dauerte fast eine Stunde, bis sie sich von einer roten Ampel zur nächsten endlich zu Udo Pfeiffers Maklerbüro durchgekämpft hatten.

Theo klimperte mit den Schlüsseln, stellte allerdings schnell fest, dass er sie nicht brauchte. Die Tür war nur angelehnt, das Schloss aufgebrochen. Sofort zückten beide ihre Waffen, entsicherten sie und huschten lautlos in das Büro hinein. Sie schauten sich nach allen Seiten um, erkannten aber schnell, dass niemand hier war.

„Mist", bemerkte Lukas missmutig, als er das Chaos im Büro registrierte. „Da ist uns jemand zuvorgekommen und hat ganze Arbeit geleistet. Die Jungs von der Spusi werden sich freuen."

„Aber vorher können wir uns ja mal ein bisschen umschauen", schlug Theo vor.

Lukas wusste, dass das nicht vorschriftsmäßig war. Aber warum eigentlich nicht? Niemand würde später genau sagen können, wie lange sie mit ihrem Anruf gewartet hatten.

Theos erster Blick fiel auf das Gehäuse des Computers. Das sah nicht gut aus. Er näherte sich dieser Hülle. Dahinter sah er deren Inhalt in einem wilden Durcheinander auf dem Boden liegen. Lose Kabel, Grafikkarte, Mainboard, CD-Brenner und Prozessor offenbarten sich vor ihm. Was fehlte, war die Festplatte – als hätte er es geahnt.

Frustriert schaute er sich um und murrte: „Ich komme mir vor wie der letzte Volltrottel. Vermutlich beobachtet uns der Einbrecher mit einem Fernglas und lacht sich über uns kaputt."

„Beruhig dich", versuchte Lukas seinen Freund aufzumuntern, „hier liegt noch genug anderes Zeug herum, das wir uns anschauen können. Vielleicht finden wir ja irgendwas, das der Einbrecher übersehen hat. Oder nicht wegschleppen konnte, weil wir zu früh hier angekommen sind."

Nach einer Weile war Lukas' Zuversicht auf den Nullpunkt gesunken. Der Fußboden war übersät mit Angeboten, Kaufverträgen, Kostenvoranschlägen, Terminen, aber sie hatten absolut nichts gefunden, was sie weiterbringen konnte.

„Wenn es hier etwas Verräterisches gab, dann hat der Einbrecher es längst in Sicherheit gebracht", meinte Theo resigniert. „Komm, lass uns die Kollegen rufen. Wir können hier nichts mehr ausrichten."

„Vielleicht gibt es ja auch gar keine kompromittierenden Dokumente hier und wir haben vergeblich gesucht", überlegte Lukas.

„Möglich. Aber auch unser Einbrecher scheint da anderer Meinung gewesen zu sein, sonst wäre er nicht das Risiko eingegangen, am hellen Tag hier einzudringen."

„Deine Worte in Gottes Ohr!", sagte Lukas und legte einen Aktenordner auf den Boden. „Was hältst du von der Überlegung, dass Robert Waltz unser Einbrecher sein könnte?", fügte er nach einer Pause hinzu.

„Wie kommst du ausgerechnet auf ihn?"

„Er hat mit Sicherheit von Pfeiffers Tod erfahren. Vielleicht versucht er, Spuren zu beseitigen, die ihn belasten könnten."

„Vergiss nicht, der Fall Waltz wird von unserer Kampflesbe bearbeitet", erinnerte Theo.

„Wenn Waltz verdächtig ist, der Mörder von Udo Pfeiffer zu sein, dann ist es auch unser Fall!", widersprach Lukas heftig.

„Warum sollte er Pfeiffer getötet haben? Nur, weil er eine Eigentumswohnung von ihm gekauft hat, die er nicht bezahlen konnte? Dann haben wir es hier aber mit einer Menge von Verdächtigen zu tun."

„Mag sein", beharrte Lukas, „aber nach Andreas Worten hat sich das Ehepaar Waltz finanziell mehr als nur übernommen. Die beiden waren so stark verschuldet, dass vermutlich noch ihre Enkel Raten abbezahlen dürften ..."

Lukas war während er sprach zum Fenster geschlendert und warf einen Blick auf die belebte Hauptstraße. Plötzlich erblickte er dort eine schattenhafte Gestalt, riss das Fenster auf und brüllte: „Halt! Stehen bleiben! Polizei!"

Im nächsten Atemzug rannte er zur Tür und stürmte aus dem Büro. Theo folgte ihm, so schnell er konnte, aber als sie auf der Straße waren, konnten sie nichts Auffälliges erkennen. Keiner der Passanten, die hier herumschlenderten, hinterließ den Eindruck, in Eile zu sein.

„Ist alles in Ordnung?“, fragte Theo und warf Lukas einen skeptischen Blick zu.

„Hast du den Kerl nicht gesehen, der von hier zu Pfeiffers Bürofenster geschaut hat?“

„Nein“, erwiderte Theo, „aber ich hoffe schwer, dass du ihn gesehen hast. Denn sonst würde ich anfangen, mir ernsthaft Sorgen um dich zu machen.“

***

Günter Selter öffnete seine Tasche, aus der Unterlagen, die er in der grenzenlosen Eile wahllos hineingestopft hatte, nur so herausquollen. Erst hier konnte er in Ruhe prüfen, ob er alles gefunden hatte, was er benötigte. Das Letzte, was er aus der Tasche nahm, war ein kleines Gehäuse, das er aus dem Computer entfernt hatte. Er war handwerklich begabt, aber Computer bedienen konnte er nicht – schon gar nicht, wenn sie passwortgeschützt waren. Also hatte er sich zu einer Radikalmaßnahme entschieden und die ganz Festplatte einfach ausgebaut und mitgenommen. Wahrscheinlich würde er sie doch nur entsorgen. Mehr konnte er nicht darüber nachdenken, denn plötzlich stand Doris im Zimmer. Der hektische, fast panische Zustand ihres Mannes entging ihr nicht. „Was tust du da?“, fragte sie mit bleicher Miene.

„Doris?“ Selter schien seinen Sinnen nicht trauen zu wollen. „Ich dachte, du bist bei deiner Mutter!“

„Ich muss dich leider enttäuschen, Günter. Meine Mutter war nicht zu Hause.“

Fieberhaft suchte Selter nach einer Erklärung für das, was er hier trieb, aber er spürte schnell, dass das Unterfangen, Doris zu täuschen, aussichtslos war. Also beschloss er nach einigem Zögern, die Wahrheit zu sagen: „Jetzt, nachdem Pfeiffer tot ist, dachte ich mir, dass er die Unterlagen über unser Haus nicht mehr braucht. Also habe ich sie mir vorsichtshalber aus seinem Büro geholt.“

„Was hast du getan?“, fragte Doris entsetzt nach.

„Es geht immerhin um einen Mord“, versuchte ihr Mann sich zu rechtfertigen. „Wenn die Polizei sein Büro durchsucht und sieht, wie hoch wir verschuldet sind, geraten auch wir unter Verdacht. Das wollte ich uns ersparen.“

„Und da brichst du einfach in ein leer stehendes Büro ein und willst mir noch erzählen, das wäre gut für uns? Bist du völlig verrückt geworden?“

Für einen Augenblick verschlug es Selter die Sprache. Er atmete tief durch. Und dann verwandelte sich sein Gesichtsausdruck jäh – die Panik wich einer Mischung aus Zorn und Verachtung.

„Ich bin nicht verrückt geworden – aber vielleicht Du!“ Mit hochrotem Kopf zog er ein Foto aus dem Papierstapel hervor und hielt es seiner Frau unter die Nase. „Was meinst Du, was die Polizei sagt, wenn sie das hier sieht?“

Doris betrachtete sich selbst, wie sie, nackt und mit gespreizten Beinen, auf Udo Pfeiffers Bett lag, die Hände ans Kopfende des Gestells gefesselt.

„Hast Du nur dieses eine gefunden?“, erkundigte sie sich zaghaft, nachdem sie ihren ersten Schock verkraftet hatte.

„Die Festplatte des Computers konnte ich nicht durchsuchen, die war passwortgeschützt“, meinte Selter. „Dafür habe ich sie einfach mal mitgebracht.“ Er zeigte auf das kleine, graue Gehäuse. „Ob Pfeiffer jedoch noch andere Datenspeicher hatte, weiß ich nicht.“

„Dieses Foto hat Pfeiffer auf jeden Fall mit einer Sofortbildkamera aufgenommen“, meinte Doris mit Bestimmtheit, „weil er es mir gleich danach schon gezeigt hat.“

„Gibt es so etwas überhaupt noch?“, zweifelte Selter.

„Was sollte es sonst gewesen sein?“, hakte Doris unsicher nach.

Er fuhr über sein unrasiertes Kinn. „Hoffen wir mal, dass er nicht noch mit einem anderen Apparat solche Aufnahmen von dir geschossen hat."

Eine Weile saßen sich die beiden schweigend gegenüber, bis Günter endlich die unvermeidliche Frage stellte, die Doris schon die ganze Zeit erwartet und befürchtet hatte: „Und? Hat es dir Spaß gemacht mit ihm?"

***

Nachdem sie die Durchsuchung von Pfeiffers Büro abgebrochen und die Spurensicherung gerufen hatten, fuhren Theo und Lukas direkt weiter zu *Meyers Goldgrube.* Vielleicht hatten sie ja dort mehr Erfolg.

Das Büro lag am Rande der Stadt im „Chinesenviertel" umgeben von Sozialwohnungen und alten, leer stehenden Bruchbuden, deren Abriss nur noch eine Frage der Zeit war. Am Ziel angekommen erlebten die beiden jedoch eine Überraschung: Vor dem Gebäude standen Polizeiautos und Feuerwehrwagen, die Presse war in Scharen angerückt und die Bürgersteige waren übersät von Schaulustigen. Dicke Rauchschwaden verpesteten die Luft.

„Scheiße, das Büro brennt!", fluchte Theo. „Heute ist wirklich nicht unser Tag."

„Wann wurde der Brand gemeldet?", fragte er einen der Polizisten, die am Rand der Absperrungen standen.

„Vor einer Stunde. Dort ist nichts mehr zu retten. Das Gebäude brennt wie Zunder!"

„Und die Bewohner?"

„Als wir kamen, war es schon zu spät noch hineinzugehen. Wir müssen warten, bis das Feuer gelöscht ist, dann können wir erst sagen, ob jemand drin war oder nicht."

Lukas und Theo beobachteten die Bemühungen, das Feuer in den Griff zu bekommen. Angrenzende Häuser wurden durch Wasserwerfer vor dem Übergreifen der Flammen geschützt. Allerdings drohten einige der heruntergekommenen Gebäude jeden Augenblick unter der Last des Wassers zusammenzustürzen. Die Szenerie hatte etwas Bizarres.

Ein Feuerwehrmann kam auf Lukas und Theo zu und berichtete: „Bei uns ist ein Hinweis eingegangen, dass es sich um Brandstiftung handeln könnte. Seid ihr deshalb hier?"

„Nein", antwortete Theo. „Wir sind von der Mordkommission und nur zufällig vor Ort. Im Haus befand sich ein Büro, das für unsere Ermittlungen wichtig ist."

Der Feuerwehrmann schüttelte den Kopf. „Viel werdet ihr da nicht mehr finden, wenn wir fertig sind."

***

Zufrieden lehnte sich Juliane in ihrem bequemen Sofa zurück. Theresa hatte Feierabend und das Haus verlassen. Endlich konnte sie abschalten. Dennoch ging ihr die kleine Frau nicht aus dem Kopf, sie konnte ihr tatsächlich gefährlich werden. Aber Juliane wollte diese Gefahr auch nicht zu hoch bewerten – Theresa wusste zwar einiges, aber sie sollte mit ihren Drohungen doch besser vorsichtig sein. Der Schuss könnte leicht nach hinten losgehen.

Juliane schaltete den Fernseher ein und ließ eine Seifenoper auf sich einrieseln, bis sie in der richtigen Stimmung war, die Entwicklungen wieder positiv zu sehen.

Das Telefon klingelte. Sollte sie abheben? Vielleicht war es die Polizei. Immerhin lag der Mord an ihrem Mann noch nicht lange zurück, da konnte es nicht schaden, den Ermittlern gegenüber einen kooperativen Eindruck zu vermitteln.

„Hier ist Lukas Baccus."

Sie hatte also richtig vermutet. Augenblicklich sah sie das schmale Gesicht des Kommissars vor Augen umrahmt von wirren, unbezähmbaren roten Locken. Sofort kam ihr auch wieder die extreme Nervosität ins Gedächtnis, die ihn in ihrer Nähe überkommen hatte.

„Unsere Ermittlungen sind erschwert worden. *Meyers Goldgru-*

be ist abgebrannt“, erklärte Lukas nach einigem Zögern.

Juliane glaubte zu spüren, dass er sogar am Telefon Mühe hatte, seine innere Unruhe und Erregbarkeit im Zaum zu halten.

„Vielleicht gibt es doch noch einige Informationen, die Sie uns geben könnten“, fügte er nach einer weiteren längeren Pause hinzu.

„Natürlich helfe ich Ihnen, gerne sogar“, erwiderte Juliane. „Kommen Sie doch vorbei. Ich bin allein. Auch wenn ich, wie schon gesagt, nicht sehr viel über Udos Geschäfte weiß.“

„Okay, in einer halben Stunde bin ich da.“

Mit einem siegesgewissen Lächeln legte Juliane auf und eilte nach oben ins Badezimmer, um sich dort im Spiegel zu betrachten. Ihr Make-up saß perfekt, ihre Haare standen in wilden Locken vom Kopf ab – alles stimmte, so sollte es sein. Sie ahnte, dass dieser Polizist nicht nur berufliche Absichten hegte; nein, sie ahnte es nicht, sie wusste es, seine Unkonzentriertheit bei den bisherigen Treffen war ein eindeutiges Signal gewesen. Und auch sie war nicht abgeneigt, dieser Mann war nicht ohne.

Ein wohliger Schauer lief über ihren Rücken, sie beschloss, sich noch schnell umzuziehen. Mit einem Lächeln auf den Lippen wählte sie ein enges, aufreizend kurzes Kleid aus, das ihre Figur besonders betonte.

Sie war kaum fertig, da klingelte es auch schon an der Tür.

Kapitel 8

Marianne saß in ihrem Korbsessel auf dem Balkon. Sie hatte ihre Beine auf den Tisch gelegt. Ihre Füße zappelten nervös hin und her, als sich Lukas auf den Stuhl gegenüber setzte.

„Du musst also noch arbeiten", brachte sie klagend hervor.

„Ja, dieser Fall ist verdammt wichtig. Vergiss nicht, es besteht immer noch die Gefahr, dass Theo und ich suspendiert werden."

„Und wer ist diese Frau?"

„Welche Frau?"

„Du hast doch eben mit einer Frau telefoniert. Ist es Pfeiffers Witwe?"

Lukas lief unmerklich rot an, er fühlte sich ertappt. Woher hatten Frauen nur diesen siebten Sinn?

„Ja. Sie ist die Einzige, die uns mehr über das Opfer erzählen kann. Das ist die Chance, den Kreis der Verdächtigen einzuengen. Wir können schließlich nicht jeden befragen, der beruflich mit ihm zu tun hatte."

„Wie nimmt sie es auf?"

Auf diese Frage reagierte Lukas fast erleichtert. Möglicherweise hatte er sich ja getäuscht und Marianne hatte doch keinen Argwohn geschöpft.

„Sie wirkt eigentlich ziemlich gefasst. Zumindest jetzt, nachdem der Schock überwunden ist. Die eigentliche Erkenntnis, dass ein uns nahe stehender Mensch nie mehr zurückkehrt, kommt bei den meisten Betroffenen erst deutlich später."

Marianne nickte nachdenklich und nippte an ihrer Cola. An diesem Abend hatte sie keine Immobilienprospekte auf dem Schoß liegen und auch noch kein einziges Wort über das Haus verloren, in das sie sich so verschossen hatte. Der Mord an dem Makler hatte sie allem Anschein nach dazu bewegt, ihr Vorhaben zumindest aufzuschieben.

„Wann besuchst du sie?"

„Am besten jetzt gleich“, antwortete Lukas mit einem gespielten Seufzer. „Je eher wir zu Ergebnissen kommen, desto leichter können wir den Kriminalrat beschwichtigen.“

***

In gemäßigtem Tempo fuhr Lukas durch den abendlichen Verkehr, der zu dieser Stunde stark abgeflaut war. Einzelne Autos heulten auf, regelmäßig drang laute Musik in seine Ohren, bis sich die Wagen wieder entfernt hatten. Klar, für Jugendliche war der Samstagabend die Gelegenheit, aus dem Alltag auszubrechen.

Im Vorbeifahren prostete ihm ein Mädchen mit einer Dose Bier zu. Lukas lächelte leicht wehmütig, diese Zeiten waren für ihn lange vorbei. Seit er mit Marianne zusammenlebte, lief sein Leben in geordneten Bahnen ab, im Vergleich zu den Jahren davor konnte man es geradezu langweilig nennen. Ja, Marianne hatte aus ihm einen anderen Menschen gemacht, so nach und nach im Laufe der vier Jahre, die sie verheiratet waren. Aber bedauert hatte er das nie. Bis heute. Seit er Juliane gesehen hatte, spürte er, wie er aus diesem wohlbehüteten Schlaf erwachte. Ein Verlangen machte sich in ihm breit, das er seit Marianne nicht mehr erlebt hatte. War er doch tatsächlich der festen Überzeugung gewesen, Marianne sei seine einzige und ewige Liebe, sein einziges Aphrodisiakum, sein einziger Orientierungspunkt in seinem Leben. Vier Jahre lang war es auch so gewesen. Bis jetzt. Lukas spürte, dass diese Frau es innerhalb von wenigen Augenblicken geschafft hatte, sein bisheriges Leben auf den Prüfstand zu stellen.

Langsam näherte er sich seinem Ziel. Die Straße im Villenviertel war zu dieser Stunde leer und verlassen. Erwartungsvoll stellte er den Wagen ab, trat auf die Haustür zu und klingelte. Es dauerte eine Weile, bis sie endlich öffnete. Was er sah, entsprach allerdings ganz und gar nicht seinen Erwartungen. Vor ihm stand Juliane – völlig aufgelöst, mit verweinten Augen, verschmiertem Make-up und einem verwirrten Gesichtsausdruck. Erst als sie erkannte, wer vor ihr stand, ließ sie ihn eintreten.

„Was ist passiert?", erkundigte sich Lukas. „Sie sind ja völlig durcheinander."

„Nichts", antwortete sie ausweichend und führte ihn ins Wohnzimmer. „Ich bin sofort zurück, machen Sie es sich einfach bequem", forderte sie ihn auf und verschwand in Richtung Treppe. Lukas' Blicke folgten ihr versonnen, wie sie, leichtfüßig wie eine Fee, in ihrem hauteng anliegenden Kleid in den ersten Stock hinaufstieg.

Wenige Minuten später kam sie zurück, offensichtlich hatte sie sich im Bad frischgemacht. Ihr Gesicht war so perfekt geschminkt, dass Lukas kaum glauben konnte, sie kurz zuvor völlig verweint gesehen zu haben. Ihre Augen leuchteten, ihre Lippen glühten rot und sinnlich.

„Was wollen Sie nun über Meyer wissen?", kam sie ohne Umschweife zur Sache und bot ihm gleichzeitig einen Cognac an. Dann setzte sie sich ihm gegenüber auf das Sofa und winkelte ihre langen, schlanken Beine an.

„Alles, was Sie wissen", entgegnete Lukas und ließ dabei seine Blicke verräterisch lang auf ihren Beinen verweilen. „Wir tappen völlig im Dunkeln, jeder noch so kleine Hinweis könnte von Bedeutung sein. Vor allem fragen wir uns natürlich, aus welchem Grund sein Büro abgefackelt wurde. Was könnte er dort verborgen haben?"

„Hm." Juliane atmete tief durch und überlegte einen Moment. „Viel weiß ich wirklich nicht, Udo hat sich da sehr bedeckt gehalten. Aber ich habe natürlich mitbekommen, dass Meyer Kredite an kauffreudige Kunden meines Mannes vermittelt hat, die sich Luxuswohnungen oder Häuser gekauft haben, ohne sie sich eigentlich leisten zu können. Selbstverständlich zu Wucherzinsen, aber das fällt den Kunden, meist noch sehr jungen Leuten, immer erst auf, wenn es ans Bezahlen geht. Dann merken sie, dass sie einen Fehler gemacht haben. Aber dann ist es zu spät."

Sie räkelte sich vor seinen Augen auf dem Sofa, dass Lukas Mühe hatte, ihren Worten zu folgen. Einem plötzlichen Impuls folgend, fragte er: „Darf ich mich zu Ihnen setzen?“

„Ist das für Ihre Ermittlungen hilfreich?“, entgegnete Juliane mit einem kokettierenden Lächeln.

„Ja. Wir müssen unsere Zeugen besser kennenlernen.“

Jetzt lachte sie laut auf und sagte: „Worauf wartest du? Ich habe mich schon die ganze Zeit gefragt, ob du wirklich so schüchtern bist, wie du tust.“

Als er sich, selber noch irritiert über seinen Wagemut, neben ihr niederließ, spürte er sofort eine Hitze in sich aufsteigen, die nur wenig mit der körperlichen Nähe zu tun hatte. Für kurze Zeit schloss er die Augen und fragte sich, wie es jetzt weitergehen sollte.

„Fürchten Sie sich nicht allein in diesem Haus?“, hörte er sich dämlich fragen und hätte sich im gleichen Augenblick für diese alberne Reaktion am liebsten selbst geohrfeigt. Als er seine Augen wieder öffnete, bemerkte er, dass der Inhalt seines Glases bedrohlich hin und her schwappte. Er zitterte am ganzen Körper.

Lächelnd nahm sie seine Hand in ihre, aber das Zittern hörte nicht auf.

„Ja, ich habe Angst. Sehr große Angst sogar. Ich möchte, dass du heute Abend bei mir bleibst“, hauchte sie in sein Ohr.

Bei diesen Worten lief ein wohliger Schauer vom Nacken hinab über Lukas’ Rücken. Seine Muskeln spannten sich. In seinem Kopf spielte alles verrückt. Julianes Stimme, ihr Atem an seinem Ohr, der Duft ihrer zarten Haut – das alles drohte ihm endgültig den Verstand zu rauben. Was hatte er sich dabei gedacht, in dieses Haus zu gehen. Zu Hause saß seine Frau und wartete auf ihn.

„Wirst du bleiben?“ Ihre Hand war längst weitergewandert und lag jetzt auf seinem Oberschenkel.

„Ich kann leider nicht so frei entscheiden wie du. Ich bin verheiratet.“

In diesem Moment klingelte es an der Tür.

„Scheiße!", fluchte Lukas.

„Wer immer das auch ist, ich werde ihn abwimmeln", erklärte Juliane und lächelte ihn an. „Niemand wird erfahren, dass du hier bist."

„Das wird dir kaum gelingen", entgegnete Lukas. „Mein Auto steht direkt vor der Tür."

***

Schon vom Flur aus drang Theos Stimme an Lukas' Ohr. Er hatte also mit seinen Befürchtungen ins Schwarze getroffen. Kurz darauf kam sein Kollege auch schon wütend ins Wohnzimmer gestampft. Schnell ließ Lukas sein Cognacglas hinter dem Sofa verschwinden.

„Bist du wahnsinnig geworden?", tobte Theo ohne ein Wort der Begrüßung los. „Was machst du hier um diese Zeit? Wenn das jemand mitbekommt, sind wir endgültig weg vom Fenster."

„Spinnst du?", gab Lukas ebenso laut zurück und fixierte seinen Freund mit einem drohenden Blick. „Ich bin dienstlich hier und stelle Befragungen über Peter Meyer an. Außerdem wäre es mir neu, dass ich für solche Aktionen deine Erlaubnis einholen müsste."

„Verdammt noch mal, keine Befragung kann so unaufschiebbar sein, dass du dafür Samstagnacht allein in die Wohnung einer wichtigen Zeugin schleichst."

„Sie übertreiben", griff Juliane ein. „Wir haben wirklich nur über Peter Meyer gesprochen. Das hat mit herumschleichen nichts zu tun."

Theo verstummte. Mit wütenden Blicken fixierten sich die Männer, bis Theo den Grund seines Eindringens endlich erklärte: „In den Trümmern von *Meyers Goldgrube* wurde eine verkohlte Leiche entdeckt. Wir vermuten, es ist Peter Meyer."

Entsetzt hielt Juliane ihre Hände vor den Mund und eilte aus dem Zimmer.

„Konntest du mit deiner Neuigkeit nicht warten, bis wir außer Hörweite sind?", schimpfte Lukas.

Doch Theo erwiderte ungerührt: „Die steckt noch viel mehr weg, glaub mir. Du bist im Moment nur blind, weil du scharf auf sie bist. Aber ich hoffe, du kommst rechtzeitig wieder zur Vernunft. Daheim sitzt Marianne, eine wunderbare und vor allem charakterfeste Frau, die es nicht verdient hat, belogen und betrogen zu werden. Also mach' endlich die Augen auf und sieh das Naheliegende!"

„Was soll ich denn sehen? Dass Juliane nun auch noch Meyers Büro angezündet und ihn umgebracht hat? Du leidest doch unter Verfolgungswahn. Und sag mal, woher weißt du eigentlich, dass ich hier bin?"

„Dreimal darfst du raten … Ich hab bei dir angerufen und Marianne wusste zum Glück, wohin du wolltest." Allmählich beruhigte sich Theo wieder. „Meyer hatte übrigens im Stockwerk darüber seine Wohnung", fuhr er auf dem Weg zur Tür fort. „Die Reste der Leiche sind in die Gerichtsmedizin gebracht worden, in wenigen Stunden wissen wir, ob er es wirklich war und ob er an den Verbrennungen gestorben ist. Vielleicht war er ja auch schon vorher tot. Wir müssen ins Büro. Dort liegen die Laborberichte. Dieser Brand hängt garantiert mit dem Mord an Udo Pfeiffer zusammen, darauf gehe ich jede Wette ein."

***

Vergnügt rieb sich Böhme die Hände. Im ersten Moment hatte er sich noch geärgert, dass Borg aufgetaucht war, bevor es in dem hell erleuchteten Wohnzimmer mit den beiden Turteltauben richtig zur Sache ging. Doch nun sah er seine Chance gekommen.

Das Auto mit den beiden Kriminalbeamten bog gerade um die Kurve und war somit außer Sichtweite. Zufrieden strich er sich über seinen dicken Bauch, als wollte er sein Hemd glatt streichen, trat auf die Haustür zu und klingelte. Es dauerte nicht lange, da stand die geheimnisvolle Schöne vor ihm

„Wer sind Sie?", fragte Juliane den ungebetenen Besucher.

„Ich heiße Berthold Böhme und bin Ihr größter Bewunderer", erklärte der fettleibige Polizist mit zuckersüßer Stimme und einem anzüglichen Grinsen.

Misstrauisch musterte Juliane den Mann und wollte ihm gerade die Tür vor der Nase zuknallen, doch es war schon zu spät: Böhme stellte seinen Fuß in den Rahmen und schob sie mit seinem massigen Körper gewaltsam in den Flur.

„Jetzt wirst du mir mal zeigen, womit du den Männern so gerne Vergnügen bereitest. Du musst dich nicht zieren. Hast du bei Baccus ja auch nicht getan. Aber der musste ja leider weg."

„Hauen Sie ab, Sie Schwein!", stieß Juliane aus und wollte ihm eine Ohrfeige geben, doch Böhme packte lachend ihren zarten Arm mit einer Hand und betatschte mit der anderen grob ihre Brüste.

Juliane schrie laut auf, doch Böhme lachte nur noch lauter: „Wen willst du hier aufschrecken? Die Toten vielleicht, die du im Keller begraben hast. Also komm, du kleine Hure, stell dich nicht so an."

Unsanft schob er sie weiter ins Haus hinein und zerrte nun mit seiner freien Hand Julianes kurzes Kleid so weit hinauf, dass sie im Slip vor ihm stand. Verzweifelt versuchte sie, sich aus seinem Griff zu befreien. Böhme geriet in Wut, holte mit der Faust aus und schlug ihr so heftig ins Gesicht, dass sie rücklings auf den Boden fiel. In Sekundenschnelle kniete Böhme über ihr und riss ihr den Slip vom Leib.

„Das macht dir doch Spaß, so ein paar Hiebe zu bekommen, nicht wahr? Na, den Spaß sollst du bekommen. Ich will alles von dir! Verstehst du, was ich meine: alles!"

***

„Mist, ich habe meine Autoschlüssel bei Juliane liegen lassen", fluchte Lukas.

„Die brauchst du jetzt nicht, den Wagen kannst du morgen früh abholen“, wiegelte Theo ab, der kein Interesse hatte, noch mal umzukehren.

„Doch. Das ist der gesamte Schlüsselbund, da sind alle dran: Haustürschlüssel, Büroschlüssel und so weiter. Also, fahr bitte zurück.“

„Verdammt, das hat doch Zeit, wir fahren doch ohnehin erst mal auf die Dienststelle“, blieb Theo unerbittlich.

Als sie an einer roten Ampel hielten, erklärte Lukas bestimmt: „Wenn du nicht sofort umkehrst, steige ich aus und geh zu Fuß. Ich habe keine Lust, mich von dir terrorisieren zu lassen. Überleg es dir genau!“

„Also gut“, gab Theo schließlich nach, drehte den Wagen und fuhr zurück ins Villenviertel.

Als sie ankamen, sahen sie in Julianes Haus sämtliche Fenster erleuchtet. Lukas staunte. Wozu brauchte jemand, der alleine lebte, so viel Licht?

Er stieg aus und steuerte die Haustür an. Theo folgte ihm. Als er klingelte, hörte er ein Klirren, aber niemand kam, um die Tür zu öffnen. Nervös drückte Lukas wieder und wieder den Klingelknopf, aber nichts tat sich. Voller Sorge trat er an das Fenster zum Wohnzimmer und zog sich mit Klimmzügen am Sims hoch. Das Zimmer war leer.

Wieder ertönte ein Klirren.

„Ich schaue mich hinten um“, erklärte Theo und verschwand in der Dunkelheit.

Völlig aufgebracht klingelte Lukas ein weiteres Mal. Endlich hörte er Schritte und eine leise Stimme. Zaghaft ging die Tür auf. Vor ihm kniete Juliane. Entsetzt drückte er die Tür ganz auf und hob die verwirrte und völlig zerzauste Frau vom Boden auf. Ihr Kleid war zerrissen und bis zur Hüfte hochgeschoben, ihre untere Hälfte nackt. Hastig zog Lukas die Fetzen herunter und trug sie ins Wohnzimmer, wo er sie behutsam aufs Sofa legte.

„Meine Güte, Juliane, was ist passiert? Wer war das?“, fragte er besorgt.

Im gleichen Augenblick kam Theo ins Zimmer gestürmt. Als er Juliane in ihrem aufgelösten Zustand sah, verschlug es ihm kurz die Sprache. „Verdammt, so langsam begreife ich, was hier los war“, murmelte er, nachdem sich der erste Schreck gelegt hatte. „Jemand ist durch die Tür zum Garten getürmt. Ich rufe die Kollegen, die sollen alles hier absuchen. Aber vermutlich ist der Kerl schon über alle Berge.“

„Weißt du, wer das war?“, fragte Lukas. „Und hat er …“

Juliane schüttelte den Kopf. „Du musst dir keine Sorgen machen. Er ist nicht so weit gekommen, wie er wollte“, erklärte sie mit einem schwachen Lächeln.

„Was heißt das?“

„Ihr seid gerade noch rechtzeitig zurückgekommen.“

Erleichtert atmete Lukas auf und strich ihr zärtlich über die Schulter. Im selben Augenblick stöhnte Juliane auf und verzog das Gesicht vor Schmerzen. Behutsam zog Lukas ihr Dekolleté ein Stück vom Körper und hielt vor Schrecken den Atem an: Ihre rechte Brust war dunkelblau verfärbt.

„Verdammt!“, brummte Lukas. „Diesem Schwein werde ich die Eier abschneiden, wenn ich ihn kriege. Wer weiß, was der mit dir angestellt hätte, wenn wir nicht gewesen wären.“

„Warum seid ihr überhaupt zurückgekommen?“

„Ich habe einen Krankenwagen bestellt!“, rief Theo, der mit eiligen Schritten ins Zimmer kam. Hastig zog Lukas das Kleid herunter, doch sein Freund hatte schon gesehen, wie arg Juliane zugerichtet worden war. Wortlos verließ er den Raum wieder.

„Ich hatte meinen Schlüsselbund hier liegen lassen“, erklärte Lukas.

„Der Einbrecher hat einen Schlüsselbund mitgenommen“, sagte Juliane. „Vermutlich dachte er, es wäre der zum Haus.“

„Das darf doch nicht wahr sein!“ Lukas stöhnte. „So eine Scheiße!“

„Was ist denn jetzt schon wieder?“, fragte Theo vom Flur aus, der Lukas’ lauten Fluch mitbekommen hatte.

„Das Mistschwein hat anscheinend meine Schlüssel mitgenommen“, antworte Lukas und lief zu dem Schränkchen, auf dem er den Schlüsselbund abgelegt hatte. Er war nicht mehr dort.

„Was heißt das?“, fragte Theo.

„Dass er überall problemlos eindringen kann, wenn er weiß, zu welchen Türen die Schlüssel gehören“, erklärte Lukas. „Der Dienststellenschlüssel war da dran, der zu meinem Schreibtisch, zu meinem Computer … und der zu meiner Wohnung übrigens auch.“

„Und woher sollte er wissen, wem die Schlüssel gehören?“, fragte Theo nach, der die Panik seines Kollegen nicht begreifen konnte.

„Er hat uns beobachtet. Vorhin, als du wegen Meyer hier warst“, mischte sich Juliane ein, die plötzlich im Flur stand und mit beiden Händen die Fetzen zusammenhielt, aus denen ihr Kleid noch bestand.

„Und du hast keine Ahnung, wer dieser Scheißkerl war?“, fragte Lukas nochmals.

„Nein! Ich habe ihn noch nie gesehen.“

„Aber wie es aussieht, weiß er, wer du bist“, vermutete Theo an Lukas gewandt. „Du bleibst hier, bis die Kollegen kommen. Ich mache mich auf den Weg zur Dienststelle, bevor unser mysteriöser Freund dort alles auf den Kopf stellen kann.“

Kaum hatte Theo zu Ende gesprochen, da hörten sie ein aufheulendes Motorengeräusch. „Das ist mein Wagen“, stellte Lukas fassungslos fest. „Der Kerl klaut tatsächlich mein Auto.“

„Mach dir darum keine Sorgen. Ich krieg das Schwein.“ Theo stürmte aus dem Haus, sprang in sein Auto und brauste mit ebenfalls aufheulendem Motor los. Doch er kam nicht weit. Nach wenigen polternden Metern musste er anhalten und stieg aus. Sämtliche Reifen waren platt.

***

Listig lachte Böhme, während er sich in Lukas’ altem Wagen durch den Samstagnachtverkehr schlängelte. Die beiden Lackaffen konnten ihm das Wasser nicht reichen, die hatte er in der Tasche. Bis sie erkannten, was eigentlich los war, würde er sein Ziel schon lange erreicht haben. Nun war es nur noch eine Frage der Zeit, bis die Namen Lukas Baccus und Theodor Borg aus dem Register der Polizeibeamten verschwunden waren. Jetzt hatte er sie in der Hand, jetzt konnte er mit ihnen spielen wie mit Marionetten.

Er stellte den Wagen vor dem Polizeigebäude ab und eilte im Laufschritt auf den Haupteingang zu. Der Kollege, der in seiner Kabine Wache hielt, war so sehr in das laufende Fernsehprogramm vertieft, dass er gar nichts mitbekam. Mit Lukas' Schlüssel öffnete er die Haupteingangstür und steuerte über das Treppenhaus die Büros der Kriminalpolizei im ersten Stock an. Hier war ebenfalls abgeschlossen, aber das konnte Böhme nicht mehr aufhalten, Baccus hatte ihm ja das „Sesam öffne dich" in der Wohnung dieser Schlampe auf dem Silbertablett zurückgelassen.

Das Licht der Straßenlaternen, das durch das große Fenster drang, erleuchte das Großraumbüro so perfekt, dass Böhme alles sehen konnte. Flink ging er auf Baccus' Schreibtisch zu, öffnete ihn, zog mit einem gezielten Handgriff die Akten über den Fall Pfeiffer heraus und machte sich damit auf den Weg zum Fotokopierer. Der war, wie nicht anders zu erwarten, eingeschaltet. Ohne eine Aufwärmphase abwarten zu müssen, konnte er die Dokumente vervielfältigen. Schnell war er mit seiner Arbeit fertig und verstaute alles wieder ordentlich im Schreibtischfach. Die USB-Sticks, die neben dem Monitor lagen, nahm er vorsichtshalber auch an sich. Dann sperrte er ab und verließ das Büro. Im selben Augenblick hörte er einen Wagen mit quietschenden Reifen vor der Dienststelle abbremsen. Wenn das mal nicht der gute Theo Borg war? Der feine Pinkel, der schließlich nur fürs Denken bezahlt wurde. Wie hatte er so schnell einen Ersatzwagen auftreiben können? Aber egal, er kam trotzdem zu spät.

Zufrieden mit seinem Werk schlich er sich in ein Nebenzimmer und wartete, bis Theo keuchend und schwitzend die Treppe herauf gerannt kam und ins Großraumbüro stürmte. Sekunden später verschwand Böhme ins Treppenhaus und konnte wenig später das Gebäude ungestört und unbeobachtet wieder verlassen.

Kapitel 9

Als Lukas mit den Kollegen der Spurensicherung im Dienstgebäude eintraf, war es bereits nach Mitternacht. Theo saß kreidebleich an Lukas' Schreibtisch. Er hatte das Schreibtischfach bereits durchsucht und festgestellt, dass die Unterlagen zwar noch an ihrem Platz lagen, aber sämtliche Sticks verschwunden waren.

„Was war auf den Datenträgern?“, fragte er leise.

„Alles, was wir im Fall Pfeiffer schon rausgefunden haben“, erklärte Lukas.

„Hast du auch persönliche Eindrücke festgehalten?“, hakte Theo nach. „Sachen, die für den offiziellen Bericht noch nicht wasserdicht genug sind?“

Das betretene Gesicht seines Freundes war Antwort genug. Lukas schluckte. Er wusste genau, dass es eine dumme Eigenschaft von ihm war, seine Eindrücke in Form von Vermerken festzuhalten und zu speichern. Damit fühlte er sich sicher, weil niemand sehen konnte, wie er selbst die Sache sah.

„Beruhig dich“, versuchte Theo ihn aufzumuntern. „Ich mache es ja genauso. Jede noch so nebensächliche Kleinigkeit kann irgendwann verdammt hilfreich sein. Deshalb notiere ich alles, was mir so auffällt. Du musst jetzt allerdings genau überlegen, was alles auf den Sticks gespeichert ist, das nicht auch auf dem Rechner abgelegt wurde. Wir müssen wissen, wogegen wir anzukämpfen haben.“

Lukas setzte sich und stützte seinen viel zu schwer gewordenen Kopf auf beide Fäuste. Die Situation entglitt ihm immer mehr. So hatte er sich diese Nacht nicht vorgestellt.

„Der Einbrecher war vermutlich einer von uns“, überlegte Theo laut. „Ein Bulle. Nur ein Eingeweihter konnte so schnell herausfinden, zu welchen Türen und Schubladen die Schlüssel passen.“

Lukas schaute seinen Freund einen Moment lang ungläubig an, bis er begriff, wie wahrscheinlich dessen Mutmaßungen waren. „Wenn der Kriminalrat das auch so sieht, haben wir vielleicht noch eine ganz kleine Chance, nicht auf der Stelle gefeuert zu werden“, bemerkte er wenig überzeugt.

„Was ist mit Juliane? Hat sie dir was über den Mann sagen können?“

„Sie ist gleich hier. Ins Krankenhaus wollte sie absolut nicht. Wir haben die Polizeiärztin zu ihr geschickt, die sie untersucht und anschließend zu einer Aussage mitbringt.“ Plötzlich schreckte Lukas auf und rief panisch aus: „Verdammt. Der Mistkerl hat auch die Schlüssel zu meiner Wohnung!“

„Stimmt!“ Theo schlug sich mit der Hand vor den Kopf. „Daran hab ich gar nicht mehr gedacht. Wir müssen sofort jemanden zu dir nach Hause schicken, damit Marianne nichts passiert!“

„Das mach ich selbst!“, rief Lukas. Das war er seiner Frau schuldig.

***

Als Lukas in die Egon-Reinert-Straße einbog, konnte er schon von weitem erkennen, dass die Fenster zu seiner Wohnung dunkel waren und alles friedlich wie immer aussah. Trotzdem fühlte er sich getrieben, nach Marianne zu sehen. Wer wusste schon, was dieser Mistkerl im Schilde führte.

Er stieg aus dem Dienstwagen und eilte auf das Haus zu. Aus den Augenwinkeln sah er einen Schatten weghuschen. Erschreckt drehte er sich um und rief: „Halt, bleiben Sie stehen!“ Aber niemand reagierte.

Lukas sprintete los, er musste den Fliehenden einholen. Tatsächlich verringerte sich der Abstand auch, was Lukas dazu bewegte, noch schneller zu rennen. An einer Hausecke bog die dunkle Gestalt nach rechts ab und verschwand aus Lukas’ Blickfeld. Der vergaß alle Vorsicht und folgte dem Schatten. Plötzlich spürte er einen dumpfen Schmerz an seinem Kopf und sah tausend bunte Sterne um sich herumwirbeln.

***

Juliane Pfeiffer traf fast gleichzeitig mit dem Dienststellenleiter Allensbacher und Kriminalrat Hugo Ehrling im Büro der Kriminalpolizei ein. Gemeinsam mit Theo hörten sie sich die Schilderungen des Überfalls auf die junge Witwe des Mordopfers an.

„Kennen Sie den Mann, der in Ihr Haus eingedrungen ist?", fragte Ehrling, der diese Befragung ganz offensichtlich selbst in die Hand nehmen wollte.

„Nein!"

„Gab er sich als Polizist aus?"

„Nein! Warum fragen Sie das?"

„Weil ich mich wundere, dass Sie mitten in der Nacht einen Fremden in Ihr Haus lassen."

Juliane schluckte und verteidigte sich, indem sie sagte: „Von reinlassen kann keine Rede sein. Er hat sich reingedrängt."

„Wie sah er denn aus?", hakte der Kriminalrat nach. „Sie müssen doch trotz aller verständlichen Panik irgendetwas mitbekommen haben, das uns weiterhelfen könnte."

Juliane überlegte eine Weile, ehe sie zögernd antwortete: „Er war groß … und ziemlich kräftig … unrasiert … vielleicht ein Dreitagebart. Seine Haare waren kurz … Die Haarfarbe konnte ich nicht genau erkennen. Dunkel, glaube ich ..."

„Diese Beschreibungen sind sehr dürftig, Frau Pfeiffer", kommentierte Ehrling die Aussage sichtlich enttäuscht. „Sind Ihnen keine besonderen Merkmale aufgefallen, die nicht auf jeden dritten Mann in dieser Stadt zutreffen? Narben im Gesicht? Tatoos? Schlechte Zähne? Irgendwas, das auffällig ist?"

„Nein." Die Zeugin schaute hilfesuchend in die Runde. „Ich habe Angst um mein Leben gehabt. Können Sie das denn nicht verstehen? In einer solchen Situation schaut man sich einen Mann, der einen gerade vergewaltigen will, doch nicht genauer an."

„Wie war seine Ausdrucksweise? Sprach er ordinär oder gewählt?"

„Gewählt, würde ich sagen."

Theo drehte sich zu Allensbacher um und flüsterte: „Die lügt. Diese Beschreibung stimmt niemals, das sehe ich ihr an."

„Warum sollte sie das tun?", fragte der Dienststellenleiter ebenso leise zurück.

„Keine Ahnung, aber irgendwas stimmt hier nicht, das rieche ich", beharrte Theo. „Vielleicht kennt sie den Kerl und will ihn schützen, weil er sie in der Hand hat."

„Jetzt geht aber die Fantasie mit Ihnen durch, Borg", erwiderte Allensbacher kopfschüttelnd.

„Vielleicht weiß er irgendwas über den Mord an Pfeiffer und erpresst die trauernde Witwe?"

Diese Vermutungen quittierte Allensbacher mit einem nachdenklichen Schweigen.

„Sie müssen doch mehr von ihm gesehen haben als Haare auf dem Kopf und einen möglichen Dreitagebart", setzte der Kriminalrat von Neuem an. „War seine Hautfarbe blass oder dunkel? War seine Statur sportlich oder unförmig? Wirkte er gepflegt? Und wie alt war er in etwa? Wie groß?"

„Ich sagte doch schon, er war ziemlich groß. Sein Alter? Zwischen 40 und 50, vermute ich. Seine Hautfarbe war eher blass, sportlich passt nicht als Beschreibung, kräftig ist was anderes." Juliane seufzte und schaute den Kriminalrat bittend in die Augen. „Kann ich jetzt nach Hause gehen? Mir geht es nicht gut und ich habe weiß Gott andere Dinge im Kopf, als mir immer wieder Fragen anzuhören, die ich einfach nicht beantworten kann. Wenn mir noch etwas Wichtiges einfällt, melde ich mich natürlich sofort."

„Ja, Sie können gehen!", gab Ehrling resigniert nach.

„Mit diesen Angaben können wir uns den Hintern abwischen", schimpfte Theo, als Juliane Pfeiffer das Büro verlassen hatte.

Mit einer einzigen Handbewegung brachte Ehrling ihn zum Schweigen: „Wir können sie nicht zum Reden zwingen. Wenn sie uns etwas verheimlichen will, dann beißen wir auf Granit.

Wir müssen herausfinden, weshalb sie möglicherweise lügt. Aber vielleicht überlegt sie es sich ja noch anders." Er legte eine Pause ein, zog die Stirn in Falten und dachte einen Moment lang angestrengt nach. „Eines scheint mir allerdings sicher: Der Unbekannte hat entweder einmal hier gearbeitet oder tut es noch. Dafür kannte er sich hier viel zu gut aus. Sonst hätte er in dieser kurzen Zeit niemals hier eindringen können."

„Heißt das, dass Lukas und ich aus dem Schneider sind?"

„Fürs erste ja", bestätigte der Kriminalrat. „Aber wo bleibt Baccus eigentlich? Wollte er nicht nach Hause fahren und seine Frau in Sicherheit bringen? Das kann doch nicht Stunden dauern."

Theo schaute auf die Uhr. Ehrling hatte recht, sein Freund war schon viel zu lange fort. Hastig griff er zum Telefon und wählte Lukas Privatnummer.

***

Mürrisch hob Marianne den Hörer ab. Das war nun bereits die zweite Nacht, in der man sie aus dem Tiefschlaf riss. Sie schaute auf den Wecker – es war gerade ein Uhr.

„Marianne! Ist Lukas bei dir?", hörte sie Theo aufgeregt in den Hörer rufen.

„Was ist denn los?", murmelte Marianne verschlafen. „Ich hab geschlafen und kann noch gar nicht klar denken."

„Das musst du aber. Ist Lukas da?"

„Nein. Der ist schon vor Stunden weg." Marianne stutzte, hatte sie ein Geräusch vernommen oder träumte sie noch halb? „Die Haustür wird aufgesperrt. Er kommt anscheinend gerade zurück. Soll ich ihn rufen?"

„Um Gottes Willen!", brüllte Theo. „Du schwebst womöglich in Gefahr. Sperr dich bitte sofort in deinem Schlafzimmer ein und verhalte dich ganz still, bis wir da sind. Wer immer da an eurer Wohnungstür herumhantiert, es ist vermutlich nicht Lukas."

„Spinnst du?"
„Marianne, ich war nie so klar im Kopf wie jetzt."
Theos panischer Tonfall überzeugte Marianne. Schnell legte sie den Hörer beiseite, sprang auf und sperrte die Tür zum Schlafzimmer ab. Im selben Augenblick wurde die Wohnungstür ganz langsam und vorsichtig aufgeschoben. Gänsehaut kroch ihren Nacken hoch, als sie nun schlurfende Geräusche registrierte, die bedrohlich näherkamen. Wusste der Einbrecher gar, wo das Schlafzimmer lag?

Ein Scheppern vor der Tür ließ sie zusammenzucken. Jemand war gegen die Vase in der Diele gestoßen. Ängstlich schlich Marianne zum Fenster und suchte die Straße nach Polizeiautos ab. Aber draußen war alles dunkel und totenstill.

Die schlurfenden Geräusche wurden immer lauter. Jetzt stand der Unbekannte bereits vor der Tür. Die Klinke wurde heruntergedrückt, aber die Tür gab nicht nach. Auf einmal gab es ein lautes Donnern und Krachen – der Eindringling stemmte sich gegen die Tür und trat mit den Füßen dagegen. Wie lange würde die alte Holztür halten?

Marianne weinte tonlos. Verzweifelt ließ sie sich hinter dem Kleiderschrank auf den Boden sinken. Sie hoffte, dass er sie dort nicht finden konnte, sollte er die Tür eintreten.

***

Mit eingeschalteten Taschenlampen stürmten Theo und seine Kollegen die Treppe hinauf. Die Tür zu Lukas' Wohnung war nur angelehnt. Vorsichtig stieß ein Beamter sie auf und drang geräuschlos in den dunklen Flur ein. Auf sein Zeichen hin folgte der nächste Kollege. Als die beiden grünes Licht gaben, kam auch Theo, der den Eindringling bereits schemenhaft vor der Schlafzimmertür ausgemacht hatte. Mit dem hellen Strahl der Taschenlampe und vorgehaltener Waffe rannte er auf die Gestalt zu und schrie: „Bleiben Sie, wo Sie sind! Hier ist die Polizei!"

Ein bleiches Gesicht drehte sich zum Licht. Gespannt starrten alle auf den vermeintlichen Einbrecher. Theo war in äußerster Anspannung – vielleicht standen sie kurz vor einem entscheidenden Durchbruch. Im nächsten Atemzug fiel ihm fast die Kinnlade herunter. Das Gesicht, das im grellen Licht der Taschenlampen zu ihnen aufblickte, war das seines Freundes.

„Lukas, was machst du hier?“, fragte Theo atemlos.

„Gute Frage. Ich wohne hier, wie du dich vielleicht noch erinnerst“, gab Lukas zurück. Wie Theo jetzt erst bemerkte, zitterte er am ganzen Leib.

Die Tür zum Schlafzimmer wurde aufgesperrt und Marianne trat in den Flur, nur mit einem dünnen Nachthemd bekleidet.

„Lukas, da bist du ja“, rief sie halb erleichtert, halb fassungslos aus. „Was ist denn hier los? Theo sagte, dass ein Einbrecher in unsere Wohnung wollte.“

Endlich schaltete ein Kollege die Deckenbeleuchtung ein. Auf der Stelle konnte jeder der Anwesenden erkennen, dass Lukas Kleider verschmutzt und sein Gesicht verschrammt war. Ein kleines Rinnsal Blut lief von der Schläfe über seine rechte Wange in den Kragen seines Hemdes.

Auf die fragenden Blicke der Kollegen hin berichtete Lukas in wenigen Sätzen von seinem Versuch, den geheimnisvollen Schatten zu schnappen. Er schloss seine Schilderungen damit, dass er nach einem heftigen Schlag gegen den Kopf die Besinnung verloren hatte und schließlich mit seinem vollständigen Schlüsselbund vor Augen wieder zu sich gekommen war.

„Hast du den Kerl erkannt?“, fragte Theo.

„Ich hab nichts mitbekommen, kann nur sagen, dass er nicht sonderlich schnell war. Aber vielleicht wollte er ja auch eingeholt werden, um mir etwas über die Birne zu donnern.“

„Du meinst, er hat auf dich gewartet?“

„Möglich. Oder er wurde bei dem Versuch, in meine Wohnung einzudringen, durch mein Auftauchen gestört.“

„Gibt es jemanden unter unseren Kollegen, dessen Statur ähnlich ist wie die des Einbrechers?“, bohrte Theo weiter, obwohl Lukas sich mit schmerzverzerrtem Gesicht den Kopf hielt.

„Klar. Er war klein, untersetzt und plump. Von der Sorte gibt es mehrere bei uns."

„Deine Beobachtungen widersprechen aber sehr den Beschreibungen, die Juliane uns gegeben hat. Also hatte ich recht, sie hat uns belogen", stellte Theo selbstzufrieden fest.

„Wir haben den alten BMW von Lukas Baccus vor dem Haus gefunden", meldete ein Kollege der Schutzpolizei. „Ordentlich geparkt und abgesperrt. An dem Oldtimer ist nichts dran."

„Der Kerl macht sich ein Spiel daraus, uns zu verarschen", brummte Theo. „Die Spurensicherung soll das Auto trotzdem untersuchen."

„Aber bitte vorsichtig", fügte Lukas noch schnell an.

Nachdem die uniformierten Kollegen gegangen waren, setzten sich Lukas und Theo auf den Balkon und wollten die letzten Ereignisse besprechen. Marianne kam mit drei Bechern Kaffee aus der Küche und wollte sich zu ihnen setzen, doch Lukas bat sie, sie solle sich doch wieder schlafen legen. Zu viele Details über diesen Fall würden sie nur beunruhigen.

„Was hat Juliane über den Mann gesagt?", nahm Lukas den Faden wieder auf, nachdem seine Frau murrend abgezogen war.

Theo referierte die Aussage der Zeugin, die in keinem Punkt auf die Gestalt zutraf, die Lukas vor seiner Wohnung gesehen hatte. „Wie ich eben gesagt habe: Sie hat etwas zu verbergen."

„Vielleicht hat sie in ihrer Panik nicht alles richtig mitbekommen, das kann doch vorkommen. Außerdem kann sie mit *kräftig* das gleiche wie *untersetzt* gemeint haben. Der Typ wollte sie vergewaltigen. Welche Frau behält da noch einen kühlen Kopf?"

„Klar, dass du sie wieder in Schutz nimmst, hätte ich auch nicht anders erwartet", gab Theo mit einem langgezogenen Seufzer zurück. „Aber ich sehe das anders. Sogar Ehrling vermutet, dass einer von unseren Leuten hinter der Sache steckt. Und wenn der Einbrecher ein Bulle war, dann ist nicht auszuschließen, dass er etwas über deine Juliane weiß, was nicht an die Öffentlichkeit kommen darf. Also hält sie besser den Mund, als ihren Vergewaltiger an uns auszuliefern." Lukas wollte etwas einwenden, doch Theo war nicht zu stoppen. „Wenn sie ihren Mann ermordet hat und dieser Bulle das weiß, dann hat er sie in der Hand. Denn die Schöne erbt immerhin ein beträchtliches Vermögen."

„Deine Fantasie geht schon wieder mit dir durch. Denk doch mal ohne Vorurteile darüber nach, was seit Donnerstag passiert ist. Irgendjemand will uns schaden, und wenn Julianes Vergewaltiger derselbe ist wie derjenige, der uns beim Fall Waltz in die Pfanne hauen wollte, dann ist er auch noch pervers und hat Juliane mit in diese Geschichte reingezogen. Das ist alles. Juliane kann nichts dafür, dass du sie nicht magst. Aber mach ihr doch deshalb keine unnötigen Schwierigkeiten. Wenn du sie öffentlich beschuldigst und sich herausstellt, dass sie nichts getan hat, kann sie hier nicht mehr leben. Dann ist sie durch deine persönliche Aversion gezwungen, alle Zelte abzubrechen und die Stadt zu verlassen. Das muss doch nicht sein."

„Und wenn sie ein Menschenleben auf dem Gewissen hat, dann könnte eine Mörderin durch deine Gefühlsduseleien auf freien Fuß bleiben", konterte Theo. „Nein, ich muss und werde tun, was ich für richtig halte."

„Und ich ebenso!"

***

Wie war dieser Mistkerl bloß hinter ihr Geheimnis gekommen? Und hatte er außer diesem Böhme noch andere eingeweiht? Diese Fragen quälten Juliane, seit Lukas und sein Kollege sie in letzter Sekunde vor einer Vergewaltigung bewahrt hatten. Von dem brutalen Überfall des fetten Polizisten taten ihr sämtliche Körperteile weh, aber viel quälender war der Gedanke, dass sie keinen Schimmer hatte, vor wie vielen möglichen Erpressern sie sich in Acht nehmen musste. Erst Waltz, dann Böhme ... Sie könnte kotzen. Ihre Sicherheit war zerplatzt wie eine Seifenblase. Wie viele würden noch kommen und unerträgliche Bedingungen an sie stellen? Aber was sollte sie tun? Sie hatte keine Wahl.

Völlig übermüdet legte sie sich auf das gemütliche Sofa, wo sie wenige Stunden zuvor noch neben Lukas gesessen und ihn fast schon so weit gehabt hatte, mit ihr zu schlafen. Wie rührend, dass er gestanden hatte, verheiratet zu sein – als hätte sie das nicht ohnehin längst gewusst. Und ihr Verlangen schmälerte das nicht im Geringsten – im Gegenteil: Es erhöhte sogar den Reiz, den dieser Polizist auf sie ausübte.

Juliane spürte, wie ihre Müdigkeit zunahm. Trotzdem hoffte sie, dass jeden Augenblick das Telefon noch mal läutete. Und ein zweites Mal würde sie Lukas heute bestimmt nicht gehen lassen.

Ein Geräusch, ein leises Rascheln, weckte sie aus einem unruhigen Halbschlaf. Als sie sich schlaftrunken aufrichtete, spürte sie sämtliche Schmerzen ihres Körpers auf einmal. Verkrampft richtete sie ihren Blick auf die gläserne Tür und sah tatsächlich eine schemenhafte Gestalt dort vorbeihuschen.

Entsetzt schrie sie auf. Aber nichts geschah. Sie lauschte angespannt. Stille – nichts als Stille, in dem großen Haus war kein Laut mehr zu vernehmen. Konnte sich jemand so lautlos bewegen? Oder hatte sie sich das eben nur eingebildet?

Verwirrt erhob sie sich und schlich auf leisen Sohlen zur Tür. In der großen Eingangshalle konnte sie nichts sehen, sie hatte wohl wirklich fantasiert.

Dann jedoch hörte sie die Haustür zuschlagen. Genau wie an jenem Abend, als sie die Leiche ihres Mannes gefunden hatte. Von Neugier getrieben lief sie zum Hauseingang, öffnete die schwere Tür einen Spalt und lugte hinaus. Da sah sie ihn. Anmutig sprang er über den gegenüberliegenden Heckenzaun und verschwand in der Nacht – wie ein Phantom.

Kapitel 10

Von der Morgensonne am Sonntag geweckt zu werden, das vermittelte Lukas den Eindruck, es sei ein ganz normaler Tag. Doch sein Kopf sagte ihm etwas anderes. Unter Schmerzen erhob er sich, schlurfte ins Badezimmer, wo er Schmerztabletten suchte. Marianne schlief noch wie ein Murmeltier. Die Ereignisse der letzten Nacht hatten sie wohl erschöpft.

Im Schränkchen über dem Waschbecken fand er, was er suchte. Vorsichtshalber nahm er zwei Tabletten. Den Anblick im Spiegel umging er geschickt, seine Verfassung riet ihm dazu. Erst wollte er einen starken Kaffee trinken und dann duschen, bevor er es wagte.

In dem kleinen Wohnzimmer lag Theo auf der Couch und räkelte sich. „Du sieht ja scheußlich aus", brummte er.

„Danke! Für die Frechheit müsste ich dich ohne Frühstück aus meiner Wohnung werfen."

„Das tust du ja doch nicht. Wie sieht es eigentlich mit deinem Eigenheim mit Gästezimmer zur Ostseite aus?"

„Schlecht. Unser Makler ist einfach zu früh gestorben."

Lukas setzte Kaffee auf.

Theo folgte ihm in die Küche und durchsuchte die Schränke mit den Worten: „Morgens habe ich immer den meisten Hunger. Hoffentlich habt ihr genug da."

„Du hast immer den meisten Hunger, wenn du bei uns bist. Da spielt die Tageszeit keine Rolle. Unsere Lebensmittel befinden sich übrigens im Kühlschrank wie bei anderen Leuten auch."

Theo begann alles auf den Tisch zu stellen, was ihm appetitlich vorkam.

„Ich werde gleich zu Juliane fahren und nachsehen, wie es ihr geht", erklärte Lukas seine Absicht. Die Kopfschmerzen ließen nach, das Denken fiel ihm nicht mehr so schwer.

„Tu das! Ich kümmere mich in der Zwischenzeit um Marianne. Sie hat seit der letzten Nacht auch Beistand nötig."

Lukas lachte: „Den hat sie bekommen. Mach dir um meine Frau keine Sorgen.“

„Olala! Plötzlich wieder deine Frau. Ich hatte in letzter Zeit das Gefühl, dass du das vergessen hast.“

Lukas überging die Bemerkung, weil er es für das Beste hielt. Schon am Sonntagmorgen eine Auseinandersetzung mit Theo war zu viel für seine Nerven. Was war nur mit seinem Kollegen und Freund los? Ständig diese Sticheleien. Nie war bisher ihre Freundschaft so sehr auf die Probe gestellt worden.

***

Lukas fuhr mit dem Dienstwagen zu Julianes Haus. Die Straße wirkte verlassen. Kein Auto parkte in der Nähe, kein Fahrrad, nichts. Die Stille sollte eigentlich beruhigend sein – war sie aber nicht. Im Schritttempo fuhr er und beobachtete die umliegenden Häuser und Gärten. Alles lag friedlich in der Morgensonne. Warum auch nicht? Litt er schon an Verfolgungswahn? Trotzdem parkte er in einer Seitenstraße und spazierte den Weg zurück zu seinem Zielort. Als er an der Haustür klingelte, bemerkte er, wie sein Herz wild zu klopfen begann. Er versuchte sich selbst zu beruhigen, redete sich ein, nur seiner Pflicht nachzukommen. Aber das gelang ihm nicht. Als er ihre Schritte hinter der Tür hörte, sprang ihm sein Herz fast aus der Brust.

„Wer ist da?“

Nachdem er seinen Namen genannt hatte, öffnete sie nur mit einem Bademantel bekleidet die Tür. Sie lachte ihm so offen entgegen, dass er seinem Impuls folgte und sie ganz behutsam in die Arme nahm. Lange standen sie so im Türrahmen, bis er sich aus ihrer Umarmung löste und ihr in die Augen schaute. Was er dort sah, machte es ihm auch nicht leichter. Verlangen, großes Verlangen las er darin. Seine guten Vorsätze – wo waren sie hin?

„Wir gehen besser ins Haus“, flüsterte sie in sein Ohr. „Wer weiß, wer uns hier beobachtet.“

„Wer schon?"

„Der Fiesling von gestern Abend."

„Wo ist deine Haushälterin?"

„Die hat sonntags frei."

Sie schafften es nicht mehr bis ins Wohnzimmer. Eng umschlungen landeten sie schon auf dem ersten Teppich in der großen Diele. Juliane gab ihm nicht die geringste Möglichkeit, an seinem Tun zu zweifeln. Mit geschickten Händen zog sie ihn aus, liebkoste seinen ganzen Körper. Ihren Bademantel streifte sie ab und schmiegte sich an ihn, bis er vor Erregung aufstöhnte.

„Was machst du mit mir?"

Sie lächelte ihn verführerisch an, nahm seine Männlichkeit in ihre Hände und führte sie zwischen ihre Oberschenkel. Alles andere ergab sich von selbst. Im Rausch der Gefühle verging die Zeit, von der Diele wechselten sie zur Küche, zurück ins Wohnzimmer, von der Couch auf den Sessel, bis sie erschöpft und befriedigt nebeneinander liegen blieben. Der kleine Sessel war viel zu eng für beide, aber sie genossen die Nähe. Lange verharrten sie eng umschlungen.

„So etwas Schönes habe ich lange nicht mehr erlebt." Lukas beobachtete Julianes Hand, die zärtlich seine Brust streichelte. Gelegentlich zupfte sie an seinen roten, gekräuselten Brusthaaren, während sie ihn mit frivolem Blick dabei beobachtete. „Du bringst mir doch tatsächlich noch etwas bei."

„Das glaube ich nicht. Ich sehe das genau umgekehrt", wehrte sie ab. „Mit Udo hatte ich ständig das Problem, dass er Gewalt beim Sex brauchte. Ich bin nicht masochistisch, deshalb hat mir der Sex mit ihm nicht gefallen. Es ist eine richtige Wohltat, wieder etwas Normales zu tun."

„Hatte er dich also wirklich vergewaltigt, so wie Theo immer behauptet hat?" Lukas staunte.

„Das stimmt nicht ganz. Für ihn war es normal, für mich war es brutal. Aber ich war damit einverstanden."

„Warum, um Gottes Willen?"

„Ich habe Udo geliebt.“

Diese Antwort stach Lukas wie ein Stachel in die Brust. Er versuchte, sich aus ihrer Umarmung zu lösen, doch sie ließ ihn nicht gehen. Seine heftige Reaktion konnte er selbst nicht verstehen. Was interessierte es ihn, ob sie Udo geliebt hatte oder nicht? Udo war tot. Der konnte niemanden mehr stören. Und doch tat es weh.

„Was ist mit dir los?“, fragte sie erstaunt über seine Reaktion. „Was hattest du denn erwartet? Ich habe Udo aus Liebe geheiratet und nicht – wie Theresa behauptet – des Geldes wegen.“

„Das finde ich auch besser so“, erklärte Lukas – gegen seine innere Überzeugung. „Theo hat dich nämlich im Verdacht – und diesen Verdacht kannst du nur schwer abschütteln.“

„Und wenn er erfährt, dass ich zwei Tage nach Udos Tod mit einem anderen Mann schlafe, verbessert das meine Situation auch nicht gerade“, erkannte sie.

„Stimmt. Am schlimmsten wird es, wenn er erfährt, wer der andere Mann ist.“

„Von mir erfährt er es nicht.“

***

Gebannt starrte Böhme auf das Foto, das seine Digitalkamera mit integriertem Drucker ausgespuckt hatte. Es war purer Sprengstoff. Lukas Baccus und Juliane Pfeiffer eindeutig und unmissverständlich wie sie Arm in Arm im Rahmen der Haustür standen, sich küssten und wie Lukas' Hand sich unter Julianes Bademantel schob. Schöner hätte ein Fotograf das nicht machen können. Mit dem Foto konnte er den eingebildeten Bullen vernichten. Ein Hochgefühl überkam ihn. Seine Siegesgewissheit breitete sich wie ein Orgasmus in ihm aus. Schöner hätte der Tag nicht beginnen können. Er wusste, dass der junge Reporter nur darauf wartete, an solches Material heranzukommen. Das Geld, das er sich dabei verdiente, war nebensächlich. Hauptsache war das Gefühl, über den arroganten Kerl gesiegt zu haben.

Theo Borg würde ihm auch noch zum Opfer fallen. Er musste nur geduldig abwarten. Irgendwann fand er auch bei ihm einen Riss in seiner perfekten Schale.

Selbstzufrieden zog er sich aus seinem Versteck zurück und machte sich auf den Weg zu seinem Auto.

Eine schwarze Limousine stand auf der anderen Straßenseite, die er bei seiner Ankunft noch nicht bemerkt hatte. Auch hatte er niemanden heranfahren gehört. Verwundert starrte er auf das Auto. Die Scheiben waren getönt; er konnte nicht hineinsehen. Wie ein Geisterauto stand es da. Verunsichert ging er daran vorbei, behielt es aber in seinen Augenwinkeln. Absolut nichts tat sich. Still und verlassen stand es da. Vermutlich litt er an Verfolgungswahn – jetzt, wo er seinem Ziel so nah war. Hastig startete er seinen Wagen, gab viel zu viel Gas. Jämmerlich heulte der Motor auf. Mit Vollgas fuhr er davon, behielt immer noch die schwarze Limousine im Auge. Nichts. Er bog um die nächste Ecke und das unheimliche Auto war verschwunden und mit ihm auch seine Sorge.

Schnell fuhr er einige Häuserblocks weiter, wo weitere Verpflichtungen auf ihn warteten. Seinen Schützling musste er noch besuchen. Zwar war ihm das eine lästige Pflicht, aber verhungern lassen wollte er ihn auch nicht. Für ihn galt es, jegliche Schwierigkeit zu vermeiden, bis er an seinem Ziel angekommen war.

Er bog in einen Feldweg ab, der von der Hauptstraße aus fast nicht zu sehen war. Langsam rumpelte er über den steinigen, mit Schlaglöchern übersäten Weg, bis er an einen alten Schuppen kam, der schon vor Jahren in Vergessenheit geraten war. Böhme schätzte sich glücklich, bei seinen Streifzügen eines Nachts auf die zerfallene Baracke gestoßen zu sein, von der kaum jemand etwas wusste. Die Vorteile hatte er sofort erkannt und tunlichst vermieden, ein Wort darüber bei den Kollegen zu verlieren. Wie nützlich das sein sollte, sah er jetzt. Denn kaum hatte er sie entdeckt, konnte er auch schon Gebrauch davon machen. Er kramte eine Taschenlampe aus seinem Handschuhfach und ging über den kiesbedeckten Boden auf die Hütte zu.

Doch was war das?

Er spürte, dass etwas nicht stimmte. Schon bevor er die alte Holztür öffnete, überkam ihn dieses mulmige Gefühl. Aber er musste hinein – musste nachsehen. Schließlich hielt er dort einen Menschen gefangen.

***

„Die verkohlte Leiche in den Trümmern von *Meyers Goldgrube* war Peter Meyer", berichtete Theo, als Lukas das Großraumbüro betrat. „Weiterhin heißt es, dass er noch lebte, als er verbrannte. Nur leider kann man nicht feststellen, ob er bei Bewusstsein war oder nicht."

„Vermutlich nicht, sonst hätte er sich aus den Flammen gerettet", spekulierte Lukas und begann den Kaffeeautomaten zu traktieren.

„Oder er war gefesselt."

„Oder betrunken."

„Du musst nicht immer von dir auf andere schließen", spottete Theo und fügte ebenso bissig an: „Wie geht es eigentlich Juliane? Jetzt, nachdem du mit ihr fertig bist, vermutlich wieder besser."

Diese Ironie traf Lukas schmerzlich, aber er ließ es sich nicht anmerken.

„Wenn du es so siehst", tat er beiläufig.

„Spiel mir doch nichts vor. Nur eines dürfte dir klar sein: Wenn der Chef das erfährt, sieht es verdammt schlecht für dich aus. Mit einem Hauptverdächtigen dürfen wir keine Kontakte pflegen – so enge schon gar nicht."

„Danke, Herr Lehrer! Kommen wir wieder zum Thema", entgegnete Lukas schroff. „Was geschieht mit dem Fall Peter Meyer? Wird er mit Pfeiffer in Verbindung gebracht oder wird er separat bearbeitet?"

„Allensbacher meint, er gehöre zu unserem Fall. Peter Meyer

und Udo Pfeiffer hatten Hand in Hand gearbeitet. Es liegt also an uns, eine Verbindung herzustellen. Vermutlich handelt es sich um denselben Mörder."

„Dann arbeitet unser Täter mit unterschiedlichen Methoden", stellte Lukas fest.

„Soll es alles schon gegeben haben."

„Vermutest du hinter der Brandstiftung auch Juliane oder hat sie jetzt eine bessere Chance, aus der Schusslinie zu kommen?", vergewisserte sich Lukas.

Theo lachte: „Ich sehe keinen Grund, alles, was Allensbacher glaubt, auch zu glauben."

Fragend schaute Lukas sein Gegenüber an.

„Ich will damit sagen, dass ich immer noch Juliane für den Tod ihres Mannes verantwortlich mache. Was Peter Meyer angeht, glaube ich, jemand hat die Bude abgebrannt, ohne zu ahnen, dass einer drin war."

Die Tür wurde aufgerissen, Andrea stürmte herein.

„Hallo, ihr beiden!"

Lukas und Theo ahnten bei der Freundlichkeit, dass sie etwas von ihnen wollte.

„Der Wagen von Peter Meyer ist an einer Stelle gefunden worden, die mir merkwürdig vorkommt."

„Wo?", fragten Lukas und Theo wie aus einem Mund.

„An der Bismarckbrücke. Er stand dort direkt auf dem Leinpfad an der Saar, etwas versteckt unter der Brücke. Dort leben Obdachlose. Ich will dorthin fahren und sie dazu befragen, aber nicht allein."

„Warum?", fragte Theo. „Schließlich ist Peter Meyer nicht dein Fall."

„Ich habe einen Verdacht. Mir kam zu Ohren, dass ein Fremder sich zu den Obdachlosen gesellt hat. Ich vermute Robert Waltz dahinter."

Zu Ehren Gottes und zur Beweisführung hatte man für die Inquisitionsfolter drei Grade entwickelt.

Nach der „gütigen Frage“, ob er gestehen wolle, was der Delinquent in seinem Fall natürlich nicht tun wollte, leitete man die „territio verbalis“ ein, die erste Stufe. Das Opfer wurde gefesselt, mit den Füßen an einem Flaschenzug zur Decke hochgezogen, um es dann kopfüber bis knapp über den Boden abstürzen zu lassen.

Fesseln hatte er den Delinquenten nicht müssen, diese Arbeit war ihm bereits abgenommen worden. Auch war ihm die detailgetreue Vollstreckung des gesamten Rituals unter den gegebenen Umständen nicht möglich. Die unwürdige Hütte war nicht nur niedrig, sondern auch noch baufällig. Bei der Erinnerung daran schüttelte er sich.

Die zweite Stufe, die dann folgte, nannte sich „territio realis“. Sie wurde mit Daumenschrauben oder „spanischen Hosenträgern“ vollzogen.

Auch das Vergnügen war ihm verwehrt geblieben.

An den ungnädigen Ort hatte er nicht alle Requisiten mitnehmen können, die dazu unabdingbar waren. Es war ihm nichts anderes übriggeblieben, als zur Wasserfolter überzugehen, wobei dem kopfüber von der Decke Hängenden Mund und Nasenlöcher mit feinen wassergetränkten Tüchern verstopft wurden. Oftmals waren Erstickungszustände die Folge.

So auch in seinem Fall.

Der Tod hatte den Übeltäter erstaunlich schnell dahingerafft. Sein Leidensweg war viel zu kurz gewesen.

Auch wenn der Schwächling ihm vor seinem Tod noch gestanden hatte, was er wissen wollte, so fraß ihn der Ärger auf, von welch schwacher Natur das Opfer gewesen war.

Die Freude, die er beim Beobachten der Todeszuckungen empfand, war ihm in diesem Fall gänzlich verwehrt geblieben.

Kapitel 11

Die Bismarckbrücke war wenig befahren. Parkgelegenheiten gab es am Sonntagmorgen auch genügend, was ihnen eine Menge Zeit ersparte. Sie stellten den Wagen in der Nähe des Städtischen Altenheims ab, überquerten die Brücke und steuerten eine steinerne Treppe an, die in das Reich der Obdachlosen führte.

Wie in Katakomben sah es unter der Brücke aus. Genauso düster und kalt war es, obwohl von beiden Seiten warme Luft hereinströmte. Die Menschen, die dort ihr Dasein fristeten, hatten sich mit dürftigen Mitteln ein Wohn- und Schlafzimmer eingerichtet. Einige von ihnen saßen, andere lagen und schliefen. An den Eindringlingen störten sie sich nicht. Sie waren es gewöhnt, von Schaulustigen oder Gaffern belästigt zu werden.

„Wir kommen von der Polizei und haben einige Fragen an Sie", sprach Andrea einen der Männer an. Die Blicke waren entweder verärgert oder lüstern, beide Varianten unangenehm.

„Scheiß Bullen, schert euch zum Teufel!", schimpfte einer und wollte den Ort verlassen, doch Lukas versperrte ihm den Weg. „Wir haben nur ein paar Fragen. Wenn ihr die beantwortet, ist alles in Butter. Wenn nicht, bekommt ihr Schwierigkeiten."

„Schon gut, schon gut", gab der ungepflegte Mann nach, dessen Alter höchstens auf 30 Jahre zu schätzen war. Er schlurfte zu seinem Platz zurück.

„Ist hier in den letzten Tagen ein Mann aufgekreuzt, der eindeutig nicht hierher gehörte?", fragte Lukas.

„Ja, ein feiner Pinkel, hat immer nur die Zeitung gelesen und nie einen Tropfen mit uns getrunken."

Andrea nahm ein Foto von Robert Waltz heraus und zeigte es ihm.

„Ja, das ist der Mann." Auch die anderen, die das Foto sahen, bestätigten die Identität.

„Der Wagen, der heute Morgen am Saarufer stand, gehörte der zu diesem Mann?"

„Zuerst kam er ohne Auto. Das hat er erst gestern Mittag mitgebracht."

„Und wann ist er weggegangen?"

„Gestern Abend. Zu mir sagte er noch, als ich ihn gefragt hab, ob er nicht 'was zu Trinken besorgen kann, dass er in ein bis zwei Stunden wieder zurück sei. Er wollte auch einen Schnaps mitbringen."

„Aber er kam nicht zurück?"

„Nee."

„Hat er gesagt, warum er zu Fuß geht, wo er doch ein Auto hat?"

„Nee."

Lukas zog einen Flachmann gefüllt mit hochprozentigem Kirschwasser aus seiner Hosentasche und gab ihn dem auskunftsfreudigen Mann. Ein strahlendes, zahnloses Lächeln bekam er dafür als Dank.

Erst im Auto fand Andrea ihre Sprache wieder: „Wenn er den Wagen erst gestern Nachmittag mitgebracht hat, war er genau zu dem Zeitpunkt in *Meyers Goldgrube*, als sie in Brand gesteckt wurde."

„Warum sollte er das Büro anzünden?", fragte Theo.

„Weil es dort etwas gab, was die Polizei nicht finden durfte. Immerhin hat er gewartet, bis durch alle Medien bekannt war, dass Udo Pfeiffer ermordet wurde. Das machte ihn nervös. Er rechnete sich aus, dass die Polizei auch auf das Kreditbüro stoßen würde und verwischte sämtliche Spuren", spekulierte Lukas.

„Aber seine finanzielle Lage war doch aus den Papieren in seiner eigenen Wohnung klar und deutlich ersichtlich. Warum noch diese Mühe?", zweifelte Andrea weiter.

„Wenn du ihn gefunden hast, kannst du ihn ja fragen."

***

Als sie das Büro betraten, klingelte Theos Telefon. Eilig rannte er darauf zu. Es war der Gerichtsmediziner Dr. Eberhard Stemm. Theo schaltete den Lautsprecher ein.

„Hast du eigentlich nichts Besseres zu tun, als sonntags eine verkohlte Leiche zu sezieren?“, fragte Theo zur Begrüßung.

„Oh nein! Das gibt neue Erkenntnisse und Lernmaterial. Wissbegierig, wie ich nun mal bin, kann ich mir so etwas nicht entgehen lassen, nur weil Sonntag ist.“ Sein lautes Lachen donnerte durch den Lautsprecher.

„Was hast du herausgefunden?“

„Das wird dich in Staunen versetzen: Vor seinem Tod, den Zeitpunkt kann ich leider nicht mehr genau feststellen, hatte Peter Meyer eine Schädelbasisfraktur erlitten.“

„Soll heißen?“

„Peter Meyer hatte schwere Schädelverletzungen, weshalb er vermutlich gar nicht bei Bewusstsein war, als das Haus in Brand gesteckt wurde. Aber auch ohne das Feuer, hätte es ihn erwischt, denn die Verletzungen waren so stark, dass er es ohne ärztliche Behandlung nicht überlebt hätte.“

„Das erklärt auch, warum er das brennende Haus nicht verlassen hat“, erkannte Lukas.

„Wie lange liegen die Verletzungen zurück?“, bohrte Theo weiter.

„Stunden, höchstens fünf. Älter sahen die Schädelverletzungen nicht aus.“

„Du bist ein Genie!“, lobte Theo den Gerichtsmediziner, worüber der Arzt zufrieden lachte.

„Das sagt uns, dass schon vorher jemand versucht hat, Peter Meyer zu töten. Es wird ja immer interessanter“, murrte Lukas. „Trotzdem gehe ich jetzt nach Hause und genieße den Rest des Sonntags.“

„Den Teufel wirst du tun“, hörte er Theo widersprechen, da war er schon fast an der Tür angekommen.

„Was soll das denn wieder heißen?"

„Willst du mich hier alleine arbeiten lassen?" reagierte Theo mit einer Gegenfrage.

„Wenn du nichts Besseres mit dir anzufangen weißt, ja!" Damit war Lukas verschwunden.

***

Langsam fuhr Lukas durch die leeren Straßen. Mit jedem Kilometer, den er sich seinem Heim näherte, wurde sein Gewissen schlechter. Nun, da er endlich allein war und Gelegenheit hatte, über die vergangenen Stunden nachzudenken, wurde ihm bewusst, was er getan hatte. Vier Jahre war er jetzt mit Marianne verheiratet. In der ganzen Zeit hatte er geglaubt, ihr Glück sei unerschütterlich. Bis heute Morgen. Juliane raubte ihm den letzten Funken Verstand, den er sich, seit er sie das erste Mal gesehen hatte, mühsam bewahren wollte. Mühelos hatte sie ihn flachgelegt. Genossen hatte er es, richtig genossen, ohne den geringsten Gedanken an seine Frau. Die Grausamkeit seines Handelns schnürte ihm die Kehle zu. Außerdem wusste er nicht, wie er sich Marianne gegenüber verhalten sollte. Sollte er ihr alles gestehen und erklären, dass es ein Ausrutscher war? Das konnte er nicht. Weil er nicht wusste, ob er Juliane gegenüber standhaft bleiben würde. Seine Prinzipien waren sang- und klanglos untergegangen, er war ihr verfallen. Trotz der Erkenntnis, dass er sich alles zerstörte, was bisher sein ganzes Leben war, spürte er, dass er wieder mit ihr schlafen wollte. Bei dem Gedanken an Marianne empfand er weiterhin das große Bedürfnis, wie gewohnt mit ihr zusammen zu sein. Verlieren wollte er sie nicht. Schließlich kannte er sie schon seit vielen Jahren. Da stellte sich so etwas wie eine Lebensgewohnheit ein.

Mit diesen beunruhigenden Gedanken erreichte er endlich das Mietshaus, in dem sie wohnten. Schwerfällig stieg er aus. Von der Straße aus konnte er zum Wohnzimmerfenster sehen.

Marianne stand dort und sah ihm entgegen.

Schlagartig wurde ihm schlecht; seine Knie waren mit einem Mal butterweich. So schlich er die Treppe hinauf. Aufsperren musste er nicht; Marianne öffnete ihm. Zu seiner Überraschung nahm sie ihn in die Arme.

„Lukas, ich bin so froh, dass du endlich kommst. Ohne dich hatte ich richtig Angst allein in der Wohnung."

„Nanu, so anhänglich kenne ich dich ja gar nicht." Lukas schob sie sanft durch Tür hinein.

Heftig begann sie, ihn zu küssen. Erschrocken wehrte er sie ab, da er genau wusste, wohin das führte.

„Was ist mit dir?", fragte sie brüskiert.

„Ich habe tierischen Hunger und mit leerem Magen bringe ich nichts zustande."

Misstrauisch schaute sie ihm in die Augen, doch er gab nichts preis.

Schließlich gab sie auf. Sie deckte den Tisch.

Lukas eilte ins Badezimmer und stellte sich unter die Dusche. Er atmete auf, als er das Wasser auf sich prasseln spürte. Nur so konnte er alle Spuren von Juliane abwaschen.

Nach einer Weile trat Marianne vor die Dusche und zog den Vorhang weg. Lukas ließ die Augen geschlossen, weil er bereits zu wissen glaubte, was sie sagen würde, aber nichts dergleichen geschah. Im Gegenteil, er spürte, wie sie zu ihm unter die Dusche kam. Er öffnete die Augen. Sie war nackt und fest entschlossen, mit ihm zu schlafen.

Sie aßen auf dem Balkon. Marianne hatte sich einen Bademantel übergestreift. Lukas blieb nackt in der Sonne sitzen, um etwas Bräune abzubekommen. Seine Haut war übersät mit Sommersprossen. Leider gehörte er zu dem hellen Typ, was ihn schon sein Leben lang ärgerte. Trotzdem setzte er seinen Körper immer wieder gnadenlos der Sonne aus, riskierte hin und wieder einen Sonnenbrand, der sich irgendwann in Farbe verwandeln sollte.

Marianne hingegen brauchte die Sonne nur anzusehen, schon

war sie dunkelbraun. Das schürte noch mehr seinen Ehrgeiz.

Doch das Einzige, was er an diesem Nachmittag spürte, war eine Hitze, die von innen kam. Zwei Frauen hatten ihn ganz schön herangenommen. Und nun arbeitete sein Gewissen auf Hochtouren. Marianne hatte seine morbiden Gedanken, die er noch im Auto gehegt hatte, durcheinander gebracht. Ihr Überfall in der Dusche hatte ihr etwas Frivoles verliehen, was seine Gefühle für sie aufs Neue entflammte.

Juliane war plötzlich in weite Ferne gerückt.

Kapitel 12

Lukas' Foto prangte auf der Titelseite der Saarbrücker Zeitung. Aber nicht allein, sondern in vertrauter Umarmung mit Juliane Pfeiffer.

Schlagartig wurde ihm schlecht. Der Kaffee fiel ihm aus der zitternden Hand. So sollte die neue Woche wirklich nicht beginnen:

Nicht nur die Ermittlungen der Polizei laufen auf vollen Touren. Die Polizisten, die mit dem Fall „Pfeiffer" beauftragt sind, laufen ebenfalls heiß. Juliane Pfeiffer, die Ehefrau des Ermordeten, wird in Kürze ein Vermögen erben, dessen genauer Umfang bisher noch niemandem bekannt ist. Bald wird sie eine reiche Frau sein, was sie zur Hauptverdächtigen macht. Liegt der Polizei wirklich daran, den Fall aufzuklären? Die Frage drängt sich auf, wenn man den ermittelnden Kommissaren bei der Arbeit zusieht. Die Polizei, dein Freund und Helfer. Auf diesem Foto sehen Sie, wie Lukas Baccus der Hauptverdächtigen ins Haus hinein hilft.

„Wie konntest du so dämlich sein und dich auf offener Straße zu solchen Gefühlsduseleien hinreißen lassen?", schimpfte Theo.

Lukas hörte ihn nicht. In seinem Kopf dröhnte es.

Fieberhaft überlegte er, ob Marianne die Zeitung las. Er wusste es nicht. Zu Hause hatten sie keine, das war sicher. Aber wie sah es in dem Versandhaus aus, in dem sie arbeitete?

Theo trat auf seinen Kollegen zu. Lukas zeigte immer noch keine Reaktion. Entschlossen zog er ihn am Arm in die Höhe. Durch die Heftigkeit blieb Lukas nichts anderes übrig, als aufzustehen. Er folgte Theo nach draußen.

„Wenn du nur dumm dasitzt, wird es nicht besser."

„Was soll ich tun?", fragte Lukas verzweifelt. Sein Gesicht war kreideweiß, da half sogar das Sonnenbad vom Vortag nichts.

„Keine Ahnung! Gegen so viel Dummheit kenne ich noch kein ..."

„Gut, dass ich Sie hier antreffe." Ehrling trat auf die beiden Männer zu.

Hinter dem Kriminalrat stand Allensbacher, der sich wie immer mit dem Taschentuch durch das schweißnasse Gesicht wischte.

„Kommen Sie mit mir!" Ehrlings Befehl ging an Lukas.

Dieser folgte den beiden Vorgesetzen.

Im Büro des Kriminalrats, in dem er bisher ein einziges Mal war – zu einem weitaus erfreulicheren Anlass – setzte sich Ehrling hinter seinen Schreibtisch.

Lukas durfte stehen bleiben.

Eine erdrückende Stille herrschte. Lange dauerte es, bis Ehrling fragte: „Ist Ihnen klar, welche Folgen Ihr Handeln nach sich zieht?"

Lukas schüttelte den Kopf.

„Sie handeln unüberlegt, verantwortungslos und unehrenhaft. Sie sind für unser Haus nicht mehr zumutbar."

Diese Worte trafen Lukas hart.

„Sie können sich doch denken, dass ich Sie vom Dienst suspendieren muss? Sie zwingen mich dazu."

„Das sieht anders aus, als es in Wirklichkeit ist", stammelte Lukas, doch Ehrling hob nur gebieterisch die Hand, um ihn zum Schweigen zu bringen.

„Ich habe Augen im Kopf. Und nicht nur ich. Jeder wird den Artikel genauso verstehen wie ich. Ihre Ausreden können Sie sich sparen."

„Wir können Kommissar Baccus nicht suspendieren", meldete sich Allensbacher zu Wort und wischte sich mit dem Tuch über sein hochrotes Gesicht. „Er führt zusammen mit Borg die Ermittlungen. Wir müssen die Suspendierung aufschieben, bis der Fall abgeschlossen ist."

Ehrling warf Allensbacher einen strafenden Blick zu, womit er ihn sofort zum Schweigen brachte. „Im Dezernat für *Organi-*

sierte Kriminalität haben wir gute Mitarbeiter. Ich werde dort anrufen und jemanden anfordern. Kommissar Baccus muss sich bereithalten. Zuerst stimmt der Personalrat ab, ob er im Dienst bleibt oder nicht."

Damit war Lukas entlassen.

Auf wackeligen Beinen kehrte er ins Großraumbüro zurück, wo sein Kollege und Freund schon auf ihn wartete.

„Du siehst schlimm aus", stellte Theo fest. „Hat man dich suspendiert?"

Lukas nickte.

„Und wie soll ich das alles allein bewältigen? Ist Ehrling wirklich so weltfremd? Mit seinem schönen Gesicht und seinem feinen Anzug löst er jedenfalls keine Fälle."

„Er will jemanden von der *Organisierten Kriminalität* rüberschicken. Später soll der Personalrat über meine Zukunft entscheiden. Vielleicht habe ich Glück und Allensbacher setzt sich für mich ein."

Zusammen verließen sie das Polizeigebäude und schlenderten durch den Hof auf Lukas' alten BMW zu. Dort blieben sie wortlos stehen.

Selbst der Wagen löste in Lukas Beklemmung aus. Spuren hatten sie darin jede Menge gefunden, aber keine verwertbaren. Nichts war mehr in seinem Leben so, wie es sein sollte.

Mit dem Gedanken stieg er ein und fuhr davon.

Theo schaute ihm nach, bis er um die nächste Kurve verschwand.

***

Böhme stand am Fenster und beobachtete die beiden niedergeschlagenen Männer. Der Anblick war Balsam für seine Seele. Sein Artikel hatte genau das bewirkt, was er wollte: Lukas Baccus war aus dem Verkehr gezogen. Nun kam Theo Borg an die Reihe. Wie eine Klette würde er sich an ihn heften und mit Sicherheit etwas finden, was auch diesen arroganten Snob vernichtete. Zuversichtlich trat er vom Fenster weg, wollte gerade in sein Büro zurückkehren, als er Hugo Ehrling und Wendalinus Allensbacher kommen sah. Laut unterhielten sie sich – besser gesagt, Allensbacher redete nervös auf Ehrling ein. Böhme blieb unauffällig an einem Regal voller Informationsmaterial über die Polizeiarbeit stehen. Er tat so, als wollte er die Broschüren ordnen. Je näher die beiden kamen, desto deutlicher konnte er sie verstehen.

„Sie müssen Ihre Entscheidung noch einmal überdenken. Der Fall Pfeiffer ist viel zu brisant. Wir können es uns nicht erlauben, auf wichtige Kräfte zu verzichten. Niemand – wenn er in seinem Ressort auch noch so gut ist – kann jetzt noch problemlos in die laufenden Ermittlungen einsteigen."

„Sie setzen viel zu große Stücke auf die beiden Männer, Herr Allensbacher. Ich will die Fähigkeiten der beiden nicht anzweifeln, aber ihre Methoden lassen zu wünschen übrig. Es ist unverzeihlich, den gesamten Polizeiapparat lächerlich zu machen. Wir verlieren durch solche Männer unsere Glaubwürdigkeit. Da sehe ich mich zu derartigen Maßnahmen gezwungen. Der Fall Pfeiffer ist zwar wichtig, aber das Ansehen unseres Hauses auch."

„Wir werden eine Erklärung für die Situation auf dem Foto finden. Da bin ich ganz sicher. Wenn Sie wirklich Baccus aus dem Verkehr ziehen, sehe ich schwarz für den Erfolg unserer Ermittlungen. Baccus und Borg arbeiten schon seit vielen Jahren zusammen. Die beiden leisten kontinuierlich gute Arbeit."

„Der Personalrat stimmt in einer halben Stunde ab. Was dort beschlossen wird ist unumgänglich. Ich bitte Sie jetzt, mich in Ruhe zu lassen. Warum schon jetzt klagen, wenn noch gar nichts entschieden ist?" Ehrling stolzierte davon.

Böhme sortierte immer noch die Broschüren. Allensbachers Blick fiel auf ihn. „Haben Sie nichts zu tun?"

Hastig watschelte Böhme davon.

***

Lukas fuhr ziellos durch die Straßen. Baustellen zierten fast die gesamte Stadt. Und doch wirkten die Menschen fröhlich und heiter. Die Sonne tat ihr Übriges dazu.

Die gute Stimmung setzte ihm noch mehr zu. Wie konnte man an einem Tag wie diesem lachen? Er drückte aufs Gaspedal. Erschrocken sprang eine hübsche, junge Frau in einem engen, kurzen Kleid zur Seite und schimpfte ihm etwas nach, was er besser nicht verstand. Sein Blick galt nur ihrem Kleid. Bei dem Anblick dachte er an Juliane.

Schon wusste er, wo er hinfahren wollte.

Als er klingelte, öffnete ihm Theresa Acantelari.

Sie hatte er vergessen.

„Frau Pfeiffer sitzt hinter dem Haus und sonnt sich." Der Tonfall der Haushälterin klang abfällig.

Lukas überhörte ihn beflissen und steuerte zielstrebig den Garten an. Er fand Juliane schön wie eine Nymphe auf dem Liegestuhl. Sie trug einen Bikini, der ihre intimsten Stellen nur knapp bedeckte. Ihr Körper war hinreißend, ihre Proportionen perfekt. Ihre helle Haut schimmerte leicht gerötet. Ihr Anblick fesselte ihn.

„Störe ich?"

Sie öffnete die Augen, lächelte ihn liebevoll an und streckte ihm die Arme entgegen. Bei dieser Geste wurde ihm warm ums Herz. Er beugte sich hinunter, begrüßte sie mit einem zärtlichen Kuss und genoss die Berührungen ihrer Hände auf seinem Rücken.

„Ich muss gleich fort", meinte sie, „Ich habe einen wichtigen Termin – wusste ja nicht, dass du kommst."

„Das ist vielleicht auch besser so", gestand Lukas, wofür er ein erstauntes Gesicht erntete. „Theresa beobachtet uns. Außerdem wird sie auch die Zeitung gelesen haben."

Juliane setzte sich auf, wobei ihr Bikinioberteil herunterrutschte. Sein Blick fiel auf das ganze Ausmaß ihres Hämatoms, das der Eindringling hinterlassen hatte. Die blaue Verfärbung hatte sich inzwischen über den gesamten rechten Busen ausgebreitet.

„Meine Güte, muss das schmerzen." Sanft küsste er die verletzte Stelle.

„Jetzt nicht mehr."

„Das sagst du immer. Ich glaube, du bist sehr tapfer. Du hast schon viel einstecken müssen in deinem Leben."

„Wenn man aus dem Milieu kommt, aus dem ich stamme, ist man nicht so zimperlich."

„Geht es auch genauer?" Lukas nutzte die Gelegenheit, etwas über sie zu erfahren.

„Wir kommen aus der untersten Schicht. Meine Mutter hatte nie einen Beruf gelernt, hat sich von jedem Mann, der ihr den Hof gemacht hat, ein Kind andrehen lassen. Wir sind drei Mädchen und jedes hat einen anderen Vater. Eines Tages hat sie einen Nichtsnutz geheiratet, der sich nur auf ihrem Geldbeutel ausruhte, während sie den ganzen Tag irgendwo putzen ging. In solchen Verhältnissen wird man nicht gerade verwöhnt."

„Das ist entsetzlich", brachte Lukas hervor.

„Man härtet ab mit der Zeit. Deshalb empfand ich Udos Hang zur Brutalität als normal."

„Und was ist geschehen, dass du es heute nicht mehr so empfindest?"

„Du bist mir begegnet."

„Aber doch erst gestern."

„Ja, bis dahin dachte ich auch, alles an Udo sei normal."

„Wie habt ihr euch kennengelernt? Ihr kommt aus verschiedenen Welten?", bohrte Lukas weiter – ganz der Bulle, trotz allem.

„Udo hatte Wohnungen, die von den Käufern nicht mehr bezahlt werden konnten, durch Zwangsversteigerungen zurückgekauft. Das war für ihn ein gutes Geschäft. Diese Wohnungen stellte er für sozial Schwache oder Obdachlose zur Verfügung. Eines Tages kam die Stadt Saarbrücken auf unsere Familie zu. Wir hausten damals in einer Bruchbude, die abgerissen werden sollte. Dann kam Udo Pfeiffer. Er schenkte uns ein Haus – vor der Presse und allem Rummel, wie er es liebte. Dabei lernten wir uns kennen."

„Und habt gleich geheiratet?"

„Ja, ich wurde schwanger."

Diese Antwort überraschte Lukas. „Und wo ist das Kind?"

„Es war eine Totgeburt." Sie stand auf.

Lukas wäre fast zu Boden gegangen, weil er am anderen Ende des Liegestuhls saß.

„Jetzt muss ich los, sonst komme ich zu spät zu meinem Termin."

Weg war sie.

Die neuen Eindrücke, die er durch Julianes Erzählungen gewonnen hatte, brachten ihn dazu, auf dem Liegestuhl sitzen zu bleiben und sich umzusehen. Eine akkurat gestutzte Hecke säumte den Garten. Einblicke von außen waren nicht möglich. Ein Gärtner, den er bis jetzt nicht bemerkt hatte, schnitt widerspenstige Zweige aus der Hecke heraus. Ein pinkfarbener Rhododendron thronte vor einem kleinen Teich, der mit zartrosa Seerosen bepflanzt war. Überall summten Bienen. An einer Fichte auf der anderen Seite des kleinen Gewässers hing ein Vogelhäuschen, aus dem ständig leise piepsende Geräusche drangen. Neugierig behielt er das Häuschen im Auge, schon sah er, wie eine Kohlmeise angeflogen kam, sich vor dem Häuschen niedersetzte und mit ihr auch das Piepsen lauter wurde.

Das Leben in diesem Garten hatte etwas Beruhigendes. Es rückte seine Probleme in weite Ferne. Tatsächlich musste er sich eingestehen, dass seine Frau nicht Unrecht hatte, mit dem Traum vom eigenen Haus. Er hatte nur einen Balkon, von Natur keine Spur.

Schritte näherten sich. Neugierig drehte er sich um, sah aber nicht Juliane, sondern Theresa, die ihn mit stechenden Augen fixierte.

„Na, hat sie Ihnen das Märchen vom Prinzen erzählt?"

„Sie hat mir aus ihrem Leben erzählt."

„Dann hat Sie Ihnen bestimmt auch erzählt, wie sie Udo dazu gebracht hat, dass er sie heiratet?“ Theresa tat so, als wolle sie die Terrasse kehren. „Sie hat nämlich nichts dem Zufall überlassen, hat sich schwängern lassen. Eine uralte Methode, um ehrenwerte Männer wie Udo einzufangen. Udo war viel zu anständig. Niemals hätte er sie sitzen lassen. Und nun erbt dieses Luder alles.“

„Sie mögen Juliane nicht besonders?“

„Wie soll ich so eine Frau mögen? Udo ist tot und sie hat alles, was er sich mühsam erarbeitet hat.“

„So mühsam hat er nicht arbeiten müssen. Immerhin hat er das Geschäft seines Vaters übernommen.“ Juliane stand plötzlich hinter der Haushälterin. Im Nu war die Alte verschwunden.

„Warum hältst du dir so eine zänkische Person? Es gibt viele Frauen, die Theresas Arbeit gerne machen würden“, zweifelte Lukas.

„Alles hat seine Gründe“, murrte Juliane, ohne Lukas dabei anzusehen. „Theresa arbeitet schon seit 30 Jahren hier. Ich denke mir, sie hat es nicht verdient, einfach entlassen zu werden.“

***

Lustlos schlenderte Lukas zu seinem Wagen.

Da sah er sie wieder. Die schwarze Limousine.

Still stand das Auto auf der anderen Straßenseite. Tief hängende Zweige einer Trauerweide verdeckten sie zum Teil. Durch die verdunkelten Scheiben konnte er den Innenraum nicht erkennen. Geisterhaft stand das Auto da. Wann war es gekommen? Wer fuhr den Wagen? Warum tauchte es immer auf diese mysteriöse Art und Weise auf?

Der Motor wurde angelassen, das Auto fuhr los.

Lukas sprang zur Seite, um nicht erfasst zu werden. Zitternd stand er da, sah gerade, wie es um die nächste Kurve verschwand. Wieder hatte er das Nummernschild nicht erkannt. Es war alles zu überraschend gekommen. Und doch kam es ihm nicht wie ein Angriff vor. Viel mehr, als wollte der Fahrer auf sich aufmerksam machen.

Das sah aus wie eine Warnung!

Kapitel 13

Georg Hammer studierte den Vertrag, den er aus dem Rechner des Kreditbüros von *Meyers Goldgrube* runtergeladen hatte, bevor das Büro abgefackelt wurde. Zu Lebzeiten wäre es ihm nicht gelungen, so viel Schulden abzubezahlen. Meyer verlangte Zinsen, die ihn früher oder später ruiniert hätten. Trotzdem war sein Geschäft nicht gesetzwidrig; es bewegte sich immer noch am Rande der Legalität. Meyer hatte nichts dem Zufall überlassen.

Aber der Brand änderte alles.

Seit sie die Nachricht in der Zeitung gelesen hatten, fühlten sich seine Frau und er in einer Hochstimmung wie schon lange nicht mehr. Alles war zerstört worden – sogar sämtliche Rechner, Laptops und andere Datenträger, die sich in dem Büro befunden hatten.

Die einzige Version seines Vertrags, die über seinen Kredit noch existierte, war auf dem USB-Stick, den er in seiner Hand hielt.

„Wie geht es jetzt weiter?", fragte Miriam.

„Die Bank, von der das Institut das Geld geliehen hat, wird wohl auf uns zukommen. Aber zu anderen Konditionen. Jetzt haben wir eine Chance, das Haus zu behalten." Georg fühlte sich gut.

„Was ist, wenn die Polizei bei ihren Ermittlungen im Fall Pfeiffer auf unseren Namen stößt?", zweifelte Miriam immer noch.

„In seinem Haus gab es nichts über uns. In seinem Büro auch nicht, sonst wären sie hier schon lange aufgetaucht", erklärte Georg. „Wir waren nicht die Einzigen, die er hereingelegt hat. *Meyers Goldgrube* wurde nicht aus Nächstenliebe abgebrannt. Vermutlich war jemand schneller als die Polizei."

„Wie kommst du darauf?"

Auf diese Frage hin legte Georg ihr den Zeitungsartikel vor

die Nase, der als Fortsetzung des spektakulären Aufmachers auf der zweiten Seite gedruckt war:

Wie aus zuverlässiger Quelle zu erfahren war, besteht eine Verbindung zwischen dem mysteriösen Selbstmord von Franzi Waltz und der so genannten Hinrichtung Udo Pfeiffers. Die Ermittlungen ergaben, dass das Ehepaar Waltz eine Eigentumswohnung vom Immobilienmakler Udo Pfeiffer kaufte. Udo Pfeiffer erfreute sich in der Stadt großer Beliebtheit, wodurch sein Geschäft einen besonderen Stellenwert auf dem Immobilienmarkt erreicht hat. Seine Wohnungen entsprechen allerhöchstem Niveau. Das Ehepaar Waltz hatte sich finanziell übernommen, sodass die Polizei bereits erste Vermutungen anstellen kann, was eine junge Frau zu einer solchen Tat treibt. Aber auch die Frage nach Erpressung bleibt weiterhin offen. Die Ermittlungen der Polizei laufen weiter.

„Du glaubst also, dass der Ehemann von Franzi Waltz dabei ist, seine Spuren zu verwischen?"
„Jetzt können wir nur hoffen, dass er bei Udo Pfeiffer genauso gründlich war wie in *Meyers Goldgrube*."

***

Es klingelte. Lukas erschrak. Sollte Marianne die Absicht haben, ihre Tirade bereits an der Haustür zu beginnen?

Der Gang dorthin mutete Lukas an wie der Gang nach Canossa.

Seinen Blick reumütig zu Boden gerichtet, öffnete er.

„Bekenne dich schuldig!"

Lukas riss den Kopf hoch. Vor ihm stand Theo.

„Du?"

„Nein! Dein Richter."

„Ha, ha! Komm rein und spuck aus, was ich wissen will!"

„Der Personalrat hat entschieden, dass du weiter am Fall arbeiten darfst", packte Theo euphorisch aus. „Ehrling wollte uns Dieter Marx auf den Hals hetzen. Damit war die ganze Abteilung nicht einverstanden. Mit seinem biblischen Gequatsche hätte er eine noch viel größere Katastrophe heraufbeschworen."

„Ich bin wieder dabei!" Lukas führte einen Veitstanz vor Freude auf, eilte an seinen Kühlschrank und zog zwei Flaschen Bier heraus.

„Normalerweise trinke ich im Dienst nichts, aber zur Feier des Tages ...", ließ sich Theo überreden.

„Die Tatwaffe stammt eindeutig aus dem Besitz der Eheleute Pfeiffer. Für heute Nachmittag habe ich Theresa Acantelari in mein Büro bestellt", berichtete Theo. „Bei der Befragung sprechen wir sie auf das Beil an. Mich wundert's nämlich, warum die Pfeiffers ein Beil besitzen, wo sie weder Kamin noch Kachelofen haben, für den sie Holz hacken müssten."

Lukas fühlte sich bei dem Gedanken nicht wohl, die Haushälterin vorzuladen. Diese Frau tat Juliane nicht gut.

„Es ist mir ein Rätsel, wie Udo und Juliane sich kennenlernen konnten. Sie kamen doch aus verschiedenen Gesellschaftsschichten", murmelte Theo weiter.

„Das weiß ich bereits." Lukas gestand Theo, Juliane schon wieder einen Besuch abgestattet zu haben. Dabei gab er ihm ihre Geschichte wieder.

„Das hört sich nach *Pretty woman* an."

„Mit einem Unterschied: Julia Roberts spielt in dem Film eine Hure, was man von Juliane keineswegs behaupten kann", wehrte Lukas sofort ab.

„Trotzdem gefällt mir die rührselige Geschichte nicht. Warum sollte ein Mann wie Pfeiffer eine Frau aus dem Ghetto heiraten?", zweifelte Theo weiter.

„Die Publicity! Schließlich stiftete er Häuser und Wohnungen für sozial Schwache. Damit zeigt er sich mehr als solidarisch."

„Aber heiraten? Ich weiß nicht."

„Welchen Ruf hätte ihm das eingebracht, wenn er eine schwangere Frau aus armen Verhältnissen sitzen gelassen hätte? Er hätte an Glaubwürdigkeit verloren."

„In dir steckt ein Philosoph." Theo grinste.

***

Die kleine, südländische Frau fühlte sich in dem Großraumbüro nicht wohl. Schüchtern suchte sie das Durcheinander ab, bis Theo auf sie zukam und sie von ihrer Befangenheit befreite.

Er führte Theresa Acantelari an einen Platz vor seinem Schreibtisch. Lukas saß bereits dort. Zum Gruß fuhr sie ihn an: „Ach, arbeiten müssen Sie auch noch?"

„Sie sagten, Sie arbeiten seit 30 Jahren im Haus der Familie Pfeiffer?", begann Theo schnell, um unnötige Pannen zu vermeiden.

Stolz nickte die kleine Frau.

„Dann können Sie uns bestimmt etwas über die Familie erzählen. Wie waren die Eltern, wie sind sie gestorben, wie stand Udo zu seinen Eltern?"

„Udos Vater war immer sehr fleißig. Er hatte das Immobiliengeschäft aufgebaut, das er anschließend seinem Sohn überlassen hat. Vor 10 Jahren ist er gestorben", berichtete sie.

„Woran?"

„Herzinfarkt. Der Arme hat einfach zu viel geschuftet."

„Und Udos Mutter?"

Eine Weile schwieg Theresa Acantelari. Lukas und Theo warfen sich einen fragenden Blick zu. Doch dann kam die Antwort: „Sie hatte einen Autounfall."

„Einen Autounfall?", wiederholte Theo ungläubig.

Die kleine Frau nickte.

„Wann und wo?"

„Das liegt schon 28 Jahre zurück. Sie war immer nach Püttlingen zu Bekannten gefahren. Eines Nachts passierte es."

„In Püttlingen?"

„Irgendwo auf dem Nachhauseweg. Wo genau weiß ich nicht mehr." Theresa wand sich unter seinem Blick.

Theo räusperte sich, wühlte in seinen Unterlagen herum und zog einen Zettel aus dem untersten Stapel hervor: „In Püttlingen gibt es eine Eisenbahnbrücke. Kann es sein, dass es dort geschehen ist?“

„Ja, ich glaube es hieß, sie sei von einer Eisenbahnbrücke abgekommen. Jetzt erinnere ich mich wieder.“

„Was ist an der Brücke so Besonderes?“, fragte Lukas seinen Kollegen, der immer noch auf das Stück Papier schaute.

„Hier habe ich eine Statistik über die Selbstmordrate in Deutschland. Das Saarland stand mit seinen Selbstmorden in ganz Deutschland an erster Stelle, und zwar in den Jahren von 1960 bis 1980. Dann gingen die Fälle zurück. Und was glaubst du, wo im Saarland die meisten registriert wurden?“

„In Püttlingen, nehme ich an.“

„Genau! Auf der Eisenbahnbrücke. Entweder stürzten sie mit dem Auto in die Tiefe oder sie warfen sich vor einen Zug. Beide Methoden waren idiotensicher, keiner hatte seinen Versuch je wiederholen müssen.“

„Woher hast du diese Information?“, fragte Lukas erstaunt.

„Bei unserer ersten Begegnung hat Frau Acantelari bereits die mysteriösen Umstände von Frau Pfeiffers Tod angesprochen. Da ich mich noch vage an einen solchen Negativ-Rekord erinnern konnte, habe ich nachgeblättert und bin auf die Statistik gestoßen. Es ist nur so eine Vermutung, aber ich versuche trotzdem, die Akte über den Unfall herauszufinden.“

„Nach 28 Jahren?“, zweifelte Lukas. „Was ist daran so interessant?“

„Das würde uns etwas über die Familienverhältnisse sagen.“

„Hugo Pfeiffer war ein sehr guter Mann, hat immer hart gearbeitet und war gut zu seiner Frau“, schaltete sich Theresa ungefragt in das Gespräch ein. „Der einzige Grund könnte Udo gewesen sein. Aber Udo war noch ein Kind, gerade 10 Jahre alt.“

„Warum sollte sie sich wegen ihres eigenen Sohnes das Leben nehmen?“ Theo stutzte.

Lange – für die beiden Beamten viel zu lange – überlegte die Italienerin, bis sie endlich antwortete: „Udo war ein schwieriges Kind. Sehr schwierig. Und die gute Frau Pfeiffer – Gott hab’ sie selig – hatte schwache Nerven. Oft musste ich sie von dem übermütigen Udo erlösen, wenn sie kurz vor dem Zusammenbruch stand. Mir hat es nichts ausgemacht, ein lebhaftes Kind zu hüten. Dafür Frau Pfeiffer umso mehr."

Eine Weile schwiegen sie, bis Theo die Befragung fortsetzte: „Wie ist Ihr Verhältnis zu Juliane?"

„Wir mögen uns nicht."

„Warum nicht?"

„Juliane hat Udo nur geheiratet, weil sie auf sein Geld scharf war."

„Wie können Sie sich da so sicher sein?"

„Udo kam vor zwei Wochen zu mir, nachdem die beiden sich wieder furchtbar gestritten hatten. Er meinte, er wolle seine Ehe annullieren lassen. So etwas spricht Bände."

„Annullieren?", fragten Lukas und Theo wie aus einem Mund.

„Ja, so sagte er. Er hat endlich erkannt, dass sie nur an sein Geld wollte. Im Falle einer Scheidung hätte er dieses Flittchen ewig auf der Tasche liegen. Deshalb wollte er auf Nummer sicher gehen." Die Augen der Alten funkelten böse.

„Für solche Fälle gibt es Eheverträge."

„Udo Pfeiffer war Juliane aufgesessen – gnadenlos." Theresas Blicke glichen Pfeilspitzen.

„Stimmt es, dass Juliane eine Totgeburt hatte?"

„Darüber weiß niemand etwas Genaues." Sie schüttelte den Kopf. „Kurz vor dem Geburtstermin fuhr sie zusammen mit Udo in eine Spezialklinik in den Schwarzwald. Es gäbe angeblich Schwierigkeiten. Während der ganzen Schwangerschaft hatte ich nichts davon bemerkt. Nach zwei Wochen kehrten sie zurück und erzählten, es sei eine Totgeburt gewesen."

„Wurde das Kind beerdigt? Waren Sie da dabei?"

„Sie hatten es im Schwarzwald gelassen. Angeblich wurde es dort beerdigt."

„Sie haben das Kind einfach dort gelassen?" Theo legte seine Stirn in Falten.

„Was ist denn daran so schrecklich?", funkte Lukas dazwischen, weil er spürte, wo diese Fragen hinführten.

„Welche Konfession hat das Ehepaar Pfeiffer?", fragte Theo unbeirrt weiter.

„Sie sind beide katholisch."

„Das bedeutet, dass das Kind mit der Erbsünde geboren wird und getauft werden muss, bevor sie es beerdigen."

Lukas widersprach: „Man kann auch katholisch sein und glaubt nicht an den Quatsch. Vielleicht hat das Krankenhaus die Beerdigung übernommen. So was soll es geben."

„Hatten sie jemals einen Namen für dieses Kind genannt?", bohrte Theo trotzdem weiter.

„Nein, das Kind wurde nie wieder erwähnt. Es war nicht nur gestorben, es war einfach vergessen. Diese Kaltschnäuzigkeit war mir ein Rätsel. Jede Frau würde trauern, Juliane nicht."

„Eine achtjährige Ehe zu annullieren, halte ich für ein fast aussichtsloses Unterfangen", lenkte Lukas das Gespräch in eine andere Richtung. „Da muss Udo einen schwerwiegenden Grund gefunden haben, der die Rechtmäßigkeit seiner Ehe in Frage stellt. Wissen Sie etwas davon?"

Schlagartig wurde Theresa Acantelari ganz still. Sie schaute sich nervös in dem Großraumbüro um und meinte zögerlich: „Das hatte mir Udo nicht gesagt. Er sagte nur in seiner Wut, dass er es tun wollte, aber warum, das habe ich ihn nicht gefragt. Ich nehme an wegen der vielen Schwierigkeiten, die die beiden immer hatten. Sie lagen sich ständig in den Haaren."

„War Udo jemals gegen Juliane gewalttätig?", fragte Theo.

„Der doch nicht. Udo war ein liebenswerter Mann."

„Hatten die beiden nie wieder einen Kinderwunsch geäußert?"

„Nein. Nach der Totgeburt war das Thema tabu."

„Was wollte das Ehepaar Pfeiffer eigentlich mit einer Axt? Sie hatten weder Kamin noch Ofen."

Theresas Augen nahmen katzenhafte Züge an. Eine Weile tat sie, als würde sie überlegen. Allerdings sah man ihr an, dass sie bereits wusste, was sie sagen wollte. „Eines Tages hatte Juliane die Axt gekauft und im Keller deponiert. Sie meinte, man könnte nie wissen, wann man so etwas braucht. Wahrscheinlich wusste sie genau, wann sie dieses Ding brauchen würde."

„Sie halten es also für möglich, dass Juliane Axt schwingend durch das Haus ging und ihren Mann damit enthauptete?" Lukas Stimme troff vor Ironie.

Eine Antwort darauf blieb die Südländerin schuldig. Mit hoch erhobenem Kopf verließ sie das große Büro.

***

„Von Robert Waltz gibt es immer noch keine Spur." Mit diesen Worten betrat Andrea das Büro. „Auch unter der Brücke war er seit Samstagnachmittag nicht mehr. Ich finde das beunruhigend."

„Du glaubst, es ist ihm etwas passiert?", fragte Theo.

„Ja!"

„Vielleicht hat er sich nach seinem Brandanschlag auf das Büro, in dem sich ein Mensch befand, nur abgesetzt. Grund genug hätte er."

„Ich habe eine Großfahndung eingeleitet, wobei ich auch die Möglichkeit angegeben habe, dass er bereits tot ist", erklärte Andrea. „Habt ihr beiden Zeit, bei der Suche zu helfen?"

„Nein, das ist unmöglich", grummelte Lukas. „Zwei Nichtsnutzen, die nur mit dem Schwanz denken, mutest du zu viel zu."

Andrea zuckte die Schultern. „Dann eben nicht. Ich dachte, es könnte uns allen helfen, wenn wir ihn finden – tot oder lebendig."

„Hast du einen Verdacht?"

„Ich kann es leider nicht belegen. Da ich keinerlei Daten über Robert Waltz im Büro von Udo Pfeiffer gefunden habe, vermute ich, dass sie vorher entfernt wurden. Etwas stimmt nicht. Entweder Robert Waltz hat Udo erpresst oder umgekehrt. Niemand taucht unter, weil die Frau Selbstmord begeht."

„Da hast du recht. Aber du hast dir den Fall begierig unter

den Nagel gerissen, jetzt werde auch damit fertig. Wir haben mit unseren Ermittlungen auch genügend Arbeit", wimmelte Lukas die Kollegin unsanft ab.

„Blödmann!"

***

Schweißüberströmt fuhr Böhme durch die Nachmittagshitze zu seinem Versteck. Bisher war ihm alles so wunderbar gelungen.

Bis jetzt!

Sein Gefangener hatte noch gelebt, als Böhme ihn zurückgelassen hatte – in einem ausgezeichneten Zustand. Und vor allem aufrecht, nicht kopfüber.

Böhme wollte die Angst nicht wahrhaben, die ihn beschlich. Jemand hatte ihm in seine Arbeit gepfuscht. Zufall oder Berechnung? Wenn er das nur wüsste …

Ausgerechnet jetzt war es so heiß. Bei der Hitze dauerte es nicht lange, bis die Leiche zu stinken begann. Dann käme alles heraus. Also musste er sich etwas einfallen lassen.

Die Straßen, die ihn seinem Ziel näher brachten, waren zum Glück nur wenig befahren. Unauffällig konnte er in den Feldwirtschaftsweg einbiegen und den baufälligen Schuppen ansteuern. Mit weichen Knien stieg er aus. Er betete, dass nicht noch eine Überraschung auf ihn wartete.

Mit seiner Taschenlampe bewaffnet öffnete er die alte, wackelige Tür und leuchtete in den Innenraum. Alles war unverändert. Regungslos lag er da. Die Hände mit den Handschellen gefesselt, die durch das aufgedunsene Fleisch fast nicht mehr zu erkennen waren, das Gesicht angeschwollen und blau verfärbt, der Geruch süß und Ekel erregend.

Das ging schneller als erwartet.

Erst nach Feierabend konnte er mit einer Schaufel kommen. In seinem Dienstwagen gehörte solches Zubehör zufällig nicht zu seiner Standardausrüstung.

Kapitel 14

Ein roter 911er Porsche leuchtete im Hof. Juliane war zu Hause.

„Ich habe nicht viel Zeit!“, ertönte ihr Protest, kaum dass sie geöffnet hatte.

„Wir auch nicht. Wir wollen nämlich aufklären, wer Ihren Mann getötet hat. Sie dagegen sehen aus, als wollten Sie Tennis spielen gehen.“ Theo grinste böse.

„Glauben Sie, mein Mann wird wieder lebendig, wenn ich zu Hause bleibe und mir die Augen ausheule?“

„Es würde Ihnen das Image der trauernden Witwe verleihen“, konterte Theo. „So bekomme ich den Eindruck, Sie sind eine Last losgeworden.“

„Es reicht jetzt!“, funkte endlich Lukas dazwischen. „Wenn du die ganze Befragung so durchführen willst, mache ich nicht mit. Dann fahre ich dich sofort zur Dienststelle zurück.“

„Tut mir leid, aber ich muss herausfinden, was diese zarte, verletzliche Frau mit einem Beil wollte. Vielleicht ihren Mann enthaupten? Tennisspieler haben kräftige Arme.“ Keine Sekunde ließ Theo Juliane aus den Augen. „Außerdem halte ich es für sehr erstrebenswert zu erfahren, warum Udo Pfeiffer die Ehe annullieren lassen wollte, während sich unsere trauernde Witwe Pfeiffer durch den gerade noch rechtzeitig eingetretenen Tod ihres liebenden Gatten in großer Erbschaft wähnt.“

„Wer behauptet denn so etwas?“, fragte Juliane.

Sie standen immer noch in der prallen Hitze vor dem Haus. Juliane bot ihnen nicht an, das Haus zu betreten.

„Theresa Acantelari.“

„Die Alte lügt“, stellte Juliane klar. „Sie kann mich nicht leiden. Deshalb erzählt sie solche Geschichten.“

„Ihre Ehe war also intakt?“ Theo tat überrascht.

„Völlig intakt war sie nicht mehr. Wir hatten auch mal Streit. Aber von Trennung war keine Rede.“

„Sondern?", hakte Theo nach.

„Fetzen sind auch mal geflogen. Was soll's?"

„Zur Vorsicht haben Sie sich dann ein Beil besorgt – was soll's?"

„Was wollen Sie?", fauchte sie den Beamten an. „Unser Gärtner brauchte ein Beil, um die Bäume von den toten Ästen zu säubern."

„Das werden wir prüfen." Theo ließ sich nicht beirren. „Wussten Sie, dass Ihr Mann Sie betrog?"

„Ich habe es mir gedacht."

„Ach! Und was haben Sie dabei gedacht?"

„Theo!", funkte Lukas dazwischen.

„Wussten Sie, mit wem er Sie betrog?", änderte Theo unvermittelt seine Frage.

„Nein! Dafür kommen viele Frauen infrage", meinte sie.

Eine Weile standen sich die drei schweigend gegenüber. Den Männern brach der Schweiß aus allen Poren. Julianes Tennisdress blieb hingegen pulvertrocken.

„Was haben Sie mit dem Kind gemacht, das sie tot zur Welt brachten?", setzte Theo seine Befragung fort.

Juliane zuckte bei dieser Frage zusammen. Nervös trat sie von einem Bein auf das andere, bis sie nach einer Weile meinte: „Ich rede nicht gerne darüber."

„Das müssen Sie aber. Bei den Ermittlungen in einem Mordfall dürfen sich die Beteiligten das Thema nicht aussuchen, über das sie befragt werden. Das tun wir", klärte Theo Juliane kaltschnäuzig auf. „Hatten Sie das Kind taufen lassen?".

„Ja!"

„Auf welchen Namen?"

„Thomas! Mein Gott, was soll das alles?", fauchte Juliane ungehalten los. Ihr Gesicht war aschfahl, ihre Hände zitterten. „Ich habe mit dem traurigen Kapitel abgeschlossen, also tun Sie das auch!"

„Das liegt wohl sieben oder acht Jahre zurück." Theo rechnete nach. „Wie hieß diese Klinik, in der Sie zur Entbindung waren?"

„Das weiß ich nicht mehr."

„Und der Arzt? Vielleicht Dr. Brinkmann von der Schwarzwaldklinik?", spottete Theo. Lukas verlor seine Beherrschung: „Es reicht jetzt. Was willst du mit deinen Provokationen erreichen? Lass sie mit dieser Sache in Ruhe. Du siehst doch, dass es ihr viel ausmacht."

„Ich kann mir nicht vorstellen, dass man einfach vergisst, wenn man so ein schreckliches Erlebnis wie eine Totgeburt hatte", konterte Theo.

Lukas gab nicht nach. „Wie soll uns das in dem Mordfall Udo Pfeiffer weiterbringen? Bleib einfach beim Thema und verrenne dich nicht in etwas!"

„Der Einzige, der sich hier verrennt, bist du."

„Seid Ihr beiden Streithähne bald fertig?", funkte Juliane dazwischen. Sie hatte ihre alte Fassung wieder gewonnen.

„Klar doch! Wie stand Ihre eigene Familie zu der Hochzeit mit Udo Pfeiffer?", fuhr Theo mit der Befragung fort.

„Sie waren froh, mich loszuhaben."

„Wie ist das möglich?"

„Wenn Sie meine Familie kennen würden, könnten Sie es verstehen."

„Das lässt sich arrangieren. Jemand von uns wird ohnehin bei Ihren Eltern vorbeischauen", meinte Theo gelassen.

„Sie meinen bei meiner Mutter und meinem Stiefvater. Er ist nicht mein richtiger Vater."

„Wo ist ihr leiblicher Vater?"

„Keine Ahnung?"

„Wissen Sie überhaupt, wer ihr leiblicher Vater ist?"

„Nein!"

„Haben Sie niemals Fragen gestellt? So etwas will man doch wissen oder nicht?"

„Er wollte nichts von mir, also wollte ich nichts von ihm."

***

Lautes Geschrei schallte durch das Großraumbüro und ließ jeden Mitarbeiter zusammenzucken. Ein kleiner, ungepflegter Junge, der fast nur aus Haut und Knochen bestand, wurde von dem Polizeibeamten Karl Groß auf einen Stuhl gezerrt und so lange festgehalten, bis er sich beruhigte. Andrea saß verärgert an ihrem Schreibtisch, vor dem der Junge zappelte und fragte: „Was soll das, Karl? Warum setzt du mir das stinkende Kind vor die Nase?"

„Er wurde erwischt, als er mit einer gestohlenen EC-Karte bezahlen wollte", berichtete Karl der Große, der hünenhaft vor dem kleinen Jungen stand und ihn mit Argusaugen bewachte.

„Was habe ich damit zu tun?"

„Es war die Karte von Robert Waltz."

„Ups!" Diese Antwort genügte. Neugierig schaute Andrea auf den kleinen Jungen. Trotzig erwiderte er ihren Blick.

„Wo hast du die Karte her?"

Keine Antwort.

„Es passiert dir nichts. Du kannst ruhig antworten. Hat dir der Mann die Karte geschenkt?"

Auf die Frage nickte der Junge.

„Leg ihm doch keine falschen Antworten in den Mund!", fluchte Karl. Unsanft zog er den Jungen näher an sich heran. „Du hast die Karte gestohlen, gib es zu!"

„Nein!", schrie der Junge.

„Doch! Und wenn du weiter lügst, wirst du nicht nur für Diebstahl bestraft, sondern auch für deine Lügen. Das kommt dich teuer zu stehen."

„Das kannst du nicht machen", strampelte der Junge, doch Karl blieb von diesem Theater unberührt.

„Also, wem hast du diese Karte gestohlen?"

Verwirrt schaute sich der Junge um. Weinerlich brummelte er: „Der brauchte sie doch nicht mehr."

„Was soll das heißen?" Andrea beschlich eine böse Vorahnung.

„Na, der war schon hinüber, als ich ihn gefunden habe. Da dachte ich mir nichts dabei, als ich ihm die Karte aus der Jackentasche gefischt habe."

„Wo war das?"

„In Rußhütte, in so 'nem alten Schuppen. Es war ein Zufall, dass ich heute Morgen dort hin gelaufen bin. Ich war schon ewig nicht mehr dort."

Sofort war Andrea auf den Beinen. Zusammen mit Karl, dem Jungen und ihrer Kollegin Monika Blech verließ sie das Großraumbüro. Im Treppenhaus, das zum Polizeihof führte, wäre sie fast mit Lukas und Theo zusammengestoßen.

„Wohin so eilig?"

„Vermutlich haben wir Robert Waltz gefunden. Leider tot."

Kurz entschlossen folgte Lukas der kleinen Gruppe, die an den Rand des Stadtteils Rußhütte fuhr. Die Straße, in die sie einbogen, zählte zu den Verbindungsstraßen der Vororte von Saarbrücken.

Der Junge zeigte auf einen schmalen Schotterweg. Karl folgte seinen Anweisungen. Am Ende dieses Weges stießen sie auf eine alte, zerfallene Baracke. Von Bäumen und hohem Gras verdeckt war sie von der Straße aus unmöglich zu sehen.

„Ich gehe da nicht mehr rein", stellte der Junge sofort klar.

„Kein Problem." Im Nu hatte Karl ihn mit Handschellen am Auto fixiert. Wütend schlug der Kleine um sich, doch niemand nahm davon Notiz. Alle Augen richteten sich auf den Schuppen. Ein merkwürdiger Geruch drang heraus.

„Dieser Geruch wird doch nicht ...", bemerkte Andrea.

Lukas konnte darüber nur lächeln: „Verlierst du die Nerven?"

Einen bösen Blick warf sie ihm zu. Mit großen Schritten näherte sie sich der baufälligen Tür. Sie war nur angelehnt. Ruckartig riss sie das klapprige Gebilde auf. Es flog aus den verrosteten Angeln und schlug neben ihr auf den Boden. Der Geruch wurde stärker. Verzweifelt hielt sie sich ein Taschentuch vor die Nase und ging hinein. Nach einer Weile kam sie heraus, ließ sich von Karl eine Taschenlampe geben. Wieder trat sie in den

Holzverschlag und stürzte fast gleichzeitig heraus. Angeekelt warf sie die Taschenlampe zur Seite, sprang auf eine Hecke zu und übergab sich.

Widerwillig nahm Lukas die Taschenlampe. Auf das Schlimmste gefasst ging er hinein. Die Leiche lag mitten in dem kahlen Raum. Hände und Füße waren gefesselt, wobei die Füße an einem, langen Strick hingen, dessen Ende an der niedrigen Decke befestigt war. In seinem Mund steckte ein Tuch. Gesicht und Hände waren angeschwollen und grün verfärbt.

„Ist das Robert Waltz?", fragte er Andrea. Ein Nicken kam als Antwort.

„Übel gestorben", erkannte Karl. „Sieht aus, als sei er an dem Knebel in seinem Mund erstickt."

„Kann es sein, dass er an den Füßen aufgehängt wurde?", fragte Lukas.

„Vielleicht sollte er unter Folterqualen etwas preisgeben, was der Täter unbedingt wissen wollte", rätselte Karl.

„Ob Waltz es erzählt hat, werden wir erst erfahren, wenn wir seinen Mörder gefunden haben", erkannte Andrea das Dilemma.

***

„War es so schlimm, wie du aussiehst?", fragte Theo zur Begrüßung.

Lukas nickte. „Für Robert Waltz war das kein schöner Tod. Ob er den verdient hat?"

„Du wirst richtig melancholisch", stellte Theo fest.

„Seit wir an diesen Fällen arbeiten, geschehen grausame Dinge. Mit dem Fenstersturz hat es begonnen. Seitdem ist Pfeiffer geköpft worden, Meyer verbrannt und nun auch noch Robert Waltz erstickt. Jeder Mord wird brutaler. Wir müssen endlich den Täter fassen. Wer weiß, welche abartigen Gelüste noch in ihm stecken?"

„Vermutlich hat jeder Mord den nächsten provoziert!" Theo

sprach, während er mit seinem Telefon hantierte.

„Wie das?"

„Franzi Waltz hatte die Eigentumswohnung von Udo Pfeiffer und stand bei ihm in der Kreide. Udo hat Wucherpreise verlangt, weshalb Menschen wie Robert und Franzi Waltz in finanzielle Not gerieten." Während Theo mit Lukas sprach, meldete sich jemand am anderen Ende der Leitung.

„Borg von der Kriminalpolizei in Saarbrücken. Ich brauche eine Auskunft über eine Totgeburt, die sieben oder acht Jahre zurückliegt. Können Sie aus Ihren Unterlagen ersehen, ob ein solches Ereignis in dem Zeitraum bei Ihnen registriert worden ist?"

Lukas spürte, wie Wut in ihm aufkochte. Warum spionierte Theo so verbissen hinter Juliane her? Was erhoffte er sich davon? Sollte es sich wirklich um eine Falschaussage handeln, bekäme sie Schwierigkeiten. Er konnte nur hoffen, dass Theo nichts entdeckte.

„Vermutlich fand diese Entbindung Ende 2000 oder Anfang 2001 statt. Jedenfalls war es im Winter."

Theo kritzelte auf seinem Block herum, bis er wieder zu sprechen anfing: „Sie haben in dieser Zeit keine einzige Totgeburt registriert?" Seine Stimme klang gereizt. „Wie viele Kliniken gibt es denn noch in Ihrer Gegend, die auf Entbindungen spezialisiert sind?"

Wieder Warten.

„Ja, die habe ich alle schon angerufen und überall gab man mir die gleiche Auskunft. Können Sie anhand von Namen feststellen, wann welches Kind geboren wurde?"

Theo sah in das wütende Gesicht seines Kollegen. Schnell wandte er den Blick ab und sprach weiter in die Muschel: „Das ist gut. Also der Name dieses Kindes war Thomas Pfeiffer."

Nach einer Weile entgegnete er frustriert: „Niemand mit diesem Namen. Nur ein Thomas Ruffing? Moment mal!" Er hielt die Hand vor die Sprechmuschel und fragte Lukas: „Wie lautet Julianes Mädchenname?"

„Ihre Eltern heißen Bastuk."

Theo bedankte sich und beendete das Telefonat.

„Was soll das schon wieder?", fauchte Lukas.

„Tut mir leid, aber ich mache nur meine Arbeit. Ich wollte herausfinden, wo sie dieses angebliche Kind bekommen hat, das ist alles."

„Das ist niemals alles. Du glaubst Juliane nicht und lässt nichts aus, um sie schuldig zu machen." Wütend stampfe Lukas aus dem Büro.

Dort begegnete ihm Andrea. Ihr Gesicht wirkte gerötet vor Aufregung, als sie ihn packte und wieder zurück ins Büro zerrte.

„Na, weit bist du aber nicht gekommen!" Theo lachte.

„Die Spurensicherung hat festgestellt, womit die Leiche von Robert Waltz gefesselt wurde", sprach Andrea aus, was sie beschäftigte.

„Und womit?"

„Mit Handschellen von der Polizei."

„Das fehlte noch", stöhnte Theo.

„Wisst ihr nicht, was das heißt?", fragte Andrea ganz aufgebracht.

„Doch! Wir haben einen Überläufer unter uns."

„Ich vermute dahinter den Mann, der die Informationen an die Presse weitergibt. Es kann nur jemand von uns sein, weil sonst niemand detaillierte Informationen bekommt."

„Und warum sollte er Robert Waltz töten?"

„Vermutlich sollte das nicht passieren. Ich werde den Eindruck nicht los, dass er ihm einfach weggestorben ist", erklärte Andrea.

„Das Opfer wurde mit den Füßen so aufgehängt, dass der Kopf nach unten hing. In der Hütte ist es so heiß wie in einem Backofen. Da hat der Täter auf jeden Fall den Tod seines Informanten mit einkalkuliert", konterte Lukas ungehalten. „Er hat ihn regelrecht zu Tode gefoltert."

„Das engt den Kreis der Verdächtigen ein", bemerkte Andrea nachdenklich.

„Das sehe ich anders: Hier im Haus wäre jeder imstande, seinen Kollegen zu foltern. So groß ist unsere Nächstenliebe nämlich nicht", spottete Lukas.

„Ich könnte zum Beispiel Dieter Marx jedes Mal die Daumenschrauben anlegen, wenn er mit seinem biblischen Gequatsche beginnt", stimmte Theo zu. „Und das tut er ständig."

„In jedem von uns steckt ein heimlicher Sadist. Also könnte jeder der Henker von Saarbrücken gewesen sein!"

„Auf alle Fälle könnt ihr euch darauf gefasst machen, dass die Abteilung für interne Angelegenheit jeden überprüfen wird, ob er seine Handschellen noch hat. Schaut lieber nach!" Andrea steuerte ihren eigenen Schreibtisch an.

Lukas zog vorsichtshalber mal seine unterste Schublade auf. Sauber und glänzend lagen sie da.

Doch Theos Gesicht verlor sämtliche Farbe. Verwirrt schaute er Lukas an und sagte: „Meine sind weg!"

„Das ist nicht möglich."

„Doch, sie sind weg. Und das Schlimmste ist, ich weiß nicht, seit wann sie weg sind."

„Jetzt haben wir schon wieder ein Problem am Hals. Du bist der Henker. Vorhin hast du es ja schon fast zugegeben", bemerkte Lukas ironisch.

„Das ist kein Spaß mehr. Sie werden mir die Hölle heiß machen."

Kapitel 15

Lukas schimpfte sich einen Narren, während er seinen alten BMW in Richtung Julianes Haus steuerte. Fast wäre es ihm gelungen, mit Marianne Frieden zu schließen, da rief Juliane an. Der Tonfall, mit dem sie ihn zu sich bat, war so herzergreifend, dass er es nicht übers Herz brachte, standhaft zu bleiben. Allein die Vorstellung, durch seine Schuld könnte sie in Gefahr geraten, machte ihn rasend vor Sorge.

Blass und kränklich sah sie aus, als sie Lukas die Tür öffnete.

Vergessen war sein Ärger über sich selbst. Betroffen von ihrer Zerbrechlichkeit nahm er sie in die Arme, schob sie sanft ins Wohnzimmer. Zwei Gläser und eine Cognackaraffe standen dort bereit. Lukas schenkte ein und setzte sich ganz dicht zu ihr auf das Sofa.

„Ich weiß, dass es nicht richtig war, dich einfach zu Hause anzurufen, aber ich war so verzweifelt“, begann Juliane. Ihre Hand streichelte sanft über Lukas Oberschenkel. Mit ihren grünen Augen fixierte sie ihn.

„Was wolltest du mir anvertrauen?“, fragte er mit geschlossenen Augen, während er die kreisenden Bewegungen ihrer Hand genoss.

„Es stimmt, dass Udo sich von mir scheiden lassen wollte.“

Überrascht riss Lukas die Augen auf und schaute sie an.

Juliane sprach weiter: „Er hatte eine andere, sagte mir aber nicht, wen. Inzwischen weiß ich, dass es seine Sekretärin war.“

„Warum hast du das bei der Vernehmung nicht gesagt? Wenn herauskommt, dass du gelogen hast, wird alles nur noch schlimmer.“

„Genau weiß ich es nicht. Ich hatte einfach Angst, dass dein übereifriger Kollege daraus ein Tatmotiv macht.“

„Der hat im Moment andere Sorgen. Vielleicht lenkt ihn das ab.“ Lukas dachte wieder an das schreckensbleiche Gesicht seines Kollegen, nachdem er den Verlust seiner Handschellen festgestellt hatte.

„Ich erbe eine ganze Menge, dahinter sieht wohl jeder Bulle ein Motiv. Aber ich habe ihn nicht getötet, weil ich einfach nicht glauben konnte, dass er die ernste Absicht hatte, sich von mir zu trennen." Sie rückte immer näher.

„Theo sieht in dir eine vermeintliche Mörderin. Diesen Verdacht bekommst du leider erst los, wenn der wirkliche Täter gefasst ist."

„Verstehst du jetzt, warum ich nur mit dir darüber sprechen konnte?", hörte er ihre Stimme plötzlich ganz nah an seinem Ohr. „Lass mich heute Nacht nicht allein."

Gänsehaut kroch über seinen Nacken, begleitet von einem angenehmen Schauer. Ihre Lippen an seinem Ohr, ihr Atem, ihre Wärme, ihre Hände, wie sie seine Hose öffneten und sein steif gewordenes Glied herausnahmen. Alles, was er noch vor wenigen Minuten Marianne geschworen hatte, war vergessen. Bedenken weggewischt. Für ihn gab es nur noch das Hier und Jetzt. Willenlos gab er sich ihren Verführungskünsten hin, genoss ihre Nähe und ihre geschickten Hände.

Ganz langsam zog sie ihn aus. Sie liebkoste ihn am ganzen Körper. Plötzlich hörte sie auf.

Fragend schaute er sie an. Ihr Blick war lüstern, als sie sagte: „Lass uns nach oben gehen!"

Er erhob sich, nahm die federleichte Frau in seine Arme und trug sie die breite Treppe hinauf ins Schlafzimmer, das er bisher nur von der gefühllosen Durchsuchung her kannte. Das Bett war groß – mit messingverziertem Kopfgestell. Die gesamte Vorderfront des gegenüber stehenden Schrankes bestand aus Spiegeln, ebenso die Wände. Er konnte sich von allen Seiten selbst sehen. Liebevoll legte er Juliane auf die große Matratze. Behutsam zog er sie aus. Fasziniert schaute er dabei in die Spiegel und beobachtete sich selbst. Der Anblick war berauschend, er konnte seinen Blick fast nicht mehr abwenden. Ihre zarten Hände an seinem Penis, ihr schlanker Körper neben seinem, zwei nackte Körper zwischen zerwühlten Kissen.

Sanft drückte sie ihn in die Matratze und flüsterte: „Ich muss dich von den Spiegeln ablenken, sonst merkst du gar nicht mehr, dass ich noch da bin.“

Sie küsste ihn von oben bis unten, wanderte mit ihren Lippen von seiner Brust hinab zu seinen Oberschenkeln und wieder hinauf zu seinen Achselhöhlen, seinen Armen, seinen Händen. Lukas hielt seine Augen geschlossen – berauscht von der Zärtlichkeit stöhnte er. Doch plötzlich merkte er etwas Kaltes an seinen Handgelenken.

Erschrocken riss er die Augen auf. Er hörte gerade noch, wie die Handschellen am Messinggestell des Kopfendes einrasteten.

Sie hatte ihn gefesselt.

Unwillkürlich trat ihm das Bild von Pfeiffers Leiche vor Augen: Auch er war gefesselt und geköpft, sein Körper blutüberströmt. Schlagartig war er aus seinem Gefühlsrausch herausgerissen, seine Erektion verschwunden. Im Spiegel sah er nur noch eine lächerliche Figur, die nackt herum zappelte; die versuchte, sich von Stahlschellen zu befreien – ein aussichtsloser Kampf.

„Was hast du mit mir vor?“

Juliane lachte herzhaft. Nichts war mehr von ihrer Zerbrechlichkeit zu sehen. Mit einem süffisanten Lächeln fuhr sie mit ihrem Zeigefinger über seinen Brustkorb bis hin zu seinem schlaffen Geschlechtsteil, ohne ihn aus den Augen zu lassen. Ihr Ausdruck wurde animalisch. Ihre grünen Augen blickten lüstern auf seinen Körper herab. Mit ihrer Zunge leckte sie sich über die Lippen, als sei ihr ein besonderer Leckerbissen zugefallen.

Peinlich berührt wand er sich vor ihren Augen, doch dadurch wurde seine Lage nur noch lächerlicher. Gebieterisch thronte sie über ihm, genoss seine verzweifelten Versuche, sich zu befreien. Niedergeschlagen schloss Lukas die Augen und hoffte, dieser Augenblick würde vorüberziehen.

Mit beiden Händen begann sie seinen Penis langsam zu bearbeiten. Trotz seiner misslichen Lage spürte er, wie sein Glied sich unter ihren begierigen Liebkosungen aufrichtete. Ruckartig setzte sie sich auf ihn und ritt ihn wie einen wild gewordenen Hengst. Ihre Bewegungen wurden noch heftiger. Sein Körper bäumte sich immer ungestümer gegen sie. Aus ihren Liebkosungen wurden vergebliche Bezähmungsversuche, ihre Lustschreie wurden von seinen eigenen übertönt.

Erschöpft ließ sich Juliane auf Lukas herabsinken. Lange lagen sie so da. Die Handschellen begannen zu schmerzen. Die Ekstase war vorbei.

„Wann willst du mich von diesen Dingern befreien?"

„Wenn du mir versprichst, heute Nacht bei mir zu bleiben."

„Aber, du weißt doch, dass ich das nicht kann. Marianne wartet auf mich."

Er war ihr ausgeliefert. Diese Art von Sexualleben übertraf seine Vorstellung. In Julianes Abhängigkeit fühlte er sich trotz aller Sehnsucht nicht wohl. Regungslos lag sie auf ihm, tat, als schliefe sie. Verzweifelt richtete er seinen Blick auf seine Handgelenke. Rote Striemen leuchteten bereits. So ein Mist! Das würde Marianne sehen und alles erraten. Ihm wurde immer unwohler. Mühsam gelang es ihm, Juliane von sich herunter zu bewegen.

„Bitte mach mich los!" Er bemühte sich, autoritär zu klingen.

Aber Juliane lachte nur.

„Bekommst du Angst?", flötete sie. „Ich dachte, du vertraust mir."

„Tu ich ja auch." In den Worten klang keine Zuversicht. „Aber du musst mich gehen lassen oder ich kann nie wieder zu dir kommen."

Juliane stand auf und zog sich einen Bademantel über. Lukas schaute ihr nach, wie sie zur Tür schlenderte. Wollte Sie tatsächlich das Zimmer verlassen und ihn ans Bett gefesselt alleine zurücklassen?

„Wo gehst du hin?"

„Beruhige dich, ich hole nur den Schlüssel für die Handschellen." Schon war sie aus dem Zimmer verschwunden.

Ständig erblickte Lukas sich in einem der lästigen Spiegel. Mein Gott, wie lächerlich er sich fühlte, so nackt und hilflos. Sein ganzes Hochgefühl, das er mit Juliane verbunden hatte, war ausgelöscht. Plötzlich erkannte er, was er getan hatte und bereute es. Marianne tat ihm leid. Was war er nur für ein Narr? Wie konnte er sich einbilden, ein Mann für Juliane zu sein?

Sie kam mit den Schlüsseln zurück. Zu seinem großen Erstaunen sperrte sie die Handschellen auf. Sich die schmerzenden Handgelenke reibend sprang Lukas vom Bett. Nur noch nach unten zu seinen Kleidern wollte er. Aber Juliane war schneller. Im Nu versperrte sie ihm den Weg. Nackt stand er vor ihr. Vor wenigen Minuten hätte ihm die Situation gefallen, doch jetzt fühlte er sich vor ihr gedemütigt und entblößt. Ihr Verhalten gab ihm Rätsel auf. Beschämt überkreuzte er seine Hände vor seinem Geschlechtsteil.

„Was ist los?", fragte sie giftig. „Vor wenigen Minuten hast du mir alles entgegengestreckt wie ein Liebeshungriger. Und jetzt diese Scham. Du zweifelst also doch an mir?"

Lukas stand nur reglos da.

„Schlappschwanz. Ihr wollt es immer einfach haben. Mal eine schnelle Nummer hier und mal einen Quickie da, aber Hauptsache die Frau steht weiterhin daheim am Herd und bekocht den gnädigen Herrn. Und ich habe dir tatsächlich vertraut. Ich dachte, du meinst es ernst, als du gesagt hast, dass du an mich glaubst."

***

Theos Herz setzte einen Schlag aus, als die Kollegen der Abteilung für interne Angelegenheiten noch am späten Nachmittag das Großraumbüro betraten. Mit Leichenmienen begannen sie, jeden zu befragen. Alle konnten ihnen ihre Handschellen vorführen, womit sie aus dem Schneider waren. Nun standen sie vor seinem Schreibtisch und stellten ihm die verhängnisvolle Frage: „Wo sind Ihre Handschellen?"

Eine Weile herrschte Schweigen. Theo spürte die Blicke, die ihn durchbohrten.

„Haben Sie mich nicht verstanden?"

Theo musste reagieren oder die Situation wurde noch schlimmer für ihn.

„Doch!"

„Und?"

„Sie sind weg."

„Was wollen Sie damit sagen?"

„Sie sind aus meinem Schreibtisch verschwunden, ich weiß nicht, wer sie weggenommen hat."

„Das sollen wir Ihnen glauben?"

„Was hätte ich denn für einen Grund gehabt, Robert Waltz zu töten?", fragte Theo zurück.

„Vielleicht war sein Tod ja gar nicht beabsichtigt, was die Schwere des Verbrechens auf gar keinen Fall schmälert", erklärte der Kollege und nahm die Personalangaben von Theo auf. „Sie müssen sich bereithalten, da der Kriminalrat noch auf Sie zukommen wird. Am besten bleiben Sie hier, bis er sich meldet."

Theo versuchte, sich auf seine Arbeit zu konzentrieren, doch es gelang ihm nicht. Immer wieder schweiften seine Gedanken zu der Frage, wie das hatte passieren können.

Das Telefon läutete. Erleichtert hob er ab in der Hoffnung, einen wichtigen Hinweis zu bekommen. Aber es war Marianne: „Ist Lukas bei dir?" Theo überlegte, was das nun wieder zu bedeuten hatte, doch an seinem Zögern erkannte sie, was los war. „Also hat er mich doch belogen!"

„Was hat er denn gesagt?"

„Das Telefon hat geläutet. Er hat behauptet, es sei die Dienststelle. Man habe Robert Waltz gefunden."

„Den haben wir wirklich gefunden, aber schon heute Nachmittag." Theo hörte ein herzzerreißendes Schluchzen am anderen Ende der Leitung.

„Es tut mir leid, Marianne! Ich hätte das jetzt nicht sagen

dürfen“, stammelte er ganz verlegen, wofür er nur noch lauteres Schluchzen als Antwort bekam. Dann war die Leitung unterbrochen.

An Andrea gewandt rief er beim Verlassen des Büros: „Keine Sorge, ich desertiere nicht. Ich bin gleich wieder zurück.“

***

Böhme erfuhr sofort, dass Theo Borg im Verdacht stand, Robert Waltz entführt zu haben. Zufrieden über seine Raffinesse kam er zu dem Schluss, dass ihm Robert Waltz doch nicht umsonst weggestorben war. Das machte den Verdacht auf Theo umso schwerwiegender. Und war einer der Kollegen erst einmal in die Schusslinie geraten, wurde seine Arbeit genauer unter die Lupe genommen. Theos pinkelfeine Fassade hatte endlich einen Riss. Nun mussten weitere Risse her, bis sie ganz zerstört war.

Er sah, wie sich Theo eilig in seinen privaten Toyota setzte und mit einem Kavaliersstart davonfuhr. Gut gelaunt folgte er ihm, da er das Gefühl hatte, dass dieser Aufbruch Neuigkeiten für ihn ergeben würde.

Tatsächlich war es so.

Theo Borg fuhr im Eiltempo zur Wohnung seines Arbeitskollegen. Das könnte informativ für ihn werden. Geduldig stellte er seinen Wagen so ab, dass er die Vorderseite der Wohnung genauestens sehen konnte. Das war die Seite, auf der sich der kleine, gut übersichtliche Balkon befand. Marianne saß alleine dort, wie er entzückt feststellte. Den Fotoapparat legte er schon mal bereit.

Sie stand auf und verschwand für kurze Zeit. Anschließend erschien sie zusammen mit Theo auf dem Balkon.

Böhme grinste.

Lange standen sie nur da und redeten. Leider konnte er bis zu seinem Auto nichts verstehen. Doch dann kam der Moment, wofür sich das Warten gelohnt hatte. Theo nahm Marianne zärtlich in seine Arme und küsste sie. Entspannt und willig sah Marianne aus, so als sei es nicht das erste Mal zwischen den beiden.

Meine Güte, was war er doch ein gerissener Hund! Nur Böhme schaffte es, alle Abgründe der Menschen aufzudecken. Diese Entdeckung brachte ihn in Hochstimmung.

Theos Hand wanderte langsam in Mariannes Bluse. Sie fiel auf den Boden. Auch sein Hemd war im Nu ausgezogen. Sie liebkosten sich hemmungslos. Böhme fotografierte wie ein Wilder. Die Bilder wurden phantastisch, das sah er auf dem Display. Schließlich hatte er eine Kamera mit hoher Pixelzahl. Doch leider gingen die beiden in die Wohnung hinein, bevor sie sich weiter auszogen. Zu schade. Er hätte doch gerne etwas fürs Auge gehabt. Trotzdem war er mit seinem Einsatz zufrieden und begnügte sich halt mit dem, was er hatte. Er druckte die Bilder aus und hielt schon wenige Minuten später gestochen scharfe Fotos in der Hand. Er wusste nicht, ob die schlüpfrigen Aufnahmen für die Presse von Nutzen waren. Aber Eines war sicher: So konnte er die beiden Kollegen hervorragend gegeneinander ausspielen. Damit zerstörte er ihre Freundschaft, was nur in seinem Sinn war. Zerstrittene Kollegen gaben mehr über sich preis, als sie wollten. So wären sie für seine Pläne nützlicher.

Er startete seinen Wagen in Richtung Pressehaus. Der Reporter wartete.

Als er in den Rückspiegel schaute, erkannte er eine dunkle Limousine, die ihm folgte. Es war bereits Dämmerung, deshalb war er sich nicht sicher, ob es sich um dasselbe Auto handelte wie am Tag zuvor in der Nebenstraße vor Pfeiffers Haus. Trotzdem sagte ihm ein inneres Gefühl, dass mit dem Wagen nicht zu spaßen war. Er drückte auf das Gaspedal und beschleunigte auf 100 Stundenkilometer. Die Limousine blieb mühelos hinter ihm. Versuchsweise riss er das Lenkrad herum, fuhr in entgegengesetzter Richtung in eine Einbahnstraße ein. Die Reifen quietschten laut, sein Auto schaukelte verdächtig, bis es sich wieder beruhigte.

Ein Blick in den Rückspiegel: Das schwarze Auto war hinter ihm.

***

Völlig rastlos startete er seinen Wagen. Lukas konnte in seiner Verfassung unmöglich nach Hause. Deshalb zog er es vor, durch die Nacht zu fahren und zu überlegen. Warum hatte sie das makabere Spiel mit ihm getrieben? Diese Frage machte ihn fast wahnsinnig. Sollte Theo am Ende recht behalten und Juliane hatte ihren Mann wirklich ermordet? Aber warum demonstrierte sie es ihm so genau? Sinnvoller wäre es doch, es zu verheimlichen. Die letzte Stunde war für Lukas der reinste Albtraum gewesen. Krampfhaft versuchte er, seine eigene Lächerlichkeit zu vergessen. Aber vergebens. Jetzt noch – lange nachdem er das Haus verlassen hatte, schämte er sich ganz fürchterlich. Sie hatte aus ihm einem Narren gemacht, der schlotternd und wimmernd vor ihr stand. Oh Gott, was war nur aus ihm geworden? Marianne war eine so gute Frau.

Nach Stunden gab er seinen inneren Kampf auf. In der Hoffnung, dass Marianne schlief, steuerte er sein Zuhause an.

Eine leere Wohnung vorzufinden, damit hatte er nicht gerechnet.

Er durchsuchte jedes Zimmer. Sie war nicht da. Einerseits erleichtert, andererseits besorgt, wo sie sich um diese Zeit aufhielt, stellte er sich unter die Dusche und versuchte verzweifelt, die Spuren abzuwaschen, die Juliane an ihm hinterlassen hatte. Die Striemen an seinen Handgelenken leuchteten feuerrot. Je länger er unter dem warmen Wasser stand, umso deutlicher wurden sie. Entmutigt stieg er aus der Dusche und ließ sich ins Bett fallen. Es blieb ihm nichts anderes mehr übrig, als sich ihr zu stellen und die ganze Wahrheit zu sagen.

Es war lange nach Mitternacht, als er sie kommen hörte. Auf leisen Sohlen schlich sie sich ins Badezimmer, wo sie Ewigkeiten verbrachte, bis sie endlich das Schlafzimmer betrat. Ohne das Licht einzuschalten, näherte sie sich dem Bett. Lautlos glitt sie unter die Decke.

Lukas beschloss, sie im Glauben zu lassen, er habe nichts bemerkt. Trotzdem lag er den Rest der Nacht wach.

Marianne saß in der Küche, als Lukas in seinem alten Morgenmantel mit Ärmeln, die weit über seine gebrandmarkten Handgelenke reichten, vor sie trat. In den frühen Morgenstunden hatte der Schlaf ihn übermannt. Er fühlte sich wie gerädert.

„Wo warst du gestern Abend?", fragte er anstelle eines Grußes.

„Das gleiche könnte ich dich fragen."

„Was soll das?", schimpfte nun Lukas, „Ich habe dich etwas gefragt."

„Ich dich auch. Du warst gestern Abend nicht auf der Dienststelle. Das habe ich erfahren, als ich dort anrief und mit dir sprechen wollte."

Mit offenem Mund vor Staunen starrte Lukas seine Frau an.

„Warum spionierst du mir nach?"

„Weil du mich anlügst. Du triffst dich mit dieser Frau und behauptest, du würdest arbeiten. Es ist traurig, dass unsere Ehe auch nicht anders ist als die der meisten anderen. Ich dachte immer, wir wären etwas ganz Besonderes – besonders sind wir ja vielleicht wirklich, denn du hast es mit deinem Seitensprung sogar bis in die Zeitung geschafft! Den Artikel habe ich heute Abend zu sehen bekommen."

Plötzlich brach seine ganze Welt über ihm zusammen. Er spürte förmlich, wie ihm alles entglitt, sah Marianne vor sich, deren Gesicht von Enttäuschung gezeichnet war. Dieser Anblick schnitt ihm ganz tief in seine Seele hinein. Sein Leben geriet in Scherben und wofür? Für das Dilemma der letzten Nacht? Verzweifelt nahm er Marianne in die Arme und wimmerte: „Ich habe das nicht gewollt. Bitte, glaub mir. Jetzt weiß ich, dass alles ein Fehler war. Ich liebe dich, habe dich immer geliebt. Ich weiß nicht, welcher Teufel mich geritten hat, so etwas zu tun."

Völlig überrascht saß Marianne da. Sie wusste nicht, was sie sagen sollte. Berührt von seinem unerwarteten Geständnis nahm sie ihn in die Arme.

Die Kirchturmuhr schlug acht Uhr. Marianne wand sich aus seinem Arm und räusperte sich: „Ich muss los.“ Sie küsste ihn flüchtig auf die Nasenspitze, was seinem Herz den nächsten tiefen Stich versetzte. Hatte nicht erst vor einem Tag Juliane ihn so verabschiedet? Die Erinnerung schmerzte mehr, als ihm recht war. Vergessen wollte er Juliane, einfach vergessen. Aber seine Gefühle kämpften gegen seinen Verstand.

***

Die ganze Stadt stand unter dem Einfluss der Sonne. Alles wirkte froh gelaunt trotz Baustellen und dichtem Verkehr. Nur an Lukas zog das Hochgefühl vorbei. Juliane hatte seinem Ego einen mächtigen Tritt versetzt.

Der dichte Verkehr kam zum Stillstand, gerade als er durch die Kaiserstraße fuhr. Verdrossen wanderte sein Blick über das Rathaus, das durch seine neugotische Form inmitten der modernen Bauten einen Blickfang darstellte.

Ein Hupen riss ihn aus seinen Gedanken. Der Verkehr ging weiter. Hastig trat er auf das Gaspedal. Sein Weg führte auf die Folsterhöhe, ein Wohngebiet, in dem überwiegend sozial Schwache lebten. Abseits von den Betonklötzen gab es Ein- und Mehrfamilienhäuser, die das Niveau des Viertels aufwerteten. In einem dieser Häuser lebte Julianes Familie.

Er fand das Haus sofort.

Es war mal ein schönes Gebäude gewesen. Doch jetzt starrte die Front vor Schmutz. Unrat sammelte sich vor der Tür. Anstelle eines Vorgartens wucherten wilde Dornenranken aus dem Erdboden. Widerwillig ging er zur Haustür und klingelte. Es dauerte nicht lange, da stand eine Frau vor ihm, die ihn anstarrte, als sei er ein auf frischer Tat ertappter Einbrecher. Schnell würgte er seinen Kloß herunter und stellte sich vor. Die Miene der Frau blieb ungerührt.

„Ich möchte mit Ihnen über Ihre Tochter sprechen." Die Frage, wie Juliane es tatsächlich geschafft hatte, aus dem Milieu zu entkommen, flammte in ihm auf.

„Welche Tochter?"

„Juliane!"

„Ach die, kommen Sie rein." Sie ging voraus. Sie bot Lukas einen Platz in einem kleinen Zimmer an. Es wirkte durch die großen, schmutzigen Fenster düster. Die Möbel sahen verwohnt aus, die Couchgarnitur abgewetzt.

„Was wollen Sie über Juliane wissen?"

„Hatte Juliane Sie am letzten Freitagnachmittag hier besucht?"

Eine Weile überlegte Julianes Mutter, bis sie Lukas anstarrte und nickend meinte: „Ja, das war am Freitag, als sie das letzte Mal hier war. Sie kommt gern vorbei, um mir zu demonstrieren, wie toll sie dasteht. Aber darauf kann ich verzichten."

Lukas überhörte die Schärfe in den Worten. Was ihm gefiel, war die Tatsache, dass Juliane ein Alibi hatte. Damit konnte er endlich Theo in die Schranken weisen.

„Welchen Mädchennamen hatte Juliane, bevor sie geheiratet hatte?"

„Bastuck."

Völlig enttäuscht rutschte Lukas in seinem Sessel hin und her. Da fiel ihm noch eine rettende Lösung ein: „Bastuk Eberhard ist Julianes Stiefvater?"

„Ja, er hat alle meine Kinder adoptiert und ihnen seinen Namen gegeben." Stolz schwang in ihrer Stimme mit.

„Wie hießen Sie denn vorher?"

„Mein Mädchenname ist Ruffing. Juliane hieß ebenfalls so, bis Eberhard sie adoptiert hatte."

Nun hatte er alles, was er brauchte. Der Name Thomas Ruffing, der auf Theos Notizblock vermerkt war, hatte also doch eine tiefere Bedeutung. Seine Eingebung hatte ihn nicht getäuscht.

„Wer ist Julianes leiblicher Vater? Waren Sie mit ihm verheiratet?", fragte er aufs Geratewohl, da er selbst nicht wusste, warum er noch nicht gehen wollte. Das Ambiente, das einst zu Julianes Leben gehört hatte, wollte er noch ein wenig auf sich einwirken lassen. Vielleicht fand er ja hier eine Erklärung für ihr merkwürdiges Verhalten.

„Verheiratet waren wir nicht", sprach die massige Frau. „Dafür war er ein viel zu feiner Pinkel. Egon Kleist heißt er und ist ein hohes Tier bei der Regierung. Diesen Kerl werde ich niemals vergessen. Damals dachte ich, der Prinz rettet mich aus dem Dilemma, so wie es in Märchen immer passiert."

„So wie es Juliane ergangen ist", fügte Lukas an.

„Ich bin mir nicht so sicher, ob sie das märchenhafte Glück mit diesem Udo hatte."

„Haben Sie mal gesehen, wie Juliane heute lebt?"

„Nein. Er hat unsere Familie nie eingeladen, hatte wohl Angst, sich mit uns zu blamieren."

„Warum zweifeln Sie an dem offensichtlichen Glück, das Juliane hatte? Sie erbt ein Vermögen."

„Es gibt Dinge, die kann man nicht erklären. Und der Polizei schon gar nicht. Erwarten Sie nicht von mir, dass ich Ihnen irgendetwas über unsere Familie preisgebe. Lediglich, wer Julianes Vater war, aber das können Sie ohnehin aus den Unterlagen entnehmen. Egon Kleist hatte immer Alimente für Juliane bezahlt, bis Eberhard meine Töchter adoptierte. So sieht das aus. Alles andere werden weder Sie noch sonst jemand von der Polizei erfahren." Die Abweisung saß. Lukas fühlte sich auf dem abgewetzten Sofa schon wieder nackt, bloßgestellt, wie am Abend zuvor. Diese Frau besaß eine ungemütliche Ausstrahlung. Sie verfügte weder über Bildung noch über einen akzeptablen Lebensstandard und doch konnte sie ihm das Gefühl geben, selbst weit unter ihrem Niveau zu stehen. Zumindest glaubte er, hier eine Erklärung für Julianes Verhalten gefunden zu haben. Etwas gab es in dieser Familie, ein Geheimnis oder ein Ereignis, das lange zurücklag und der Familie ein schwerer Klotz am

Bein war. Sie versuchten, es mit Aggressionen zu verdrängen. Eine tief verwurzelte Abwehrhaltung, die sie unfähig machte, jemals wieder einem Menschen zu vertrauen.

Kapitel 16

„Robert Waltz ist erstickt. Der Obduktionsbericht bestätigt die Todesursache. Der Knebel war mit Wasser getränkt, wodurch er aufquoll. Weiter wurden getränkte Tücher in beiden Nasenlöchern entdeckt. Damit hat der Täter jede Möglichkeit ausgeschlossen, dass sein Opfer überleben konnte. Sonst gibt es keine Gewaltanwendung. Mit Handschellen an den Händen und mit dicken Stricken an den Füßen gefesselt, ohne fremde Gewebespuren, die auf den Täter schließen lassen. Die Methode gibt den Hinweis, dass der Täter sorgfältig gearbeitet hat", las Andrea den Bericht des Gerichtsmediziners vor. „Warum musste der arme Kerl so sterben?"

„Wer weiß, was Waltz bei dem Einbruch in *Meyers Goldgrube* entdeckt hat. Es wäre doch möglich, dass ihn jemand verfolgt hat und alles aus ihm herausquetschen wollte", spekulierte Monika.

„Sicherlich gab es dort Akten über Personen, die auf keinen Fall im Zusammenhang mit Peter Meyer erkannt werden wollten." Andrea nickte.

„Eine dieser Personen hat sich über Roberts Neugierde geärgert und ihn auf grausame Weise sterben lassen."

„Da fällt mir etwas ein!" Andreas Augen leuchteten auf.

Hastig kramte sie in ihrer Schreibtischschublade, bis sie die Fotos herauszog, auf denen Franzi Waltz nackt abgelichtet war. „Diese Fotos haben bestimmt damit zu tun. Vermutlich wurde das Ehepaar Waltz damit erpresst. Da ist es nicht auszuschließen, dass noch andere Leute Peter Meyers abartigen Wucherpreisen zum Opfer fielen und befürchteten, Robert Waltz bringe es ans Tageslicht."

„Es wird schwer für uns werden, diese Leute zu finden. Alle Unterlagen sind verbrannt und die Betroffenen wollen, dass es nicht herauskommt", stellte Monika resigniert fest.

„Die Bank, von der Peter Meyer das Geld für die Kredite bekam, kann uns vielleicht Auskunft geben. Irgendwo muss er das Geld herhaben. Machen wir uns auf den Weg."

***

Als Lukas sich unbeobachtet fühlte, griff er nach dem Telefon und rief die Nummer des Krankenhauses an, die Theo am Vortag mühsam herausgesucht hatte. Es war die Nummer, unter der Theo den Namen Thomas Ruffing notiert hatte.

Er ließ sich mit der zuständigen Station verbinden. Die Stimme eines Arztes ertönte. Als Lukas sich vorstellte, reagierte er, wie Lukas gehofft hatte. „Stimmt! Wir hatten gestern bereits das Vergnügen. Was kann ich heute für Sie tun?"

„Ich möchte von Ihnen wissen, was aus dem Kind Thomas Ruffing geworden ist, wann es geboren wurde, wer die Eltern waren und wo dieses Kind hingebracht wurde, wenn es keine Totgeburt war."

„Also, eine Totgeburt war das nicht", stellte der Arzt sofort klar. „Die letzte Totgeburt liegt länger zurück. Aber wenn Sie sich gedulden, wir suchen Ihnen die Unterlagen heraus."

Es dauerte nur einen kurzen Moment, der Lukas wie eine Ewigkeit vorkam, bis er wieder die Stimme des Arztes hörte: „Thomas Ruffing wurde am 5. Dezember 2001 geboren. Das Kind war hochgradig geistig behindert. Im letzten Stadium der Schwangerschaft war der Befund schon bekannt. Deshalb sind die Eheleute zur Entbindung zu uns gekommen. Wir sind auf solche Fälle spezialisiert."

„Hochgradig geistig behindert?", wiederholte Lukas fassungslos.

„Ja, ein schwerwiegender Fall."

„Was geschah mit dem Kind?"

„Die Eltern haben uns aufgefordert, es in ein Heim einzuweisen, was wir auch taten."

„Ist das Verhalten der Eltern üblich?"

„Zu uns kommen viele Fälle von geistiger Behinderung, die

im Embryostadium erkannt werden. Es handelt sich meistens um Ehepaare, die sich mit den Schwierigkeiten, die mit einem geistig behinderten Kind verbunden sind, nicht auseinandersetzen wollen oder können. Wir weisen die Kinder in Behindertenheime ein, in denen sie bestens betreut werden. Die Eltern fahren mit einem Vertrag für die Unterbringung nach Hause. Das ist nicht der schlechteste Weg."

„War die Behinderung auf einen Unfall während der Schwangerschaft zurückzuführen oder war sie genetisch bedingt?"

„Sie war eindeutig genetisch bedingt. Die Eltern wollten, wie in vielen anderen Fällen auch, dass wir herausfinden, von welchem Elternteil die krankhaften Gene stammten. Bei beiden kamen wir zu keinem eindeutigen Ergebnis. Alle Untersuchungen waren normal", berichtete der Arzt, wobei man im Hörer deutliches Papierrascheln hörte. „Zwei Wochen hatten sie bei uns im Krankenhaus verbracht, aber wir konnten nicht feststellen, wer der Vererber war. Kurz vor Weihnachten sind sie dann entlassen worden."

„Welche Namen gaben Ihnen die Eltern von Thomas Ruffing an?"

„Hier sind die Namen Juliane Ruffing und Udo Pfeiffer angegeben."

„Also hatte der Vater sich gar nicht die Mühe gemacht, das Kind auf seinen Namen zu adoptieren", stellte Lukas erstaunt fest. Er bedankte sich und beendete das Telefonat.

Kaum hatte er aufgelegt, kam Theo hereingestürmt. „Wo warst du die ganze Zeit?"

„Bei Julianes Eltern, wie wir das vorgesehen hatten."

Theo stutzte einen Moment. „Warum trägst du bei der Hitze einen Pullover mit langen Ärmeln?", fragte er, um seine Verwirrung abzuschütteln.

„Falsche Frage. Wo warst du die ganze Zeit?", schoss Lukas schlagfertig zurück.

„Im Labor."

„Warum?"

„Du wirst es nicht glauben, aber ich habe schlechte Nachrichten für Juliane“, begann er ironisch, was Lukas fast zum Überschäumen brachte.

„Nicht schon wieder!“ Lukas war glücklich über seine Strategie, sich vorher zu überlegen, welche Details er von dem Gespräch mit Julianes Eltern wiedergab. Jede unbedachte Äußerung hatte bei dem übereifrigen Kollegen ungeahnte Folgen.

„Die Untersuchung der Schamhaare an Udo Pfeiffers Leiche war gestern noch nicht abgeschlossen. Aber heute: Das Ergebnis stimmt haargenau mit Julianes DNA überein.“

Lukas Gesichtsfarbe wurde bleich. Ganz unverhofft trat ihm seine eigene Situation vom Vortag vor Augen: mit Handschellen ans Bett gefesselt, während sie das Zimmer einfach verließ und ihn seinem Schicksal überließ. Fast glaubte er zu sehen, was in der Nacht von Freitag auf Samstag tatsächlich mit Udo Pfeiffer geschehen war.

„Was ist mit dir?“, fragte Theo verwundert über Lukas’ Reaktion. „Überrascht es dich so, dass Juliane immer noch in der Schusslinie steht? Dabei müsstest du doch gemerkt haben, dass ich keine Möglichkeit auslasse, ihre saubere Weste zu entlarven. Sie ist für mich schuldig des Mordes an Udo Pfeiffer, bis mir jemand einen anderen Mörder serviert.“

„Was willst du jetzt tun?“

„Ich werde zu ihr fahren und sie mit den neuesten Erkenntnissen konfrontieren. Irgendeine Reaktion wird sie schon zeigen.“

„Hast du keine Angst, eine Mörderin zu provozieren?“, höhnte Lukas.

„Da kannst ja mitkommen. Aber vermutlich ist dir das peinlich – nach deinem letzten Hausbesuch bei ihr.“

***

Als Theo auf das große Haus zuging, fühlte er sich beobachtet. Nervös schaute er sich um. Außer Hecken, die den Garten umsäumten, sah er nichts. Lediglich eine schwarze Limousine stand am anderen Ende der verkehrsberuhigten Straße. Ein Mercedes. Nichts Ungewöhnliches.

Er trat auf die Haustür zu. Schon wieder beschlich ihn das Gefühl, nicht allein vor dem Haus zu stehen. Wieder schaute er sich um. Wieder nichts.

Er stand allein im Vorgarten, der von den vielen Polizeiautos immer noch ramponiert aussah.

Er klingelte.

Theresa Acantelari öffnete. Als sie Theo sah, bemerkte sie bissig: „Ach, wechseln sich die Herrschaften jetzt ab?"

Theo lachte, womit er ihr den Giftzahn im Nu gezogen hatte. Sie führte ihn auf die Terrasse, wo Juliane in einem langen, durchsichtigen Netz-Shirt saß und frühstückte.

„Störe ich?" Theo ließ seinen Blick genüsslich über ihren Körper wandern.

„Sie stören immer, aber das macht Ihnen nichts aus", entgegnete Juliane.

Sie bat Theo nicht, Platz zu nehmen, im Gegenteil, wie einen armen Sünder wollte sie ihn vor sich stehen lassen.

„Wenn Sie etwas wissen wollen, müssen Sie schon fragen. Von alleine erzähle ich Ihnen bestimmt nichts." Sie bleckte strahlend weiße Zähne.

„Schade, da gäbe es bestimmt eine ganze Menge!" Theos Tonfall war nicht minder sarkastisch. „Zum Beispiel: Wie bringe ich meinen Mann um die Ecke?"

„Leider kenne ich mich in dem Kapitel nicht aus."

„Dann erklären Sie mir doch, wie ihre Schamhaare an Pfeiffers Leiche gekommen sind", kam Theo zum Thema.

Theresa hatte gerade im Rahmen der Terrassentür gestanden und diese letzte Frage genau verstanden. Mit einem lauten Aufschrei eilte sie ins Haus zurück und verschwand in einem Nebenzimmer.

„Ich hatte die schlechte Angewohnheit, gelegentlich mit meinem Mann zu schlafen", reagierte Juliane gelassen.

„Auch kurz vor dem Mord? Nachdem sie behauptet haben,

den Nachmittag bei ihrer Familie verbracht zu haben?"

„Ich habe nicht auf die Uhr gesehen. Das lag mir fern, da mein Mann mich sehr beschäftigen konnte", entgegnete sie honigsüß.

„Nach den Laborergebnissen fand der Intimverkehr kurz vor seinem Ableben statt."

„Dann fragen Sie das Labor, wann ich mit meinem Mann geschlafen habe. Wenn das Labor so schlau ist, kann es Ihnen die Antwort liefern. Aber lassen Sie mich in Ruhe!"

„Warum kann ich Ihnen nicht glauben?" Theo stand ganz dicht vor ihr und schaute wieder an ihr herunter. Ihr Körper war makellos, der Bauch flach, ihre Hüften die Versuchung selbst. Ungeniert schob sie ihr Becken vor, damit er erkennen konnte, dass sie kein Höschen trug. Sie streckte ihre langen Beine aus, während sie sein Gesicht beobachtete.

Der Anblick verwirrte ihn. Er glaubte zu verstehen, was in Lukas vorging. Die Frau war gefährlicher als jede Sirene, die mit ihrem Gesang die Männer verführte. Juliane brauchte nicht zu singen, ihr Körper allein war Frohlockung genug.

„Ich sehe mich gezwungen, Sie vorzuladen", meinte er stockend.

Juliane lachte. „Weshalb? Weil ich mit meinem Mann geschlafen habe? Machen Sie sich doch nicht lächerlich."

Sie stand auf und stolzierte vor ihm ins Haus zurück. Theo konnte seinen Blick nicht von ihrem Körper abwenden. Enttäuscht von sich selbst und von dem Gesprächsverlauf machte er sich auf den Weg zu seinem Auto.

Schon wieder überkam ihn das Gefühl, beobachtet zu werden. Eiliger als nötig sprang er in seinen Wagen und startete. Als er in den Rückspiegel schaute, sah er sie. Die schwarze Limousine stand immer noch am anderen Ende der Straße.

Kapitel 17

„Nach den Unterlagen der Bank gibt es nur zwei Ehepaare, die sich in ähnlicher Situation wie das Ehepaar Waltz befanden“, berichtete Andrea ihrem Kollegen Lukas. „Und zwar Miriam und Georg Hammer. Sie haben sich ein Haus am Stadtrand gekauft, dessen Ankaufspreis auf keinen Fall adäquat zu dem Wert des Hauses steht. Es ist lediglich ein Einfamilienhaus, sogar ein Reihenhaus am Rand von Saarbrücken-Burbach. Der Preis ist umwerfend, dafür mussten ganz naive Leute her.“

„Und das andere Ehepaar?“

„Doris und Günter Selter. In dem Fall ist es ähnlich. Sie haben eine Eigentumswohnung in einem Hochhaus gekauft. Die einzige Attraktion ist der Swimming-Pool auf dem Dach. Auch diese Wohnung war überteuert. Die beiden hätten es zu Meyers Konditionen niemals geschafft, zu Lebzeiten ihren Kredit abzuzahlen.“

„Und was willst du nun tun? Die Leute beschuldigen, Peter Meyer erschlagen, Udo Pfeiffer geköpft, Franzi Waltz aus dem Fenster gestoßen und Robert Waltz mit einem Knebel erstickt zu haben?“, fragte Lukas.

Andrea ließ nicht locker. „Ich habe außerdem eine Liste von Wohnungen, die Udo Pfeiffer in seiner grenzenlosen Güte der Stadt gespendet hatte, um sozial Schwache darin unterzubringen. Jetzt will ich herausfinden, wie er an die Wohnungen herangekommen ist. Dann sind wir einen ganzen Schritt weiter.“

„Du glaubst, er betreibt den Wucher, um durch kostengünstige Rückkäufe die Wohnungen wieder zu erlangen?“ Lukas verstand endlich.

„Genau. Nach außen sieht es aus, als kämen die Spenden aus seiner Tasche. Alle Welt huldigt seiner Selbstlosigkeit und seinem grenzenlosen Großmut, während er in Wirklichkeit andere dafür in den Ruin treibt.“

„Das ist ja unglaublich. Und Marianne wollte unbedingt bei

diesem Menschen ein Haus kaufen!“

Andrea marschierte davon.

Lukas schaute ihr nach und glaubte, eine Veränderung an ihr festzustellen. Ihre Haare waren nachgewachsen. Außerdem trug sie eine Bluse in bunten Farben, die ihr gut standen. Was hatte diese Sinneswandlung hervorgerufen?

Sein Telefon klingelte.

Er hob ab. Es war Juliane!

„Bekomme ich jetzt deine Gorillas auf den Hals gehetzt?“

„Welche Gorillas?“, fragte Lukas erschrocken.

„Dein Kollege Theo Borg. Dieser Mensch ist unangenehm. Seit wann kannst du mir nicht mehr selbst die Fragen stellen. Ist es dir peinlich zuzugeben, dass du nicht mehr an meine Unschuld glaubst?“

„Was soll das? Du weißt, dass ich nicht an deiner Unschuld zweifele. Also, treib es mit deinen Spielchen nicht zu weit. Ich bin nur ein Mensch“, ermahnte Lukas sie lautstark. Er spürte, wie sich die Blicke der Kollegen auf ihn richteten.

„Wenn du etwas über mich wissen willst, musst du persönlich kommen. Theo gebe ich keine Auskunft“, beharrte Juliane hartnäckig.

Lukas schaute auf seine Armbanduhr, die ihm Marianne noch vor einem Monat geschenkt hatte. Es war gerade Mittagszeit, eine Zeit, zu der sich die Haushälterin in Julianes Haus befand. Mit der wachsamen Dame in ihrer Mitte hatte er nichts zu befürchten.

„Ich bin gleich da.“

***

Die Mittagshitze staute sich im Innenraum des Wagens. Die Klimaanlage brauchte ewig, bis die Luft endlich abkühlte. Bis dahin waren Lukas’ Kleider durchgeschwitzt.

Ein Blick in den Rückspiegel und er sah die schwarze Limousine.

Verwirrt schaute er wieder auf die Straße und konzentrierte sich, keinen Auffahrunfall zu riskieren. Trotzdem vergewisserte er sich noch mal im Rückspiegel: keine Limousine.

Verärgert über seinen plötzlichen Wankelmut schüttelte er den Kopf. Es nahm sich vor, den Rest der Fahrt nur noch geradeaus zu schauen, bis er an Julianes Haus ankam. Demonstrativ stellte er den Wagen direkt davor ab. Da sah er die schwarze Limousine wieder. Sie stand am anderen Ende der ruhigen Straße. Was hatte das zu bedeuten? Es war ein Mercedes. Eigentlich ganz normal. Warum gingen seine Nerven mit ihm durch, wenn er dieses Auto sah?

Auf wackeligen Beinen trat er auf das Haus zu, das noch am Vortag eine besondere Verheißung für ihn gewesen war. Heute spürte er nichts mehr von dem Reiz.

Er klingelte. Zu seiner Überraschung öffnete Juliane. Sie trug einen knappen Bikini. Ihre kastanienbraunen Haare waren zu einem Pferdeschwanz zurückgebunden und die Sonnenbrille saß elegant auf dem Haar.

„Schön, dass dein Interesse an mir so unermüdlich ist", begrüßte sie ihn, hauchte ihm einen Kuss auf den Mund, schloss die Tür und versuchte, seine Hose zu öffnen. Erschrocken wich Lukas zurück. Er warf einen fragenden Blick in das Innere des Hauses.

Als habe sie seine Frage verstanden, antwortete sie: „Theresa habe ich für heute nach Hause geschickt. Sie muss nicht alles mitbekommen."

Der Plan war gründlich schief gegangen. Lukas folgte Juliane auf die Terrasse.

Sofort streckte Juliane ihre Hände nach ihm aus, als wollte sie ihn umarmen. Sanft hielt Lukas sie fest und sagte: „Ich möchte dir nur ein paar Fragen stellen. Mach es uns bitte nicht so schwer!"

Mit einem Schmollmund lehnte sich Juliane in ihren Liegestuhl zurück und wartete. Dabei ließ sie ihre Hände ständig über ihre Brüste und ihren Venushügel wandern. Lukas' Blick klebte an diesen Bewegungen. Vergessen hatte er, warum er gekommen war. Verstohlen warf sie ihm einen Blick zu. Als Lukas immer noch nicht mit seinen Fragen begann, erinnerte sie ihn selbst daran. Erschrocken schüttelte er seinen Kopf und stellte seine erste Frage: „Warum hast du uns erzählt, dein Kind sei tot auf die Welt gekommen?"

„Du hast es also herausgefunden!"

„Ja. Du hättest seinen Namen nicht sagen dürfen, dann wäre ich nie dahinter gekommen."

„Ja, ich habe gemerkt, dass es ein Fehler war, aber da war es schon heraus. Ich habe niemandem von dem Kind erzählt, weil Udo es so wollte. Ein Schwachsinniger gehörte einfach nicht in seinen Plan."

„Ein geistig behindertes Kind ist eine Belastung, aber keine Schande."

„In Udos Augen war es eine Schande. Also planten wir, nachdem der Gynäkologe festgestellt hatte, dass der Embryo schwere Schäden am Gehirn aufwies, das Kind fernab der Heimat auf die Welt zu bringen und jedem zu erzählen, es sei tot. Bis heute hat es niemand angezweifelt außer dir. Deine Loyalität mir gegenüber rührt mich."

„Wie hat sich die Nachricht auf Udo ausgewirkt? Es konnte in eurem Fall nicht eindeutig nachgewiesen werden, wer die krankhaften Gene mitbrachte."

Schlagartig wurde Juliane blass. Lange schwieg sie, bis sie mit heiserer Stimme zu sprechen begann: „Es liegt schon eine Weile zurück, ich war damals gerade sechzehn."

Lukas stutzte.

Als nichts mehr kam, hakte er nach: „Was ist damals passiert?"

Sollte er das Geheimnis ergründen, das dieser Familie wie ein Fluch anhaftete?

„Ich wurde schwanger und der Typ hat mich einfach sitzen lassen."

Enttäuscht sank Lukas in seinem Sessel zurück. Er wusste nicht, ob sie log oder das Relevante einfach verschwieg. Trotzdem musste er seiner Enttäuschung Luft machen.

„Du glaubst mir schon wieder nicht!“

„Ich weiß es nicht“, gab Lukas zu. Er schaute ihr in die grünen Augen. Böse funkelten sie ihn an.

„Du willst mir weismachen, dass diese Abtreibung für den Schwangerschaftsverlauf deines zweiten Kindes verantwortlich war?“

„Genau weiß ich es natürlich nicht. Ich hatte damals in der Spezialklinik nicht davon gesprochen, weil ich keine Ahnung hatte, wie Udo auf solche Neuigkeiten reagiert. Er wusste von meinem früheren Leben nichts. Ich hielt es für besser so.“

„Also ist das nur eine reine Vermutung von dir. Ich hoffe, dass du mich nicht anlügst. Die Wahrheit ist das einzige, was dir helfen kann, den schwerwiegenden Verdacht wieder loszubekommen. Also, überleg es dir gut!“

Verschmitzt lachte Juliane. Sie zog an einem kleinen Schnürchen, schon hüpften ihre wohlgeformten, kleinen Brüste keck in der Sonne. Hart standen die Brustwarzen heraus und verrieten ihre Gedanken.

Hastig stand Lukas auf, steuerte die Terrassentüre an, schon spürte er ihren Körper an seinem Rücken. Zärtlich begann sie, sein Hemd aufzuknöpfen, während sie sich an ihn schmiegte. Seine Vorsätze wurden auf eine harte Probe gestellt. Einer solchen Situation zu trotzen, erforderte einen verdammt starken Willen. Doch gerade jetzt verfügte er über diesen Willen. Das letzte Liebesabenteuer hatte ihn zu sehr erschüttert. In der vergangenen Nacht hatte sie ihm seine Verletzlichkeit auf eine Weise vorgeführt, dass er nicht mehr sicher wusste, wer Juliane wirklich war.

Ohne sie noch eines Blickes zu würdigen, eilte er hinaus.

***

„Thomas Hecht heißt er. Es wird doch möglich sein, etwas über den Mann herauszufinden. Vor zwölf Jahren lebte er auf der Folsterhöhe.“ Lukas schrie in den Hörer, als säße am anderen Ende der Leitung ein Schwerhöriger.

„Wer ist das?“, fragte Theo und setzte sich Lukas gegenüber. In seiner Hand hielt er eine Portion Pommes frites, deren Duft Lukas von seinem Streitgespräch ablenkte. Sofort streckte er seine Hand nach den Kartoffeln aus, doch Theo wich ihm aus. „Erst antworten, dann schmarotzen!“

Verwirrt schaute Lukas seinen Kollegen an. Er stellte fest, dass er sämtliche Ermittlungen auf eigene Faust gemacht hatte. Wenn er nun Theo von seinen Entdeckungen erzählte, würde das dessen Verdacht gegen Juliane nur noch erhärten. Also beschloss er, sich selbst Pommes frites zu kaufen. Er bedankte sich am Telefon und legte auf.

„Wo warst du die ganze Zeit?“, fragte er anstelle einer Antwort.

„Ich war zuerst bei Juliane und habe, nachdem ich feststellen musste, dass sie mir ausweicht, eine verdiente Mittagspause gemacht. Ich vermute, du hattest auch eine angenehme Pause?“

Überrascht schaute Lukas seinen Kollegen an, dessen Augen verrieten, was er nicht zugeben wollte. Lieber blieb er still.

„Also, wer ist Thomas Hecht?“

Er überlegte eine Weile, bis er zu dem Schluss kam, dass diese Geschichte keine Konsequenzen für Juliane haben konnte. Also antwortete er: „Ein junger Mann, von dem Juliane vor zwölf Jahren schwanger wurde.“

Mit der Auskunft konnte Theo wenig anfangen und sagte Lukas das auch.

„Juliane verrät mir nicht den Grund für die Abtreibung. Auch gibt sie mir keine Informationen über den Mann, der damals angeblich 20 Jahre alt war. Heute müsste er 32 sein. Deshalb hat mich meine Neugierde dazu getrieben zu recherchieren.“

„Lass mich raten! Es gibt keinen Thomas Hecht“, funkte Theo vorschnell dazwischen.

„Bis jetzt noch nicht“, berichtigte Lukas genauso schnell.

„Also hat sie gelogen", stellte Theo trocken fest. „Das ist ohnehin eine ihrer Lieblingsbeschäftigungen."

„Abwarten. Das Einwohnermeldeamt recherchiert und ruft mich zurück. Bis dahin dürfen wir uns zu keinen voreiligen Schlüssen hinreißen lassen."

Zum Dank für diese Auskunft streckte Theo seinem Kollegen die Pommes-Tüte entgegen. Als Lukas hineingriff, war sie leer. Wütend riss er ihm das Stück Pappe aus der Hand, zerknüllte es und warf ihm die Papierkugel an den Kopf.

Theo lachte nur.

Das Telefon klingelte.

Lukas hob ab. Es war das Einwohnermeldeamt. Eine Weile murmelte Lukas nur ein unbestimmtes „Mmh, mmh", bis er auflegte.

„Ja und?"

„Thomas Hecht lebte bis zum Dezember 1995 auf der Folsterhöhe. Seitdem ist er spurlos verschwunden."

„Was soll das heißen?"

„Von diesem Zeitpunkt an gibt es keinerlei Angaben über seinen Verbleib. Keine neue Anschrift, keine Angaben über einen Arbeitsplatz oder Arbeitslosenmeldung, nichts. Einfach vom Erdboden verschluckt."

„Sehr merkwürdig. Hat Juliane ihn vielleicht mit Haut und Haaren geliebt, sodass nichts mehr von ihm übrig blieb?"

„Sehr witzig", murrte Lukas. „Jedenfalls werde ich bei der Polizeiinspektion Mitte nachfragen, ob Unterlagen über eine Vermisstenmeldung vorliegen. Jemand muss doch gemerkt haben, dass Thomas Hecht verschwunden ist."

„Ob die Kollegen etwas finden, bezweifle ich. Nachdem sämtliche Polizeidienststellen zusammengelegt und neu organisiert wurden, kam die nächste Polizeireform, die alles wieder rückgängig gemacht hat. Wer weiß, wo heute zwölf Jahre alte Akten aufbewahrt werden", zweifelte Theo.

Aber Lukas ließ sich nicht beirren. Er wartete auf den Rückruf eines Kollegen, der bereits nach den Unterlagen suchte.

***

Die neuen Erkenntnisse ließen Andreas Puls rasen.

Das Gespräch mit dem Ehepaar hatte ihr genau das bestätigt, was sie schon lange vermutet hatte. Udo Pfeiffer verkaufte die Wohnungen zu Wucherpreisen, womit sich die gutgläubigen Käufer finanziell übernahmen. Dadurch konnte er durch Zwangsversteigerungen dieselben Immobilien zur Hälfte seines Verkaufspreises zurückerlangen.

Das Ehepaar, das sie über das Sozialamt ausfindig gemacht hatten, lebte inzwischen in einer Sozialwohnung und bezahlte Schulden für etwas ab, was es schon lange nicht mehr besaß. Der Eindruck, den diese Menschen hinterlassen hatten, war bedrückend. Sie wollten einen Traum verwirklichen und hatten sich alles zerstört.

Das war das Werk von Udo Pfeiffer. Sein soziales Image hatte er auf zerplatzten Träumen junger Menschen aufgebaut. Wer wusste schon, wie viele ihm zum Opfer gefallen waren?

Franzi Waltz war eines davon.

„Wie bringt uns das in unserem Fall weiter?", fragte Monika Blech von der Beifahrerseite aus. „Erklärt uns das die Selbstmordtheorie?"

„Das wäre eine Möglichkeit. Durch den Fenstersturz hat Franzi Waltz Pfeiffers Pläne durcheinandergebracht. Die Publicity wäre nicht auf seiner Seite gewesen, deshalb wurde diese Wohnung für ihn tabu", überlegte Andrea.

„Es beweist also, dass Udo Pfeiffer sie nicht ermordet hat", schlussfolgerte Monika Blech.

„Wieso das denn?"

„Weil der Tod von Franzi Waltz sein eigenes Geschäft zum Stillstand brachte."

„Stimmt. Also bleiben wir bei der Selbstmordtheorie", erkannte Andrea, während sie in den Polizeihof einbogen. „Vermutlich war es auch so. Die Schulden, die die beiden hatten, waren so immens, da kann man an den Rand der Verzweiflung gelangen. Aber welche Rolle spielte Robert Waltz bei der ganzen Sache?“

***

„Wir haben eine Vermisstenmeldung eines Thomas Hecht gefunden“, rief der Kollege der Polizeiinspektion Mitte nach wenigen Minuten bei Lukas zurück. „Er wurde am 12. Dezember 1995 vermisst gemeldet. Monate später fand man seine Leiche. Er hatte sich im Wald ganz in der Nähe seines Hauses erhängt. Ziemlich hoch, an einer uralten Eiche, weshalb man ihn vom Boden aus kaum sehen konnte. Sah schon ein bisschen verwest aus.“

„Hatte jemand in dem Fall ermittelt?“

„Ja, ich kann die Akte rüberschicken. Es wurde Selbstmord festgestellt.“

„Die Akte brauche ich zurzeit nicht. Gibt es Verwandte oder sonst jemanden, der über die Beweggründe etwas weiß?“

„Damals gab es nur eine Mutter, aber die ist inzwischen verstorben.“

Lukas bedankte sich und legte auf. Die Geschichte gefiel ihm nicht. Überhaupt, gefiel ihm Julianes Vergangenheit nicht. Sie gab ihm große Rätsel auf. Nur nach und nach sprach sie über sich, wobei sie die Hälfte ausließ oder gar log. Wie konnte er sich da ein klares Bild von ihr machen? Gerne wollte er ihr hundertprozentig vertrauen, aber sie machte es ihm nicht leicht. Frustriert stöhnte er auf, rieb seine Augen, die von der trockenen Luft im überhitzen Büro brannten.

„Was haben die Jungs herausgefunden?“ Theo trat neugierig an den Tisch.

Lukas berichtete. Wie zu erwarten, hatte Theo bereits eine Theorie: „Die Frau pflastert ihren Weg mit Leichen. Wenn du so weitermachst, muss ich eines Tages halb Saarbrücken umgraben oder den gesamten städtischen Wald fällen, um dich zu finden.“

„Da kann ich dich trösten: Du müsstest nur die Eichen fällen. Früher wurden die Verbrecher an Eichenbäume gehängt, weil der Baum ein Symbol für Freiheit und Kraft war", trieb Lukas den Spott weiter.

„Hatte das für eine Hinrichtung eine besondere Bedeutung?"

„Das Symbol war für die Opfer der einzige Weg aus ihrer Gefangenschaft in die Freiheit. Die Kraft des Baums gab dem Henker die Sicherheit, dass das Opfer auch wirklich zu Tode kam."

„Kann es sein, dass du dich mit Hinrichtungsritualen auskennst?" Theo schmunzelte.

„Ich habe beängstigende Parallelen festgestellt. Da habe ich mich ein wenig darüber informiert. Aber ich schlage vor, weitere Verdächtige zu verhören, anstatt hier herumzudiskutieren."

„Außer Juliane habe ich keine weiteren Verdächtigen. Wen genau willst du verhören?"

„Andrea hat Namen von Ehepaaren herausgefunden, die Pfeiffers Wucherpreisen und dem Kredithai zum Opfer gefallen sind. Ich denke, dass diese Leute Grund genug hatten, Pfeiffer zu töten – und Meyer dazu. Immerhin verdanken sie den beiden ihre verfahrene Situation."

„Das ist ja unglaublich!", stöhnte Theo auf, nachdem ihm Lukas die ganze Geschichte erzählt hatte. „Nach außen markiert er den Samariter und hinter den Kulissen ruiniert er junge Leute."

„Wer weiß, wozu Menschen imstande sind, die im Grunde nichts mehr zu verlieren haben?" Lukas staunte über seine Argumentation, nachdem er im Grunde genommen selbst nicht mehr wusste, was er Juliane alles zutraute. Ein kleiner Funke Hoffnung, dass sie nicht der männerverschlingende Vamp war, den sie ihm vorgespielt hatte, loderte wohl immer noch in ihm.

„Gut, fahren wir", beschloss Theo tatenfreudig.

Leider sollte der Entschluss nicht umgesetzt werden. Mit hochnäsiger Geste trat Josefa Kleinert vor den Schreibtisch. „Ihr fahrt nirgends hin. Der Chef will euch sofort sprechen."

Folgsam gingen die beiden hinter der kleinen Frau in Allensbachers Büro. Dort herrschte durch die vielen großen Fensterscheiben eine Tropenhitze. Schweißgebadet saß der massige Mann an seinem Schreibtisch. Sein Kopf war hochrot, seine Augen von dunklen Rändern gezeichnet, sein Hemd durchgeschwitzt. In der Hand hielt er ein Diktafon.

„Setzt euch!"

Theo und Lukas waren von seiner Unfreundlichkeit so überrascht, dass sie widerstandslos taten, was er sagte.

„Die Ermittlungen haben tatsächlich ergeben, dass sich Theo Borgs Handschellen an der Leiche von Robert Waltz befanden." Dabei warf er einen grimmigen Blick auf Theo. „Können Sie mich darüber aufklären, wie die dorthin gekommen sind? Die Hausspitze erwartet nämlich von mir eine Erklärung. Durch euch Hitzköpfe stecke ich bis zum Hals in der Scheiße. Ständig habe ich meinen Kopf für euch hingehalten. Jetzt stehe ich vor dem Problem, dass meine Position infrage gestellt wird. Die Personalabteilung behauptet, ich sei für eine Leitungsfunktion nicht geeignet, wenn ich nicht in der Lage sei, meine Mitarbeiter einzuschätzen. Und erzählen Sie mir nicht wieder das Märchen vom bösen Polizisten, der euch schaden will."

Still saßen die Beamten da und warteten ab, was Allensbacher noch an Vorwürfen vorbringen würde. Lange ließ er nicht auf sich warten.

„Es ist mir leider unmöglich geworden, euch noch weiter an den Fällen arbeiten zu lassen. Die Personalabteilung feuert mich ohne jede Zurückhaltung, wenn ich wieder mit der alten Leier ankomme, dass wir außer euch keine kompetenten Mitarbeiter haben. Die Angelegenheit mit den Handschellen hat allem die Krone aufgesetzt."

„Ich weiß nicht, wie sie aus meinem Schreibtisch verschwunden sind. Ich sperre nicht ab, weil noch nie etwas weggekommen ist", antwortete Theo. „Wie konnte ich so etwas ahnen?"

„Wenn wir herausfinden, wer Robert Waltz auf dem Gewissen hat, wissen wir auch, wer die Handschellen weggenommen hat", sprach Lukas. „Wären wir damit aus dem Schneider?"

„Die Ermittlungen im Fall Waltz sind Andrea Peperding und Monika Blech übertragen worden, die übrigens weitaus mehr als ihr beide ermittelt haben. Das Einzige, was ihr fertig bringt, sind Schwierigkeiten, während die Kolleginnen mit Ergebnissen bei mir aufkreuzen. Deshalb werde ich mich hüten, den Fall an euch abzugeben. Ich gebe euch noch 24 Stunden Zeit. Wenn ihr bis dahin nichts Stichhaltiges vorweisen könnt, sehe ich mich gezwungen, euch versetzen zu lassen. Ihr dürft jetzt gehen."

Kapitel 18

Miriam und Georg Hammer starrten die beiden Polizeibeamten vor der Tür entsetzt an, bevor sie Theo und Lukas hinein baten.

Die Diele war lang und schmal. Am Ende lag das Wohnzimmer.

Mit langsamen Schritten gingen sie durch das geräumige Zimmer, ließen ihre Blicke über die Möbel wandern. Die verschiedenen Stilrichtungen weckten ihr Interesse. Sie hinterließen dem Betrachter einen angenehmen optischen Eindruck. Jedes einzelne Stück wirkte, als sei es von den Besitzern allein deshalb ausgewählt worden, weil es ihnen gefiel und nicht als Teil einer Sammlung oder mit dem Ziel, den Raum als Ensemble zu inszenieren. Durch die Abweichung von allem bisher Gekannten wurde eine kunstvolle Wirkung erzielt, die nicht nach einem Innenarchitekten aussah. Die beiden anderen Wohnzimmerwände waren mit Bildern dicht behängt. Es waren keine Originale, dafür ausgezeichnete Reproduktionen. Die Fensterseite zierte eine exotische Pflanzenpracht.

Die jungen Leute hatten keine Mühe und Kosten gescheut.

Die weit geöffnete Terrassentür ließ eine angenehme Brise begleitet von betörendem Pflanzenduft herein.

„Schön haben Sie es hier“, stellte Lukas fest.

Nur ein Nicken.

„Dieses Haus wurde Ihnen vom Immobilienmakler Pfeiffer vermittelt, ist das richtig?“ Diese Frage kam von Theo.

„Ja, das stimmt.“

„Wie unsere Ermittlungen ergeben haben, mussten Sie dafür einen Kredit aufnehmen, den Sie über *Meyers Goldgrube* bekommen haben.“

Wieder Nicken.

„Haben Sie sich überlegt, wie Sie so viel Geld jemals zurückbezahlen wollen?“

Fragend schaute das Ehepaar sich an, bis Georg sich räusperte und antwortete: „Wir haben beide gut bezahlte Jobs. Das ist auch der übliche Weg, Kredite abzuzahlen, wenn ich mich nicht irre."

„Wir wissen über Ihre Vermögensverhältnisse Bescheid."

Entrüstet stand Georg auf und schimpfte: „Wie kommen Sie dazu, in unseren Privatangelegenheiten zu schnüffeln? Das ist ja die Höhe!"

„Regen Sie sich wieder ab", beruhigte Theo. „Wir ermitteln in den Mordfällen Meyer und Pfeiffer. Da gibt es für niemanden ein Privatleben, der damit in Verbindung steht. Sie haben sich durch diese beiden Menschen hoch verschuldet und keine Aussichten gehabt, Ihre Schulden jemals zurückzuzahlen. Da komme ich unweigerlich auf den Gedanken, Sie in den Kreis der Verdächtigen einzuschließen."

Georg ließ sich in den Sessel zurückfallen. Sein Gesicht wirkte von Sorgen gezeichnet, tiefe Falten bildeten sich auf der Stirn, seine Wangen waren eingefallen.

„Wo waren Sie in der Nacht von Freitag auf Samstag?", fragte Lukas.

„Zu Hause."

Diese Antwort kam zu schnell. Zudem wirkte Miriam nervös, rauchte eine Zigarette nach der anderen und kaute an ihren Fingernägeln, während sie krampfhaft die Vögel anstarrte, die auf der Terrasse in einer Voliere eingepfercht zwitscherten.

„Können Sie das bezeugen?", richtete sich Lukas an Miriam.

„Ja, natürlich. Er war die ganze Nacht bei mir."

„Und Sie sind nicht mal zwischendurch eingeschlafen, sodass er das Haus hätte unbemerkt verlassen können."

„Nein!", beharrte sie, doch im gleichen Moment erkannte sie, dass sie einen Fehler gemacht hatte.

„Das heißt also, dass Sie die Nächte wachend verbringen und genau aufpassen, was ihr Mann macht?"

„Nein. Ich meinte damit, dass es mir aufgefallen wäre, wenn er das Haus verlassen hätte. So gut schlafe ich nicht."

„Und wo waren Sie am Samstagnachmittag gegen ein Uhr?"
„Auch zu Hause, warum?"
„Zu dieser Zeit wurde zufällig *Meyers Goldgrube* in Brand gesteckt, um Beweise zu vernichten", erklärte Lukas.

Er stand auf und ging hin und her, wobei er alle Gegenstände inspizierte, die er vorfand. Eine Porzellanvase stand auf einem Sideboard. Neugierig hob er sie hoch und las zu seiner Überraschung, dass es sich um ein limitiertes Stück handelte, was den Wert erheblich steigerte. In der Zwischenzeit hörte er Theo weiter auf das immer nervöser werdende Ehepaar einreden. Seine Fragen wurden aggressiver, was mit dem Zeitdruck, unter dem sie standen, begründet war.

Er fragte: „Ist Ihnen aufgefallen, dass der Preis für das Haus viel zu hoch war?"

„Wir wollten es unbedingt haben, da waren wir auch bereit, etwas mehr zu bezahlen."

„Welchen Grund gab Ihnen Pfeiffer für den hohen Preis an?"
Schweigen.
„Hatten Sie einen Versuch unternommen zu handeln?"
Wieder wussten die jungen Leute nichts zu entgegnen.

Lukas stand vor dem Abdruck des Gemäldes „Die Odaliske" von dem französischen Expressionisten Henri Matisse. Das Original stammte aus dem Jahre 1920. Es handelte sich hier um einen limitierten Druck, also konnte er davon ausgehen, dass es wertvoll war.

Das Mitleid, das er den jungen Leuten gerade entgegenbringen wollte, verflog bei dem Anblick der verschwenderischen Ausstattung. Gerade als er das Bild berühren wollte, hörte er die junge Frau aufschreien: „Nein, nicht!"

„Warum nicht?"

„Der ... der Nagel hängt sehr lose in der Wand. Es kracht herunter", stammelte sie.

Doch das war die falsche Antwort. Neugierig hängte Lukas das Bild ab. Der Nagel wirkte stabil. Dafür klebte auf der Rückseite ein flaches Päckchen.

Theos Neugier war geweckt. Er trat näher heran, um sich die Entdeckung anzusehen. Es war ein Umschlag. Den Inhalt ließen sie auf das Sideboard fallen. Aktfotos von Miriam Hammer stachen den beiden Polizeibeamten ins Auge.

„Was haben wir denn da? So sieht kein loser Nagel aus!" Theo lachte.

Miriam und Georg blieben unbewegt auf ihrem Sofa sitzen und hielten sich die Augen zu.

Theo fragte: „Wer hat diese Fotos gemacht?"

„Ich", log Georg.

„Ach ja? Und dann verstecken Sie sie hinter einem Bild. Vor wem verstecken Sie die Fotos? Vor Ihnen selbst?"

Die jungen Leute schwiegen beschämt.

„Also, wer hat die Bilder gemacht?"

Die beiden brachten kein Wort mehr heraus.

„Muss ich für Sie antworten?"

Immer noch schwiegen sie.

„Diese Bilder hat Pfeiffer gemacht, stimmt's? Und damit hat er Sie erpresst!"

Miriam begann zu weinen, woran Georg sie krampfhaft zu hindern versuchte. Doch es nützte nichts mehr, sie schluchzte unaufhaltsam.

„Was wollte Pfeiffer von Ihnen? Wollte er, dass Sie den Kampf gegen den Schuldenberg endlich aufgeben und das Haus zwangsversteigern lassen?"

„Wir haben Ihnen nichts zu sagen", beharrte Georg stur. „Die Bilder habe ich gemacht und sonst niemand. Ich finde Sie unverschämt und werde mich bei Ihrem Vorgesetzen beschweren. Dann wollen wir ja sehen, wer hinterher noch lacht!"

„Ganz schön mutig. Den Mumm hätten Sie allerdings vor Pfeiffer beweisen müssen, nicht vor uns. Sie sitzen ganz schön tief in der Scheiße. Wir werden Sie vorladen. In unseren Büroräumen werden die Leute meistens gesprächiger."

***

Doris Selter war allein, als Theo und Lukas bei ihr klingelten. Die Wohnung lag im achten Stock, war geräumig und hell. Die moderne Inneneinrichtung, streng in den Farben schwarz, rot, grau und weiß gehalten, ließ die Atmosphäre nüchtern wirken. Pflanzen gab es nur sehr wenige, dafür umso mehr Plastiken und Figuren, deren Sinn zu ergründen sicherlich einige Zeit in Anspruch genommen hätte.

„Wo ist Ihr Mann?“ Lukas ließ sich auf dem Platz nieder, den Doris Selter ihm anbot. Der Sessel war kalt und hart, seine knallrote Farbe ungemütlich.

„Er arbeitet noch.“

„Soviel ich weiß, arbeitet Ihr Mann bei der Sparkasse in Saarbrücken. Die ist um diese Zeit schon geschlossen“, sprach Lukas mit Nachdruck.

„Er hat noch einen Nebenjob, dort ist er jetzt.“

„Wo hat er den Nebenjob?“

Nervös rutschte sie auf ihrem Sessel hin und her und antwortete leise: „Er arbeitet als Nachtwächter in einer großen Firma.“

„Jede Nacht?“

„Fast jede Nacht.“

„Gab es keine andere Möglichkeit, den Kredit abzuzahlen, den Sie für Ihre Wohnung aufnehmen mussten?“

„Nein!“

„Wie gut kannten Sie Udo Pfeiffer?“

„Er war unser Makler und hatte einen guten Eindruck auf uns gemacht.“ Ihr kleines Gesicht wurde von strohblonden Haaren umrahmt. Ihre blauen Augen blickten aufmerksam auf die beiden Männer.

„Waren Sie jemals bei ihm zu Hause?“

„Nein, ich wusste bisher nicht, wo er wohnt“, meinte sie und blickte zu Boden.

„Warum lügen Sie?“, fragte Theo gerade heraus.

Erschreckt schaute die kindliche Frau auf und schüttelte heftig den Kopf: „Ich lüge nicht."

„Doch! Ich sehe Ihnen das an. Sie können nämlich gar nicht lügen und versuchen es trotzdem."

Sie unterdrückte ein Schluchzen.

„Was hat Pfeiffer Ihnen angetan? Reden Sie mit uns, sonst wird alles noch schlimmer!" Lukas sprach ruhig auf die verschüchterte Frau ein. Eine Weile war alles still, bis sie von alleine zu sprechen begann: „Ich habe alles zerstört. Es ist alles meine Schuld."

„Was haben Sie zerstört?"

„Pfeiffer machte mir ein anstößiges Angebot. Ich sollte mit ihm schlafen, dann würde er uns einen Teil des Kredites erlassen."

„Sind Sie auf sein Angebot eingegangen?"

„Ja."

„Und? Hat er sich an seine Abmachung gehalten?"

„Nein, er hatte sich nur bedient, üble Spielchen mit mir getrieben und anschließend behauptet, ich sei die Umstände nicht wert."

Lukas schnappte nach Luft. „Meine Güte, das ist heftig!"

Theo fragte: „Hat er kompromittierende Fotos von Ihnen gemacht?"

„Es gibt nur ein Foto, das habe ich. Es stammt aus einer Sofortbildkamera."

„Einer Sofortbildkamera?", wiederholte Theo ungläubig.

„Ja."

„Wer hat heute noch so was?"

Doris zuckte verständnislos die Schultern.

„Und Pfeiffer hat Ihnen das Bild einfach so gegeben?"

„Ja!"

„Er hat Sie zum Narren gehalten!"

Doris zuckte erschrocken zurück.

„Sofortbildkameras gab es vor zehn Jahren. Heute sind das digitale Kameras mit integriertem Drucker. Der spuckt das Bild in Sekundenschnelle aus. Aber die Datei ist auf einer Chip-Karte gespeichert. Von wegen *es gibt nur ein Foto.*"

***

Der Tag neigte sich dem Ende zu, die Zeit lief den beiden davon. Nach den Befragungen fuhren sie durch den Abendverkehr und beobachteten die Fußgänger, die sich zielstrebig auf ihr Zuhause zubewegten.

„Ist es das wert?“, fragte Lukas nachdenklich, als er gerade einer hübschen Frau nachschaute, die mit Schuhen auf hohen Plateausohlen den Bus ansteuerte.

„Nein!“, antwortete Theo. „Diese Leute haben sich für ein Zuhause nach ihrem Geschmack viel Mühe und Schwierigkeiten aufgeladen. Aber eins ist sicher: Georg Hammer war in der fraglichen Nacht nicht zu Hause. Das Alibi ist nichts wert.“

„Hältst du den Mann für fähig, so grausam zu morden?“, fragte Lukas.

„In jedem von uns steckt ein potentieller Mörder. Bei den Einen bricht es aus, bei den Anderen nicht. Georg war verzweifelt, verschuldet, seine Frau hatte ihn in guter Absicht betrogen, da kann einem schon mal der Gaul durchgehen.“

Sie bogen in den Polizeihof ein.

Theo stieg aus. Lukas blieb sitzen und ließ den Motor laufen.

„Ich fahre zu Marianne und erkläre ihr, dass wir länger arbeiten müssen. In unserer jetzigen Situation muss ich das einfach tun“, erklärte Lukas auf Theos fragenden Blick.

***

Marianne saß am Küchentisch und aß eine Fertigpizza, nach der die ganze Wohnung roch. Erst jetzt merkte Lukas, dass er noch nichts gegessen hatte. Sein Magen reagierte mit einem heftigen Knurren. Vor ihr auf dem Tisch lagen Entwürfe neuester Modelle für Kleider, denen sie den letzten Schliff verpasste.

„Arbeitest du noch?“, fragte Lukas, küsste sie auf die freie Schulter, die unter dem viel zu weiten Ausschnitt ihres T-Shirts hervor lugte.

„Ja! Und du?“, entgegnete sie, ohne aufzublicken.

„Theo und ich stehen unter einem enormen Zeitdruck. Der Chef hat uns ein Ultimatum gestellt.“

„So energisch kenne ich Allensbacher gar nicht.“ Sie warf ihre widerspenstigen Locken über die Schulter. Damit streifte sie Lukas Gesicht. Angeregt durch die Berührung wollte er sie in die Arme nehmen, doch sie sträubte sich, starrte stur auf ihre Zeichnungen und entgegnete schroff: „Ich bin ebenfalls beschäftigt. Meine Arbeit ist genauso wichtig wie deine.“

„Das streite ich gar nicht ab“, verteidigte Lukas sich sofort. Die Heftigkeit ihrer Reaktion traf ihn schmerzlich.

„Deine Flamme hat angerufen. Sie war so dreist, sich mit ihrem Namen zu melden und dich zu verlangen. Für die existiere ich gar nicht.“

Lukas schluckte schwer.

„Warum ruft sie dich nicht auf deinem Handy an?“, fragte Marianne in schneidendem Tonfall. „Dann bekäme ich es nicht mit und könnte mich mit einem Lächeln von euch betrügen lassen. Warum provoziert sie mich?“

Darauf hatte Lukas keine Antwort. Alle seine Versuche, Juliane von den Anrufen bei ihm zu Hause abzuhalten, waren bisher gescheitert. Sie war exzentrisch – und genau das war es, was Lukas an ihr faszinierte. Verlegen stellte er die Frage, die ihn beschäftigte: „Was wollte sie?“

„Dich sprechen. Es wäre dringend.“

Gegen alle Vernunft eilte er zum Telefon und wählte ihre Nummer. Es dauerte keine Sekunde, da meldete sie sich schon am anderen Ende der Leitung.

„Es gibt Dinge, die ich unbedingt mit dir besprechen muss.“

„Ich habe keine Zeit“, wehrte Lukas ab, doch Juliane blieb beharrlich: „Diese Informationen könnten aber nützlich für eure Ermittlungen sein.“

„Warum sagst du es mir nicht am Telefon?“

„Ich kann doch nicht über mein Leben einfach so am Telefon reden. Entweder du kommst oder du erfährst es nie.“

Juliane wusste genau, dass sie ihn damit geködert hatte. Viel zu groß war seine Neugier, alles über ihre Vergangenheit zu erfahren. Wie so oft glaubte er, endlich hinter das Geheimnis zu kommen. Er warf einen Blick auf Marianne und stellte fest, dass sie mit offensichtlichem Interesse sein Gespräch belauscht hatte. Nun reagierte sie mit einem „Tschüss".

Lukas erschrak.

„Plötzlich ist das Ultimatum deines Chefs nicht mehr wichtig."

„Sie hat Informationen, die uns weiterhelfen. Ich muss zu ihr, versteh' das doch!"

„Ja, ich verstehe." Mariannes Interesse galt wieder ihrer Arbeit.

***

Juliane öffnete nur mit einem hauchdünnen Negligé bekleidet. Als Lukas aufbegehren wollte, zog sie ihn ins Haus hinein, legte seine große Hand auf ihre linke Brust und hauchte in sein Ohr: „Bitte, fühl, wie mein Herz klopft! Ich bin so aufgeregt. Ich brauche jemanden, der mit mir spricht."

Sein Widerstand war gebrochen. „Was ist passiert, Liebes?"

„So gefällst du mir besser." Sanft führte sie ihn die Treppe hinauf ins Schlafzimmer.

Juliane zog den dünnen Stofffetzen aus, legte sich nackt vor ihn aufs Bett und hielt ihm die Handschellen entgegen, die Lukas bereits kannte.

„Bitte! Revanchiere dich für das, was ich dir gestern angetan habe."

Gelähmt stand er vor dem großen Bett. Er war verwirrt von dem Anblick ihres makellosen Körpers. Was sie gerade tat, regte augenblicklich ein schlechtes Gewissen in ihm. Wie hatte er dieser Frau misstrauen können? Die Handschellen, die sie ihm entgegenstreckte, nahm er und warf sie in die Ecke. Erstaunt fragte Juliane: „Magst du es nicht, eine widerspenstige Frau zu zähmen?"

„Nein! Ich liebe dich so, wie du bist."

Begleitet von ihren Spiegelbildern bewegten sie sich in harmonischem Rhythmus. Seine Haut auf ihrer, sein Hände auf ihrem Busen, ihre Hände auf seinem Po, seine Streicheleinheiten auf ihrem Rücken, ihre Fingernägel auf seinen Hüften. Jede Berührung eine Explosion der Gefühle.

„Was wolltest du mir sagen?", fragte Lukas hinterher, als sein Kopf endlich wieder funktionierte.

„Ich wollte dir zeigen, was für ein schönes Paar wir sind." Sie lächelte ihn über die Spiegelbilder an.

Lukas atmete tief durch. Er schloss die Augen. Warum konnte er nicht einmal seinen Verstand einschalten? Was tat er hier? Seine Zeit war so knapp und er lag nackt neben der Frau, die ihm jede Chance auf eine vernünftige Zukunft raubte.

„In den frühen Morgenstunden am Sonntag bin ich aus dem Schlaf gerissen worden. Jemand war in meinem Haus", sprach Juliane, als habe sie seinen Gedanken erraten.

Entsetzt richtete Lukas sich auf. „Warum sagst du mir das erst jetzt?"

„Ich hatte das Gefühl, er wollte mir nichts tun. Gelegenheit hätte er gehabt."

„Wie konnte er in das Haus hineingelangen?"

„Keine Ahnung, verlassen hat er es jedenfalls durch die Haustür."

„Juliane, du schwebst hier in Gefahr. Der Mörder läuft frei herum. Vermutlich glaubt er, dass du etwas weißt." Lukas' Puls raste. „Gibt es jemanden, bei dem du vorübergehend wohnen kannst?"

„Glaubst du, ich ziehe freiwillig in mein Elternhaus zurück?"

„Dann müssen wir dein Haus überwachen lassen."

„Sicher! Und alle deine Kollegen sehen, wie du ein- und ausgehst bei mir." Juliane lachte und zog ihn aufs Bett zurück.

„Mist, daran habe ich nicht gedacht." Lukas ärgerte sich. „Aber wenn der Mörder in dir eine Gefahr sieht, müssen wir alle Vorsichtsmaßnahmen ergreifen. Dann warten wir beide, bis er geschnappt worden ist."

„Und du kehrst glückselig zu deiner liebenden Frau zurück. Hahaha! Dein Vorschlag in allen Ehren, aber eine Überwachung lasse ich nicht zu", schimpfte Juliane, erhob sich und zog sich an.

Resigniert stellte Lukas fest: „Du hältst mich zum Narren, nicht wahr? Den Einbrecher hat es nie gegeben."

„Oh doch! Ich hatte wirklich Angst. Ich wollte dich nicht damit belästigen, weil ich mir dachte, dass du dich um mich sorgst. Nur, dass du es dir so einfach machst, damit habe ich nicht gerechnet." Sie nahm die Handschellen aus der Ecke, schleuderte sie Lukas entgegen, der aufpassen musste, nicht getroffen zu werden. Schnell sprang er vom Bett und zog sich an. Sein Entschluss war gefasst. Er würde zur Dienststelle zurückfahren und sich endlich seiner Arbeit widmen.

Wütend stampfte er die Treppe hinunter auf die Haustür zu.

Da sah er etwas.

Eine Silhouette zeichnete sich schwarz vor dem Milchglas in der Haustür ab.

Er stoppte und lauschte. Kein Geräusch, nichts.

Auf leisen Sohlen näherte er sich, als Juliane laut rief: „Was soll das? Willst du dich heimlich verdrücken?"

Erschrocken drehte er sich nach ihr um. Ohne Worte versuchte er ihr Zeichen zu geben, still zu sein. Aber Juliane reagierte nicht darauf, sondern sprach nur noch lauter: „Das ist ja typisch! Du kommst auch nur, um dich an mir zu bedienen. Unannehmlichkeiten passen dir nicht in den Kram. Kaum hätte ich deine Hilfe gebraucht, dann stiehlst du dich davon wie ein Dieb."

Der Schatten verschwand.

Lukas ahnte, dass die ganze Nachbarschaft mithörte, so laut brüllte sie.

„Warum schreist du so?", schimpfte er. „Es war jemand vor dem Haus, den ich überraschen wollte. Aber mit deinem Gekeife hast du ihn gewarnt. Jetzt erwische ich den Kerl nie mehr."

Entsetzt hielt Juliane die Hand vor den Mund. Aber es war

zu spät. Lukas riss die Tür auf und spähte nach draußen, konnte aber keine Bewegung und kein Geräusch mehr ausmachen. Wer immer das war, er war spurlos verschwunden.

„Bitte sei mir nicht böse", hörte er sie plötzlich ganz dicht hinter sich.

„Was tust du hier? Bleib im Haus, wo du sicher bist. Wir müssen unbedingt Wachposten beziehen. Deine Situation ist lebensgefährlich."

„Ich will, dass du mich bewachst", meinte sie keck.

„Das geht nicht. Dafür haben wir Leute. Ich muss ermitteln, die Zeit rennt uns davon."

Er eilte auf das Telefon zu. Als er wählen wollte, zog sie den Stecker heraus. Frech schaute sie ihn an und wiederholte: „Ich will, dass du mich bewachst!"

„Aber Juliane!"

„Sonst rufe ich deinen Vorgesetzten an und erzähle ihm eine schöne Geschichte."

„Welche Geschichte willst du ihm erzählen?"

„Robert Waltz war im Haus und hat mich bedrängt. Du bist wie ein rettender Engel gekommen und hast mich von ihm befreit, indem du ihm Handschellen angelegt, ihn geknebelt und aus dem Haus geführt hast."

Lukas glaubte, seinen Ohren nicht zu trauen. In keiner Zeitung wurde erwähnt, wie Robert Waltz gefunden wurde, geschweige denn, wie er gestorben war.

„Woher weißt du von den Handschellen?"

„Wirst du mich nun beschützen?"

„Bitte sag' mir, was du weißt! Das Spiel, das du mit mir treibst, ist grausam. Ständig führst du mich an der Nase herum und gibst mir das Gefühl, ein Versager zu sein. Und ich habe noch nicht einmal eine andere Wahl. Wenn ich nicht jedes Mal wie ein Hund zu dir gekrochen komme, erfahre ich überhaupt nichts von dir." Lukas war mit nervlich am Ende. Verzweifelt setzte er sich auf den einzigen Stuhl, der in der breiten Diele stand und stützte seinen Kopf auf. „Was soll ich tun? Wenn ich auf der Dienststelle anrufe und sage, dass ich über Nacht hierbleibe, bin ich auf der Stelle entlassen. Wenn ich das Haus verlasse, bin ich in noch größeren Schwierigkeiten. Welche Wahl habe ich denn?"

Wie eine Gräfin stolzierte Juliane vor ihm auf und ab. In ihrem Gesicht spiegelte sich grenzenlose Zufriedenheit wider. Sie trug einen Sieg davon.

„Ich habe das Nachsehen. Geh', wenn dir mein Leben egal ist", meinte sie hochnäsig.

„Dein Leben ist mir nicht egal und das weißt du! Ich schicke einen Wachposten, das ist das Sicherste, was ich für dich tun kann."

„Nein! Verschone mich mit deinen Wachposten. Wenn du es wagst, mir einen Gorilla auf den Hals zu hetzen, weiß du ja, was du zu erwarten hast."

Kapitel 19

Karl Groß stand mit seinen Einsachtundneunzig im Großraumbüro. Der Raum um ihn herum wirkte winzig und die Kollegen wie Figuren aus Gullivers Welt. Wild gestikulierte er mit seinen langen Armen. Theo, selbst einsfünfundachtzig groß, wirkte vor ihm wie eine kleine Marionette, die – verursacht durch die ruckenden Bewegungen des Riesen – hin- und her hüpfte.

„Was ist hier los?", fragte Lukas neugierig.

„Berthold Böhme ist verschwunden", erklärte Karl der Große.

„Was heißt verschwunden?"

„Er ist nicht zum Dienst gekommen! Heute Abend hätte er zur Schicht antreten müssen."

„Vielleicht will er ja seinen Kollegen nur einen Gefallen tun", spottete Theo. „Ich kenne jedenfalls außer dir keinen, der sich über Böhmes Abwesenheit aufregt."

„Er hat niemals seinen Dienst geschwänzt. Zu Hause erreiche ich ihn auch nicht. Da stimmt etwas nicht", beharrte Karl.

„Wenn du ernsthaft glaubst, dass ich anfange, diesen Kerl zu suchen, hast du dich gründlich geirrt. Er hat genug angestellt, um eigentlich schon längst gefeuert worden zu sein. Also, verschone uns mit Böhme!"

Entrüstet verließ Karl das Büro.

„Für einen kurzen Abstecher warst du lange unterwegs", kam Theo zum Thema, kaum dass sie eine Sekunde alleine waren.

„Ich war bei Juliane und bin zu der Überzeugung gekommen, dass wir ihr Haus überwachen müssen."

Auf das fragende Gesicht seines Kollegen hin erklärte Lukas, was sie berichtet und was sich vor der Haustür ereignet hatte.

Theo meinte: „Und du glaubst das?"

„Ich habe den Schatten mit eigenen Augen gesehen. Da war jemand vor dem Haus."

„Bei der Frau halte ich alles für möglich, sogar dass sie das inszeniert, um dich an der Nase herumzuführen. Hat sie dich nicht zufällig darum gebeten, dass du ihr Personenschutz gewährst?“

Wütend überging Lukas die Bemerkung. „Was sollen wir jetzt tun?“, fragte er stattdessen.

„Ich halte es für sinnvoll, Georg Hammer noch einmal zu besuchen. Wir müssen schleunigst herausfinden, was er zu verbergen hat.“

„Verdächtigst du ihn ernsthaft?“

„Nur keine voreilige Freude. Juliane ist für mich immer noch Favorit Nummer eins“, trällerte Theo, während sie das Gebäude verließen.

Die Straßen waren zur späten Stunde wie leergefegt; die Fahrt ging zügig. Plötzlich tauchten Scheinwerfer hinter ihnen auf. Lukas saß am Steuer. Er schwitzte. Hatten ihn nicht erst vor einer Stunde Scheinwerfer verfolgt, als er von Julianes Haus zur Dienststelle gefahren war?

Theo bemerkte seine Nervosität. „Siehst du auch schon vermeintliche Verfolger?“

„Was heißt hier *auch*?“

„Als ich zu Juliane gefahren bin, hatte ich ständig das Gefühl, nicht alleine dort zu sein. Außerdem fühlte ich mich von einem schwarzen Mercedes verfolgt, als ich wieder wegfuhr“, gestand Theo in die Stille des Wagens hinein.

Lukas bekam Gänsehaut. Ein Mercedes hatte auch ihn verfolgt.

„Und ich dachte schon, ich leide an Verfolgungswahn.“

„Vielleicht hat der Unbekannte in dem Wagen die Fotos von dir gemacht und ihm verdanken wir unsere Schwierigkeiten“, spekulierte Theo in die Nacht hinein.

„Unsere Kollegen fahren keine solchen Autos.“

„Es könnte ein Leihwagen sein“, ließ Theo nicht von seiner Theorie locker. „Ich bekomme das Gefühl nicht los, dass uns alle Ermittlungen immer wieder auf Juliane zurückführen.“ Und auf den entrüsteten Blick Lukas’ fügte er an: „Tut mir leid, alter Junge. Aber es spricht alles dafür. Der Verfolger taucht immer dann auf, wenn man von Juliane kommt. Das finde ich schon ein bisschen seltsam."

Sie kamen am Haus des Ehepaars Hammer an. Die Scheinwerfer hinter ihnen waren verschwunden. Lukas stellte den Wagen ab. Allerdings stiegen die beiden Männer nicht aus. Die Unterhaltung ließ Lukas an Robert Waltz denken. Was hatte er in Julianes Haus zu suchen gehabt? War er der Mann, der sie Samstagnacht überfallen hatte? Hatte er dafür mit seinem Leben bezahlen müssen? Es bestand durchaus die Möglichkeit, dass Theo recht hatte und alle Spuren am Ende zu Juliane zurückführten. Aber darüber konnte er unmöglich mit ihm sprechen. Nach seinem letzten Kommentar spürte er, dass es ein Fehler wäre, offen zu ihm zu sein. Vermutlich brachte er sie dann noch zusätzlich mit dem Mord an Waltz in Verbindung. Das war das Letzte, was er wollte.

„Wir sind da, falls du es nicht bemerkt haben solltest", hörte er Theos Stimme.

Der Entschluss war gefasst. Er schwieg.

Sie steuerten die Haustür an und klingelten.

Georg öffnete. Böse funkelte er die Polizisten an. „Was wollen Sie noch um diese Zeit?"

„Fragen, Herr Hammer, Fragen, Fragen", meinte Theo gelassen. „Sie selbst haben uns mit noch mehr Fragen gehen lassen, als wir gekommen sind. Deshalb sind wir wieder da." Der Tonfall verriet, dass mit Theo nicht zu spaßen war.

Skeptisch schaute Georg ihn eine Weile an, ließ die Polizisten widerwillig eintreten. Wieder gingen sie hintereinander durch die lange, schmale Diele in das schöne Wohnzimmer. Die Pflanzenpracht wurde extra von einem Strahler angeleuchtet. Die Terrassentür stand offen und ließ zur späten Stunde angenehme Gerüche der Nacht ins Zimmer. Vor dem Abdruck „Die Odaliske", der ebenfalls angestrahlt wurde, blieb Lukas stehen und hob neugierig das Bild an. Keine Umschläge mehr auf der Rückseite. Sie hatten wohl ein besseres Versteck dafür gefunden.

„Wo ist Ihre schöne Frau?", fragte Theo.

„Im Bett, sie muss morgen früh aufstehen."

Der Fernseher lief. Georg bediente die Fernbedienung, um ihn auszuschalten. Nun waren auch die letzten Geräusche, die Zweifel an der Schönheit des Zimmers gelassen hätten, verschwunden. Einheitliches Rauschen der Autos auf der weit entfernten Stadtautobahn summte, gelegentlich ertönte leises Aufbrausen eines Motorrades.

„Wie kommt es, dass ich Ihnen nicht glauben kann, Sie wären in der fraglichen Nacht zu Hause gewesen?"

„Keine Ahnung", entgegnete Georg kühl.

„Dann werde ich es Ihnen erklären: Ihre Frau kann nicht lügen und hat es trotzdem für Sie getan. Wenn Sie uns also nicht sagen, wo sie in der Nacht waren, werden wir Ihre Frau zur Kriminalpolizeiinspektion vorladen. Nur Ihre Frau. Glauben Sie mir, wenn wir sie alleine haben, kippt sie um."

Wütend schaute Georg auf Theo, der ein unbekümmertes Gesicht machte, als habe er einen Schwank aus seiner Jugend erzählt. Lukas war immer noch damit beschäftigt, das Zimmer zu inspizieren. Kapitulierend seufzte Georg nach einer Welle des Schweigens. Leise sprach er: „Miriam hat mir die Sache mit den Fotos gestanden. Ich wollte sie unbedingt haben, damit Udo Pfeiffer nicht auf dumme Gedanken kommt. Ich erfuhr von Miriam, wo er wohnt. Als ich in der besagten Nacht am Haus ankam, standen dort etliche Polizeiautos. Sie beide habe ich dort übrigens auch gesehen. Sie waren gerade dabei, das Haus zu verlassen. Als ich mich unauffällig davonmachen wollte, wäre ich fast über den Haufen gefahren worden, so hastig fuhr ein Auto los, das ich vorher gar nicht bemerkt hatte. In dem Auto saß Peter Meyer. Ich erkannte ihn, weil er ausstieg, um nachzusehen, ob mir was passiert war. Aber ich hatte die Hosen gestrichen voll. Deshalb hatte ich mich vor ihm versteckt."

Diese Antwort klang plausibel, war aber nicht das, was sich Lukas und Theo erhofft hatten.

„Sie waren nicht im Haus von Udo Pfeiffer?"

„Nein, ich sagte doch, das Haus war bereits voll mit Polizisten, als ich dort ankam."

„Ein Sekretär in Pfeiffers Büro war aufgebrochen. Der Besitzer selbst hatte es wohl nicht nötig, ihn aufzubrechen, weil er wusste, was darin ist", erzählte Theo. „Und Sie sind sich ganz sicher, dass Sie nicht im Haus waren?"

„Ja, verdammt noch mal!"

„Warum haben Sie uns diese Geschichte nicht gleich erzählt?"

„Weil ich ahnte, dass Sie mir nicht glauben würden. Sogar meine Frau hat Zweifel, was ich dort wirklich getan habe."

„Hatten Sie Handschuhe an?"

„Ja, schließlich wollte ich in seinen Sachen wühlen."

„Juliane Pfeiffer hörte eine Haustür zuschlagen, just in dem Moment, als sie die noch frische Leiche ihres Mannes fand", schaltete sich nun Lukas ein.

„Ja und?"

„Kann es sein, dass Sie vorher schon mal dort waren, schnell das Haus verließen und anschließend, als das Aufgebot an Polizisten ankam, wieder zum Tatort zurückgekehrt sind – nur um sich zu vergewissern?"

„Nein!"

„Wie sagt man doch so schön: Der Täter kehrt an den Tatort zurück."

„Nein!" Georg reagierte verzweifelt.

„Trotzdem müssen Sie morgen früh in unser Büro kommen. Ihre Aussage werden wir zu Protokoll nehmen", bestimmte Theo.

„Ich muss morgen früh arbeiten."

„Wenn Sie nicht um acht Uhr bei uns antreten, lassen wir Sie von ihrem Arbeitsplatz abholen. Sie können selbst entscheiden, was Ihnen lieber ist."

Mit dieser unheilvollen Ankündigung ließen sie den Mann allein zurück.

Langsam fuhren sie zu ihrer Dienststelle. Die Stimmung, die

dieses Gespräch hinterlassen hatte, war bedrückend.

„Weißt du, was mir aufgefallen ist?“, fragte Lukas nach einer Weile. „Diese Frauen, Franzi Waltz, Miriam Hammer und Doris Selter sind alle verdammt hübsch und entsprechen alle dem gleichen Typ. Es sind Kindfrauen, naiv und schutzbedürftig. Pfeiffer hatte sich die Opfer für sein makaberes Geschäft nicht zufällig ausgesucht. Er hatte ein Auge auf sie.“

„Du hast recht. Marianne und du, ihr wart auch nicht weit davon entfernt. Die Fühler hatte er schon ausgestreckt“, stimmte Theo zu. „Marianne ist zwar etwas älter als die drei Frauen, aber sie ist eine typische Kindfrau, hübsch und naiv. Sie passte genau in sein Beuteschema.“

Lukas brauchte eine Weile, bis er sich überwinden und Theo zustimmen konnte. Marianne wirkte tatsächlich wie ein naiver Teenager. Vor allem, wenn sie ihre widerspenstigen Haare zu einem Pferdeschwanz zurückband. Oftmals hatte Lukas den Gedanken, dass ihr nur noch der Schulranzen fehlte. Dann konnte sie so süß aussehen, dass er sich jedes Mal aufs Neue in sie verliebte.

Im Büro trafen sie auf Andrea. Sie saß allein in dem großen Büro an ihrem Schreibtisch, als Lukas und Theo mit schweren Schritten hinein schlurften. Die verantwortungsvolle Arbeit, im Fall Waltz zu ermitteln, hatte in ihr eine unerschöpfliche Energie freigelegt, als wollte sie nicht mehr müde werden.

„Dir hat der Chef doch kein Ultimatum gestellt“, sprach Theo. „Was tust du also hier?“

„Es gibt neue Spuren im Fall Robert Waltz“, berichtete sie mit Aufregung in der Stimme. „Beim Sezieren der Leiche wurde festgestellt, dass er einen Schlüssel verschluckt hatte. Vermutlich wollte er seinem Mörder etwas verheimlichen, was mit dem Schlüssel zu tun hat.“

„Das ist ja interessant. Was ist das für ein Schlüssel?“ Theos Interesse war geweckt. Auch Lukas verfolgte aufmerksam Andreas Erzählungen.

„Das ist ja das Problem. Vermutlich ist der Kopf durch die

Magensäure so verätzt worden, dass man nicht mehr erkennen kann, wo er hingehört. Eines ist allerdings klar, der Haustürschlüssel oder der Wagenschlüssel kann es nicht sein."

„Vielleicht ein Schließfach."

„Wäre möglich, aber um diese Zeit brauche ich keine Bank anzurufen. Ich muss warten bis morgen früh."

Kapitel 20

Es war bereits Mitternacht, als sich Lukas durch die Wohnung ins Schlafzimmer schlich. Die Kirchturmuhr schlug zwölf Mal.

Marianne schlief. Leise zog er sich aus und kuschelte sich neben sie. Mit einem Murren rückte sie von ihm weg, als seien seine Berührungen unangenehm. Verdutzt blickte Lukas auf Marianne, konnte aber nur ihre Konturen erkennen. Regungslos lag sie da.

In die Stille hinein klingelte das Telefon. Marianne bewegte sich ruckartig, schaltete die Nachttischlampe ein, während es ein zweites Mal läutete, und sagte hellwach zu Lukas: „Wenn du heute Nacht zu ihr gehst, ist es aus zwischen uns."

„Marianne, was soll das?" Lukas war überrascht über die Schroffheit, mit der sie ihm das angekündigte.

„Das weißt du genau. Deine Besuche bei dieser Frau haben nicht das Geringste mit deiner Arbeit zu tun. Das kannst du deiner Großmutter erzählen, aber nicht mir. Du läufst hinter ihr her wie ein läufiger Hund. Für mich hättest du dir nicht so viel Mühe gemacht."

„Rede doch keinen solchen Unsinn!", ermahnte er, „Du weißt, dass ich nur dich liebe."

„Ich weiß, dass das gelogen ist. Ob es Liebe ist, was du für diese Frau empfindest, oder Besessenheit, weiß ich allerdings nicht." Wütend stampfte sie mit ihrem dünnen Hemdchen ans Fenster und starrte in die Nacht hinaus.

Verunsichert hob Lukas den Hörer von dem unbeirrbar läutenden Telefon ab.

Tatsächlich war es Juliane. Sie weinte: „Ich habe solche Angst, ständig höre ich Geräusche um das Haus herum. Bitte lass mich jetzt nicht allein!"

„Du weißt, dass ich nicht kommen kann."

„Ich habe dir so viel zu erzählen, bitte komm. Vielleicht hilft es ja bei deinen Ermittlungen."

Wieder fühlte er sich hin und her gerissen zwischen den beiden Frauen.

Marianne drehte sich um und meinte scharf: „Ich habe dich gewarnt. Unterschätz mich nicht!"

„Was soll ich tun?", fragte Lukas verzweifelt. „Sie braucht meine Hilfe, es ist jemand an ihrem Haus."

„Bist du für Personenschutz zuständig? Was diese Hexe braucht, ist einen Mann, bei dem sie ihre Reize testen kann. Halte dich bloß nicht für etwas Besonderes. Vermutlich macht sie das mit jedem so und am Ende liegt er dann in seinem eigenen Blut." Mit der Bemerkung verließ Marianne das Schlafzimmer.

Eine Weile überlegte Lukas, doch dann hörte er wieder Julianes weinerliche Stimme, als sie nach ihm rief: „Bist du noch da?"

„Ja, ich bin noch da."

„Bitte komm! Ich treibe auch keine Spielchen mit dir."

„Wie kann ich mir da sicher sein?"

„Ich verspreche es! Ich sage dir ehrlich, warum Robert Waltz zu mir gekommen ist."

Damit hatte sie ihren Köder ausgelegt. Lukas gab nach. Rasch zog er sich an und wollte zur Haustür eilen, als er Mariannes Stimme hörte: „Wenn du jetzt durch diese Tür gehst, kannst du unsere Ehe als geschieden ansehen."

„Marianne, sei doch vernünftig! Sie steht unter Mordverdacht, dabei hat sie nichts getan. Es ist doch sinnlos, nur aus einer Laune heraus einen falschen Menschen zu verhaften, während der wahre Täter frei herumläuft."

„Laune nennst du das?" Marianne lachte freudlos. „Deine Launen ertrage ich bereits, seit du diese Frau kennst. Das, was ich jetzt tue, hat nichts mit Launen zu tun. Das ist lediglich eine vernünftige Entscheidung, mich nicht von dir zum Narren halten zu lassen. Dafür bin ich mir zu schade."

***

Julianes Haus leuchtete hell, als er vorgefahren kam. Weit und breit war kein fremdes Auto in Sicht, was ihn beruhigt auf das Haus zugehen ließ. Juliane öffnete ihm bereits auf halbem Weg. Sie sah bemitleidenswert aus. Ihre Augen rot angeschwollen, ihr Gesicht kreideweiß. Sie trug gegen ihre Gewohnheit bequeme Kleidung. Das T-Shirt war viel zu weit und reichte bis zu den Knien, die Hose hing schlabbrig an ihr.

„Was ist passiert?", fragte er besorgt.

Sie schloss die Tür und ging mit ihm ins Wohnzimmer, bevor sie antwortete: „Ich habe dir vorhin nicht alles gesagt."

„Du sagst mir nie alles", stellte Lukas frustriert fest. Sie hatte Alkohol getrunken. Kam daher der Wahrheitsdrang?

„Es tut mir leid, aber ich kann nicht anders. Ich weiß selbst, dass ich anders bin als alle anderen Frauen", jammerte sie.

„Ja, das stimmt. Aber das ist kein Grund zum Weinen", beruhigte Lukas. Er nahm sie in seine Arme. „Warum bist du so launisch und schwierig?"

Eine Weile saßen sie ganz still da und lauschten den Geräuschen, die im Zimmer zu vernehmen waren. Die kleine Pendeluhr tickte gleichmäßig, Knacken von Holz, Summen der eingeschalteten Stehlampe. Eine behagliche Atmosphäre breitete sich aus, während Lukas und Juliane fest umschlungen auf dem Sofa saßen.

„Alle Menschen, die ich liebe, verliere ich", begann Juliane zu erzählen. „Damals, als ich gerade vierzehn war, lernte ich in der Schule einen Jungen kennen. Er machte mir schöne Augen, ich war ganz stolz. Alle meine Schulfreundinnen beneideten mich, weil Markus der schönste Junge der ganzen Schule war. Eines Abends gingen wir nach der Schule zusammen spazieren, da wollte er mir näherkommen. Aber ich wollte nicht. Dabei war er nur zärtlich, ich glaube nicht, dass er mir etwas Böses antun wollte." Verzweifelt schaute sie Lukas an.

„Und?"

„Ich machte ein Riesentheater, als wollte er mich vergewaltigen. Plötzlich kam ein Fremder, zerrte ihn von mir weg. Das war das letzte Mal, dass ich ihn gesehen habe.“

„Kam er nicht mehr in die Schule?“, fragte Lukas verblüfft.

„Nein! Er war wie vom Erdboden verschluckt.“

„Vielleicht war der Fremde sein Vater und hat ihn einfach auf eine andere Schule geschickt.“

„Nein! Markus hatte nur eine alte, verwirrte Tante. Die bekam nichts mehr mit.“

„Wie war sein Familienname?“

„Voggenreiter! Ich weiß es noch ganz genau, weil ich lange an ihn denken musste. Zwei Jahre später lernte ich Thomas kennen. Ich hatte mit ihm geschlafen und sofort einen Volltreffer gelandet. Als Thomas erfuhr, dass ich schwanger war, wollte er mich heiraten. Ich war überglücklich. Aber meine Mutter und Eberhard, ihre neue große Liebe, waren dagegen. Sie zwangen mich, das Kind abzutreiben. Ich war erst 16, hatte keinen Beruf und keine Vorstellung, wie man selbständig mit einem Kind lebt. Also tat ich, was sie von mir verlangten.“

„War das zufällig am 12. Dezember 1995?“

„Genau an dem Tag kehrte ich aus der Klinik zurück, die den Eingriff vorgenommen hatte.“

„Und Thomas hast du seitdem nie wieder gesehen.“

„Woher weißt du das?“, fragte sie erstaunt.

„Weil Thomas Hecht am 12. Dezember 1995 vermisst gemeldet wurde und einige Monate später tot aufgefunden wurde.“

„Du spionierst mir nach“, stellte Juliane entsetzt fest.

„Ich bin auf der Suche nach dem Mörder deines Mannes. Da muss ich so etwas tun“, rechtfertigte sich Lukas. Die Antwort beruhigte Juliane.

„Verstehst du, was ich dir sagen will? Alle, die ich liebe, verliere ich. Udo habe ich auch geliebt. Nun ist er tot.“

Lukas fiel eine Bemerkung von Theo ein: *Und wenn du so weitermachst, muss ich eines Tages halb Saarbrücken umgraben oder den gesamten städtischen Wald fällen, um dich zu finden.*

Plötzlich fand er den Gedanken gar nicht mehr so abwegig. Wer war der Fremde, der immer auftauchte, wenn man in Julianes Nähe war? Warum bewachte er sie? Kannte Juliane diesen Mann? Die Ungewissheit machte Lukas nervös.

Er stand auf, ging auf das Fenster zu. Langsam schob er die Gardine zur Seite. Er wollte in die Dunkelheit hinausschauen.

Stattdessen sah er in zwei Augen.

Erschrocken sprang er einen Schritt zurück. Er erkannte, wie das Augenpaar nach unten verschwand. Aber er war nicht in der Lage, etwas zu unternehmen. Stocksteif stand er da.

„Was ist?“, fragte Juliane erschrocken. „Du bist ja plötzlich kalkweiß im Gesicht.“

„Wer ist dieser Mensch, der um dein Haus schleicht?“ Lukas’ Stimme schwankte.

„Ich weiß es nicht. Verstehst du jetzt, warum ich solche Angst habe?“

„Scheiße!“ Er rieb sich die Hände. Sie zitterten. „Jetzt ist es soweit. Du bekommst Personenschutz. Wer weiß, was der Kerl beabsichtigt oder sogar schon getan hat.“

Doch Juliane wollte immer noch nichts davon hören.

„Du weißt, wer der Mann ist, stimmt’s?“, fragte er sofort.

„Nein, ich weiß es nicht.“

„Hat er dich von Robert Waltz befreit? Und von Udo? Und von Thomas Hecht? Und von Markus Voggenreiter?“

„Nein, verdammt! Was redest du da?“, schimpfte sie los.

„Du wolltest mir etwas über Robert Waltz erzählen. Hast du das nur als Lockmittel gesagt oder gibt es wirklich etwas Interessantes?“ Mit dieser Frage lenkte Lukas vom Thema ab.

„Robert Waltz hatte etwas herausgefunden, womit er Udo erpressen wollte“, antwortete sie. „Was das war, weiß ich nicht. Jedenfalls kam er zu mir an dem Abend, als du mich zum ersten Mal hier besucht hast. Wir hatten uns gerade verabredet, da klingelte es schon an der Tür. Ich fragte mich zwar, wie du in dieser kurzen Zeit hier sein konntest, war aber so froh, dass ich unüberlegt die Tür aufgerissen habe. Da stand Robert Waltz vor mir. Er sagte, er wolle alles der Presse mitteilen, wenn ich nicht sofort sämtliche Beweise über ihn und seine Frau vernichten würde."

„Was wollte er der Presse mitteilen?"

„Er dachte wohl, dass Udo ein Verhältnis mit Peter Meyer hatte. Etwas anderes kann ich mir nicht vorstellen."

„Wie sollte das funktionieren? Waren die beiden bisexuell?"

„Peter Meyer war bisexuell, das wusste die ganze Stadt. Außerdem war er beliebt bei Männern und bei Frauen", erklärte Juliane.

„Hatten sie was miteinander oder nicht?"

„Nein, Udo war hetero!"

„Dann gab es doch nichts zu befürchten", zweifelte Lukas.

„Robert drohte mir, genau das zu veröffentlichen. Das käme einem Rufmord gleich. Also bat ich ihn herein und suchte ihm alles heraus, was er haben wollte."

„Und das war?"

„Der Kaufvertrag über die Eigentumswohnung und der Kreditvertrag."

„Ich dachte, Udo bewahrte keine Arbeitsunterlagen bei sich zu Hause auf?"

„Diese Unterlagen schon. Robert hatte Udo schon vor einiger Zeit bedroht."

„Das sagst du jetzt erst?" Verzweifelt rieb sich Lukas die Schläfen. Zweifel bahnten sich ihren Weg in sein Gehirn und machten sich dort unweigerlich breit. Der Zustand behagte ihm nicht, er wollte ihr doch uneingeschränktes Vertrauen entgegenbringen. Aber alles, was sie sagte, machte es nur noch komplizierter.

„Bitte bleib bei mir!", hörte er ihre Stimme ganz nah an seinem Ohr. „Ich werde auch nichts Verrücktes tun. Nur Kuscheln."

Lukas spürte die Wärme ihres Körpers. Als er ihr in die grünen, verführerischen Augen sah, überkam ihn der unvernünftige Wunsch, bei ihr zu bleiben. Er konnte sie in ihrer gefährlichen Situation auf keinen Fall allein lassen.

Eine dürftige Rechtfertigung, das sah er selbst ein. Diese Frau brauchte seinen Schutz nicht, da lagen die Verhältnisse eher umgekehrt. Trotzdem schlenderte er mit ihr Arm in Arm die Treppe hinauf in ihr großes Schlafzimmer.

Während der dritten Stufe, der Feuerfolter, rieb man unter anderem die Fußsohlen der Angeklagten mit Ölen oder Fetten ein und brachte sie in die Nähe von Flammen. Oder man trieb Schwefelhölzer unter ihre Fingernägel, setzte sie auf Stachelstühle oder flößte ihnen durch Trichter eine Heringstunke ein. Das Finale solcher Folterungen fand dann öffentlich als Ketzerverbrennung statt, wofür ein Scheiterhaufen errichtet wurde. Auf einer Tribüne wurden Ehrenplätze für geistliche und weltliche Herrschaften und den Großinquisitor bereitgehalten.

Trotz Improvisation war es ihm gelungen, eine Exekution von klassischer Güte durchzuführen, womit er ihn ebenfalls in sein Todesregister aufnehmen konnte.

Zwar hatte es zu Anfang den Anschein, dass es an der nötigen Ästhetik fehlen könnte, so wurde er zum guten Ende doch belohnt. Es wurde ein Schauspiel des Grauens, viel zu schade, es vor den Augen der Menschenmassen verborgen zu halten.

Die Todesschreie klangen immer noch wie Musik in seinen Ohren.

Im Jahre 1431 wurde Johanna von Orléans im Alter von 19 Jahren auf einem Scheiterhaufen verbrannt, der so hoch gebaut wurde, dass es Zentimeter für Zentimeter, den sich das Feuer langsam in ihren Körper fraß, ein ausgedehnter Wohlgenuss für den Zuschauer wurde. Ihr Tod wurde besonders grausam, weil sie so langsam sterben musste.

Solche Feinheiten sind ihm leider verwehrt geblieben, schließlich war es ihm unmöglich, ein detailgenaues Schafott zu errichten, ohne das Interesse der anarchistisch verblendeten Gesellschaft zu erregen. Fehler durfte er sich nicht leisten. Aus diesem Grunde hatte er es vorgezogen, den Frevler auf eine weniger spektakuläre Methode zu bestrafen, was die Grausamkeit jedoch in keiner Weise beeinträchtigt hatte.

Kapitel 21

Der Morgen dämmerte, als Lukas Baccus von Schuldgefühlen geplagt, Julianes Haus verließ. Nervös blickte er nach allen Richtungen, konnte nirgends jemanden sehen. Er eilte zum Auto. Julianes Erzählungen hatten ihm eindeutig das Gefühl vermittelt, dass ein Wahnsinniger damit beschäftigt war, sie zu beschützen. Ob sie so viel Beistand brauchte, sei dahingestellt. Juliane machte auf ihn keinen schutzbedürftigen Eindruck. Im Gegenteil: Diejenigen, die mit ihr in Kontakt standen, waren gefährdet.

Er fuhr nach Hause.

Marianne saß in der Küche. Sie trank Kaffee. Ihr Gesicht wirkte müde und gezeichnet.

„Was tust du hier?", fragte sie.

„Bitte versteh das doch! Die Frau wird von einem Unbekannten beschattet. Außerdem hat sie bereits ..." Mitten im Satz hielt er inne. Er merkte, es hatte keinen Sinn, Marianne das zu erklären. In der Nacht war tatsächlich nichts zwischen ihm und Juliane geschehen, aber seine Frau würde ihm das nicht mehr glauben.

Ohne Frühstück machte er sich auf den Weg zur Arbeit.

Im Büro war die Hölle los.

Theo saß übernächtigt am Schreibtisch. Vor ihm saß Georg Hammer, der ihm Rede und Antwort stand. Andrea telefonierte mit verschiedenen Banken, um die Herkunft des verätzten Schlüssels zu erfahren. Monika Blech tippte eifrig in ihren PC. Dieter Marx stand inmitten dieses Getümmels und sprach vom gütigen Herrn.

Lukas' erste gute Tat für diesen Tag war das Hinausbefördern des frommen Mitarbeiters. Anschließend setzte sich Lukas an seinen Platz und telefonierte mit der Polizeiinspektion Mitte. Wie am Vortag hatte er den hilfsbereiten Kollegen am Telefon, der sich darüber amüsierte, dass Lukas ständig Nachforschungen über Menschen von der Folsterhöhe anstrebte.

„Wie lange liegt der Fall Markus Voggenreiter zurück?"

„Vierzehn Jahre, also müsste es eine Eintragung aus dem Jahre 1993 geben."

Eine Weile blieb alles still in der Leitung, bis der Kollege sich wieder meldete: „Markus Voggenreiter wurde am 16. Juli 1993 vermisst gemeldet und ist nie wieder aufgetaucht. Hast du noch mehr solche Fälle auf Lager?"

Georg Hammer verabschiedete sich in diesem Augenblick. Lukas beendete das Gespräch.

Nun erst schauten sich Theo und Lukas an, niemand sprach etwas. Die Blicke, die sie sich zuwarfen, waren alles andere als freundschaftlich. Andreas Stimme drang deutlich durch das Großraumbüro. Bisher hatte sie mit ihren Bemühungen noch keinen Erfolg. Von Telefonat zu Telefonat wurde sie ungeduldiger.

„Wir haben nur noch tote Zeugen", murrte Theo nach einer Weile.

Lukas nickte.

„Georg Hammer ist nicht von seiner gestrigen Aussage abzubringen. Er behauptet, nicht im Haus gewesen zu sein. Aber das ist nicht der Punkt. Viel mehr interessiert mich die Aussage, dass Peter Meyer angeblich genau in dem Moment davongerast war, als wir das Haus verließen. Er erinnert sich daran, dass alles gleichzeitig passiert ist: Er sah uns kommen und wollte, so schnell wie möglich, von diesem Ort weg, als das Auto auf ihn zuraste. Das sieht nach einer Flucht aus."

„Dann sind sie beide geflüchtet."

„Ja, aber was hat Peter Meyer dazu veranlasst?", rätselte Theo.

„Peter Meyer war homosexuell! Wer weiß, welche Gefühle er für Pfeiffer hegte", sagte Lukas, wofür er einen erstaunten Blick von Theo erntete.

„Wer behauptet, dass er homosexuell war?"

„Juliane!"

Fieberhaft begann Theo zu überlegen, bis er endlich fragte: „Wie waren Pfeiffers Neigungen?"

„Angeblich hetero."

„Was wir natürlich nicht beweisen können."

„Was geht in dir vor?", fragte Lukas. „Du sieht überarbeitet aus. So lösen wir das Problem nie."

„Mit deiner Methode aber auch nicht. Deine nächtlichen Streifzüge haben unsere Ermittlungen bis jetzt keinen Deut weitergebracht."

Lukas stutzte. Woher wusste Theo von seinem Besuch bei Juliane? War es möglich, dass Marianne sich bei ihm ausgeweint hatte? Diese Vorstellung schmerzte ihn, weil er auf gar keinen Fall wollte, dass ausgerechnet Theo in seinem Privatleben herumschnüffelte.

„Wenn Peter Meyer vom anderen Ufer war, ist es möglich, dass Juliane die beiden in flagranti erwischt hat. Die Tatsache, von einem anderen Mann betrogen zu werden, hat sie aus der Fassung gebracht, was die Heftigkeit der Tat erklärt", spekulierte Theo unermüdlich.

„Pfeiffer hatte sie mit seiner Sekretärin betrogen und nicht mit Peter Meyer", wandte Lukas ein.

„Wer behauptet das schon wieder?"

„Sie selbst. Sie hat zugegeben, dass er sich von ihr trennen wollte – wegen dieser Frau."

„Das halte ich aber für sehr unwahrscheinlich. Seine Sekretärin hatte nicht das geringste Interesse an ihm." Auf den fassungslosen Gesichtsausdruck von Lukas wiederholte ihm Theo die Aussage der Sekretärin, die das Gegenteil bewies.

„Ich habe das Gefühl, Juliane führt dich ein bisschen an der Nase herum. Vermutlich wollte Pfeiffer sie tatsächlich verlassen, aber aus abscheulicheren Gründen, als sie zuzugeben bereit ist."

Allensbacher trat mit Leichenmiene auf die beiden zu. „Ihr müsst sofort rausfahren! Böhme wurde gefunden."

„Was ist mit ihm?", fragten Theo und Lukas gleichzeitig.

„Ein Autounfall. Alles spricht dafür, dass nachgeholfen wurde.“

„Böhme? Ermordet?“ Lukas konnte es nicht glauben.

„Meine Güte, das könnte ja jeder von uns gewesen sein“, fügte Theo süffisant an.

„Die Jungs von der Streife warten am Tatort auf euch.“ Allensbacher stampfte davon.

Lukas und Theo verließen das laute Großraumbüro und steuerten den Dienstwagen an. Drückende Hitze lag über der Stadt. Nur schleppend kamen Lukas und Theo durch den dichten Verkehr. An einer roten Ampel bildete sich ein langer Stau. Ungeduldig schauten die Kollegen sich um.

Plötzlich rief Lukas: „Das muss ich mir näher anschauen!“

„Was?“, fragte Theo erschrocken über die Heftigkeit dieser Reaktion.

Lukas zeigte auf das Schaufenster eines Immobilienbüros. „Das ist das griechische Haus, das Marianne so gut gefallen hat. Hier ist es direkt hunderttausend Euro billiger als bei Pfeiffer. Für den Preis können wir es finanzieren.“

Er stellte das Dienstfahrzeug parkwidrig ab, nahm dafür böse Drohungen und Kraftausdrücke der anderen Autofahrer einfach in Kauf. Er sah nur noch dieses Haus und die einmalige Chance, seine Frau Marianne damit zu überraschen. Wie sehr würde sie sich freuen. Ihre Ehe bekäme endlich den neuen Schwung, auf den sie beide hofften. Blindlings rannte er über die Straße in das Maklerbüro hinein.

Eine junge Frau fragte ihn nach seinem Wunsch.

„Das Haus“, Lukas wies auf das Plakat im Schaufenster, „möchte ich gerne reservieren lassen. Sobald ich mit meiner Frau gesprochen habe, kommen wir vorbei und sprechen über die Finanzierung.“

Verwirrt schaute die Frau auf das Plakat, nahm es aus dem Fenster und antwortete: „Tut mir leid, aber in den frühen Morgenstunden ist das Haus verkauft worden.“

„Wie bitte?“

„Es ist verkauft worden. Sie kommen zu spät."

Der Schlag saß. Aus der Traum vom großen Glück. Wie sollte er das seiner Frau erklären, deren ganzer Traum dieses Haus war? Niedergeschlagen verließ er das Büro, stieg in den Dienstwagen ein. Theo fragte und sagte nichts, was Lukas nur recht war.

***

Der Fundort lag an der Bundesstraße B51. Direkt am Straßenrand ging es steil in die Tiefe. Hohe Hecken verdeckten die Böschung. In einer scharfen Kurve war Böhme geradeaus gefahren. Keine Bremsspuren, nichts. Sein Wagen lag zertrümmert und ausgebrannt zwischen Bäumen und Sträuchern. Kleine Rauchschwaden zogen in die Luft.

Mühsam kletterten die beiden Beamten hinunter, um sich das Wrack aus der Nähe zu betrachten.

Böhmes Körper war verkohlt. Und doch war seine Leiche unverkennbar, selbst in dem fürchterlichen Zustand. Der Oberkörper hing gekrümmt zwischen Vordersitz und Armaturenbrett eingeklemmt, Hände und Füße angezogen. Das Gesicht war zu einer schwarzen, schreienden Maske verzerrt. Glassplitter lagen überall verteilt. Das Fabrikat des Autos war nicht mehr auszumachen, nur an vereinzelten Stellen schimmerte die Grundfarbe durch. Das Wenige, was sie erkannten, verriet, dass es kein Dienstfahrzeug war. Die Türen hingen halb aus den Angeln. Plastikteile waren zu dicken, schwarzen Klumpen geschmolzen.

Während Theo sich mit der Tatortgruppe unterhielt, schaute sich Lukas das Auto näher an. Das nackte Gestell der Rücksitzbank lag in Höhe des Vordersitzes. Die Drahtgestelle, die einst die Vordersitze waren, standen in alle Richtungen ab. Die Frontseite war bis zur Unkenntlichkeit eingedrückt. Die unangezündete Pfeife, die Böhme immer zwischen seinen ungepflegten Zähnen gehalten hatte, lag in einiger Entfernung von ihm unversehrt im Gras. Das gute Stück musste er bis zur letzten Sekunde in seinem Mund behalten haben. Neben dem Fahrzeug verteilten sich Fotos. Neugierig hob Lukas sie auf. Zuerst schaute er nur flüchtig darauf, weil er glaubte, Nacktfotos aus einer Illustrierten vor sich zu haben. Doch plötzlich kam ihm die erschreckende Erkenntnis, dass er die beiden Gesichter kannte. Erneut starrte er darauf. Von wegen Illustrierte. Die Fotos waren vom Feuer verschont geblieben. Gestochen scharf erkannte er, wer darauf abgebildet war. Entsetzt bückte er sich nach den anderen. Es waren immer wieder die gleichen Personen abgebildet, und zwar in eindeutiger Position.

Kreidebleich ging er auf Theo zu.

Theo verstummte mitten im Satz, als er Lukas so sah.

„Hat es wenigstens Spaß gemacht mit meiner Frau zu schlafen?“ Lukas Stimme überschlug sich.

Überrascht schauten alle Kollegen auf. Entsetzt starrte Theo auf die Fotos.

„Du Schwein! Vor mir willst du den Moralapostel spielen, dabei betrügst du mich mit meiner Frau. Das ist ja wirklich das Letzte, du bist das Letzte.“

„Lukas, bitte“, versuchte Theo zu beschwichtigen.

Das Interesse der Kollegen war entflammt. Ungeniert behielten sie die beiden im Auge.

„Bitte? Ja was bitte? Du elendes Schwein!“, brüllte Lukas. Er wollte auf Theo losgehen, doch die Kollegen waren schneller und rissen die beiden auseinander.

„Vergesst nicht, wir sind hier an einer Unfallstelle. Tragt euren Streit woanders aus!“

Doch Lukas hörte nichts. Er sah einfach nur das Unvermeidliche: Seine Frau hatte ihm gedroht, ihn zu verlassen. Jetzt wusste er, warum ihr das so leicht gefallen war. Theo wartete auf sie.

„Du hast in den frühen Morgenstunden das griechische Haus gekauft, stimmt's?“

Theo nickte.

Eine Weile schauten sie sich feindselig an, bis Theo sagte:

„Was hast du deiner Frau geboten? Kinder hast du ihr verweigert und das Traumhaus, das sie haben wollte, auch. Stattdessen hast du sie mit Juliane betrogen. Du tust mir nicht leid."

„Verschwinde aus meinen Augen!", schrie Lukas völlig außer sich, doch Theo blieb gelassen: „Wir müssen die Fälle zusammen aufklären. Ich habe keine Lust, durch deine Neurosen mir auch noch meinen Job kaputt zu machen. Was du hinterher tust, ist mir egal."

Kapitel 21

„Böhme war der Überläufer!“ Allensbacher stand vor seinen Mitarbeitern und sprach die Neuigkeit aus. „Er hatte Theo Borgs Handschellen benutzt, um Robert Waltz zu fesseln. Jetzt stehen wir vor der Frage, ob Böhme wirklich in der Lage war, eine derartig heimtückische und originalgetreue Hinrichtung durchzuführen.“

Allgemeines Gemurmel drückte Zweifel aus.

„Baccus und Borg werden nicht suspendiert.“ Allensbacher trat mit Erleichterung in seiner Miene an ihren Schreibtisch und fügte an: „Sie klären den Mord an Böhme auf. Wenn Sie mit Ihrer irren Theorie recht haben und ein Mann am Werk ist, der die Methoden eines Henkers aus dem Mittelalter nachahmt, wäre es interessant herauszufinden, ob Böhme wirklich allein Schuld am Tod von Robert Waltz trägt oder ob ihm der Henker die Arbeit abgenommen hat.“

Schwerfällig watschelte der Dienststellenleiter davon.

Lukas knurrte: „Einerseits behalten wir unsere Arbeit, andererseits erschlägt sie uns.“

„Kann nichts schaden! Dann kommst du nicht auf dumme Gedanken.“

„Idiot! Wer selbst im Glashaus sitzt ... Ich denke, du kennst dich damit aus.“

Andrea unterbrach das Streitgespräch der beiden. Ihr Gesicht war blass und eingefallen, ihre Augen übermüdet mit dunklen Ringen. Sie erklärte: „Ich habe nicht herausfinden können, wohin dieser Schlüssel passt. Ohne die verdammte Nummer ist keine Bank in der Stadt in der Lage, den Schlüssel zu identifizieren. Trotzdem spüre ich, dass dahinter das Geheimnis steckt, das alle unsere Fälle betrifft.“

„Vermutlich dachte Waltz, er würde den Angriff überleben und hielt deshalb so verbissen an seinem Beweismaterial fest“, stimmte Lukas zu.

„Was mich auf den Gedanken bringt, dass Böhme nicht hinter den Folterungen stecken kann. Welche Beweise sollte der so verbissen gesucht haben?“, erkannte Andrea.

„Was hat dir Juliane in eurer trauten Zweisamkeit über die Beweise gesagt?“, mischte sich Theo in die Unterhaltung ein. „Stand Waltz mit ihr in Kontakt? Wusste er etwas über sie, was wir nicht wissen dürfen?“

Wieder flammte Hass in Lukas auf. „Lass sie in Ruhe!“

„Du bist befangen, man sollte dich von dem Fall abziehen. Du bist total verliebt in Juliane und blind für das Offensichtliche. Die Frau steckt bis zum Hals in der ganzen Mordserie. Aber du willst das nicht sehen. Vermutlich hat sie dir sogar schon alles gestanden und du schützt sie immer noch. Ich werde Allensbacher vorschlagen, dich von dem Fall abzuziehen, damit die Ermittlungen ungehindert weiterlaufen können.“

„Das wirst du mal schön bleiben lassen“, erwiderte Lukas. „Du bist befangen von deiner Besessenheit, mich zu vernichten. Dann stehe ich dir und Marianne nicht mehr im Weg. Als wenn das die Ermittlungen nicht genauso behindern würde. Deine Weitsicht ist ebenfalls getrübt, weil du mit Gewalt aus Juliane eine Mörderin machen willst.“

„Ich habe Juliane für heute Nachmittag vorgeladen“, trotzte Theo. „Sie wird hier vor mir aussagen müssen – in diesem Ambiente. In ihren eigenen vier Wänden fühlt sie sich stark. Da gibt es einen Gorilla, der sie keine Sekunde aus den Augen lässt. Da hat sie es einfach, sich so aufzuspielen. Mal sehen, was sie hier von sich lässt.“

„Ich habe Miriam Hammer vorgeladen“, erwähnte Lukas genauso starrköpfig. „Ich habe das Gefühl, dass ihr Mann uns nicht alles erzählt. Miriam wird umkippen.“

„Was geht hier eigentlich vor?“, funkte Andrea dazwischen. „Wollt ihr euch gegenseitig behindern oder die Ermittlungen vorantreiben?“

„Lukas ist bereits dabei zu behindern. Juliane hat ihm die Augen zugekleistert. Bis wir eines Tages seine Leiche irgendwo ausgraben müssen", erklärte Theo ironisch. Er berichtete Andrea von den verschwundenen Männern, die alle in einem engen Kontakt zu Juliane standen.

Wutschnaubend verließ Lukas das Büro.

***

Die Schwüle war drückend, kein Lüftchen regte sich.

Als Lukas in den Dienstwagen einstieg, war sein Hemd durchgeschwitzt. Schnell schaltete er die Klimaanlage ein, doch sie kühlte so stark, dass er fror. Frustriert schaltete er sie wieder aus. Er fuhr los. Er wusste nicht, warum er aus dem Büro und auf das Auto zugestürzt war. Aber nun, da er schon mal am Steuer saß, fuhr er ziellos durch die Straßen und nutzte die Zeit, um zu überlegen. Er fuhr über die Bismarckbrücke, wobei er an die Obdachlosen dachte, die genau unter ihm saßen und dort ihr Dasein fristeten. Für kurze Zeit war Robert Waltz einer von ihnen, jetzt war er tot. Weiter bog er in das Regierungsviertel ein. Er nahm den Fuß vom Gaspedal. Viele Menschen überquerten die kleinen, engen Straßen. Er passierte Parkplätze, die komplett zugeparkt waren. Weiter kam er an einem Hinterhof vorbei, der direkt an das Regierungsgebäude des saarländischen Landtags grenzte. Er staunte. Wie war er dort gelandet? Er sah den kleinen, versteckten Parkplatz zum ersten Mal. Bisher hatte er gar nicht gewusst, dass es ihn gab. Was er dort entdeckte, ließ ihn hastig abbremsen. Fasziniert stieg er aus und stellte sich an den Rand des Hofes. Dort parkten in Reih und Glied mehrere schwarze Limousinen von der gleichen Marke: Mercedes. Bei allen Autos waren die Scheiben getönt.

Eine Parklücke war frei.

Völlig benommen näherte er sich den Autos, als ein junger Mann in Anzug und Krawatte auf ihn zutrat und ihn nach dem Grund seines Besuches fragte. Lukas zeigte ihm seine Dienstmarke. Darauf wusste der eifrige Mann nichts zu entgegnen.

„Wer fährt diese Autos?", fragte Lukas.

„Unsere Regierungsfahrer."

„Kommt es auch vor, dass die Beamten mal selbst fahren?"

„Nicht so oft. Sie wollen gefahren werden, weil sie häufig noch unterwegs Vorbereitungen treffen."

„Wo ist dieses Fahrzeug zurzeit unterwegs?" Lukas zeigte auf den freien Platz.

„Das weiß ich nicht."

„Wer kann mir das sagen?"

Der Wachmann begleitete Lukas durch einen Hintereingang in das Gebäude, führte ihn eine breite Treppe hinauf, bis er in einem hellen Büro landete, wo eine zierliche Frau am Telefon saß und Kochrezepte austauschte. Als sie die beiden Männer kommen sah, unterbrach sie hastig ihr Telefonat und schaute ihnen erwartungsvoll entgegen.

„Der Herr möchte wissen, was mit dem fehlenden Regierungsfahrzeug passiert ist."

Ungläubig schaute die Sekretärin auf Lukas, bis er seine Dienstmarke herauszog.

Dann endlich erklärte sie: „Der Wagen steht in der Werkstatt und kommt erst am Nachmittag zurück."

„Was ist an dem Auto beschädigt?"

„Das weiß ich nicht. Ich bin kein Mechaniker", entgegnete sie schroff.

„Aber Telefonistin?", kam es von Lukas genauso unhöflich.

„Es ist ein kleiner Blechschaden. Kein Unfall – nichts", kam etwas freundlicher.

„In welcher Werkstatt befindet sich das Auto?"

Sie suchte ihm die gewünschten Angaben heraus und sah erleichtert aus, als Lukas davoneilte. Kaum war er um die nächste Ecke gegangen, hörte Lukas, dass sie ihr Privatgespräch wieder aufnahm.

Kopfschüttelnd verließ er das Landtagsgebäude durch den Haupteingang, der direkt zur Franz-Josef-Röder-Straße führte. Starker Verkehrslärm drang an seine Ohren. Neugierig überquerte Lukas die Straße. Er blieb an der Mauer stehen, die den

Abgrund zwischen Regierungsviertel und Stadtautobahn stützte. Eine Weile verharrte er und schaute den vielen Autos nach. Unschlüssig, ob er in der Angelegenheit weiterermitteln sollte, wandte er sich ab. Der Anblick des hektischen und lauten Verkehrs wirkte nicht beruhigend auf ihn. Im Gegenteil: Nun fühlte er sich noch aufgewühlter als vorher.

Also machte er sich auf den Weg zur Werkstatt, die im Stadtteil Brebach-Fechingen lag. Dorthin zu gelangen, kostete ihn viel Zeit und Nerven, da der Weg durch die dicht befahrene Mainzer Straße führte. Während Lukas sich vorankämpfte, sank von Kilometer zu Kilometer sein Mut. Sein Tatendrang schmolz in der unerträglichen Mittagshitze dahin.

An der Werkstatt erfuhr er, dass an diesem Morgen kein einziges Regierungsfahrzeug zur Reparatur gebracht worden war. Ratlos stand er da und überlegte, wen er dafür verantwortlich machen konnte, dass er sich in der Affenhitze den quälenden Weg umsonst aufgeladen hatte. Es fiel ihm niemand ein. Das war auch gar nicht nötig.

Er ahnte, mit der Entdeckung der Limousinen ein entscheidendes Stück weitergekommen zu sein.

Kapitel 22

„Verderbtheit, dein Name ist Weib!" Das war die Stimme von Dieter Marx.

Alle schauten überrascht auf. Da sahen sie sie. Juliane stolzierte durch das Großraumbüro und genoss die bewundernden Blicke. Sie trug ein rotes, hautenges Kleid, dazu rote Stöckelschuhe. Mit elegantem Hüftschwung trat sie an Theos Schreibtisch.

„Schön, dass Sie kommen konnten."

Süffisant lächelte sie Theo an. „Hatte ich eine Wahl?"

Sie ließ sich auf dem angebotenen Stuhl nieder, schwang ihre langen Beine übereinander und zündete sich, ohne zu fragen, eine Zigarette an.

Theo überging die Provokation. Lieber begann er mit seinen Befragungen. Lukas saß scheinbar unbeteiligt auf seinem Platz und beobachtete die beiden. Juliane hatte ihn nicht eines Blickes gewürdigt. Er wusste nicht, wie er das Verhalten einschätzen sollte. Trotzdem blieb er still und lauschte.

„Wir wissen inzwischen, dass Robert Waltz von Ihrem Mann erpresst wurde", begann Theo. „Außerdem haben Sie selbst gesagt, dass Waltz auf Sie zukam und Beweismaterial von Ihnen verlangt hatte. Anschließend wurde er ermordet. Nun wollen wir von Ihnen wissen, um welches Material es sich dabei handelt."

„Seinen Kaufvertrag über die Eigentumswohnung und den Kreditvertrag." Juliane wirkte gelassen.

„Hat er diese Verträge von Ihnen bekommen?"

„Ja."

„Da dieser Kaufvertrag immer noch zusätzlich beim Notar hinterlegt wird, ist es schwer vorstellbar, dass er dafür so grausam sterben musste. Außerdem wusste jeder, dass er sich finanziell übernommen hatte. Hinzu kommen die Datenträger, auf denen so was heutzutage gespeichert ist. Was verlangte er sonst noch von Ihnen?"

„Nichts!"

„Verkaufen Sie mich nicht für dumm!", schimpfte Theo. „Es war ein Schlüssel, nicht wahr?"

Julianes Gelassenheit wich einer Blässe. Eine Weile blieb alles still, bis sie leise sagte: „Ich weiß nichts von einem Schlüssel."

„Doch, Sie wissen, Ihre Reaktion beweist es!" Theo triumphierte. „Also, wohin gehört der Schlüssel. Was steckt dahinter, dass ein Menschenleben dafür geopfert werden musste?"

„Ich sagte bereits, ich weiß nichts von einem Schlüssel." Juliane fand in ihre alte Fassung zurück. „Wenn Robert Waltz einen besaß, stammte er jedenfalls nicht von mir. Alle Menschen besitzen Schlüssel."

„Nur verschlucken sie die nicht, damit sie nicht gefunden werden."

„Vielleicht hatte er Hunger", spottete Juliane nun, womit sie Theo fast zum Platzen brachte.

Es dauerte eine Weile, bis Theo sich wieder gefangen hatte. „Na gut, kommen wir zu dem nächsten leidigen Thema: Warum wollte Udo die Ehe mit Ihnen nach acht Jahren annullieren lassen?"

Gelassen antwortete sie: „Niemals wollte er die Ehe annullieren lassen."

„Wir glauben Ihnen nicht. Theresa Acantelari hat es uns versichert, nur den Grund nannte sie uns nicht. Wenn Sie nichts dazu sagen, sehe ich mich gezwungen, Ihre Haushälterin wieder vorzuladen und danach zu fragen."

„Theresa ist nach Sizilien zurückgereist", klärte Juliane Theo auf, ohne sich durch seine Provokation reizen zu lassen.

Lukas wurde es schlagartig ganz heiß. Er spürte so etwas wie eine Vorahnung, was mit einer Italienerin passiert sein könnte, die zu viel redete.

„Können Sie uns Ihre Adresse geben?" Theos Stimme klang tonlos.

„Nein, die hat sie mir bestimmt nicht gesagt. Ich habe sie auch nicht danach gefragt." Juliane lächelte lässig.

„Wer macht jetzt Ihren Haushalt?“, fragte Theo.
„Miriam Hammer.“
„Wer?“, fragten Theo und Lukas gleichzeitig.
Juliane wiederholte ihre Antwort.
„Warum ausgerechnet sie?“
„Sie hat Arbeit gesucht, weil sie verschuldet ist. Übrigens macht sie ihre Arbeit gut.“
Theo und Lukas schauten sich fragend an, bis Lukas endlich seine erste Frage an Juliane richtete: „Wer wollte, dass Theresa Urlaub macht? Sie selbst oder du?“
„Sie selbst!“
„Und wer hat ihr die Rückreise nach Sizilien bezahlt?“
„Ich habe ihr genug Geld mitgegeben. Damit kann sie reisen, wohin sie will.“
„Das heißt, dass sie gar nicht nach Hause gefahren sein muss?“
„Das überlasse ich jedem selbst.“ Juliane lachte, wobei sie strahlend weiße und ebenmäßige Zähne zeigte. Lukas sah ihr hübsches Gesicht und spürte zunehmendes Unbehagen. Sie strahlte etwas Gefährliches, etwas Unergründliches aus, das ihm den Magen umdrehte. Die Zweifel, die in letzter Zeit in ihm rumorten, verfestigten sich mit jeder Antwort mehr, die sie Theo entgegenschleuderte. Wieder fiel ihm der Mann ein, der zur gleichen Zeit um das Haus geschlichen war, als er sich dort aufgehalten hatte.
„Erstatten Sie jedem Ihrer Angestellten die Reisekosten für eine Reise ins Nirgendwo?“, bohrte Theo unfreundlich weiter.
„Nein, aber im Falle Acantelari hielt ich es für ratsam. Sie ging mir auf die Nerven, wie Sie ja selbst schon bemerkt haben sollten. Da lag es mir fern, gerade daran zu sparen.“
„Wo Sie jetzt genug Geld haben“, fügte Theo an.
„Eben“, stimmte Juliane ungeniert zu.
„Bei welcher Regierung arbeitet dein Vater?“, wechselte Lukas plötzlich das Thema.

„Das musst du schon meine Mutter fragen. Ich weiß nur, dass er etwas Besseres ist.“ Provozierend blies sie Lukas eine Rauchwolke ins Gesicht.

„Besteht die Möglichkeit, dass er im Landtag des Saarlandes arbeitet?“

„Das könnte sein“, gab Juliane zu. „Warum interessiert dich das?“

Darauf gab Lukas keine Antwort, was Juliane ihm mit einem grimmigen Gesicht zollte.

„Miriam Hammer ist heute ebenfalls vorgeladen“, erklärte Theo. „Wissen Sie darüber Bescheid?“

„Ja“, Juliane lächelte Theo verführerisch an, „sie ist mit mir gekommen und wartet draußen im Flur.“

Theo und Lukas fühlten sich von dieser Frau vorgeführt.

Lukas eilte hinaus, um nachzusehen. Tatsächlich saß sie dort und schaute ihm ängstlich entgegen. Er führte sie in ein Nebenzimmer.

Verwirrt setzte sie sich auf den einzigen Stuhl in dem kahlen Raum und fragte: „Wo ist Juliane. Sie wollte doch zu mir herauskommen und ...“

„... und was?“, hakte Lukas nach. „Sie warnen?“

Miriam verstummte.

„Was hat Georg in der Nacht von Freitag auf Samstag wirklich getan?“, kam Lukas ohne Umschweife auf das Thema. „Sagen Sie mir die Wahrheit und alles wird einfacher für Sie. Sie können nicht mit einem Mörder unter einem Dach leben. Das halten Ihre Nerven gar nicht aus.“

„Georg kann gar keinen Menschen umbringen“, wimmerte sie los. „Er war in das Haus eingedrungen, da war Pfeiffer schon tot.“

Im gleichen Augenblick wurde die Tür aufgerissen. Juliane stolzierte herein.

„Miriam, du bist verwirrt, die Umstände, dass dein Mann so etwas getan hat, haben dich völlig durcheinander gebracht“, sprach sie einfach los, während Theo mit einem verzweifelten

Gesicht hinter ihr hergeeilt kam.

„Tut mir leid, Lukas. Sie sagte, sie wollte aufs Damenklo. Dahin konnte ich sie schlecht begleiten."

„Warum redest du Miriam ein, ihr Mann habe Udo getötet?", fragte Lukas entsetzt.

„Ich rede ihr nichts ein, sie hat es mir vor ein paar Stunden selbst gesagt", erklärte Juliane. „Was glaubst du, warum sie bei mir arbeiten soll. Sie kann bei mir leben, bis sie etwas gefunden hat, wo sie hinziehen kann. Schließlich wird sie in dem Haus, das sie mit Georg gekauft hatte, nicht mehr bleiben können."

„Und da kommst du als rettender Engel", stellte Lukas fest. Er musste sich den Kopf mit beiden Händen aufstützen, als wäre er ihm zu schwer geworden.

„Hat Georg ein Geständnis abgelegt?", fragte Theo dazwischen.

„Er ist seit der Vernehmung heute Morgen verschwunden", erklärte Miriam. „Er ist nicht zur Arbeit gegangen."

„Was wollte er in dieser Nacht in Pfeiffers Haus?"

„Er wollte kompromittierendes Material über uns beseitigen. Wir wussten, dass Udo Pfeiffer es bei sich zu Hause aufbewahrt hatte."

„Meinen Sie mit diesem Material Aktfotos?"

„Ja! Er hat uns mit den Fotos, die Sie hinter *Die Odaliske* gefunden haben, erpresst."

„Und woher wussten Sie, dass die Dateien der Fotos in seinem Haus aufbewahrt sind?"

„Von Pfeiffer selbst", weinte Miriam los. „Als Franzi Waltz Selbstmord beging, ahnten wir warum. Wir wussten von ihr, dass sie ein Haus über Pfeiffers Immobilienbüro gekauft hatte und auch von ihren Geldsorgen. Daraufhin wollte Georg unbedingt die Datenträger finden, damit wir am Ende nicht genauso dastehen wie das Ehepaar Waltz. Er hatte etwas gefunden, aber das waren nur Ausdrucke, die Datenträger waren nicht in Pfeiffers Haus. Er verließ das Haus, so wie er gekommen war, nämlich über das Dach."

„Hatte Georg das so erzählt?“

„Ja.“

„Und was tat er danach?“

„Das müssen sie ihn selbst fragen, weil ich nicht mehr weiß.“

Juliane stand immer noch direkt hinter Miriam. Sie legte ihren Arm auf ihre Schulter. „Du bist durcheinander. Am besten ist es, ich bringe dich nach Hause und gebe dir eine Beruhigungstablette.“

Miriam nickte folgsam. Gerade wollte sie sich erheben, als Lukas sie daran hinderte. „Wann kam Georg nach Hause zurück?“

„Es wurde schon hell!“

Sie erhob sich und ließ sich von Juliane aus dem Zimmer führen.

Theo und Lukas kehrten an ihren Schreibtisch zurück und ließen sich frustriert nieder. Es dauerte nicht lange, bis Theo seinen Kollegen fixierte und meinte: „Wir wurden um zwei Uhr nachts zu Pfeiffers Leiche herausgerufen, der laut Obduktionsbericht um Mitternacht das Zeitliche gesegnet hat.“

Lukas nickte.

„Was hat Georg Hammer so lange noch gemacht?“

„Er ist zu Peter Meyer gefahren?“, spekulierte Lukas.

„Das ist es. Er hat ihn erschlagen und das Haus in aller Ruhe nach verfänglichem Material abgesucht.“

„Richtig! Am nächsten Nachmittag kommt Robert Waltz und brennt das ganze Haus nieder mit dem gleichen Ziel, nämlich verfängliche Beweise zu vernichten. Was er nicht ahnt, Peter Meyer liegt eine Etage höher mit schweren Kopfverletzungen.“

„Also besteht die Möglichkeit, dass Georg Hammer vor dem Brand die Beweise an sich genommen hat. Es gibt sie noch.“ Hoffnung war Theos Blick anzusehen. „Jetzt heißt es nur noch, ihn und die Beweise zu finden.“

***

In der Ferne hörte Lukas Donnergrollen: ein Gewitter.

Da kein Dienstwagen frei war, fuhr er mit seinem eigenen Auto zu Julianes Haus. Als er die Stelle passierte, an der Böhme tödlich verunglückt war, sah er die eingedrückte Hecke und die verbogene Leitplanke. Unwillkürlich warf er einen Blick in den Rückspiegel, konnte aber kein verdächtiges Fahrzeug hinter sich erkennen. Er näherte sich seinem Ziel. Immer noch kein fremdes Auto weit und breit in Sicht. Menschen, die ihn beobachteten, sah er auch nicht. Alles wirkte in der drückenden Mittagshitze normal. Julianes Porsche stand mit verschlossenem Verdeck in der Einfahrt. Also war sie zu Hause. Auf sein Klingeln öffnete sie nicht. Neugierig ging er an der Seite des Hauses entlang zum Garten. Da sah er sie. Sie saß zusammen mit Miriam am Seerosenteich – beide nackt. Juliane streichelte zärtlich über Miriams kleine, erregte Brust. Wie vom Schlag getroffen stand Lukas da und schaute zu. Einerseits faszinierte ihn dieses Spiel, andererseits ekelte es ihn an. Trotzdem blieb er so lange stehen, bis sie sich ins Haus zurückzogen. Regentropfen fielen herab. Der Wind wurde heftiger und rüttelte an seinen Kleidern. Verzweifelt ging er nach vorne. Wieder klingelte er. Inzwischen prasselte ein heftiger Gewitterschauer begleitet von grellen Blitzen und lautem Donnern nieder.

Juliane öffnete nur in einem Handtuch.

„Was tust du hier?“, fragte sie staunend.

„Ich habe einige Fragen, die ich dir vorhin nicht stellen konnte.“

„Das geht jetzt nicht.“

„Bitte, lass mich rein!“, bat Lukas und warf einen verzweifelten Blick auf den immer heftiger werdenden Regen.

„Ich sagte, es geht nicht. Miriam ist in keiner guten Verfassung. Sie kann jetzt keinen Bullen in ihrer Nähe ertragen.“ Mit den Worten warf Juliane die Haustür zu und ließ Lukas im Regen stehen.

Er sprintete zu seinem Auto und sprang hinein.

Da saß er. Die Scheiben überschwemmten. Er konnte nichts sehen, nur Wasser. Was wollte er auch sehen? Julianes Abweisung hatte ihn noch härter getroffen als das Liebesspiel, das er im Garten beobachtet hatte. Er fühlte sich innerlich zerrissen, spürte nicht den geringsten Antrieb, den Motor einzuschalten und wegzufahren. Wie ausgehöhlt, ein inneres Vakuum, das alle seine Kräfte aufzehrte und ihn wie eine leere Hülle an diesem Steuer zurückließ. Langsam ließ er seinen Kopf auf das Lenkrad sinken und schloss die Augen.

Ein Geräusch riss ihn aus seinem Dämmerzustand.

Hastig fuhr er mit dem Kopf hoch. Er saß in seinem Auto und es regnete immer noch. Inzwischen war es dunkel; aus dem Platzregen war Dauerregen geworden. Sämtliche Scheiben waren beschlagen. Das Geräusch, das ihn geweckt hatte, näherte sich seinem Auto. Erschrocken verriegelt er alle Türen von innen. Schon sah er einen großen Schatten direkt neben der Fahrertür. Lukas wollte nach seiner Waffe greifen, doch dann ging alles viel zu schnell. Eine ausholende Bewegung veranlasste ihn, stattdessen den Motor anzuwerfen und davonzufahren. Im gleichen Augenblick hörte er ein dumpfes Knallen, als sei ein schwerer Gegenstand auf den Asphalt gedonnert. Also hatte tatsächlich jemand versucht, ihm die Seitenscheibe einzuschlagen.

Lukas' Hände zitterten.

Mit überhöhter Geschwindigkeit fuhr er nach Hause.

Dort machte die Enttäuschung auch nicht vor ihm halt. Kaum hatte er seine Wohnung betreten, sah er, dass Marianne nicht da war. Sie hatte alles mitgenommen, was ihr gehörte – und das war eine ganze Menge. In der Küche standen nur noch vereinzelte Schränke und ein kahler Tisch. Der Balkon war leer. Im Schlafzimmer verhöhnte ihn das nackte Bett.

Kapitel 23

Das Telefon klingelte. Lukas fühlte sich benommen. Im Halbschlaf hob er ab.

„Du lebst ja noch!" Theos Stimme schallte laut durch den Hörer.

Augenblicklich war Lukas hellwach. „Was soll das? Natürlich lebe ich noch."

„Wenigstens einer, den ich erreiche. Theresa Acantelari erreiche ich nämlich nicht. Ihre Familie in Sizilien weiß nichts davon, dass sie nach Hause kommen wollte."

„Deshalb weckst du mich?", murrte Lukas.

„Nein! Hier herrscht große Sorge um dich", erklärte Theo unbeirrbar. „Unser Dienstbeginn war vor einer Stunde."

Lukas schaute zum Fenster. Taghell! So ein Mist! Wie konnte das passieren?

„Was willst du tun?" Lukas war verwirrt.

„Am liebsten würde ich Julianes Keller nach Leichen absuchen."

Lukas richtete sich auf, obwohl sein Kopf dröhnte und fragte: „Wie ernst ist es dir damit?"

„Ich habe einen Durchsuchungsbeschluss beantragt."

„Bin sofort da!"

Lukas eilte unter die Dusche. Seine derzeitige Verfassung drang immer deutlicher in sein Bewusstsein, besonders als er feststellte, dass im Badezimmer ebenfalls sämtliche persönlichen Gegenstände von Marianne verschwunden waren. Sie hatte an einem einzigen Nachmittag die Spuren eines ganzen gemeinschaftlichen Lebens entfernt.

Seine Ernüchterung kehrte schlagartig zurück. Während er sich in dem kleinen Badezimmer anzog, konnte er nur an Marianne denken. Ihre Liebe war so ungezwungen und natürlich gewesen. Nie wäre ihm in den Sinn gekommen, dass sich so etwas einmal ändern könnte. Und nun war alles vorbei. Kein Leben mehr in der Wohnung, kein Lachen, kein Ärgern, kein Mensch an seiner Seite. Das Schlimmste aber war, dass er nun zu Theo fuhr, dem Menschen, der ab sofort all diese Freuden mit ihr teilen würde. Dem Menschen, der sie ihm weggenommen hatte. Dabei wusste er, dass er selbst Schuld an seinem Dilemma trug. Er konnte Theo im Grunde genommen nicht einmal böse sein. Theo war einfach schlau wie ein Fuchs, hatte Marianne gegenüber wohl schon lange Gefühle gehegt – Gelegenheit hatte er ja genug gehabt.

Und er, Lukas, war so dumm und ließ Marianne im Stich.

***

„Entwarnung! Da kommt der Abtrünnige!" Laut schallte Theos Ruf durch das Büro.

Allensbacher rannte aus seinem Büro und Lukas entgegen. „Wo waren Sie um Himmels Willen?"

Lukas fühlte sich wie vor einem Gericht. Er stand verwundert da und starrte seinen Vorgesetzten sprachlos an.

„Warum antworten Sie mir nicht?"

„Was ist passiert? Warum diese Aufregung?" Lukas verstand immer noch nicht.

„Ich hatte bis spät am Abend regelmäßig bei dir versucht, dich telefonisch zu erreichen, aber du warst nicht zu Hause. Auf dem Handy hat sich nur die Mail-Box gemeldet. Da dachte ich mir, dass du bei Juliane bist und in Gefahr schwebst." Es war Theo, der antwortete.

Lukas zog sein Mobiltelefon aus der Hosentasche. Tot. Der Akku leer. Immer, wenn das Gerät nützlich wäre, hatte es kein Netz oder keinen Saft.

„Wie rührend du dich um mich kümmerst, seit du mein Leben zerstört hast." Standhaft überspielte er, was wirklich in ihm vorging.

„Das hast du mal schön selber fertig gebracht. Aber ich hatte das Gefühl, dass du Hilfe brauchst."

„Danke! Kümmere dich nicht um mich. Damit ersparst du uns allen Kummer und Ärger."

Theo grummelte: „Seit wir von der schwarzen Limousine verfolgt werden, seit Böhmes Tod und seit uns klar ist, dass alle Gräueltaten mit Juliane in Verbindung stehen, kann ich nicht locker darüber hinwegsehen, wenn ich dich nirgends erreiche. Ich wollte nicht den ganzen Wald fällen müssen oder die gesamte Stadt umgraben, um deine Leiche zu finden. Wenn du nicht bei Juliane warst und ich mich getäuscht habe, dann tut es mir leid."

„Nein, du hast dich nicht getäuscht", gestand Lukas zerknirscht.

Auch wenn es ihm schwerfiel, so berichtete er von dem Angriff, dem er knapp entkommen war. Es war das erste Mal, dass er über die Umstände an Julianes Haus sprach. Dabei spürte er zu seiner Überraschung eine Erleichterung. Inzwischen war er sich sicher, dass er einen lebensgefährlichen Seiltanz mit Juliane aufführte, wobei er ständig am Rand des Abgrunds balancierte. Dieses Gefühl machte sich ganz unbehaglich in ihm breit.

„Wir müssen uns beeilen, bevor Miriam etwas passiert!" Theo klang entschlossen.

Zusammen mit Andrea und Monika verließen die beiden das Dienstgebäude. Im Eiltempo fuhren sie zu Julianes Haus.

Das große Haus lag still und friedlich da.

Die vier Beamten gingen darauf zu und klingelten. Wie zu erwarten, öffnete niemand.

„Und jetzt?"

Theo ging die Fassade des Hauses entlang. Andrea tat es ihm nach. Ebenso Monika, bis auch Lukas sich umsah.

„Hier steht ein Kellerfenster offen!", rief Andrea. Alle starrten darauf.

„Wir dürfen nicht einfach so ins Haus klettern", erklärte Monika.

„Wir müssen es ja keinem sagen." Theo hatte die Neugier gepackt.

Im Nu waren alle Bedenken über Bord geworfen. Sie kletterten hinein und landeten in einem Geräteraum, der überfüllt war mit Schippen, Rechen, Besen, Hacken.

„Warum lässt sie gerade dieses Fenster auf?“ Lukas stutzte. „Hier hat sie bestimmt nichts verloren.“

„Vielleicht hat sie das Fenster vergessen.“

„Schaut euch das an!“, rief Monika aus einem Nebenraum.

Sie sahen einen dürftig eingerichteten Lagerplatz, der aussah, als würde er noch genutzt.

„Sie hat hier jemanden versteckt.“ Theo wurde blass. „Sollte das der Unbekannte sein, der immer auftaucht, wenn wir sie besuchen?“

„Meine Güte“, stöhnte Lukas. Bei dem Anblick des Lagers wurde ihm schlecht.

Sie stiegen über Betonstufen hinauf, um in das Wohnhaus zu gelangen. Doch oben wurden sie enttäuscht. Die Tür war verschlossen.

„So ein Mist“, murrte Theo.

„Nein! Das ist gut so“, stellte Monika klar. „Was wir hier tun, ist nicht rechtens. Sollten wir jetzt was finden, zählt es nicht als Beweis.“

„Stimmt! Einen Durchsuchungsbeschluss haben wir nicht.“ Theo grummelte. „Der ist beantragt, aber der Richter lässt sich Zeit.“

Plötzlich hörten sie Julianes Porsche vorfahren.

Hastig verließen sie den Keller, durchquerten den Garten zum Nachbargrundstück und kletterten über den Zaun.

„Ich fühlte mich wieder wie zwölf. Damals sind wir auch aus purer Neugierde in fremde Keller eingestiegen“, lachte Theo.

In geduckter Haltung kehrten sie zur Vorderseite des Hauses zurück.

Juliane war alleine. Sie öffnete die große Garage seitlich neben dem Haus, fuhr den Porsche hinein. Es dauerte nicht lange, da kam sie mit einem anderen Wagen heraus. Es war ein Geländewagen. Ruckartig fuhr sie rückwärts bis zur Straße und brauste mit Vollgas davon.

Theo wartete nicht lange, schon rannte er auf die Garage zu, deren automatisches Tor sich langsam nach unten bewegte, um sich zu schließen. Er warf sich auf den Boden und rollte sich durch den schmalen Schlitz, der noch übrig war, hindurch, bevor das Tor ins Schloss fiel.

Lukas, Andrea und Monika warteten an der Haustür, bis er von innen aufsperrte.

„Jetzt werden wir ja sehen, wie viele Leichen im Haus versteckt sind. Hoffentlich ist Miriam nicht eine davon."

Lukas' erster Gang führte ihn zur Kellertür. Die sperrte er auf und ging hinunter. Wie in einem Labyrinth musste er suchen, um das Lager wieder aufzuspüren, das ihn magnetisch anzog. Es bestand lediglich aus einer alten Matratze und einer Wolldecke, die er neugierig anhob. Darunter lagen ein Taschenmesser und eine Taschenlampe. Außerdem ein Notizheft. Neugierig blätterte er darin. Schon nach den ersten Worten, die er gelesen hatte, wusste er, wessen Lager das war: Georg Hammers. Warum versteckte er sich hier?

Dort standen zu Lukas' großer Überraschung die Namen Robert Waltz und Günter Selter. Sie alle waren Pfeiffer zum Opfer gefallen. Hatten sie sich schon vorher gekannt? Hatten sie sich gegen Pfeiffer verschworen? Fassungslos blätterte Lukas weiter und entdeckte eine Mitteilung über Peter Meyer. Es handelte sich um seine Anschrift. Da hörte er ein Schleifen.

„Theo, bist du das?"

Als keine Antwort kam schaute er hoch. Eine schattenhafte Gestalt stand plötzlich vor ihm und ließ etwas Hartes auf ihn niedersausen. Mit einem Schmerzensschrei ging Lukas zu Boden.

***

„Schau mal hier!", rief Andrea.

Doch Theo glaubte, einen Schrei gehört zu haben.

„Ich habe einen Schlüssel gefunden, der mit Waltz' Schlüssel identisch ist. Er lag hier im Fach, gut versteckt und verschlossen." Andreas Augen leuchteten.

Endlich schaute Theo auf das besagte Stück. Immer noch begleitete ihn das unangenehme Gefühl, dass jemand geschrien hatte.

„Ich lass ihn analysieren!", meinte er, steckte ihn ein und ging weiter.

Das Schlafzimmer, in dem Pfeiffer ermordet worden war, ließen sie links liegen. Im Büro nebenan hatte jemand tüchtig geräumt. Der Sekretär war verschwunden. Ebenso der große Schreibtisch. Nur Bücherregale standen dort.

„Hier geschehen seltsame Dinge." Theo ging in dem leeren Zimmer auf und ab. Was veranlasste eine frischgebackene Witwe, einen kompletten Schreibtisch verschwinden zu lassen?

Er ging die breite Treppe hinunter, als ihm auffiel, dass er Lukas schon lange nicht mehr gesehen hatte. Seinen Namen rufend eilte er durch jedes Zimmer, doch von Lukas keine Spur. Er wurde nervös. Sollte er sich den Schrei doch nicht eingebildet haben? Seine Sorgen schlugen in Panik um. Hastig rannte er die Kellertreppe hinunter. Als er an dem Raum ankam, wo sie noch vor kurzem das Lager gefunden hatten, stellte er fest, dass es weg war. Alles war wie vom Erdboden verschwunden. Verwirrt rieb er sich die Augen, aber er sah richtig: Das Lager war weg. Und Lukas auch.

Mit seiner Schreckensmeldung suchte er Andrea und Monika auf.

„Scheiße!", lautete Andreas Reaktion. „Was sollen wir jetzt tun? Wenn der Chef erfährt, was wir gemacht haben, sind wir alle arbeitslos."

Wieder hörten sie ein Auto vorfahren. Sie verließen den Kellerraum wie noch vor wenigen Minuten, versteckten sich auch dieses Mal in Nachbars Garten. Es war Juliane. Mit mehreren Einkaufstüten beladen stieg sie aus einer schwarzen Limousine und verschwand im Haus. Das Auto fuhr davon.

Es war ein Mercedes.

Theo schluckte schwer bei dem Anblick.

Sie setzten sich ins Dienstfahrzeug. Ohne Worte blickte jeder auf den Platz, der durch Lukas' Verschwinden frei geworden war.

„Ich rufe die Dienststelle an und frage nach dem Durchsuchungsbeschluss." Theo nahm sein Handy, wechselte einige Worte und legte auf. „Alles klar! Wir haben den Wisch. Verstärkung kommt. Ihr durchsucht zusammen mit den Kollegen das Haus."

„Und was machst du?"

„Ich mache mich auf die Suche nach Lukas. Irgendetwas hat die Hexe mit dem Geländewagen angestellt."

***

Er überschlug sich. Um ihn herum schwarze Nacht. Sein Atem ging schwer, Lukas hatte Not, ausreichend Luft zu bekommen. Von Panik erfasst schlug er mit den Armen wild um sich. Endlich spürte er, woher die Schwärze und die Atemnot kamen. Ein Sack war über seinen Kopf gestülpt. Hastig riss er ihn herunter. Alles drehte sich vor seinen Augen. Er befand sich in einem fremden Auto, das gerade dabei war, eine Böschung herunterzustürzen. Die Tür auf der Beifahrerseite wurde durch einen heftigen Schlag vom Wagen abgetrennt. Lukas schleuderte durch die Zentrifugalkraft aus dem Innenraum heraus. Zitternd wie Espenlaub blieb er am Abhang zurück. Er sah, wie der Wagen mit einem dumpfen Knall aufprallte. Ganz langsam versank der Metallklumpen. Das Einzige, was übrig blieb, war Treibsand.

Diesen Sturz sollte er nicht überleben. Die Erkenntnis traf ihn hart. Das Auto hatte er in Julianes Garage gesehen. Es war ihr Geländewagen. Diese beiden Tatsachen zusammen brachten ihn fast um den Verstand. Sein Kopf dröhnte, sämtliche Gelenke schmerzten. Regungslos blieb er liegen.

Eine Berührung ließ ihn zusammenfahren. Er schlug die Augen auf und schaute in das Gesicht von Theo Borg.

„Meine Güte, du lebst, alter Junge!“ Der Kollege klang außer sich vor Erleichterung. „Das hätte ins Auge gehen können.“

„Lass mich!“ Lukas entzog sich ihm.

„Er hat vermutlich einen Schock“, stellte Theo eilig die Diagnose.

Weiter oben standen Polizeibeamte – eine ganze Menge, wie Lukas erst jetzt bemerkte.

„Ich habe keinen Schock“, wehrte er ab. „Ich habe einfach alles verspielt.“

„Du redest Unsinn. Vermutlich hast du sogar eine Gehirnerschütterung oder noch schlimmer.“ Theos Sorgen um seinen Kollegen wuchsen.

„Warum tut sie das?“

„Wer tut was?“

„Juliane! Zuerst zerstört sie mein Leben, dann will sie es mir nehmen.“ Lukas wollte sich bewegen, doch Theo hinderte ihn daran. „Bleib, wo du bist! Der Krankenwagen ist unterwegs.“

Nun wurde Lukas hellhörig. „Krankenwagen?“

„Ja, schließlich bist du nur knapp dem Tod von der Schippe gesprungen. Du musst untersucht werden.“

„Jetzt bekommst du mich nicht in ein Krankenhaus“, widersprach Lukas. „Ich will wissen, warum sie so etwas tut.“

Mit wackeligen Beinen erhob er sich. Theo stützte ihn. So kraxelten sie den Hang der Kiesgrube hinauf. Oben angekommen ließ Theo ihn los. Sie setzten sich auf den Boden und schauten sich eine Weile schweigend an.

„Bist du nun zufrieden?“, fragte Lukas vorwurfsvoll. „Das Umgraben von ganz Saarbrücken nach meiner Leiche konntest du dir sparen. Du warst gerade noch rechtzeitig da.“

„Sei bitte ruhig!“, ermahnte Theo, dem nicht zum Spaßen zumute war. „Ich habe mir ernsthaft Sorgen gemacht. Was Juliane betrifft, so hat sich meine Meinung nicht geändert. Das heißt aber nicht, dass ich dir den Tod wünsche.“

Ein ziviler Dienstwagen kam mit hoher Geschwindigkeit

vorgefahren. Aus dem Fond des Wagens stieg Allensbacher mit hochrotem Kopf. Er steuerte die beiden dasitzenden Männer an und fragte: „Wie ist so etwas möglich? Wie konnte das passieren? Was machen Sie in einem gestohlenen Wagen? Und dann noch einen Unfall bauen! Meine Güte, worauf habe ich mich mit Ihnen eingelassen?" Umständlich kramte er ein Taschentuch aus seiner verkrumpelten Hose und wischte sich über die regennasse Stirn in der Annahme, es sei Schweiß.

„Was heißt hier gestohlen?", fragten Theo und Lukas wie aus einem Mund.

„Juliane Pfeiffer hat ihren Geländewagen vor einer halben Stunde als gestohlen gemeldet. Und schon erfahre ich, dass ausgerechnet einer meiner Männer mit genau diesem Auto gefunden wird."

„Dass Lukas um ein Haar tödlich verunglückt wäre, interessiert Sie dabei nicht?", stellte Theo erbost fest.

Allensbacher trat auf Lukas zu und fragte ihn, ob alles in Ordnung sei. Von Sorge keine Spur. Sein Interesse galt nur dem gestohlenen Wagen. Sie verließen den Unfallort, stiegen zusammen mit Allensbacher in seinen Wagen, der sie zurück zur Dienststelle chauffierte. In die Stille hinein fragte der Dienststellenleiter: „Wie sind Sie an das Auto gekommen?"

Lukas schwieg.

Theo fühlte sich unwohl in seiner Haut. Das eine Problem war gelöst, nun standen sie vor einem anderen: Wie sollten sie erklären, dass sie in Pfeiffers Haus eingedrungen waren, schon bevor der Durchsuchungsbeschluss eingetroffen war?

Plötzlich plapperte Lukas los: „Ich war in Julianes Haus. Dort wurde ich zusammengeschlagen und wachte in dem Auto wieder auf."

„Was taten Sie in Pfeiffers Haus?"

„Ich wollte Juliane Fragen stellen."

„Ach! Und wie soll das funktionieren? Juliane Pfeiffer hatte genau zu dieser Zeit den Wagen als gestohlen gemeldet. Sie hielt sich in der Stadt auf, während Sie ihr in ihrem Haus Fragen stellen wollten. Gibt es da etwas, das ich wissen sollte?"

„Ich war schon oft bei Juliane. Ich darf kommen und gehen, wann ich will", log Lukas verzweifelt. Zu seiner und Theos großer Überraschung gab Allensbacher sich damit zufrieden. Er stellte keine weiteren Fragen.

***

Verstärkung mit Durchsuchungsbeschluss war eingetroffen. Andrea klingelte an Julianes Haustür. Nichts tat sich.

„Aber sie ist doch im Haus", murmelte Monika.

Andrea murrte: „Ich habe auch gesehen, wie sie reingegangen ist."

Nächster Versuch. Sie klingelte im Sturm. Endlich hörten sie Schritte und eine unfreundliche Stimme. Juliane riss die Tür auf. Sie erstarrte vor Schreck, als sie die vielen Polizisten sah. Andrea hielt ihr den Durchsuchungsbeschluss vor die Nase. Endlich gewann Juliane ihre alte Fassung zurück. Boshaft lachte sie: „Dafür macht ihr Gesichter wie auf einer Beerdigung. Seid doch ehrlich, ihr seid so geil darauf, dass ihr es gar nicht mehr aushalten könnt!"

Alles blieb still und wartete darauf, dass Juliane sie eintreten ließ.

„Was hofft ihr denn, in meinem Haus zu finden?", fragte sie, während sie hinter Andrea herging. „Eine Leiche im Keller?", höhnte sie weiter. „Hat der schöne Hauptkommissar Borg dieses Szenario veranlasst?" Ihr Lachen klang grell und unnatürlich.

Andrea eilte ins obere Stockwerk, wo sie noch vor wenigen Minuten auf unrechtmäßigem Weg einen verdächtigen Schlüssel gefunden hatte. Hoffentlich war er noch dort.

Sie riss die Schublade auf. Weg! So ein Mist! Wie war das möglich? Sie spürte Julianes Blicke, was ihr das Denken erschwerte. Es dauerte, bis ihr einfiel, dass Theo den Schlüssel analysieren lassen wollte. Er hatte ihn mitgenommen.

„Wo ist Miriam Hammer?“ Mit der Frage lenkte sich Andrea von ihrer Nervosität ab.

„Sie ist nicht da.“

„Das habe ich bemerkt. Aber wo ist sie? Ich dachte, Sie haben sie hier in Ihrer grenzenlosen Güte aufgenommen.“

„Sehen Sie, so kann man sich täuschen. Miriam wollte nicht bleiben.“

Verbissen suchte Andrea weiter – darum bemüht, sich nicht von dieser Frau aus der Fassung bringen zu lassen. Plötzlich hörte sie Juliane Pfeiffers Stimme ganz dicht an ihrem Ohr: „Finden Sie es eigentlich schick, Ihre Haare so kurz zu tragen?“

„Ja!“, gab Andrea erschrocken zu.

Zu ihrer Überraschung sagte Juliane: „Ich auch.“ Dabei grinste sie die Polizistin kokett an. Verbissen suchte Andrea weiter, zog Bücher aus dem Regal und schob sie wieder hinein. Juliane blieb beharrlich neben ihr.

„Wer war der Fahrer der schwarzen Limousine, der sie vor dem Haus abgesetzt hat?“

„Ein Fremder.“

„Ach ja? Sie lassen sich einfach von Fremden chauffieren?“

„Ich musste meinen Geländewagen gestohlen melden. Glauben Sie etwa, einer Ihrer Kollegen hätte sich die Mühe gemacht, mich nach Hause zu fahren?“

„Wo wurde ihr Auto gestohlen?“

„Mitten in der Stadt. Stellen Sie sich mal vor!“

Gerade zog Andrea einen dicken Wälzer aus dem Regal. Ein Schloss lugte hervor. Zuerst bemerkte sie es nicht, weil ihr Julianes Geschichte im Kopf herumspukte. Sie wusste, was mit Lukas passiert war. Aber sie wusste nicht, ob sie Julianes Schilderungen glauben konnte. Doch dann traf sie die Erkenntnis wie ein Blitz. Sie ließ den schweren Einband fallen und betrachtete sich ihren Fund näher. Hastig riss sie die umliegenden Bücher aus dem Regal. Vor ihr offenbarte sich ein verriegeltes Fach, das in die Wand hineinführte.

Juliane wurde kreidebleich.

***

„Meine Güte! Das bringt schon wieder neues Licht in die Angelegenheit." Theo stöhnte.

Lukas Entdeckungen im Keller gaben ihren Ermittlungen eine neue Richtung. Dazu Theos Beobachtungen vor Julianes Haus – das alles zusammen brachte Lukas Weltsicht ins Wanken.

„Es wird Zeit, dass wir die Wahrheit herausfinden. So werde ich langsam wahnsinnig", gab Theo zu.

„Es wäre möglich, dass Georg Hammer, Robert Waltz und Günter Selter gemeinsame Sache gemacht haben", spekulierte Lukas. „Nur warum musste Robert Waltz sterben?"

„Er hat einen Fehler gemacht."

„Er ist jemandem in die Hände geraten, der nichts davon hätte wissen sollen", rätselte Lukas.

„In Julianes Hände vielleicht."

Lukas schwieg. Allein der Name brachte einen inneren Orkan in ihm zum toben. Er wusste, dass Juliane nicht die war, die er in ihr sehen wollte. Aber wahrhaben wollte er es auch nicht. Er befand sich in einem grausamen Zwiespalt der Gefühle. Gegen alle Vernunft hegte er den unbändigen Wunsch, zu ihr zu gehen und alles wie am Anfang sein zu lassen. Einfach das Erlebte ungeschehen machen – das war sein größter Wunsch. Aber er sah ein, dass sämtliche Ermittlungsergebnisse einer anderen Wirklichkeit entsprachen. Da saß er und wich krampfhaft Theos Blicken aus. Mitleid war das letzte, was er jetzt gebrauchen konnte.

Allensbacher trat zu den beiden Männern. An Lukas gerichtet fragte er: „Wollen Sie heute frei machen? Sie sehen blass und krank aus."

Überrascht schaute Lukas den Vorgesetzten an, der vor ihnen stand. Mit der Frage hatte Allensbacher ihm eine wichtige Entscheidung abgenommen. Er nickte zustimmend. Müde erhob er sich und ließ sich von Theo bis zur Tür begleiten.

„Was willst du tun?", fragte Theo ungläubig.

„In ein Möbelgeschäft fahren", antwortete Lukas ironisch, wofür er ein erstauntes Gesicht seines Kollegen erntete. „Ich hause auf Jaffa-Kisten. Das ist nicht angenehm."

***

„Was befindet sich in dem Fach?"

Von sämtlichen Beamten umringt wartete Andrea auf eine Antwort von Juliane.

„Keine Ahnung! Ich sehe das Versteck zum ersten Mal. Vermuten Sie dahinter die Leichen, die Sie suchen?"

Andrea ging auf die Anspielung nicht ein. „Es handelt sich hier eindeutig um ein Fach mit Sicherheitsschloss." An Monika gerichtet ordnete Andrea an: „Theo soll vorbeikommen und den Schlüssel mitbringen – du weißt schon ... Dann sehen wir weiter."

Andrea betrat mit viel Überwindung das Schlafzimmer, in dem das grausame Gemetzel stattgefunden hatte. Zu ihrer Überraschung waren alle Spuren weggewischt, das Bett frisch bezogen und die Spiegel abgewaschen worden. Trotzdem erfüllte den Raum eine unheimliche Atmosphäre.

Suchend richtete sie ihren Blick auf die Stelle an der Wand, wo sie die andere Seite des Geheimfachs vermutete. Zu ihrer Enttäuschung stand dort ein großer Eichenschrank. Sie öffnete sämtliche Türen. Alles war vollgestopft mit Wäsche, Hemden, Anzügen, Hosen – in einer Fülle, wie man es selten fand. Emsig wühlte sie sich durch die Kleiderberge hindurch, um an das Ende des Schranks zu gelangen. Aber das, was sie berührte, war einfach nur Holz – die Rückwand.

***

Mit schweren Schritten ging Lukas auf seinen alten BMW zu, stieg ein und fuhr durch die regennassen Straßen. Er war müde, sein Leben ein einziger Trümmerhaufen und seine Perspektive trostlos. Trotzdem trieb es ihn ans Saarufer, wo der prächtige

Bau des Landtages stand. Seit Theo ihm von der schwarzen Limousine berichtet hatte, womit er seine eigenen Beobachtungen bestätigt sah, zog es ihn dorthin. Sein Instinkt sagte ihm, dass Julianes Vater dort arbeitete und dass dieser Mann eine wichtige Rolle in Julianes Leben spielte. Das Einzige, was er noch erfahren musste, war, welche Rolle für Lukas darin vorgesehen war. Er fuhr hinter das Haus und stellte den Wagen ab. Genau wie erwartet parkte die Limousine, die am Vormittag noch fehlte, auf ihrem Platz, als habe sie diesen Fleck für den Tag noch nicht verlassen. Er rief sich den Namen von Julianes Vater wieder ins Gedächtnis, damit er nicht ins Stottern gerät, wenn er auf gut Glück nach diesem Mann fragte. Dann stieg er aus und steuerte den Hintereingang an. Ein Mitarbeiter des Hauses öffnete ihm. Lukas stieg die breite Treppe hinauf zu den Büroräumen. Viele Mitarbeiter eilten in den Feierabend. Hoffentlich kam er nicht zu spät.

Der Erste, den er antraf, war ein kleiner, untersetzter Mann, der bereits seine Jacke trug und eine Miene auflegte, die ihm unmissverständlich anzeigte, dass er keine Zeit hatte. Trotzdem fragte Lukas nach Egon Kleist.

„Eine Etage höher, im Prominentenflur. Da, wo der Teppich ausgelegt ist“, lautete die bissig entgegengeschleuderte Antwort.

Lukas folgte den Anweisungen. Er erreichte den beschriebenen Flur. Seine Schritte klangen gedämpft. Plötzlich sah er sich einer Frau gegenüber, die er nicht kommen gehört hatte.

„Wer sind Sie und wen suchen Sie?“, fragte sie und ließ einen angewiderten Blick über ihn wandern.

Lukas übersah diese Geste und gab ihr die gewünschten Auskünfte.

Mit einem mürrischen Gesichtsausdruck eilte sie zu einem Zimmer am anderen Ende des Flurs. Rasch verschwand sie, kam nach wenigen Minuten zurück: „Er erwartet Sie.“

Lukas Herz klopfte, als er durch die Tür trat. Er wusste nicht, was auf ihn zukommen würde, zu viele Gedanken hatte er sich schon über den Mann gemacht. Verunsichert schaute er an sich selbst herunter. Seine Kleidung war durch den Autounfall verschmutzt und verknittert. Aber nun gab es kein Zurück mehr. Er war auf dem Weg in die Höhle des Löwen.

Seine Erwartungen wurden nicht enttäuscht. Egon Kleist war groß, schlank, athletisch. Sein Anzug konnte seine sportliche Figur nicht verbergen. Graumeliertes Haar rahmte ein kantiges Gesicht ein.

Sein Alter war schwer zu schätzen. Nach Lukas' Rechnung hatte er die Fünfzig überschritten, sah man ihm aber nicht an. Hinter dem großen Schreibtisch, der durchaus als Schutzschild dienen konnte, stand der eindrucksvolle Mann und ließ seinen prüfenden Blick über Lukas schweifen. Dabei nahm sein Gesicht einen Ausdruck von Belustigung an. Höflich streckte Egon Kleist dem Kriminalkommissar seine Hand entgegen.

Schon fast ertappt fühlte sich Lukas, da die Absicht seines Besuches nicht freundschaftlich war. Den angebotenen Platz nahm er zögernd an. Nun saß er dem Mann gegenüber, der in seiner Fantasie eine große Rolle spielte. Intensiv starrte er ihm in die Augen – in der Hoffnung, die Augen erkennen zu können, in die er in der Nacht gestarrt hatte, als er in Julianes Haus war. Nichts. Eine Ähnlichkeit mit Julianes Augen war allerdings nicht abzustreiten – ebenso grün, durchdringend und wachsam. Lukas konnte sich durchaus vorstellen, dass der jetzt noch freundliche Blick in Sekundenschnelle Kampfbereitschaft signalisieren konnte. Eine Eigenschaft, die er an Juliane bereits kennen gelernt hatte.

„Sie sind Egon Kleist!"

„Ja. Ich weiß auch wer Sie sind."

Lukas stutzte. Die Direktheit brachte ihn aus der Fassung.

„Sie wollten mit mir über Juliane reden. Stimmt's?"

„Sie ist also Ihre Tochter?"

„Ja."

„Weiß Juliane das auch?"

„Ja."

Rasch überlegte Lukas, was er von Juliane wusste. Alles, woran er sich erinnerte, widerlegte genau das, was Kleist ihm gerade geantwortet hatte.

„Stehen Sie mit Juliane in Kontakt?"

„Ja."

„Ja?"

„Ich habe nur diese eine Tochter", betonte Kleist.

„Wer außer Ihnen weiß noch, dass Sie den Kontakt zu ihrem Kind aufrecht halten?"

„Niemand. Es soll auch niemand wissen, da ihre Familie nicht gerade meinen Vorstellungen entspricht. Ihre Mutter hätte etwas dagegen."

„Was könnte die Mutter dagegen tun?"

„Sie kennen diese Menschen nicht. Ich möchte sie nicht in meinem Leben haben. Juliane übrigens auch nicht. Deshalb ziehen wir es beide vor, unsere Aktivitäten nur auf uns zu beschränken."

„Na, ja", griente Lukas, „Immerhin haben Sie einmal intimen Kontakt zu Julianes Mutter gehabt."

Der Beamte lachte. Dabei zeigte er strahlend weiße Zähne, Lachfältchen bildeten sich um seine Augen. „Was denken Sie, was da vorgefallen ist? Die große Romanze?" Er schnaubte. „Nein, diese Frau sollte für etwas anderes gut sein, aber auch das ging gründlich schief."

Lukas verstand überhaupt nichts.

Kleist erklärte es ihm: „Ich war damals glücklich verheiratet. Das Einzige, was zu unserem Glück noch fehlte, war ein Kind. Nach einigen vergeblichen Bemühungen stellten wir fest, dass meine Frau keine Kinder bekommen konnte. Die Überlegung, ein Kind zu adoptieren, behagte uns beiden nicht, also kamen wir auf die Idee einer Leihmutter."

„Leihmutter?", prustete Lukas entsetzt los. „Das ist illegal. Wissen Sie, wovon Sie reden?"

„Ja, natürlich. Klären Sie mich bitte nicht über Recht und Gesetz auf!" Kleist lächelte nachsichtig. „Frau Ruffing lernte ich kennen, weil sie im Regierungsgebäude putzte. Sie sah damals nicht so verkommen aus wie heute, immerhin liegt es fast 30 Jahre zurück. Auf ihre Art war sie ganz hübsch. Außerdem groß und schlank und, was ganz wichtig für mich war, gepflegt. Ihre Armut war mein Köder. Sie war nicht verheiratet und lebte in ärmlichen Verhältnissen. Ich glaube, sie hatte damals eine Schwester. Die Eltern der beiden waren tot. Also machte ich ihr den Vorschlag, über den sie nicht lange nachgedacht hat. Eigentlich hatte sie sich viel zu schnell dafür entschieden, das hätte mir eher auffallen müssen. Jedenfalls machten wir alles klar und Julianes Entstehung nahm ihren Lauf."

Lukas ahnte bereits, wie die Geschichte weiterging.

„Als Juliane auf die Welt kam, änderte die Frau plötzlich ihre Meinung. Sie sagte mir unverfroren, dass ich mein Geld behalten könne, sie wollte das Kind nicht mehr weggeben. Ich war machtlos gegen sie. Anzeigen konnte ich sie nicht, weil es eine illegale Vereinbarung war. Ich wollte einen neuen Versuch unternehmen. Aber meine Frau spielte nicht mehr mit. Lieber wollte sie auf das Kind verzichten. Kurz nach Julianes Geburt ließ meine Frau sich von mir scheiden. Unsere Spannungen wurden unerträglich."

Lukas versuchte verzweifelt, aus den Erzählungen einen Sinn zu erkennen, bis Kleist weitersprach: „Und dann geschah das Unvermeidliche: Ich verunglückte mit meinem Auto und erlitt schwerste Verletzungen."

Das Gesicht dieses Mannes wirkte plötzlich traurig. Sein Blick wirkte geistesabwesend, er schien in seine Vergangenheit versunken ... Lange sprach er nicht weiter, bis Lukas ungeduldig fragte: „Welche Verletzungen?"

„Schwere Verbrennungen. Meine Hoden wurden so stark in Mitleidenschaft gezogen, dass ich keine Kinder mehr zeugen konnte."

„Also blieb Ihnen nur Juliane!" Nun erkannte Lukas das Problem.

„Ja! Ich hatte keine Alternative mehr."

Die Sehnsucht war noch nach so vielen Jahren an seinem Gesicht zu erkennen.

„Sie war schon als Kind auffallend hübsch. Ich ließ sie nicht mehr aus den Augen. Dabei stellte ich mit Entzücken fest, dass dieses Kind viel Ähnlichkeit mit mir hatte. Meine Vaterschaft war deutlich sichtbar. Also legte ich mir einen Plan zurecht, wie ich ihr sagen würde, wer ich bin."

„Wie alt war Juliane zu dem Zeitpunkt?"

„Sie ging gerade in die Schule. Das war die erste Gelegenheit für mich, da sie den Schulweg allein zurücklegte."

„Und seitdem stehen Sie in regelmäßigem Kontakt zu ihr?", staunte Lukas, worauf Kleist stolz nickte.

„Dann wissen Sie alles über Julianes Leben?"

„Eltern wissen nie alles über ihre Kinder. Diese Einschränkung trifft wohl auch auf Juliane und mich zu."

Kleist brachte Lukas aus dem Konzept. Mit der Gewissheit, dass er das Ungeheuer war, das um Julianes Haus schlich und alle verschwinden ließ, die ihr zu nahe traten, war er gekommen. Doch das, was er vor sich sah, war ein liebender Vater. Sicherlich sah man den meisten Mördern nicht an, was sie getan hatten, trotzdem gab es immer ein Verhaltensprofil. Das hatten ihn seine Erfahrungen im Polizeiberuf gelehrt. Aber Egon Kleist gehörte nicht zu der einschätzbaren Sorte. So auch Juliane. Verwirrt saß Lukas da und bemühte sich, den Grund seines Besuches im Gedächtnis zu behalten. Immerhin sollte er vor einer Stunde sterben und Egon Kleist hielt er immer noch für den Verdächtigen.

„Wenn Sie auch nicht alles über Juliane wissen, so wissen Sie doch, zu wem sie Kontakt hatte."

Kleist nickte.

„Kannten Sie die Schulbekanntschaft Markus Voggenreiter?"

Ruckartig stand Kleist auf, stellte sich an das große Fenster mit Blick auf das Staatstheater und die Saarwiesen. Lukas erhob sich ebenfalls. Dicht neben ihm sah er die wettergegerbte Haut in seinem Gesicht und Schwielen an seinen Händen, Eigenschaften, die für einen Beamten höchst ungewöhnlich waren.

„Aus dem hübschen Kind wurde eine auffallend schöne, junge Frau. Juliane wusste, wie sie auf die Menschen wirkte und verhielt sich deshalb nicht immer korrekt. Sie spielte mit Gefühlen anderer. Ihr ganzes Wesen wurde immer schwieriger, wofür ich mir selbst die Schuld gebe. Ich habe sie mit meinen Vatergefühlen und der jahrelangen Heimlichtuerei überfordert. Schließlich war sie noch ein Kind, als ich sie damit belastete. Sie wollte immer im Mittelpunkt stehen, koste es, was es wolle. Dadurch machte sie häufig auch schlechte Erfahrungen, was ihren Charakter noch mehr komplizierte."

„Sie wollen mir damit sagen, dass Markus Voggenreiter tatsächlich versucht hatte, Juliane zu vergewaltigen?"

Egon Kleist schwieg lange.

„Was wissen Sie schon?"

Mehr kam nicht von ihm.

„Juliane erzählte mir, Markus habe sie geliebt. Es machte wirklich den Eindruck, dass sein Verschwinden ihr zusetzte", berichtete Lukas, um ihm zu zeigen, wie gut er informiert war.

„Sie verstehen Juliane nicht und werden sie auch nie verstehen. Sie will immer geliebt werden, das ist bei ihr schon krankhaft. Sie hatte einen Vater, zu dem sie zeit ihres Lebens nicht stehen durfte. In ihrer Familie wurde ich durch Eberhard Bastuk ersetzt. Er kostete die Mutter nur Geld, bis sie sich die Töchter einfach nicht mehr leisten konnte. Juliane hat im Grunde genommen auf dieser Welt keinen richtigen Platz. Aber sie hatte schon immer ein starkes Selbstbewusstsein. Sie trotzte allen Situationen, indem sie sich vieles einredete."

„Mit dem starken Selbstbewusstsein meinen Sie, dass Juliane mit den Gefühlen anderer spielte?", vergewisserte Lukas sich.

Egon Kleist nickte.

„Und wie steht es mit Thomas Hecht?", fragte Lukas weiter.

„Was wollen Sie von mir?"

Mit der Frage hatte Lukas nicht gerechnet. „Die Wahrheit!", platzte er erschrocken heraus.

„Was hat Thomas Hecht damit zu tun?"

„Warum hat sie damals abgetrieben?"

„Weil der Kerl ihr große Versprechungen gemacht hat und sie dann sitzen ließ. Sie haben Ihre Aufgaben zwar gemacht, aber nicht richtig!" Er wurde ironisch.

„Warum erzählt Juliane, er habe das Kind gewollt, aber ihre Familie sei dagegen?"

„Aus demselben Grunde, aus dem sie erzählt, Markus Voggenreiter habe sie angeblich geliebt und nicht versucht, sie zu vergewaltigen", entgegnete Kleist.

„Wurde sie von Udo Pfeiffer geliebt?" Diese Frage war Lukas schwer gefallen, aber nun hatte er sie endlich herausgebracht.

Eine Weile war alles still. Kein Geräusch im Büro, kein Laut drang von außen herein, nichts. Lukas hörte seinen eigenen Herzschlag.

„Udo Pfeiffer war das Beste, was Juliane passierten konnte. Er brachte sie aus dem Milieu heraus", erklärte Kleist in die Stille hinein. Trauer schwang in seiner Stimme mit. Lukas konnte sich des Eindrucks nicht erwehren, dass es den Vater bedrückte, nicht selbst dazu in der Lage gewesen zu sein. Ebenso spürte er, dass es an der Zeit war, diesen Raum und diesen Menschen zu verlassen. Seine Frage, die ihm besonders am Herzen lag, wagte er nicht zu stellen. Auch war er sich nach der Unterhaltung nicht mehr sicher, ob es wirklich Egon Kleist war, der ihn aus dem Keller verschleppt hatte.

***

Mit schnellen Schritten eilte Theo die breite Marmortreppe hinauf. Er ließ sich den Fund zeigen. Andrea wartete ungeduldig auf ihn. Schon auf den ersten Blick fand Theo die Theorie bestätigt, dass er vor einem Sicherheitsschloss stand. Er zog den Schlüssel, den er eigentlich analysieren lassen wollte, aus seiner Hosentasche, hielt ihn gut sichtbar hoch.

Juliane reagierte nicht. Gegen seinen Willen glaubte Theo daraus zu erkennen, dass sie ihn noch nie gesehen hatte. Wie passte das in seine Theorie?

Er steckte den Schlüssel ins Schloss.

Die Spannung stieg an.

Passte er? Oder passte er nicht?

Ein Klicken! Er passte.

Nun kam die nächste Spannung. Was wurde derart abgesichert und versteckt?

Selbst Juliane schaute gebannt zu.

Leise knarrend klappte die Tür auf.

Ihnen bot sich der Anblick vieler bunter Kabel. Inmitten dieses Kabelsalats prangten eine Videokamera mit Selbstauslöser und mehrere Chipkarten – ordentlich in Klarsichthüllen aufbewahrt und nummeriert.

„Das gibt's doch nicht", staunte Theo. „Pfeiffer hat alles, was sich in seinem Schlafzimmer abgespielt hat, aufgenommen."

„Vielleicht sogar seinen eigenen Mord", spekulierte Andrea hoffnungsvoll.

Juliane stöhnte auf. Die Entdeckung raubte ihr die Fassung.

Theo wühlte weiter in dem Versteck, bis er fündig wurde. Der Sucher für die Kamera führte in die obere Ecke direkt unter der Decke, von wo aus das gesamte Schlafzimmer zu überblicken war. Zu seiner großen Freude steckte der Speicherchip noch in der Kamera. Den entfernte er aus dem Gehäuse und verpackte ihn in einer Klarsichtfolie, die noch frei war. Im danebenliegenden Schlafzimmer fand Andrea eine Fernbedienung, die auf dem Nachttisch lag und äußerlich den Eindruck hinterließ, der Schalter zur Nachttischlampe zu sein. Die Tarnung war perfekt.

Sie zeigte Theo ihre Entdeckung.

„Ob wir hier endlich die ganze Wahrheit sehen werden?", fragte er – seinen Blick auf Juliane gerichtet.

„Jedenfalls gibt es bald eine Fernsehstunde. Ich kann es kaum noch erwarten", beteuerte Andrea.

„Diese Filme sind mit Sicherheit nicht jugendfrei."

Kapitel 24

Lukas bog in den Polizeihof ein. Zu seiner Überraschung stand dort nur ein Auto und zwar haargenau das gleiche wie seins, ein BMW des gleichen Baujahres. Schon seltsam, da diese Autos nicht mehr so einfach aufzutreiben waren. Wem dieser Wagen wohl gehörte? Mürrisch parkte er daneben. Es gefiel ihm nicht sonderlich, wenn seinem Fast-Oldtimer die Einzigartigkeit genommen wurde.

Allensbacher eilte ihm schon auf halbem Weg entgegen und rief: „Wie gut, dass Sie nochmal auf die Dienststelle zurückgekehrt sind. Das Ehepaar Hammer wartet seit einer halben Stunde und will aussagen. Niemand ist da. Ich hatte schon die Befürchtung, sie wollten wieder gehen, bevor jemand von euch hier eintrifft."

Lukas betrat das Großraumbüro. Wie begossene Pudel saßen sie da. Lukas setzte sich ihnen gegenüber. Jedoch lenkte ihn zunächst der Laborbefund über Franzi Waltz ab, der auf seinem Blickschirm prangte, kaum dass er den Schoner weggeklickt hatte. Anhand von Bluttests war festgestellt worden, dass Franzi Waltz eine hohe Dosis Ecstasy im Blut hatte, was laut Gerichtsmediziner wenige Stunden später auch zum Tod geführt hätte. Ein Kommentar von Ehrling leuchtete unter diesem Bericht: Selbstmord!

Er stellte seinen Bildschirm auf schwarz und schaute auf das Ehepaar. Unwillkürlich tauchte das Bild der beiden nackten Frauen am Rosenteich vor seinem geistigen Auge auf. Was hatte das Spiel zu bedeuten? Doch fragen wollte er nicht. Wie sollte er erklären, dass er wie ein Voyeur hinter der Hecke gestanden und alles beobachtet hatte?

„Was wollen Sie mir sagen?", fragte er stattdessen.

Georg räusperte sich und begann zu sprechen: „Ich habe Udo Pfeiffer nicht getötet, wie Juliane behauptet. Als ich ins Haus eingestiegen war, lag er schon tot auf seinem Bett."

„Das vermuteten wir bereits. Wie sind Sie in das Haus hineingekommen?“

„Über das Dach. Ich bin Schornsteinfeger von Beruf. Ich kenne in der Gegend jedes Dach“, erklärte Georg.

„Was ist Ihnen aufgefallen? War noch jemand im Haus?“

„Als ich in die Nähe des Schlafzimmers kam, sah ich jemanden davonrennen. Ich versteckte mich und wartete, bis er verschwunden war.“

„Wie sah dieser Jemand aus?“

„Ganz in Schwarz gekleidet, groß und schlank. Er lief wieselflink und so leise, dass man keinen einzigen Schritt von ihm hörte.“

„War es ein Mann?“

„Auf jeden Fall!“

„Warum sagen Sie das erst jetzt?“

„Ich hatte Angst, dass man mir nicht glaubt. Allein die Tatsache, dass ich in das Haus eingedrungen war, sah für mich nicht gut aus. Oder?“

„Warum sind Sie dort eingedrungen?“

Zögernd begann Georg zu erzählen: „Robert Waltz und Günter Selter lernte ich in *Meyers Goldgrube* kennen. Wir hatten alle das gleiche Problem und sprachen uns darüber aus. Geteiltes Leid ist halbes Leid – dachten wir.“

„Welches Problem hatten sie alle drei?“

Georg räusperte sich, warf einen Blick auf Miriam und erklärte: „Pfeiffer hatte mit Franzi Waltz und Doris Selter das gleiche gemacht, wie mit Miriam. Er hat ihnen versprochen, etwas von den Schulden zu erlassen, wenn sie mit ihm schlafen.“

„Er hat von den Frauen also Fotos gemacht und euch damit erpresst?“

Georg und Miriam nickten beschämt.

Eine Weile blieb Georg still, bis Lukas ihn aufforderte, weiter zu erzählen.

„Durch die Erkenntnis, dass wir alle drei im selben Boot sitzen, beschlossen wir, nicht weiter tatenlos zuzusehen, sondern etwas gegen Pfeiffer zu unternehmen. Zu verlieren hatten wir nichts."

„Wussten die Frauen davon?", schaltete Lukas sich dazwischen.

„Nein. Wir wollten sie da heraushalten. Sie hatten schon Probleme genug." Georg schüttelte den Kopf und erzählte weiter: „Robert kam schnell dem Schwindel auf die Spur, dass Pfeiffer Wohnungen zu Wucherpreisen an Zahlungsschwächere verkaufte, um sie dann durch deren Ruin zu einem Spottpreis zurückzuerlangen. Mit der Methode konnte Pfeiffer den Robin Hood der Neuzeit spielen, da niemand hinter die Kulissen schaute. Mehrere Wohnungen hatte er inzwischen auf dieselbe Art an sozial Schwache verschenken können, was ihm den Ruf als großer Wohltäter einbrachte. Robert lernte andere Leute kennen, die ihm zum Opfer gefallen waren. Es war immer dasselbe. Wir wollten nicht auch dort landen, wo diese Leute heute sind. Also beschlossen wir, die Beweise zu suchen, mit denen er uns festnagelte."

„Und wie wollten Sie das anstellen?"

„Ich bot mich an, in Pfeiffers Haus einzudringen, weil ich die Gegend gut kenne und weiß, wie man hineinkommt."

„Aber irgendwas ging schief."

„Robert rief mich am Tag vor Franzis Tod an. Er war ganz von Sinnen. Er meinte, er habe etwas herausgefunden, womit wir Pfeiffer vernichten könnten. Es sei noch viel besser, als er erwartet hätte."

„Was war das?"

„Das sagte er nicht. Er sagte nur, er melde sich wieder. Aber das tat er nicht. Am nächsten Morgen stürzte Franzi aus dem Fenster und Robert war spurlos verschwunden. Daraufhin kletterte ich in der Nacht in Pfeiffers Haus, um selbst herauszufinden, was Robert entdeckt hatte. Aber ich kam zu einem ungünstigen Zeitpunkt. Udo lag in seinem Blut und sein Mörder rannte vor meinen Augen aus dem Haus."

„Hatte der Mörder Sie bemerkt?"

„Nein, ich stand hinter ihm in einer Nische, er konnte mich nicht sehen."

„Was taten Sie dann?"

Verzweifelt schaute Georg auf seine Frau, die ihm ein aufmunterndes Nicken zeigte. Mit einem Seufzer erklärte er: „Ich wühlte trotzdem in seinem Büro herum, bis Juliane ins Haus kam. Sie konnte mich nicht sehen, weil ich im dunklen Büro hinter dem Sekretär wartete, bis sie hinauf in das Schlafzimmer ging."

„Sie kam also ins Haus und ging zielstrebig ins Schlafzimmer?"

„Nein, sie telefonierte zuerst und rief dann mehrmals Pfeiffers Namen. Während sie ins Schlafzimmer ging, verließ ich das Haus durch die Haustür und versteckte mich hinter Nachbars Hecken. Es dauerte nicht lange, da kamen die vielen Polizeiautos. In dem ganzen Trubel fiel meine Erscheinung überhaupt nicht auf. Ich machte mich auf den Weg zu meinem Auto, das auf der anderen Seite versteckt war, als Peter Meyer mich fast über einen Haufen gefahren hätte."

„Ja und dann?", wurde Lukas ungeduldig.

„Dann fuhr ich zu *Meyers Goldgrube*. Ich wartete dort eine Weile. Als ich mir sicher war, dass Meyer nicht so schnell eintreffen würde, brach ich in sein Haus ein, um dort Beweismaterial zu suchen."

„Was geschah dort?"

„Gerade hatte ich meinen Kreditvertrag entdeckt, da kam Meyer vorgefahren. Ich war verzweifelt, schon wieder versteckte ich mich. Als er im Haus war, schlug ich ihn in meiner Panik mit einer leeren Weinflasche nieder, die ich gerade greifen konnte."

„Welche Rolle spielt Günter Selter bei der Sache?"

„Er ist am nächsten Nachmittag in Pfeiffers Büro in der Stadt eingebrochen, um dort nach Beweisen zu suchen."

Lukas erinnerte sich, in welchen Zustand er und Theo das Büro vorgefunden hatten.

„Hatten Sie in Pfeiffers Haus den Sekretär aufgebrochen?"

„Ja, das war ich, nachdem der Fremde das Haus verlassen hatte. Ich hatte nicht überlegt und das Möbelstück einfach eingeschlagen."

„War dort etwas Wichtiges versteckt?"

„Nein."

„Und was fand Günter Selter in Pfeiffers Büro in der Stadt?"

„Nur ein Foto von seiner Frau in einer eindeutigen Situation."

Lukas erinnerte sich an die Widerspenstigkeit, mit der Selters Frau behauptet hatte, das Foto käme von Pfeiffer selbst. Nun verstand er, warum sie so reagiert hatte.

Erschöpft von diesen neuen Erkenntnissen ging Lukas an den Automaten und ließ sich dort drei Becher mit Kaffee zubereiten. Immer noch drängte ihn die Frage nach Miriams Verhältnis zu Juliane. Er spürte, dass er keine Ruhe fand, bis er es wusste.

Ob das bei den Ermittlungen hilfreich war, stand auf einem anderen Blatt. Lange und eindringlich schaute er die blasse Frau an, die unter diesem Blick schrumpfte. Dann fragte er: „Wie stehen Sie zu Juliane?"

Verwirrt schaute Miriam auf ihren Mann, doch Lukas spezifizierte: „Sie, meine ich, Miriam."

„Sie hat mir eingeredet, Georg habe ihren Mann ermordet. Angeblich wollte sie mir aus dem Schlamassel helfen. Ich habe ihr bedingungslos geglaubt, weil er in der Nacht tatsächlich nicht zu Hause war. Ich dachte, sie meint es ehrlich. Aber, ich habe mich getäuscht."

„Wie ist Ihnen klar geworden, dass Juliane Sie getäuscht hat?"

„Nach dem Besuch hier bei Ihnen hat sie mich nach Hause gebracht und mir etwas zu trinken gegeben, wovon ich total weggetreten bin. Ich weiß von dem Nachmittag überhaupt nichts mehr und begreife nicht, wie so etwas möglich ist."

Lukas verstand dafür umso besser.

„Als ich wieder zu mir kam, erklärte sie mir, wie sie Georg

helfen wollte. Mir war jede Hilfe recht. Hauptsache Georg kam aus der Schusslinie."

„Und wie wollte sie helfen?"

„Sie hat für Georg ein Lager im Keller eingerichtet und bot mir an, ihn dort zu verstecken. Das taten wir auch. Georg hat mir zwar immer beteuert, Pfeiffer nicht getötet zu haben, aber ich war verwirrt. Ich wollte nur noch verschwinden. Heute Morgen fuhr Juliane mit dem Porsche weg. Georg kam zu mir nach oben ins Haus, wo wir auf sie gewartet haben. Als es geklingelt hatte, sind wir fast zu Tode erschrocken. Das waren Sie, nicht wahr?"

Lukas beließ es nur bei einem knappen Nicken. Das wurde immer schöner! Wer war dort alles, als sie sich unerlaubterweise in den Keller geschlichen hatten?

„Als Juliane zurückkam, hat sich Georg schnell wieder in sein Lager verzogen. Wir wussten nicht, wie sie reagiert, wenn sie bemerkt, dass er sich frei in ihrem Haus bewegt."

„Haben Sie ihr erzählt, dass wir am Haus waren?"

„Ja! Aber darüber hat sie nur gelacht."

„Okay!" Lukas fühlte sich bei diesem Bericht immer unwohler, obwohl es schon längst vorbei war. Aber war es das auch wirklich? Hastig drängte er Miriam weiterzusprechen.

„Anschließend fuhr sie mit dem Geländewagen davon. Das machte uns beide stutzig. Also haben wir das Haus fluchtartig verlassen. Ich weiß nicht, was geschehen wäre, hätten wir gewartet."

Nun ging Lukas ein Licht auf. Zwar erschreckte ihn die Tatsache, dass ein Mord skrupellos geplant war, aber das Wissen, dass diese Tat nicht ihm gegolten hatte, erleichterte ihn trotzdem. Juliane hatte also nicht gewusst, wer sich im Keller aufgehalten hatte, als sie zurückkam.

Im diesem Moment fiel ihm auch der BMW ein, der das gleiche Baujahr hatte wie sein eigener.

„Gehört Ihnen der BMW im Hof?"

„Ja, warum?"

Meine Güte, wie konnte er nur so begriffsstutzig sein? Außer sich von der Erkenntnis, dass die Anschläge nicht ihm, sondern Georg Hammer gegolten hatten, stand er auf und ging vor dem Schreibtisch auf und ab. Miriam und Georg beobachteten ihn, aber eine Erklärung konnte er ihnen für seine Erleichterung nicht geben. Schlagartig war wieder Hoffnung da, die Hoffnung, dass Juliane doch die Frau war, die er in ihr sehen wollte.

Durch die Befragung wusste er auch, dass Juliane ihren Mann nicht ermordet hatte. Sie hatte das Haus erst betreten, als er schon tot war. Sie hatte nicht gelogen.

***

Mit Gepolter stürmten die Kollegen das Großraumbüro. Lukas schaute erstaunt von seinem Computer auf. Die Unterbrechung seiner Schreibarbeit kam ihm recht. Schreiben war nicht sein Ding.

„Lukas, was tust du hier?", fragte Theo verdutzt. „Ich dachte, du feierst krank?"

„Ich habe etwas Wichtiges herausgefunden, was nicht warten kann."

„Wir haben auch Neuigkeiten." Ohne Zögern berichtete Theo von seinem Fund in Pfeiffers Haus.

Das stellte Lukas' Erkenntnisse in den Schatten. Neugierig wandte er den Blick zum Flatscreen. Andrea suchte einen passenden USB-Stick für die Chipkarte, die sie aus dem Gerät entnommen hatten, steckte ihn an den Rechner, der mit dem großen Bildschirm verbunden war.

Ein Knacken und es ging los.

Die erste Aufnahme zeigte Pfeiffers Schlafzimmer in aller Deutlichkeit. Auf dem Bett lag Franzi Waltz. Sie war nackt. Gequält wirkte ihr Gesicht, während Udo vor ihr kniete und sie mit Handschellen ans Kopfende fesselte.

„Meine Güte, das ist ja grausam." Andrea murrte. „Warum lässt sie das mit sich machen?"

„Weil sie sich etwas davon verspricht", antwortete Lukas und berichtete von Georg Hammers Erzählungen.

Udo Pfeiffer kniete sich zwischen ihre Beine. Sein Blick wanderte gierig über Franzi Waltz' Körper. Während sie sich wand, zog er seine Rolle als Beobachter in die Länge. Ganz langsam neigte er den Kopf und begann, sie zwischen ihren Beinen zu lecken.

Es war ein merkwürdiges Gefühl, Udo Pfeiffer und Franzi Waltz so lebendig auf dem Bildschirm zu sehen.

Franzi Waltz Gesicht veränderte sich. Aus gequält wurde geil. Sie wand sich nicht vor Scham, sie wand sich vor Lust.

„Oha!" Lukas pfiff durch die Zähne. „Warum wollten die beiden das Band so dringend haben?"

„Weil es ihrer Theorie von Zwang und Ablehnung widerspricht?" Theo grinste.

„Typisch Mann!", schimpfte Andrea. „Ihr seht nur, was ihr sehen wollt."

„Und da müssen wir auf dem Videoband nicht lange suchen."

Es kam ein Szenenwechsel.

Juliane tauchte mit einem Aufschrei auf dem Bildschirm auf, dass alle Zuschauer zusammenzuckten. Sie wurde von Udo rücklings auf das Bett gestoßen. Udo stürzte sich auf sie. Er riss ihr mit Gewalt die Kleider vom Leib. Dabei schrie er immer wieder: „Hast du ernsthaft geglaubt, du kommst damit durch? Ich werde dir zeigen, was man mit Gören wie dir macht. Hast du wirklich geglaubt, du kannst mich zum Narren halten?"

Juliane weinte. Sie versuchte, sich zu wehren, doch Udo war zu stark. Brutal fiel er über sie her, während Juliane verzweifelt versuchte, ihn wegzudrücken. „Bist du wirklich so dumm und glaubst, dass ich es nicht herausbekomme?", schrie er, während er sein brutales Spiel mit ihr trieb.

Lukas fühlte sich elend.

„Das ist eindeutig eine Vergewaltigung", murmelte Theo.

Auch diese Szene war bis zum Ende aufgenommen. Zum Schluss blieb Juliane weinend und blutend auf dem Bett liegen.

Der Film machte einen neuen Szenenwechsel.

Udo lag nackt auf dem Bett. Eine Frau trat auf ihn zu. Sie war nur von hinten zu sehen.

„Seht ihr das Datum?", rief Theo aufgeregt. „Das ist die Mordnacht. Wir haben es!"

Alle schwiegen. Die Spannung im Raum wuchs. Auf dem Bildschirm sahen sie, wie die Frau auf Udo zuging. Ihr Haar war mit einem Tuch zurückgebunden, weder Haarfarbe noch Haarlänge zu erkennen. Sie nahm Handschellen aus ihrer Handtasche. Mit einer entwaffnenden Geschicklichkeit fesselte sie ihn ans Kopfende.

Lukas kannte dieses Ritual. Ihm wurde schlecht. Er ahnte, wer die Frau mit dem Kopftuch war, behielt seine Vermutung aber für sich. Vor wenigen Minuten noch hatte er die Gewissheit, Juliane sei nicht die Mörderin. Und jetzt?

Abrupt war der Film zu Ende.

„Scheiße! Der Film hört mitten drin auf!" Theo sprang wütend vom Stuhl auf. „Das war auf jeden Fall eine Frau. Ich sage euch, das war Juliane Pfeiffer. Nach der Vergewaltigung hatte sie allen Grund, das Schwein zu vernichten. Jetzt haben wir sie und nageln sie fest."

„Woran hast du Juliane erkannt?", bremste Lukas sofort den Eifer seines Kollegen. „Ich habe sie jedenfalls nicht erkannt. Und außerdem habe ich nicht gesehen, wie diese Frau Axt schwingend über ihn herfällt und ihn enthauptet. Das war nämlich Pfeiffers Todesursache. Nicht die Handschellen an seinen Handgelenken. Mit dem Film können wir leider nichts beweisen. Wenn du ihn trotzdem als Beweismaterial verwenden willst, lacht dich jeder Richter aus."

Theo überlegte eine Weile. Er musste seinem Kollegen zustimmen, so schwer es ihm auch fiel.

„Was meinte er mit der Bemerkung: *Bist du wirklich so dumm und glaubst, dass ich es nicht herausbekomme?* Was sollte er nicht herausbekommen?", fragte Andrea.

„Ich glaube, jetzt haben wir noch mehr Rätsel als vorher. Jedenfalls werde ich Juliane wieder vorladen. Sie hat eindeutig abgestritten, dass sie vergewaltigt wurde, also hat sie gelogen", erklärte Theo sein weiteres Vorhaben.

„Welche Frau gibt gern zu, vom eigenen Mann vergewaltigt worden zu sein?", wandte Monika zweifelnd ein.

„Vor allen Dingen, wenn der Ehemann kurz danach ermordet wurde." Theo grinste.

***

Endlich wurde es still in dem großen Büro.

Lukas saß am Schreibtisch. Sein Zuhause war kein Zuhause mehr für ihn. Die leere Wohnung lockte ihn nicht. Also entschied er sich, den Rest der Nacht im Büro zu bleiben. Der enthüllende Videofilm hatte einen schmerzlichen Eindruck hinterlassen. Ständig sah er das Bild der verzweifelten und hilflosen Juliane. Was für ein Leben führte Juliane eigentlich? Diese Frage ging ihm nicht mehr aus dem Kopf. Wie viele tätliche Angriffe hatte sie bereits überstanden? Alles, was sie tat, endete schmerzlich. Sollte das die Erklärung für ihr exzentrisches Verhalten sein? Zumindest entschuldigte das ihre Fehler. Seit er den Film gesehen hatte, flammten wieder heftige Gefühle in ihm auf. Aber auch die Angst, dass sie tatsächlich den bestialischen Mord an Pfeiffer begangen haben könnte. Zu genau erinnerte er sich daran, wie geschickt sie mit Handschellen umgehen konnte. Die Ähnlichkeit zwischen seinem Erlebnis und dem Filmausschnitt war erschreckend.

Kapitel 25

Tageslicht fiel ins Büro.

Lukas war am Schreibtisch eingeschlafen. Das Telefon weckte ihn unsanft. Er hob ab und hörte Julianes Stimme: „Du warst heute Nacht nicht zu Hause?"

„Nein, ich war hier." Sein Herz klopfte wie wild.

„Deine Frau war auch nicht zu erreichen. Was ist bei dir los?"

Ihre Stimme klang so süß wie immer.

„Marianne hat mich verlassen."

„Oh!"

„Warum rufst du an?"

„In der Zeitung steht ein Bericht über den ermordeten Polizisten namens Berthold Böhme."

Enttäuscht blaffte er: „Ja und?"

„Das war der Mann, der mich in der Nacht nach dem Mord an Udo überfallen hat."

„Böhme?", staunte Lukas. Auf die Idee wäre er nicht gekommen. „Bist du sicher?"

„Völlig!" Die Ruhe, mit der sie sprach, ließ keinen Zweifel zu.

„Na ja, dann hat er ja seine gerechte Strafe bekommen", schlussfolgerte Lukas, wobei sich ihm die Nackenhaare stellten. Erkannte er da etwa Parallelen?

„Bitte komm zu mir!", flüsterte sie.

Verzweifelt schaute er sich in dem Großraumbüro um, als ob er dort die richtige Entscheidung finden würde. Die Verlockung war groß, die Gefahr auch. Nun gehörte Böhme auch zu den Menschen, die aus Julianes Leben entfernt worden waren. Er selbst war ebenfalls schon nahe daran gewesen. Trotzdem keimte in ihm immer noch die Hoffnung, der Überfall hätte nicht ihm gegolten, sondern Georg Hammer. Gegen alle Vernunft konnte er ihr nicht absagen. Er versprach ihr, sofort zu kommen, obwohl seine innere Stimme ihm sagte, dass er einen Fehler machte.

Dafür nahm er sich fest vor, nur Fragen zu stellen, endlich der Wahrheit auf den Zahn zu fühlen. Keine Gefühlsduseleien, keine Schwäche zeigen.

Er machte sich auf den Weg.

Mit großer Entschlossenheit und der Gewissheit, standhaft zu bleiben, klingelte er an Julianes Tür. Kaum hatte sie geöffnet, ihn mit einem Lächeln empfangen, wie nur sie es konnte, fühlte er sich nicht mehr so sicher, sein Vorhaben auch in die Tat umzusetzen. Als sie ihn in die Arme nahm und mit einem „Ich habe mich so nach dir gesehnt" begrüßte, waren auch die letzten Vorsätze verschwunden. Glücklich erwiderte er ihre Umarmung und ihre Küsse, kaum dass sie die Tür hinter sich geschlossen hatten.

Aber er wurde von der grausamen Realität eingeholt. Der Anblick der Tür zur Terrasse, wo er zwei Tage zuvor Juliane mit Miriam gesehen hatte, und der Kellertreppe, die nach unten führte, wo er einen Tag zuvor niedergeschlagen worden war, all das erinnerte ihn daran, wo er wirklich war.

Er konnte nicht abschalten.

Entmutigt löste er sich aus ihrer Umarmung und ging in die Küche.

Der Kaffeeduft vertrieb seine morbiden Gedanken. Sie deckte den Tisch für ein Frühstück zu zweit, was Lukas sich nur zu gern gefallen ließ. Sein Hunger machte seine Launen nicht besser. Ein deftiges Frühstück konnte nicht schaden. Still saßen sie sich gegenüber. Schon Minuten später fühlte sich Lukas besser. Zufrieden lehnte er sich in seinem Stuhl zurück und beobachtete Juliane, wie sie aß, wie sie sich bewegte und wie sie sich verhielt, wenn sie sich unbeobachtet fühlte. Erst als ihre Blicke sich trafen, fragte er: „Warum hast du uns nicht gesagt, dass Udo dich vergewaltigt hat?"

„Hat er es tatsächlich auf Video aufgenommen?"

„Es sah so aus, als sei die Aufnahme unbeabsichtigt. Du hast vermutlich den Auslöser während des Kampfes aus Versehen aktiviert", erklärte Lukas.

„Ich habe es nicht erzählt, weil dadurch der Verdacht nur auf mich gefallen wäre. Aber ich habe Udo nicht getötet. Egal, was er getan hat, ich hatte ihn wirklich geliebt. Aber das glaubt mir jetzt sowieso niemand mehr."

Verzagt ließ Lukas seinen Blick durch die Küche schweifen. Die Möbel waren strahlend weiß, die Arbeitsplatte aus hellem Marmor. Der Parkettboden setzte dem Luxus seine Krone auf. Verchromte Griffe und ein verchromter Luftabzug glänzten. Hier stand ein Vermögen vor seiner Nase. Instinktiv ahnte er, was die Liebe so groß und stabil gemacht hatte.

„Als ich gestern Morgen zu dir kam, traf ich dich nicht an." Das war ein schwacher Versuch, sein unerlaubtes Eindringen vom Vortag vorzubringen, ohne Verdacht zu erregen. „Eine Kellertür stand offen. Ich bin hineingegangen und habe ein Lager entdeckt, das noch nicht lange verlassen war. Wen wolltest du im Keller verstecken?"

„Georg Hammer. Dieser undankbare Kerl hat sich einfach zusammen mit seiner Frau davongeschlichen", schimpfte sie. „Ich wollte dem Mistkerl helfen, weil mir seine Frau leid tat. Und was tut er? Haut einfach ab und lässt das Haus offen stehen."

Unwillkürlich spürte er einen Stich in der Brust, weil ihm wieder das Bild, das Juliane und Miriam im Garten abgegeben hatten, einfiel. Aber darauf konnte er sie unmöglich ansprechen, so sehr ihn auch die Neugier plagte. Er musste einfach versuchen, das Gesehene zu vergessen.

„Dann galt der Überfall im Keller also nicht mir, sondern Georg Hammer?"

Juliane erschrak. Lukas konnte daraus nicht erkennen, warum sie so heftig reagierte. War es echte Sorge um ihn oder die Erkenntnis, dass Georg Hammer noch lebte?

„Was erzählst du da?", fragte sie. Sie setzte sich ganz dicht neben ihn. „Ist dir etwas passiert?"

Was sollte das bedeuten? Lukas fühlte sich ratlos. Ihre Sorge überzeugte ihn nicht.

„Nun ja, wenn man überlegt, dass ich in deinem Geländewagen gerade dabei war, einen Abhang hinunterzustürzen und im Treibsand zu landen."

„In meinem Wagen?" Nun klang Juliane tatsächlich bestürzt. „Ich habe das Auto in der Stadt abgestellt, weil ich Einkäufe machen wollte für dieses undankbare Pack, das mich verraten hat. Als ich zurückkam, war das Auto verschwunden."

Er schaute sie eindringlich an. Plötzlich konnte er in ihr nicht mehr die Unbeteiligte sehen, wie er es gerne wollte. Viel zu viel war geschehen, was seinen Glauben an sie erschütterte. Ihre Augen konnten spielend eine Gefühlsregung nach der anderen vorgeben. Er zweifelte nicht daran, dass sie das Talent auch in seiner Gegenwart einsetzte. Was war sie für eine Frau? Warum saß er überhaupt hier und ließ sich weiterhin von ihr zum Narren halten? Alles, was sie ihm bisher gesagt hatte, stellte sich später als Lüge heraus. Alle Menschen, die mit ihr in Berührung kamen, waren hinterher spurlos verschwunden oder als Leiche wieder aufgetaucht. Also warum machte er sich immer noch die Mühe, in Juliane das zu sehen, was er sehen wollte?

Eines Tages würde es auch sein Leben kosten.

„Warum lügst du mich immer an?", fragte er kopfschüttelnd, stand auf und trat ans Küchenfenster, das zur Straße zeigte. Kein Wagen weit und breit, keine schwarze Limousine. Trotzdem überkam ihn das Gefühl, sich auf gefährlichem Boden zu bewegen. Je mehr er Juliane mit der Wahrheit konfrontierte, umso riskanter wurde es für ihn.

„Gestern habe ich mich mit deinem Vater unterhalten. Er hat mir bestätigt, dass ihr beide in engem Kontakt zueinander steht – im Gegensatz zu deinen Behauptungen."

„Ach ja? Du wirst es nicht glauben, aber Vater wollte, dass wir es leugnen. Darum verstehe ich nicht, warum er sich nicht an die Abmachung hält", hörte er ihre trotzige Stimme hinter sich.

Er drehte sich um, weil er schon befürchtete, sie könnte mit einem Beil hantieren. Aber nichts dergleichen geschah. Sie saß immer noch auf ihrem Platz und schaute ihn nur an.

„Was für eine Rolle spielt er in deinem Leben? Ist er dein Beschützer, ist er derjenige, der alle die verschwinden lässt, die dir zu nahe treten?“

„Ich glaube, jetzt gehst du zu weit“, stellte sie klar. „Mein Leben habe ich selbst in die Hand genommen, ich habe keinen Beistand nötig.“

„Voggenreiter wollte dich vergewaltigen, seitdem ist er spurlos verschwunden. Hecht hat dich schwanger sitzen lassen, Monate später fand man seine Leiche, erhängt an einer Eiche. Böhme hat versucht, dich zu vergewaltigen, nun ist er tot, verbrannt. Waltz hat etwas herausgefunden, was der Wahrheit vermutlich verdammt nahe kam, einer Wahrheit, die du mit allen Mitteln verheimlichst, nun ist er tot, erstickt. Georg Hammer hatte mit Waltz Hand in Hand gearbeitet, weshalb er dasselbe weiß wie Robert Waltz.“ Lukas schnappte nach Luft. „Zu deiner Beruhigung kann ich meiner Auflistung aber hinzufügen, dass Hammer nichts weiß, was deine Glaubwürdigkeit untergraben könnte. Ich vermute, er war hinter den Videofilmen her, die wir vor ihm gefunden haben. Die Mühe, das Auto in den Graben zu stoßen, war umsonst. Aber Theresa wusste etwas. Sie war redselig, schon ist sie spurlos verschwunden. Siehst du da einen Zusammenhang?“

Mit katzenhaftem Blick fixierte Juliane Lukas.

War er zu weit gegangen? Gab es für ihn kein Zurück mehr? Er musste die Wahrheit herausfinden oder er würde wahnsinnig werden. Also ging er aufs Ganze.

„Du hältst dich wohl für sehr schlau“, spottete sie ohne Zurückhaltung. „Winkt dir eine Beförderung, wenn du mich als Mörderin überführt hast? Was bist du nur für ein dämlicher Schlappschwanz? Und ich dachte, du liebst mich und glaubst an mich. Aber mit Männern ist es immer das Gleiche. Sie leiden alle an Profilneurose. Wie konnte ich das nur vergessen?“ Ruckartig stand sie auf.

Lukas wich instinktiv zurück. Sie ging auf die Küchenzeile zu und riss eine Schublade auf. Verzweifelt beobachtete Lukas sie. Kam jetzt die befürchtete Waffe zum Vorschein? Nein! Sie zog eine Postkarte heraus. Die hielt sie ihm entgegen.

„Bitte sehr, Sherlock Holmes! Wie passt das in deine hervorragende Kombinationsgabe? Theresa hat aus Sizilien geschrieben, sie ist gut angekommen und freut sich, eine Weile bei der Familie sein zu können."

Fassungslos nahm er die Karte entgegen und las die in winziger Handschrift geschriebenen Worte: *„Liebe Juliane, viele Grüße von meiner ganzen Familie in Sizilien sendet Dir Deine Theresa. Es war wirklich eine gute Idee, wieder einmal nach Hause zu fahren, dafür danke ich Dir."*

Das war zu viel für seine angegriffenen Nerven. Mit der Postkarte in der Hand stürmte er in Richtung Haustür. Hinter ihm rief Juliane: „Die Karte bekomme ich wieder."

***

Seine Hände zitterten, als er das Auto anließ und mit Vollgas davonfuhr. Die Hast war absurd, dessen war er sich bewusst, weil Juliane gar nicht die Absicht hatte, ihn zu verfolgen. Trotzdem fühlte er sich getrieben.

Unkontrolliert raste er durch die verkehrsberuhigte Zone, als ihm ein Kind vor das Auto sprang. Mit quietschenden Reifen prallte er gegen den hohen Bordstein, schleuderte quer über die Straße, stieß gegen einen großen Blumenkasten, wodurch er endlich zum Stillstand kam. Das Kind stand wie gelähmt da. Durch den Schreck hatte es vergessen, warum es auf die Straße gelaufen war. Mit zitternden Knien stieg Lukas aus seinem verkratzten BMW. Langsam ging er auf das erschrockene Kind zu. Eine junge Frau lief herbei und rief: „Jannik, Jannik, was ist passiert?" Als sie Lukas sah, schnappte sie ihm vor der Nase das Kind weg und hielt es eng umschlungen, als sei Lukas ein Kinderschänder, der es auf ihren Jungen abgesehen hatte.

„Ich habe einen Fehler gemacht, es tut mir leid", entschuldigte sich Lukas.

Damit löste sich die Spannung in der jungen Frau. Gemeinsam schauten sie sich den Jungen näher an. Mit Erleichterung stellten sie fest, dass er außer einem ordentlichen Schrecken nichts abbekommen hatte.

In gemäßigtem Tempo setzte Lukas seinen Weg fort. Der Vorfall hatte seinen Kopf zurechtgerückt und ermöglichte ihm, wieder einen klaren Gedanken zu fassen. Er nahm sich vor, zunächst nach Hause zu fahren, um sich dort zu duschen und umzuziehen. Ein Schnüffeln in Richtung Achselhöhle riet ihm zu der Maßnahme. Anschließend wollte er sich vergewissern, ob die Postkarte, die unverändert auf dem Beifahrersitz lag, wirklich von Theresa stammte oder ob sie gefälscht war. Mit diesen Plänen glaubte er wieder so etwas wie eine Orientierung gefunden zu haben.

Dann sah er sie. Im Rückspiegel.

Eine schwarze Limousine näherte sich rasend schnell.

Nun wollte er es diesem „Geisterfahrer" mal zeigen, wo der Hammer hing. Immerhin hatte er genügend Fahrtraining, um einer solchen Situation gewachsen zu sein. Außerdem hatte er gerade jetzt keine Lust, sich wieder von seinen Plänen abbringen zulassen.

Kampflustig drückte er auf das Gaspedal. Sein Ziel die Innenstadt – dort kannte er sich aus wie kein anderer. Als der Verkehr dichter wurde, setzte er zum Spießrutenlauf an – ein Vergleich, der ihn erschreckte. Gehörte der Spießrutenlauf nicht auch zu den Hinrichtungsformen, die bis zum Ende des neunzehnten Jahrhunderts durchgeführt worden sind?

Er schüttelte den Gedanken ab. Ein klarer Kopf, das war es, was er jetzt brauchte.

Er warf einen Blick in den Rückspiegel, die Limousine war verschwunden.

Hatte er sich das Auto nur eingebildet?

Zielstrebig fuhr er nach Hause. Eilig rannte er die Treppen hinauf zu seiner Wohnung, da er nichts Dringenderes zu tun hatte, als sich unter die warme Dusche zu stellen. Einen Blick von der Terrasse, die zum Parkplatz führte, riskierte er vorher noch, aber von dem unheimlichen schwarzen Auto keine Spur.

In Windeseile zog er sich aus, warf die Kleider in einem Bündel in die Ecke. Das Telefon, das auf einem einsamen Schränkchen in der Diele stand, klingelte gerade, als er im Badezimmer verschwinden wollte. Mürrisch hob er ab. Es war Theo: „Hast du heute Nacht hier im Büro geschlafen?"

„Hast du was dagegen?", erwiderte Lukas böse.

„Nein, ich wollte dir nur sagen, dass wir seit einer Stunde im Dienst sein sollen. Allensbacher erwartet einen Bericht von uns und ist stinksauer, weil du jeden Morgen zu spät kommst."

Damit brachte er Lukas auf eine gute Idee: „Hol mich bitte zu Hause ab! Ich bin gerade eben von der Limousine verfolgt worden und habe keine Lust, das noch mal mitzumachen."

„Du warst wieder bei Juliane?", kombinierte Theo sofort.

„Ja. Wann kommst du?"

„Ich schreibe zuerst für Allensbacher den Bericht, um ihn vor dem Herzinfarkt zu bewahren. Dann komme ich."

Zufrieden stolzierte Lukas unter die Dusche. Das herab prasselnde Wasser war eine längst vergessene Wohltat.

Ein Poltern drang durch das Rauschen des Wassers an sein Ohr.

Sollte Theo schon vor seiner Tür stehen?

Wieder ein Krachen. Nein, das war niemals sein Kollege.

Verdammt! Da war sie wieder, seine Angst.

Hastig sprang er aus der Dusche. In der Eile band er sich ein Handtuch um die Hüfte. Das Geräusch wurde lauter, es hörte sich an wie Schritte, die sich dem Badezimmer näherten. Ein verzweifelter Blick auf die Tür verriet ihm, dass er nicht abgesperrt hatte. Es gab gar keinen Schlüssel zur Badezimmertür.

Suchend schaute er sich um, ob er eine brauchbare Waffe finden konnte.

Gerade als er der Tür den Rücken zukehrte, flog sie auf. Von hinten wurde Lukas mit Wucht niedergeschlagen. Er ging zu Boden. Benommen lag er auf den kalten Fliesen. Ein schwarzer

Sack ging über seinem Kopf nieder. Damit war er seinem Gegner ausgeliefert.

Er wurde mit einer Kraft hochgehoben, als sei er nur eine Puppe. Sein Kopf hing nach unten, seine Orientierung schwand, die Luft wurde knapp, seine Kräfte verließen ihn.

Auf seiner Haut spürte er kalte Luft.

War er auf dem Balkon?

Der Gedanke löste Panik in ihm aus. Verzweifelt versuchte er, sich zu wehren, aber außer einem lächerlichen Zappeln mit seinen nackten Beinen brachte er nichts zustande. Die kalte Balkonbrüstung drückte auf seinen Bauch. Wild schlug er um sich. Er rutschte ein Stück nach unten.

Seine Hände erreichten das Geländer. Verzweifelt hielt er sich daran fest. Das Atmen fiel ihm schwer, weil der Sack nur spärlich Luft durchließ. Von Ferne hörte er Leute schreien, ein Auto mit quietschenden Reifen. Eine bekannte Stimme übertönte alle anderen.

Was hatte das zu bedeuten?

Lukas versuchte, nicht zu denken. Nur Kräfte sammeln, seine Hände nicht öffnen, denn das könnte ihn sein Leben kosten.

Eine Frau unter ihm schrie und schrie und schrie.

Das setzte ihm zu.

Dann spürte er Hände an seinen. Er hatte keine Kraft mehr. Er gab auf.

Und Tschüss du schöne Welt.

Kapitel 26

Warum war er noch nicht tot?

Aufgeschlagen auf dem Asphalt etliche Meter tiefer?

Zerfetzt in einer Blutlache?

Endlich kapierte er: Die Hände an seinen Händen ließen ihn nicht los. Sie griffen nicht nach ihm, um ihm den letzten Halt zum Leben zu nehmen. Im Gegenteil: Sie griffen zu, um ihn in die entgegengesetzte Richtung zu ziehen – nämlich zurück auf den Balkon.

„Halt ganz still, ich ziehe dich rauf." Das war die Stimme von Theo Borg. Quengelnd fügte er an: „He, Junge. Lass dich nicht hängen! So kriege ich dich nie rauf."

Die Erleichterung überwältigte Lukas. Er hatte geglaubt, im entscheidenden Moment müssten seine Kräfte versagen. Aber er hatte Glück. Es gelang Theo, ihn über die Brüstung zu hieven und auf den Terrassenboden zu legen.

Vorsichtig zog er ihm den Sack vom Kopf.

„Meine Güte, was machst du für Sachen?", fragte Theo mit kreideweißem Gesicht. „Hängst dich splitternackt über die Brüstung und erschrickst sämtliche Jungfrauen im Haus."

***

Verdrossen folgte Lukas den Kollegen auf den Parkplatz. Die Spurensicherung hatte so in seiner Wohnung gewütet, dass er sie selbst nicht wiedererkannte. Das Leben in seinen vier Wänden wurde immer unerträglicher. Jetzt hatte er noch nicht einmal mehr dort die Gewissheit sicher zu sein.

Auf der Dienststelle hatte sich das Ereignis herumgesprochen, bevor sie dort eintrafen. Alle schauten Lukas entgegen, dem man die Strapazen der letzten Zeit deutlich ansah. Die Augen rot unterlaufen, seine Wangen blass und eingefallen, die Bewegungen schwerfällig. Sämtliche Eitelkeit war von ihm abgefallen. Entmutigt trottete er hinter Theo her.

Eine Weile war alles still. Für Lukas dauerte der Moment ewig. Sämtliche Blicke brannten sich in ihn hinein. Nicht Sorge, sondern Neugier, das war es, was sie beschäftigte.

„Weißt du, woran ich denken musste?“, fragte Theo, während er Kaffee aus dem Automaten zog.

„Nein.“

„Du hattest über Hinrichtungsrituale gesprochen. Erinnerst du dich daran?“

„Ja, warum?“

„Unser Mann arbeitet tatsächlich wie ein Henker. Dein Gedankengang war genial.“

Lukas reagierte nicht.

Theo sprach weiter: „Er hat sich für jedes Opfer bisher etwas besonders Delikates ausgedacht. Thomas Hecht wurde vor Jahren gehängt, Pfeiffer geköpft, Robert Waltz erstickt und Böhme verbrannt.“

„Und was sagt uns das?“, fragte Lukas.

„Was er tut, spricht für eine Besessenheit. Die Grausamkeit, mit der er mordet, vermittelt mir das Gefühl, dass wir es mit einem Psychopathen zu tun haben.“

„Dann erklär mir doch bitte, wie der Sturz mit dem Geländewagen in die Theorie hineinpasst?“, zweifelte Lukas immer noch.

„Am Ende des Abhangs ist Treibsand. Durch den Sturz waren die Scheiben des Autos eingeschlagen. Wärst du nicht aus dem Auto herausgeflogen, wärst du zusammen mit dem Auto in die Tiefe gezogen worden.“

„Was hat das mit Ritualen zu tun?“ Lukas begriff immer noch nicht.

„Du wärst lebendig begraben worden.“

„Der Angriff in Julianes Keller galt nicht mir“, stellte Lukas mit schwachem Protest klar.

„Das ändert aber nichts daran, dass der heutige Anschlag dir gegolten hat. In deiner Wohnung hatte der Täter bestimmt nicht

Georg Hammer erwartet, sondern dich.“

Dem konnte Lukas nichts entgegnen.

„Dabei überlege ich schon die ganze Zeit, welcher Tradition du zum Opfer fallen solltest.“ Theo amüsierte sich. „Nackt über der Brüstung: Vielleicht solltest du dort erfrieren!“

Lukas überging die Bemerkung. Seine Gemütsverfassung hatte für derbe Späße nichts übrig. Stattdessen berichtete er Theo von seinem Gespräch mit Egon Kleist, das er nach der großen Aufregung über den Fund der Videos vergessen hatte.

Gespannt hörte Theo zu.

„Du vermutest also Kleist hinter all den Verbrechen?“

„Ich bin mir nicht sicher. Es könnte so sein, dass er sich für seine Tochter verantwortlich fühlt und auf diese Weise versucht, wieder gut zu machen, was er als Vater versäumt hat.“

„Indem er Richter und Henker gleichzeitig spielt.“ Theo nickte. „Das bestätigt auch meine Theorie.“ Während er sprach, öffnete er seine Schreibtischschublade, zog die Unterlagen über den Mordfall Böhme heraus und erklärte: „Böhme war nach dem Unfall keineswegs tot. Er starb laut Obduktionsbefund durch die Verbrennungen.“

„Es wäre doch möglich, dass ein Auto nach einem solchen Absturz Feuer fängt?“, wiegelte Lukas ab. „Vielleicht sind wir mit unseren Schlussfolgerungen voreilig.“

„Das Auto wurde nachträglich angezündet. Die Kollegen der Spurensicherung fanden Benzinspuren über den Sitzen oder was davon übrig war. Böhme wurde bei lebendigem Leib verbrannt. Er war zwischen Lenkrad und Vordersitz eingeklemmt. Laut Befund hatte er lediglich ein paar Rippen gebrochen, also war er bei vollem Bewusstsein. Er konnte seinem eigenen Mord zusehen“, las Theo den Bericht vor.

„Meine Güte, der Täter ist grausam!“ Lukas stöhnte.

„Er arbeitet präzise. Die Tatsache, dass du ihm entkommen bist, macht alles noch viel gefährlicher. Wir müssen sicher sein, dass Kleist unser Mann ist, damit wir ihn stoppen können, bevor noch mehr passiert!“

„Laden wir ihn vor. Eine andere Möglichkeit haben wir nicht", stellte Lukas klar. „Außerdem wäre eine Hausdurchsuchung sinnvoll. Wie ich inzwischen herausgefunden habe, bewohnt er ein großes Haus am Rande der Stadt – ganz für sich allein. Wer weiß, wie viele Guillotinen dort auf ihren Einsatz warten."

Theo bemerkte verdrossen: „Das Problem ist, dass wir Allensbachers Segen brauchen, um unseren Antrag für den Hausdurchsuchungsbescheid dem Staatsanwalt vorlegen zu können. Und wie ich ihn kenne, bekommt er kalte Füße, wenn er hört, wen wir verdächtigen."

„Wer ist der Staatsanwalt?", fragte Lukas.

„Helmut Renske", antwortete Theo.

„Kenne ich nicht."

„Ich auch nicht. Er ist neu. Also bleibt uns nichts anderes übrig, als uns an den Dienststellenleiter zu halten."

***

„Wer mit Weisen unterwegs ist, wird weise, wer mit Toren verkehrt, dem geht es übel." Dieter Marx eilte zielstrebig auf Andreas Schreibtisch zu.

„Was soll das schon wieder?", schimpfte sie.

Marx ließ sich nicht beirren: „Zügele deine Zunge, Weib! Eine sanfte Antwort dämpft die Erregung, eine kränkende Rede reizt zum Zorn. Also reize mich nicht und lass mich dir offenbaren, was ich herausgefunden habe."

Lukas und Theo bemühten sich, den Redeschwall nicht hören zu müssen, aber das war unmöglich. Die gewaltige Stimme des gottesfürchtigen Kollegen erfüllte das ganze Großraumbüro.

„Der Sturm ist daher gebraust, der Frevler verloren: Georg Hammer ist entlarvt."

„Was, Georg Hammer?", riefen Lukas und Theo wie aus einem Mund.

Wichtigtuerisch stand Marx zwischen den Schreibtischen.

Er ließ das Gesagte erst auf die Umstehenden einwirken, bevor er weitersprach: „Er ist der vielgesuchte *George*, wie er in Insiderkreisen genannt wird. Wie sagt man doch so schön: Unrecht Gut gedeihet nicht. Er war der Vermittler der Drogen Ecstasy, Liquid Ecstasy, LSD und Amphetamin Speed. Daher kommen auch die großen Mengen in der Wohnung von Robert und Franzi Waltz. Er hat unter anderem auch diese beiden damit versorgt und sich so Geld nebenbei verdient."

„Wie kommst du auf ihn?", fragte Andrea völlig ungläubig.

„Ich habe Lukas' Bericht über das Verhör mit Georg Hammer gelesen. Da erinnerte ich mich, früher mit einem gewissen Georg Hammer auf dieselbe Schule gegangen zu sein. Damals hatte er sich schon nebenbei Geld mit dem Verkauf von Drogen verdient. Also habe ich mir ein Foto von ihm genommen, bin in das spezielle Milieu gegangen und habe das Foto herumgezeigt. Alle haben ihn wiedererkannt", erklärte Marx nicht ohne Stolz. „Außerdem habe ich Klassenfotos von früher aus dem längst verstaubten Speicher meines Elternhauses herausgesucht. Und was sehen meine wachsamen Augen?"

„Mach es nicht so spannend!", drängte Theo.

„Geduld, mein Sohn! Ein hitziger Mensch erregt Zank, ein langmütiger besänftigt den Streit."

„Und du bist der Langmütige", murmelte Theo, doch Marx überging die Anspielung: „Juliane Pfeiffer hieß früher Juliane Ruffing."

„Ach nee?", stöhnten Lukas und Theo gleichzeitig. „Das stimmt zwar nicht ganz, weil sie später von diesem Bastuck adoptiert wurde, aber du sagst uns damit nichts Neues."

Marx wirkte frustriert, als er anfügte: „Als ich mit ihr eine Klasse besucht hatte, hieß sie Juliane Ruffing. Ich kann mich wieder gut an sie erinnern. Sie unterhielt neben verschiedenen Affären auch eine mit Georg Hammer. Bis er seine jetzige Frau kennengelernt hat."

„Dann kennen die beiden sich schon seit der Schulzeit?" Lukas staunte.

Zufrieden nickte Marx.

„Und du bist ganz sicher, dass die Affäre zwischen Juliane und Georg beendet war, als Miriam ins Spiel kam?", fragte Lukas zweifelnd.

„Den Eindruck hatte ich jedenfalls. Was sich hinter den Kulissen abgespielt hat, kann ich dir leider nicht sagen. Aber eines habe sogar ich erkannt: Juliane war eine männerverschlingende Hexe. Entweder sie hat sie unglücklich gemacht oder aber gar nichts von ihnen zurückgelassen. Mehr als einer ist spurlos verschwunden."

„Sprichst du auf Voggenreiter an oder auf Thomas Hecht?"

„Voggenreiter kenne ich nicht, aber Thomas Hecht habe ich, als sie mit ihm fertig war, nie wieder gesehen. Und noch andere, aber die Namen habe ich mir nicht gemerkt."

„Warum kommst du erst jetzt mit deiner Erleuchtung. Ich musste mir alles mühsam heraussuchen, die Arbeit hätte ich mir sparen können", schimpfte Lukas.

Marx erhob drohend seinen rechten Zeigefinger und mahnte: „Nimm dich in Acht! Ich konnte schließlich nicht ahnen, wer hinter Juliane Pfeiffer steckte. Damals war sie jünger und sah auch anders aus. Den Namen Ruffing hast du in meiner Gegenwart niemals erwähnt."

Marx hatte recht. Lukas knurrte. Schließlich wollte niemand diesen Prediger in seiner Nähe haben, lieber schlossen sie ihn aus ihrer Arbeit aus. Das ist ein Fehler gewesen.

„Wer weiß, warum Franzi Waltz Drogen genommen hat?", fragte Andrea. „Vielleicht hatte Georg Hammer sie dazu verleitet und sie erst auf den Gedanken gebracht, Selbstmord zu begehen."

„Niemand schaltet seinen besten Kunden aus", widersprach Theo.

„Über Franzi Waltz haben wir erfahren, dass sie ein labiler Mensch war. Sie neigte zu Depressionen."

„Wer sagt so etwas?"

„Ihre Eltern. Ehrlich gesagt, habe ich ihnen geglaubt, denn

wer kennt einen Menschen besser als die eigenen Eltern", antwortete Andrea.

„Ich vermute, Georg Hammer und Robert Waltz haben etwas herausgefunden, womit sie Pfeiffer unter Druck setzten – eine kriminelle Lösung, aber die einzige Chance, von den hohen Belastungen loszukommen", spekulierte Theo.

„Was hat das jetzt mit Franzi Waltz zu tun?", fragte Andrea.

„Wenn Franzi Waltz so zart besaitet war, sollte sie vermutlich nichts davon erfahren. Vielleicht wollte Robert seine Frau schonen."

„Warum sollte sie nichts davon erfahren?"

„Weil sie nicht mitmachen würde. Sie war zu sensibel für solche Spielchen."

„Wie passt ihr Selbstmord da hinein?"

„Sie kam dahinter. Sah nur das Offensichtliche und wurde nicht damit fertig."

„Sie springt aus dem Fenster, weil ihr Mann sich zu kriminellen Aktivitäten hinreißen lässt?" Andrea zweifelte Theos Theorie an.

„Genau das! Robert Waltz hatte größere Pläne – zusammen mit Georg Hammer. Wir können nur vermuten, dass es sich dabei um die Videos handelte."

Andrea schüttelte den Kopf und entgegnete: „Mein Gefühl sagt mir, dass wir nur annähernd der Wahrheit auf der Spur sind. Nur wegen solcher Videos, von denen alle längst wussten, sprang sie nicht in den Tod."

Theo rieb sich die Schläfen und brummte: „Stimmt! Bisher haben uns alle nur an der Nase herumgeführt."

***

Sie fuhren über die Wilhelm-Heinrich-Brücke und weiter durch die Betzenstraße. Der Verkehr lief stockend. Ständig musste Theo anhalten und warten, bis es weiterging. Inzwischen stand der Wagen direkt neben dem halb verhüllten Eingang des

Rathauses, wo die Blicke der beiden auf einen grellbunten Kulturplan fielen. Veranstaltungen, wie die *10. Saarbrücker Kammermusiktage mit dem Titel „Hommage à Brahms"* oder *Die Zeichnungen aus der Toskana, Das Zeitalter Michelangelos im Saarländischen Museum* wurden angepriesen. Gelangweilt hatte Theo seinen Blick wieder abgewendet, als Lukas laut ausstieß: „Sieh dir das an!" Inmitten dieser Hinweise war ein Plakat, das für ein *Mittelalterliches Spectakulum auf dem Saarbrücker Schlossplatz* warb. Besondere Schwerpunkte waren: der Mittelalterliche Markt, Ritterturniere und eine ausführliche Information über die unterschiedlichen Hinrichtungsrituale vom 12. bis zum 19. Jahrhundert (mit naturgetreuen Nachbildungen).

„So etwas habe ich noch nie gesehen!" Theo staunte.

Lukas war bereits aus dem Wagen gesprungen, um sich das Plakat aus der Nähe anzusehen. Während Theo im Schritttempo dem Verkehr folgte, las Lukas die Namen der Veranstalter. Genau wie er vermutet hatte, stand unter dem Hinrichtungsvortrag klar und deutlich der Anthropologe Professor Dr. Egon Kleist.

Jetzt wusste er, gegen wen sie ankämpften. Mit diesem Menschen hatten sie einen gefährlichen Gegner, der sogar der Polizei deutlich machen konnte, wie geschickt er arbeitete. Noch nie war er in die Klauen der Justiz geraten, was für eine Zeitdauer, die sich bereits über mehr als zehn Jahre hinzog, einer besonderen Leistung entsprach.

„Mach schon!", hörte er Theo aus dem Wagen rufen, „Der Verkehr geht weiter, sonst muss ich dich zurücklassen."

Hastig riss Lukas das Plakat ab und sprang in den Wagen. Weiter fuhren sie zum Parkplatz seines Wohnhauses, um dort den verbeulten BMW abzuholen, in dem immer noch die Postkarte von Theresa Acantelari lag. Bei dem Anblick seines Wagens blutete Lukas' Herz. Griesgrämig meinte er: „Ich habe noch nicht einmal die Zeit bekommen, einen Termin mit einer Autowerkstatt zu vereinbaren. So kann ich mein Schmuckstück doch nicht zurücklassen."

„Stimmt. Ich wollte dir gerade eine Rüge erteilen“, tat Theo streng. „Aber deine Entschuldigung ist akzeptiert. Sobald der Fall gelöst ist, kümmerst du dich um deinen Wagen.“

***

Kaum im Landeskriminalamt angekommen betrat Josepha Kleinert mit hoch erhobenem Haupt das Großraumbüro. Dabei setzte sie eine Miene auf, als sei es ihr peinlich, sich unter das niedere Volk mischen zu müssen. Ohne eine Miene zu verziehen, tippelte sie auf Lukas und Theo zu und forderte die beiden barsch auf, ihr sofort ins Büro des Chefs zu folgen.

Theo und Lukas wussten, dass ein entscheidender Moment im Rahmen ihrer Ermittlungen bevorstand. Folgsam trotteten sie hinter der einen Meter und achtundvierzig Zentimeter kleinen Frau her.

Allensbacher war nicht allein. Er hatte Hugo Ehrling zu sich bestellt, damit die Angelegenheit von höchster Instanz beschlossen werden konnte. Mit forschenden Blicken beobachteten die Vorgesetzten jede Bewegung der beiden Polizeibeamten, die reichlich Mühe hatten, ihre Bitte vorzubringen.

„Wir haben einen Hauptverdächtigen, den wir vorladen und dessen Haus wir durchsuchen möchten.“ Es war Theo, der die Bitte vortrug. „Der Verdächtige heißt Egon Kleist.“

„Ist Ihnen bewusst, welchen Mann Sie verdächtigen?“, fragte Kriminalrat Ehrling.

„Ja!“

„Was bringt Sie auf die Idee, Prof. Dr. Egon Kleist sei der Täter?“

Auf diese Frage hin hob Lukas das Plakat hoch und gab den Vorgesetzten Gelegenheit, alles gründlich durchzulesen. Nach einer Weile rümpfte Ehrling die Nase und bemerkte: „Sie glauben doch nicht im Ernst, dass dieses Plakat Egon Kleist verdächtigt, so viele Menschen umgebracht zu haben?“

„Doch, das glauben wir! Alle Opfer wurden auf eine Weise

getötet, die auf Hinrichtungsmethoden schließen lassen. Wir sind fest davon überzeugt, dass Egon Kleist seine einzige Tochter nicht nur liebt, sondern von ihr besessen ist. Alle diese Menschen hatten ihr wehgetan und wurden bestraft."

„Das ist doch absurd. Egon Kleist ist Professor der Anthropologie und der Geschichte. Außerdem ist er Vorsitzender der Kulturvereinigung *Saarland und Geschichte* und bereits seit sechs Jahren Landtagsabgeordneter. Da wollen Sie mir erzählen, dass er nichts Besseres zu tun hat, als seine Tochter vor Unholden zu schützen. Tut mir leid, aber mich überzeugen Sie damit nicht. Ich gebe Ihnen einen guten Rat: Bringen Sie Fakten – unwiderlegbare Fakten! Mit vagen Vermutungen können wir nicht arbeiten."

„Besteht die Möglichkeit, Kleist zur Befragung vorzuladen?", fragte Lukas.

„Lassen Sie den Mann in Ruhe und suchen Sie Pfeiffers Mörder! Verhören Sie den Gärtner! Der hat Umgang mit einem Beil."

Kapitel 27

„Verdammt!", fluchte Theo im Flur. „Kleist ist unser Mann, ich habe das im Urin!"

„Ja, aber wie kommen wir an ihn heran?"

„Ich versuche einfach, den Staatsanwalt anzurufen. Der entscheidet letztendlich, ob er dem Antrag zustimmt oder nicht", schlug Theo vor.

„Das wird schwer, weil der Mann uns und unsere Arbeitsmethoden nicht kennt."

„Stimmt." Theo rieb sich verzweifelt durch seine schwarzen Haare, bis er aufschaute und meinte: „Wir müssen Kleist auf frischer Tat ertappen, nur damit können wir Ehrling überzeugen."

„Und wie willst du das anstellen?", horchte Lukas interessiert auf.

„Ganz einfach: Wir müssen einen Köder auslegen. Wenn er zuschlägt, sind wir zur Stelle."

„An wen denkst du da?" Lukas bekam große Augen.

„An wen schon? An dich! Er hat es auf dich abgesehen und wird versuchen, deine Hinrichtung zu vollenden. Deshalb musst du den Kontakt zu Juliane aufrecht halten und wir bleiben in deiner Nähe."

„Nein, da mache ich nicht mit!" Lukas schüttelte den Kopf. „Meine Erlebnisse der letzten beiden Tage haben gereicht, um mir klarzumachen, wie sehr ich an meinem Leben hänge. Tut mir leid, such dir einen anderen Lebensmüden."

„Eine andere Lösung gibt es nicht. An Beweise gegen ihn kommen wir nicht ran. Er ist viel zu gerissen. Als Professor an der Uni und gleichzeitig Landtagsabgeordneter kennt er sich mit Recht und Gesetz noch besser aus als wir", beharrte Theo. „Du musst dieses Spiel mitmachen."

„Warum ich? Ist es wegen Marianne? Versuchst du auf diese Weise, mich loszuwerden?" Sprachlos schaute Theo sein Gegenüber an. Lukas' Gesicht war gerötet.

„Das ist es nicht. Wirklich!"

„Du warst schon immer der Stratege von uns beiden. Jetzt hast du die besseren Karten, mich hinters Licht zu führen." Lukas' Miene wirkte niedergeschlagen.

„Mein Vorschlag ist wirklich nicht persönlich gemeint", rechtfertigte sich Theo. „Ich bin überzeugt, dass unser Täter nur auf dich reagieren wird – auf niemand anderen. Wenn wir einen Fremden als Lockvogel benutzen, ist das vergebliche Liebesmüh. Dieser Mensch will dich. Deshalb bist nur du für den Plan geeignet. Denn du bist der Einzige, der bei Juliane ein- und ausgeht, was Grundvoraussetzung für meinen Plan ist."

Lukas dachte an seinen letzten Besuch bei Juliane. Ob die Grundvoraussetzung, von der Theo sprach, nach seinem letzten Abgang noch existierte? Er hatte seinen Verdacht gegen sie zu offen ausgesprochen. Konnte er dieses Haus je wieder unbefangen betreten? Außerdem spürte er nicht die geringste Lust, zu ihr zu fahren. Seine Unsicherheit Juliane gegenüber – die er einmal geliebt und für die er sein ganzes Leben zerstört hatte – machte es ihm unmöglich, ihr wieder in die Augen zu sehen. Wie sollte er es unter diesen Voraussetzungen anstellen, den Köder zu spielen? Seine Gedanken drehten sich im Kreis. Seine Entschlossenheit war nur noch eine Farce. Sein Selbstbewusstsein kaum noch vorhanden. Von den Erkenntnissen erdrückt, stützte er seinen Kopf auf beiden Händen ab.

In die Stille hinein fragte er: „Wie geht es Marianne?"

Theo konzentrierte sich auf seinen Bericht.

„Gut." Mehr brachte er nicht heraus.

„Ist sie glücklich?"

„Ich denke schon."

„Das freut mich."

Verblüfft schaute Theo hoch.

„Ich wünsche euch, dass ihr glücklich werdet. Besonders für Marianne. Sie hat etwas Besseres als mich verdient", erklärte Lukas auf Theos fragendes Gesicht. Theo vermied es, darauf zu reagieren. Die Situation war ihm zu peinlich.

Lukas' Telefon läutete genau im richtigen Augenblick, um die beiden aus ihrer misslichen Lage zu befreien. Es war der Beamte der Polizeiinspektion Mitte: „Durch den Fall Voggenreiter bin ich neugierig geworden und habe weiter recherchiert. Es gibt da etwas Merkwürdiges."

Sofort wurde Lukas hellhörig: „Erzählen Sie!"

„Er verschwand am 16. Juli 1993 und am 6. November 1994 fand man bei Ausgrabungen in Reinheim-Bliesbrück neben keltischen Gräbern eine völlig entstellte Leiche."

„War nichts an ihm, was auf seine Identität hätte schließen können?", fragte Lukas.

„Nein, die Leiche war nackt, die Hände abgehackt! Der Körper wurde laut Obduktionsbericht gepfählt und das Geschlechtsteil entfernt. Der Kopf fehlte. Bei dem Zustand konnte man die genaue Identität nicht mehr feststellen. Damals gab es noch keine Möglichkeit der DNA-Analyse. Aber heute. Die Proben sind im Labor."

Lukas wurde es von Wort zu Wort, das der eifrige Kollege munter durch den Hörer plapperte, schlechter. Trotzdem gab er Anweisung zu ermitteln. Er musste es wissen, schließlich war er der nächste Kandidat in dem makaberen Spiel, das Theo mit ihm spielen wollte.

„Voggenreiter gehört in unsere Aufzählung von Hinrichtungsopfern", erklärte er seinem Kollegen entmutigt. „Und zwar zu der Sorte der Gepfählten."

Theo tippte die Telefonnummer von Theresa Acantelaris Familie in Sizilien ein. Die Postkarte der Italienerin lag vor ihm auf dem Schreibtisch.

Es dauerte lange, bis er nach einem lauten, hektischen Wortwechsel auflegte. Seine Miene erhellte sich nicht. Im Gegenteil: Nun wirkte er erst richtig verwirrt.

„Was ist los?", drängte Lukas. „Was sagen die Familienangehörigen?"

„Sie behaupten, Theresa sei angekommen, sei aber zurzeit nicht zu Hause."

„Was ist daran so schlimm?“

„Dass ich immer dieselbe Antwort erhalte, seit ich dort anrufe. Theresa lässt sich verleugnen. Solange sie dort unten ist, kommen wir nicht an sie heran“, erklärte der Kollege. „Juliane hat das genauso geplant. Sie ist raffinierter, als wir dachten.“

„Traust du ihr jetzt nicht zu viel zu?“, empörte sich Lukas. „Es ist doch möglich, dass Theresa tatsächlich nicht zu Hause war.“

„Das werden wir feststellen, indem wir morgen wieder anrufen. Allerdings lautet meine Prognose, dass sie morgen wieder nicht zu Hause ist.“

***

„Wir haben Georg Hammer nicht angetroffen.“ Mit der Nachricht betrat Andrea Peperding das Großraumbüro.

„Und seine Frau?“, fragte Theo.

„Sie schon. Sie behauptet stur und steif, Georg habe das Haus mit der Absicht verlassen, zur Polizei zu gehen. Aber hier ist er nicht. Er hat sie angelogen.“ Andrea grummelte. „Wie kann eine Frau nur so dämlich sein und alles glauben, was der Mann sagt? Vermutlich ist er längst über alle Berge und sie darf die Strafe für beide allein absitzen.“

„Oder sie hat gelogen!“, zweifelte Theo.

„Das hat sie nicht“, widersprach Andrea. „Das zarte Pflänzchen kann gar nicht lügen.“

„Wenn das die Wahrheit ist, wieso ist er nicht hier angekommen?“ Theo riss die Augen weit auf.

„Worauf willst du hinaus?“

„Robert Waltz wurde hingerichtet, weil er etwas wusste, was Juliane schaden konnte. Wenn Georg Hammer dasselbe weiß und mit diesem Wissen immer noch herumläuft, schwebt er auch in Lebensgefahr. Warum sollte der Henker Waltz töten und Hammer leben lassen?“

Eine Weile verstummten alle und ließen das Gesagte auf sich einwirken. Die Theorie war grausam, aber möglich.

„Und Ehrling lässt nicht zu, dass wir Egon Kleist unter die Lupe nehmen. Wir haben keine andere Wahl, als abzuwarten, was passiert", präzisierte Lukas ihre Situation.

„Vielleicht malen wir den Teufel an die Wand. Georg Hammer ist längst über alle Berge und lässt seine Frau schön allein in dem ganzen Schlamassel zurück", beschwichtigte Andrea.

„Bei deiner Meinung über Männer ist das die einzige logische Erklärung!"

***

Lukas' Knie zitterten, als er durch Saarbrücken fuhr. Der Überfall auf ihn lag erst einige Stunden zurück. Ob Theos Plan aufging? Er fühlte sich beschissen.

In seiner Verzweiflung brachte er Juliane mit dem Angriff auf ihn in Verbindung, egal wie verzweifelt er sich bemühte, den Gedanken zu verdrängen. Hatte er nicht selbst mit den unentschuldbaren Verdächtigungen begonnen? Hatte ihn nicht selbst das Gefühl beschlichen, sie sei längst nicht so unschuldig, wie sie vorgab? Seinen Argwohn verdankte er Theo, der mit seinen unermüdlichen Beschuldigungen endlich Zweifel in Lukas gesät hatte. Was hatte Theo aus ihm gemacht? Wie eine Marionette fühlte er sich, die nur durch die Hand eines anderen bewegt wird.

Die letzte Stunde hatten sie damit verbracht, Pläne zu schmieden, wie sie Egon Kleist aus der Reserve locken könnten. Andrea und Monika hatten sich enthusiastisch daran beteiligt. Der Gedanke, dass es für Lukas lebensgefährlich werden könnte, schien sie sogar zu beflügeln.

Nun befand er sich in einem Dienstwagen auf dem Weg zu Juliane Pfeiffer.

Ständig trat das Bild von Kleist in dessen Büro im Landtagsgebäude vor seine Augen. Das Gefühl, das dieser Mann in ihm ausgelöst hatte, machte ihn keineswegs mutiger. Das Gegenteil war der Fall. Er spürte, dass er in Kleists Augen nur eine lächerliche Figur war, die bereits zweimal am Haken gezappelt hatte. Beim ersten Angriff konnte er sich damit trösten, dass er nicht ihm gegolten hatte. Aber der zweite ...

Welches Ritual hatte Kleist vollziehen wollen, bevor er gestört worden war? Die Frage beschäftigte Lukas, da er mit Sicherheit eben diesem Hinrichtungswahn zum Opfer fallen sollte. Sollte er erhängt werden? Vermutlich, denn vom Balkon stürzen war keine Variante, die infrage käme. Was würde er sich wohl als nächstes für ihn ausdenken? Was blieb für einen übrig, der zweimal seiner Hinrichtung entkommen war? Sollte er wie ein Verräter gevierteilt werden?

Ihn fröstelte. Hastig schüttelte er den entsetzlichen Gedanken ab. Der Plan war geschmiedet. Für ihn gab es kein Zurück mehr.

„Na, alter Junge, alles klar?“, hörte er die muntere Stimme seines Kollegen Theo, der in einem Zivilfahrzeug ganz in seiner Nähe blieb, um im Notfall sofort eingreifen zu können. Auch Andrea und Monika hatten beschlossen, in der Nähe zu bleiben. Je mehr Leute zum Schutz abgestellt waren, umso größer war die Chance, dass der Plan funktionierte.

„Wenn man in meiner Situation davon sprechen kann, ja!“

„Lass den Kopf nicht hängen, wir sind immer in deiner Nähe. Außerdem glaube ich nicht, dass du in Gefahr schwebst. Wir bleiben bei unserem Plan: Du holst Juliane ab und kommst so schnell wie es geht mit ihr zusammen zum Landeskriminalamt zurück.“

Kapitel 28

Georg Hammer verließ das Haus. Er erschrak. Ein großer Mann stand vor ihm. Seine Kleidung war schwarz, seine Miene starr. Wer war das?

„Wohin des Wegs?“, fragte der Mann.

„Zur Polizei“, antwortete Georg in der Hoffnung, damit den Fremden zu erschüttern. Aber das Gegenteil war der Fall. Das Gesicht seines Gegenübers hellte sich auf. Er sagte: „Das freut mich zu hören. Ich bin von der Polizei. Ich bin hier um sie abzuholen. Am besten fahren Sie gleich mit mir.“

Widerwillig fügte sich Georg und stieg in den großen, schwarzen Mercedes ein, der für einen Polizeiwagen höchst ungewöhnlich aussah. Auf sein fragendes Gesicht bemerkte der Fremde: „Ich bin im Zivileinsatz. Da fährt man solche Autos.“

Zufrieden nickte Georg und schnallte sich an.

Die Fahrt ging los.

Von Minute zu Minute wuchs in Georg das Gefühl, dass er einen gravierenden Fehler gemacht hatte. Der Weg, den dieser Fremde einschlug, führte nicht zur Kriminalpolizeiinspektion. Nein, sie fuhren in Richtung Westen, nach Burbach.

„Wer sind Sie wirklich?“

Der Fremde schwieg.

„Sie sind nicht von der Polizei.“ Panik trat in Georgs Stimme.

Immer noch keine Reaktion von dem Fremden. Er hielt seinen Blick unbewegt nach vorne gerichtet. Sie passierten das Weltkulturerbe Völklinger Hütte, fuhren am Stadtkern vorbei und bogen in eine Seitenstraße ein. Wortlos steuerte der schwarz gekleidete Mann den Wald an, der an ein Gewässer grenzte; den Burbacher Waldweiher.

„Was haben Sie mit mir vor?“, fragte Georg mit zitternder Stimme. Der Gedanke, dass der Weiher das letzte sein soll, was er erleben würde, war unerträglich.

„Kennen Sie Hans Kohlhase?“, fragte der Fremde mit einem seltsamen Tonfall in der Stimme.

„Nein, wer ist das?“

„Er war Pferdehändler und starb am 22. März 1540 auf dem Strausberger Platz in Berlin.“

Die Augen des Fremden begannen plötzlich zu leuchten. Ganz abseits stellte er den Wagen ab. Er schaltete den Motor aus. Außer Bäumen und Wasser war von ihrer Position aus nichts zu sehen. Hastig versuchte Georg die Beifahrertür zu öffnen, aber sie war verriegelt. Am ganzen Körper zitterte er. Schweiß brach aus allen Poren. Verzweifelt zerrte er an der verschlossenen Tür.

Der Fremde sprach ruhig weiter: „Er traf seinen Meister – genauso wie du jetzt. Trag es mit Würde, denn du trägst ein Stück zur Kultur bei.“

Kapitel 29

Julianes Haus kam in Sicht. Groß und majestätisch.

Wie sonst auch stellte Lukas den Dienstwagen in der Seitenstraße ab. Mit unsicheren Schritten näherte er sich dem Gebäude, das einst eine wunderbare Verheißung war. Auch als er geklingelt hatte und Julianes Schritte hörte, fühlte er nichts von dem, was er noch vor Stunden dort empfunden hatte. Lediglich Angst. Und hinzu kam die Befürchtung, dass Juliane seinen Zustand erraten könnte.

Sie öffnete. Kein nettes Lächeln, keine verführerische Geste, nichts. Mit eiskaltem Schweigen taxierte sie ihn, bis sie endlich fragte: „Was willst du jetzt schon wieder hier?"

„Mit dir reden", stammelte Lukas. Seine Unbeholfenheit war so echt, dass Juliane lachte. Lukas fühlte sich gedemütigt. War die Reaktion gut? Ja, sie war gut, denn wie es aussah, schöpfte Juliane keinen Verdacht.

Auf der Terrasse setzten sie sich gegenüber und schauten eine Weile dem Gärtner zu, der damit beschäftigt war, die Hecken mit einer großen Schere zu stutzen. Die Sonne spiegelte sich in dem kleinen Teich. Unwillkürlich tauchten vor Lukas' Augen die Bilder der beiden nackten Frauen auf. Er konnte einfach nicht mehr umhin, er musste es wissen.

„Was verbindet dich mit Miriam?"

Er wusste, dass er keine Zeit verlieren durfte. Aber jetzt und hier, wo sein Schicksal seinen Anfang genommen hatte, konnte er nicht anders. Er musste zumindest wissen, wie alles so weit kommen konnte.

„Nichts!"

„Du unterhältst doch eine lesbische Beziehung zu ihr", blaffte er nun ungehalten.

Völlig ungerührt saß Juliane da, zündete sich eine Zigarette an und meinte nach einer Weile: „Ich wusste die ganze Zeit, dass du uns beobachtet hast. Warum fragst du mich erst jetzt danach?"

Verzweifelt rieb Lukas sich die Schläfen. Er überlegte, was er antworten sollte. Aber etwas anderes als die Wahrheit wollte ihm einfach nicht einfallen, also gestand er ihr, was ihn davon so lange abgehalten hatte.

Abfällig lachte Juliane, blies ihm den Rauch ins Gesicht und meinte leise: „Ich liebe es, wenn man mir beim Sex zusieht."

„Egal mit wem du es tust?"

„Nein, am liebsten, wenn ich mit dir zusammen bin."

Schlagartig wurde es Lukas ganz heiß: „Und wer hat uns bisher zugesehen?"

„Böhme hat uns beobachtet." Sie lachte.

„Böhme ist tot. Gibt es noch jemanden?"

„Was glaubst du?"

„Deinen Vater."

Nun lachte Juliane laut, stand auf und verschwand so geschwind im Haus, dass Lukas Mühe hatte, ihr zu folgen.

„Bitte, führ mich nicht weiter an der Nase herum!", bat er. „Ich will einfach wissen, wo ich dran bin."

„Das weißt du. Aber weiß ich auch, wo ich dran bin?"

Völlig konsterniert schaute er Juliane an. Er spürte einen quälenden Schmerz in der Brust. Ganz plötzlich überkamen ihn Bedenken, ob er das Richtige tat. Waren seine Gedanken durch Theos Verdächtigungen so vergiftet worden, dass er die Wirklichkeit nicht mehr erkannte? Konnten ihre Augen wirklich lügen? Er wusste es nicht. Zu viel war passiert, zu oft hatte er in den letzten Tagen um sein Leben zittern müssen. Er war tatsächlich nicht mehr in der Lage, Gut und Böse zu unterscheiden. Lange starrte er sie nur schweigend an, bis sie ungeduldig wurde und fragte: „Warum bist du gekommen?"

„Ich habe den Auftrag, dich mit zur KPI zu bringen. Du sollst dort zu den Videos befragt werden." Nun hatte er es ausgesprochen, warum er in die Höhle des Löwen geschickt worden war. Schlagartig kehrte seine Angst zurück. Schweiß brach unter seinen Achselhöhlen aus, seine Knie zitterten, sein Mund fühlte sich so trocken wie eine Sandwüste an. Der Blick, den sie ihm zuwarf, war so stechend, dass er schon glaubte, den Einstich zu spüren.

„Du wirfst mich doch tatsächlichen den Hunden zum Fraß vor!“ Hasserfüllt klang ihre Stimme. „Was bist du nur für ein erbärmlicher Scheißer?“

„Es tut mir leid, aber die Entscheidung lag nicht bei mir“, versuchte Lukas sich zu rechtfertigen, doch Juliane hörte nicht mehr auf ihn. Sie ging zur Garderobe, nahm eine Jacke heraus und trat auf die Tür zu.

„Dann wollen wir mal.“

Verzweifelt folgte Lukas ihr. Es war alles schlimmer gekommen, als er befürchtet hatte.

Vor der Haustür ließ er unwillkürlich seinen Blick durch die Umgebung wandern, konnte aber nichts sehen, was nicht dorthin gehörte. Kein Kollege, der Julianes Argwohn schüren könnte. Und auch kein schwarzes Fahrzeug, kein Henker, nichts. Allerdings wusste er nicht, ob das beruhigend für ihn sein sollte. Vielleicht wäre es besser zu wissen, wo sein Feind steckte.

***

Wieder betrat Juliane das Großraumbüro.

Mit stolzen Schritten näherte sie sich Theos Schreibtisch, als sei dieser Gang eine besondere Freude für sie. An diesem Tag trug sie hautenge Jeans und eine dünne Bluse, die ihren Spitzen-BH durchschimmern ließ. Die Jacke lag lässig über ihrer Schulter.

„Der wird die Überheblichkeit noch vergehen“, murmelte Theo wütend, während er ihren Auftritt verfolgte.

„Blendend sehen Sie aus! Wie machen Sie das nur nach allem, was in letzter Zeit passiert ist?“, lautete sein geheuchelter Gruß.

„Was ist denn passiert?“, fragte sie zurück, womit sie Theo überraschte. Er hatte von seiner Schmeichelei eine andere Reaktion erwartet.

„Ihr Mann hat sie vergewaltigt“, reagierte er, womit er endlich einen Volltreffer landete. Schlagartig war ihre Selbstsicherheit verschwunden. Theo hatte so laut gesprochen, dass alle in dem großen Büro verstummten und den beiden lauschten.

Aber Juliane schwieg so lange, bis der gewohnte Lärm wieder eintrat.

„Sehen Sie es, wie Sie wollen!"

„Ich sehe es mir mit Ihnen gemeinsam an. Dann können Sie mir ja die Situation aus Ihrer Sicht schildern."

Er drehte den Bildschirm seines Computers so, dass sie beide draufsehen konnten. Dann steckte er einen USB-Stick ein, aktivierte einige Funktionen mit seiner Maus, bis der Film über den Monitor flimmerte. Bereits nach zwei Minuten hob Juliane ungeduldig die Hände in die Höhe und rief: „Ist schon gut, schalten Sie das ab!"

„Nein, wir sehen uns alles an. Schließlich möchte ich mich von Ihnen aufklären lassen, was diese Szene außer einer Vergewaltigung noch darstellen könnte." Theo beobachtete Julianes Gesicht. Verzweifelt richtete sie ihren Blick auf Lukas, der frustriert hinter ihr stand und das grauenvolle Video zum zweiten Mal über sich ergehen ließ.

Laut dröhnten die Worte *„Hast du ernsthaft geglaubt, du kommst damit durch? Ich werde dir zeigen, was man mit Gören wie dir macht. Hast du wirklich geglaubt, du kannst mich so zum Narren halten?"* durch das Büro. Julianes Weinen und ihre verzweifelten Schreie erfüllten blechern den Raum. Gespannte Atmosphäre machte sich breit. *„Bist du wirklich so dumm und glaubst, dass ich es nicht herausbekomme?"* donnerte Pfeiffers Stimme begleitet von Julianes Weinen.

Bis zum Szenenwechsel ließ Theo das Video laufen.

„War es wirklich nötig, den Film hier vorzuspielen?", fragte Lukas vorwurfsvoll, während er die anderen Kollegen beobachtete, die verstohlene Blicke zu ihnen herüberwarfen.

„Ja, das war es", antwortete Theo, ohne Juliane dabei aus den Augen zu lassen. Ihr Gesicht war blass, ihre Lippen bebten. Mit zitternden Händen zog sie eine Zigarette aus der Tasche. Doch Theo näherte sich ihr und meinte: „Rauchen verboten. Einmal habe ich es Ihnen durchgehen lassen, weil ich dachte, dabei mehr von Ihnen zu erfahren. Aber die Rechnung war nicht aufgegangen. Jetzt müssen Sie mit Ihrer Sucht leben."

„Sie Ar..."

„Bitte keine falsche Bescheidenheit", fiel ihr Theo ins Wort. „Klären Sie mich lieber auf, ob so Ihre Liebesakte für gewöhnlich aussahen oder ob dieses Schauspiel eine besondere Delikatesse war!"

Sie hielt seinem Blick stand, während sie antwortete: „Wir bevorzugten ungewöhnliche Praktiken. Wenn Ihnen unsere Methoden nicht gefallen, ist das nicht mein Problem."

„Sie wollen mir damit sagen, dass das, was wir auf dem Band sehen, normal war?"

„Genau das!" Ihre alte Fassung war zurückgekehrt. Der Kampf wurde für Theo umso schwerer.

„Gehörten Enthauptungen auch zu Ihren Praktiken?"

Angeekelt schaute sie von dem Kriminalkommissar weg.

„Was meinte Udo damit: *Hast du wirklich geglaubt, du kannst mich so zum Narren halten*?" wiederholte er den Wortlaut auf dem Video.

„Das weiß ich nicht!"

„Sicher wissen Sie das! Warum sonst hätten Sie sich eine solche Behandlung einfach gefallen lassen? Eine Frau wie Sie weiß sich zu helfen. Haben Sie Ihren Mann betrogen?"

Juliane lachte laut auf: „Nein, dazu hatte ich keine Energie. Udo hatte ausgefallene Ansprüche, da war ich mehr als ausgelastet."

„Dann ging es um Geld?"

„Geld hatten wir genug. Darum mussten wir uns nicht streiten."

„Verdammt! Udo sagte doch nicht nur zum Spaß solche Sachen!" Theo verlor die Geduld. „Was sollte er nicht herausbekommen? Waren Sie schwanger oder hatten sie sein Geschäft ruiniert? Irgendetwas muss ihn in diese Rage versetzt haben."

„Ich kann mich überhaupt nicht daran erinnern, dass er mir

solche Fragen gestellt hat. Es ist doch interessant, wie eine solche Szene aus einer anderen Perspektive aussieht", stellte Juliane amüsiert fest, wofür sie einen völlig verstörten Blick von Lukas erntete.

Frustriert ließ Theo das Band weiterlaufen. Nun lag Udo nackt auf dem Bett und die unbekannte Frau, die nur von hinten zu sehen war, trat auf ihn zu.

„Erkennen Sie diese Frau?"

„Nein. Mit dem Kopftuch könnte es jede sein."

Die Szene war schnell vorbei. Mit einem Klick kam das Video zum Ende.

„War das alles? Ich dachte, Sie überführen mich jetzt des Mordes", spottete Juliane. Theo ließ sich nicht mehr reizen. Ein Lapsus genügte. Ganz ruhig fragte er: „Wie gut ist eigentlich Ihr Verhältnis zu Ihrem Vater?"

Überrascht über den Themenwechsel schaute sie den Beamten fragend an, um sicherzugehen, dass sie sich nicht verhört hatte. Aber Theo fügte dem nichts hinzu.

Nach einem Räuspern meinte sie: „Gut! Dafür dass wir uns jahrelang nur heimlich sehen durften."

„Sie sind das einzige Kind von Egon Kleist, nicht wahr?"

„Ich weiß über sein Leben nicht viel."

„Aber Sie wissen bestimmt, dass Sie sein Wunschkind sind – also etwas ganz Besonderes für diesen Mann?"

„Er liebt mich, wie man eben eine Tochter liebt. Besonders gut kenne ich mich in diesen Dingen nicht aus. Worauf wollen Sie hinaus?" Juliane wurde unruhig.

„Würde ein liebender Vater nicht alles für seine einzige, über alles geliebte Tochter tun?", blieb Theo beharrlich auf seinem Kurs. Er hatte sie endlich am Haken. Er genoss es, sie zappeln zu sehen. Auf diesen Moment hatte er lange gewartet.

„Vermutlich schon. Was soll diese Fragerei? Ich habe keine Zeit für Spielchen."

„Würde er nicht auch die bösen Buben bestrafen, die seiner Tochter wehgetan haben: so zum Beispiel Markus Voggenreiter, der Sie 1993 vergewaltigt hat. Oder Böhme, der es vor kurzem versuchte. Oder Udo, der es, wie wir alle wissen, ebenfalls getan hat?"

Juliane wurde still. Blass saß sie da. Die Minuten strichen langsam dahin, während die Computertasten klickten, die Drucker ratterten und Telefone klingelten. Unbeeindruckt von dem geschäftigen Treiben in dem Großraumbüro starrten die beiden sich an, bis Lukas dem ein Ende setzte. Ungeduldig schob er einen Stuhl dazu und setzte sich direkt neben Juliane, um sie von Theo abzulenken. Mit leiser Stimme meinte er: „Wir müssen dich alle diese Dinge fragen, weil wir verhindern wollen, dass noch mehr grausame Morde in unserer Stadt passieren. Kannst du das verstehen?"

„Ich kann und werde euch nicht helfen, diese Morde aufzuklären. Das ist eure Arbeit. Was soll die Fragerei einbringen außer Zeitverschwendung?", schimpfte Juliane.

„Alles, was in letzter Zeit passiert ist, steht direkt oder indirekt mit dir im Zusammenhang. Deshalb haben wir dich hierher bestellt. Wir haben einen Verdacht, den wir zuerst bestätigen müssen. Nur du kannst uns dabei helfen." Lukas' Worte klangen so salbungsvoll, als stünde er auf der Kanzel in der Kirche, die er früher immer unfreiwillig mit seiner Mutter besucht hatte.

„Heißt das, dass ich nicht mehr im Verdacht stehe, sondern mein Vater?"

Das Schweigen der beiden Polizeibeamten war Antwort genug.

Der Köder war ausgelegt, das Spiel konnte beginnen.

***

Während der Fahrt durch die Stadt sprach keiner etwas. Die Stille drückte ebenso wie die Sonne auf das Auto. Lukas war mit seinen Gedanken beschäftigt. Erschrocken zuckte er, als er ihre Hand an seinem Oberschenkel spürte. Leise lachte Juliane und meinte: „Ist es dir unangenehm, von mir berührt zu werden?"

Eine Antwort wurde überflüssig, als beide einen Blick auf seine Hose warfen.

„Wollen wir noch ein bisschen spazieren fahren?", schlug sie mit einem Blick zum strahlend blauen Himmel vor.

Lukas schwankte. Die Idee war zu verlockend, um nein zu sagen. Aber von seinen Kollegen hatte er klare Anweisung, sie sofort nach Hause zu bringen. Jede Abweichung vom Plan könnte tödlich für ihn enden. Verzweifelt überlegte er, wie er ablehnen konnte, ohne den geringsten Verdacht zu schöpfen – es fiel ihm nichts ein. Vermutlich, weil er selbst zu große Lust hatte, einfach mit ihr hinauszufahren, ihre Nähe zu genießen, die Sorgen beiseite zu schieben. Etwas, was er seit langem nicht mehr konnte. Seit der Befragung, die durchweg Theo geführt hatte, wuchs sein Vertrauen in sie. Das Gefühl machte ihn glücklich.

„Warum nicht?", hörte er sich selbst sagen, als habe er eine innere Stimme, die für ihn sprach. Geschwind bog er in eine andere Richtung ab. Er verließ die Stadt in Richtung Westen.

„Wo willst du hin?", fragte sie, während sie weiter über seine Beine streichelte, seiner erregten Zone immer näher kam.

„Am Rand von Burbach gibt es einen Weiher. Dort sind wir ungestört."

Lukas glaubte mit seiner Idee zwei Fliegen mit einer Klappe geschlagen zu haben. Er kam sich geschickt vor. Der Weiher, den er anfuhr, lag immer noch im Raum Saarbrücken, sodass er innerhalb kürzester Zeit Julianes Haus erreichen konnte. Mit etwas Glück merkten die Kollegen nichts von seinem Abstecher. Die Hand auf seinem Oberschenkel gab ihm mit jedem Kilometer, den sie sich dem Weiher näherten, das Gefühl, das Richtige zu tun. Noch zweimal bog er ab, da lag das glitzernde Wasser vor ihnen – ruhig und friedlich.

Spaziergänger standen am Ufer und unterhielten sich, andere steuerten den Eismann an, der mit einem kleinen VW-Bus auf dem Parkplatz stand. Einige Gäste machten es sich auf der Terrasse des daneben stehenden Cafés gemütlich.

Sie stiegen aus, kauften sich ein Eis und spazierten Hand in

Hand am See entlang, bis sie an einem Winkel gelangten, der vor den Blicken Fremder verborgen blieb. Sofort umarmten sie sich, küssten sich begierig. Ihre Hände tasteten sich ungeduldig in seine Hose. Gleichzeitig schob er voller Verlangen ihren Büstenhalter nach oben, streichelte ihren entblößten Busen.

„Du hast mir so gefehlt", hauchte sie in sein Ohr.

„Du mir auch", flüsterte er zurück. Sein Kopf rauschte vor Glückseligkeit, sein Unterleib war voller Ameisen, das Kribbeln zog sich über seinen Bauch, seine Brust, zum Hals und höher. Das Rauschen in seinem Kopf wurde lauter.

Bis es krachte.

Er schaute auf und traf Julianes Blick.

Sie hatte es auch gehört.

Erschrocken starrten beide auf die Bäume. Aber die Vegetation war zu dicht, sie konnten nichts erkennen.

„Was war das?" Juliane schob ihre Kleider an ihren Platz zurück.

„Ich weiß nicht. Soll ich mal nachsehen?"

„Nein, besser nicht. Lass uns weitergehen!", drängelte Juliane ängstlich.

Doch zu spät. Lukas Neugier war geweckt. Mit hastigen Schritten arbeitete er sich durch das dichte Geäst hindurch. Juliane wollte ihm folgen, aber er gab ihr ein Zeichen, auf dem Weg zu bleiben. Ständig schlugen ihm Blätter und kleine Äste ins Gesicht, während er sich durch das Dickicht hindurchkämpfte. Sein Herz klopfte heftig. Mit jedem Schritt fühlte er sich unbehaglicher. Plötzlich begann er sich zu fragen, ob er wirklich wissen wollte, was sich dort verbarg. Aber sein Instinkt trieb ihn weiter.

Bis er es sah: ein großes, altes Wagenrad.

Sein Herzschlag setzte für einen Moment aus.

Auf das Wagenrad war ein Mann gespannt. Er lag bäuchlings. Seine Gliedmaßen waren verdreht, nichts schien an seinem Platz zu sein. Verrenkt neigte sich sein Kopf zur Seite. An dem aufgerissenen Mund konnte Lukas erkennen, dass der

Mann fürchterliche Qualen erlitten hatte, bevor er starb.

Zitternd zog er sein Handy aus der Hosentasche.

Im Kurzwahlspeicher war Theos Nummer. Allen Bedenken zum Trotz: Er musste seinem Kollegen seinen Fehler eingestehen. Er drückte auf den Knopf, das Gerät begann zu wählen, während er mit hastigen Schritten auf den Weg zurückkehrte.

Juliane starrte ihm mit leichenblasser Miene entgegen. „Das kann doch kein Zufall sein, dass du mich ausgerechnet hierherlockst?“, fragte er fassungslos.

Doch ihr Blick galt nicht ihm. Er ging an ihm vorbei.

Lukas drehte sich um und sah eine schwarze Gestalt im Dickicht.

Juliane schrie hysterisch.

Passanten, die das Spektakel gehört hatten, kamen herbeigeeilt. Als sie Lukas sahen, waren sie sich nicht mehr sicher, ob sie wirklich wissen wollten, was dort geschah. Unschlüssig blieben sie in der Nähe stehen und versuchten, Wortfetzen mitzuhören.

Lukas hörte, wie sich Theo am Handy meldete. Er wollte sprechen. Aber es ging nicht.

„Lukas!“, schrie Theo. „Ich weiß, dass du das bist! Was ist los?“

Lukas Kehle war zugeschnürt. Seine Hand, die das Handy hielt, öffnete sich. Das kleine Mobiltelefon fiel zu Boden.

Seine Luft wurde knapp. Er versuchte mit beiden Händen, seinen Hals zu befreien.

Juliane schrie. Auch die Menschen ringsherum schrien.

Das machte Lukas wahnsinnig. Er musste sich konzentrieren, er brauchte Luft. Er ertastete einen Strick, der ihm die Luft abdrückte. Auf einmal schwebte er. Seine Füße bekamen keinen Boden mehr zu spüren. Er zappelte, kam sich vor wie eine Puppe – ohne Halt und ohne Kraft. Der Druck, den der Strang auslöste, wurde stärker, seine Sehkraft schwand bis es gänzlich schwarz um ihn war. Immer noch hielt er sich mit beiden Händen an dem Strick fest und zog daran. Seine Kraft reichte nicht aus. Lukas wurde ohnmächtig.

***

„Hier steckst du also!“ Mit der Feststellung riss Theo Lukas ins Leben zurück.

Lukas blinzelte gegen die Sonne. Theos Gesicht wirkte schwarz.

„Wie hast du mich gefunden?“

„Durch die von deinem Handy angefunkten Sendemasten deines Handys“, erklärte Theo. „Aber was tust du hier? Solltest du sie nicht nach Hause fahren, wo wir dich im Auge behalten können? Du verdammter Idiot! Zuerst behauptest du, du hättest Angst und läufst genau in seine Hände.“

Lukas schaute zu Juliane, die immer noch außer sich war. Die Frau war sein Untergang. Für sie riskierte er Kopf und Kragen, für sie vergaß er, in welcher Situation er sich befand. Blass und zerbrechlich saß sie da. Schon wieder spürte er gegen alle Vernunft, dass er ihr ein nächstes Mal auch nicht widerstehen konnte. Egal, was sie getan hatte, er war ihr verfallen.

„Du hast recht, ich habe mich wie ein Idiot benommen“, gab er krächzend zu. „Vermutlich bin ich einer und kann nicht anders.“

„Komm mir bloß nicht auf die Mitleidstour! Juliane hat dir vermutlich während der Fahrt Flöhe ins Ohr gesetzt und du bist wie ein Liebestoller darauf reingefallen.“

„Sie trifft keine Schuld. Ich habe den Vorschlag gemacht, hierher zu fahren. Sie willigte ein.“

„Ja, weil sie wusste, wer hier auf sie wartet“, fauchte Theo.

„Das ist doch Quatsch. Es ist ein blöder Zufall, dass wir ausgerechnet hierher gefahren sind.“

„Wenn du wirklich so dämlich bist, das zu glauben, dann kann dir keiner mehr helfen. Juliane Pfeiffer ist der Handlanger des Henkers. Sie weiß genau, was sie tut.“ Damit war für Theo das Thema erledigt. Mit wütenden Schritten stapfte er dem Tatort entgegen. Erst als er bemerkte, dass Lukas ihm nicht folgte, drehte er sich um und rief: „Kommst du nicht mit?“

„Nein, ich habe genug gesehen.“

„Es ist aber unsere Arbeit.“

***

„Georg Hammer ist der bis jetzt grausamsten Hinrichtungsmethode zum Opfer gefallen“, berichtete der Gerichtsmediziner, der mit seinen Neuigkeiten höchstpersönlich zur KPI nach Saarbrücken gekommen war.

Alle Kollegen, die mit dem Fall beauftragt waren, saßen versammelt in Allensbachers Büro. Die Stimmung war auf dem Nullpunkt, die Enthüllung an Grausamkeiten auf dem Höhepunkt. Niemand wollte hören, was Dr. Stemm zu sagen hatte. Und doch drangen seine unheilvollen Worte an ihre Ohren.

„Er bekam mit einem stumpfen Gegenstand sämtliche Gliedmaßen zertrümmert, bevor ihm der Schädel eingeschlagen wurde. Noch vor der Leichenstarre wurde sein Körper auf diese makabere Art am Wagenrad befestigt. Die Spuren an seinen Handgelenken beweisen, dass er gefesselt und am Leben war, während auf ihn eingeschlagen wurde.“

„Die Methode des Räderns tauchte zum ersten Mal im 16. Jahrhundert in Deutschland auf“, berichtete Theo, der mit einem aufgeschlagenen Buch in der Runde saß. „Es war ein Volksspektakel, wobei das Rad das göttliche Symbol der Sonne darstellte.“

Wieder trat Stille ein.

Die Erinnerung daran, dass Georg Hammer noch am Tag zuvor bei ihnen gesessen hatte, machte es allen noch schwerer, darüber zu sprechen. Jeder blickte in eine andere Richtung.

Ehrling war es, der die Stille unterbrach: „Wie sehen Ihre Ermittlungen Egon Kleist betreffend aus?“

Theo und Lukas schauten ihren Vorgesetzten überrascht an. Erst einige Stunden zuvor hatte er ihnen untersagt, diesen wichtigen Mann zu verdächtigen.

„Es gibt keine Ermittlungen Egon Kleist betreffend“, erklärte Theo säuerlich. „Sie haben uns doch verboten, in dieser Richtung etwas zu tun.“

„Wir haben keine andere Wahl mehr. Die Grausamkeit der Verbrechen zwingt uns, jede erdenkliche Möglichkeit in Betracht zu ziehen. Ich habe einen Durchsuchungsbeschluss beantragt. Bis wir ihn haben, schlage ich vor, statten Sie Egon Kleist einen unangemeldeten Besuch ab. Sobald der Staatsanwalt zugestimmt hat, unterrichte ich Sie telefonisch und Sie können sofort mit der Hausdurchsuchung beginnen. Ein Team zur Verstärkung steht bereit."

Theo und Lukas sprangen von ihren Plätzen und steuerten den Ausgang an.

Doch Allensbacher stellte sich ihnen in den Weg und blaffte: „Denkt trotzdem daran, wen ihr vor euch habt! Wenn Kleist der falsche Mann ist, haben wir hier nichts mehr zu lachen."

***

Das Haus lag im Ortsteil Eschringen, abseits auf einer Anhöhe. Erwartungsvoll gingen sie die vielen Stufen hinauf zur Haustür und klingelten. Nichts!

„Was tun wir jetzt?", fragte Lukas.

„Wir suchen uns einen Schlupfwinkel, durch den wir unauffällig eindringen können."

„Bist du verrückt? Vielleicht sitzt er da drin und wartet nur darauf", wehrte Lukas ab.

„Er sitzt nicht da drin, das weiß ich. Ein Mann wie er fühlt sich so überlegen, dass er niemals den Gedanken hegt, wir könnten ihm auf die Schliche kommen."

„So sieht Ehrlings Plan aber nicht aus", murrte Lukas.

„In Ehrlings Plan kommt auch nicht vor, dass wir Egon Kleist gar nicht antreffen." Theo grinste wild entschlossen.

Lukas gab seinen Widerstand auf.

Wagemutig gingen sie an der Vorderseite des Hauses entlang zu einem kleinen, schmiedeeisernen Gartentor. Sie näherten sich der Rückseite. Vor ihren Augen erstreckte sich ein großer Garten, der aus einem gepflegten, grünen Rasen bestand, umgeben von einem Heckenzaun. Eine alte Eiche stand inmitten des saftigen Grüns wie eine Prophezeiung.

„Wer an dieser Eiche wohl schon gebaumelt hat?“, überlegte Theo.

Lukas nickte nur verdrossen. Der Strick, der bereits an seinem Hals war, hatte ihm einen Vorgeschmack gegeben.

Die Hauswand wirkte auf dieser Seite weniger gepflegt, der Putz bröckelte an verschiedenen Stellen ab. Efeu rankte über große Flächen, der bereits begann abzusterben und zu verfaulen. Die Fenster lagen alle hoch, zu hoch. Von außen konnte keiner einen Blick in das Innere des Hauses werfen. Die Kellerfenster dagegen waren winzig und mit Gittern verbarrikadiert.

„Wie sollen wir hier hineinkommen? Hier ist ja alles abgesichert wie in einer Festung“, stöhnte Lukas, stieg die wenigen Treppenstufen hinab, um an die Kellerfenster herantreten zu können. Das erste Gitter war fest eingemauert, es bewegte sich keinen Millimeter. Theo versuchte es an dem danebenliegenden Fenster, aber auch dort war alles stabil.

„Mist! Irgendwie müssen wir in das Haus hinein.“

„Scheiße Mann! Warum bist du so versessen darauf, einfach einzudringen?“, fragte Lukas verunsichert. „Kleist ist Jurist. Wenn wir hier etwas Unerlaubtes tun und er das herausfindet, wird er uns in der Luft zerreißen.“

„Das tut er so oder so“, hielt Theo dagegen. „Wir müssen ihm nur zuvorkommen.“

Ungeduldig riss er am Gitter des dritten und letzten Fensters in der Reihe. Ein lautes Krachen und es fiel zusammen mit abfallendem Putz und Mörtel auf den Boden. Sofort war Lukas zur Stelle. Gemeinsam drückten sie das kleine Fenster nach innen auf. Mühsam zwängten sie sich durch die schmale Öffnung und landeten in einem leeren Kellerraum.

Theo schaute auf seinen Kollegen und Freund und fragte spitzfindig: „Wie? Deine Bedenken schon vergessen?“

„Ich lasse dich doch nicht die Lorbeeren allein einheimsen“, entgegnete Lukas und boxte Theo gegen die Schulter. „Ich hoffe nur, dass wir hier nicht in einer Sackgasse gelandet sind."

Aber sie hatten Glück. Die Tür auf der gegenüberliegenden Seite ließ sich öffnen. Sie durchquerten kalte, dunkle Räume, die lediglich von dem Lichtstrahl der mitgeführten Taschenlampe erleuchtet wurden. Sie entdeckten den Heizungsraum. Außer der Heizungsanlage stand dort nichts. Daneben lag der Vorratsraum. Die Essensvorräte erinnerten Lukas sofort daran, dass er Hunger hatte. Weiter stießen sie auf eine herkömmliche Waschküche voller Elektrogeräte wie Waschmaschine und Trockner. Alles in allem bot sich den beiden das Bild einer völlig normalen Haushaltsführung.

Sie entdeckten eine Tür, die so niedrig war, dass sie sich bücken mussten. Theo drückte den alten, eisernen Griff herunter und schob sie auf. Mit der Taschenlampe leuchtete er hinein. Vor Schreck hielt er die Luft an.

Im Schein der Lampe stand eine Guillotine, die so echt aussah, als habe sie noch vor wenigen Minuten enthauptet. Das mächtige Messerblatt war voller brauner Flecken. Erschrocken leuchteten sie darauf. Es war Rost – kein Blut. Direkt daneben lagen Säbel, Beile, Stricke und sogar ein Wagenrad, wie es im Burbacher Wald benutzt worden war.

„Jetzt haben wir ihn!" Lukas Stimme überschlug sich.

„Ach ja? Ich sehe nichts, was ein Beweis für seine aktuellen Taten wäre."

Plötzlich hörten sie Schritte im Stockwerk über ihnen. Ein lautes Poltern und eine Tür aufschlagen. Jemand war auf dem Weg in den Keller.

„Scheiße, was machen wir jetzt?"

Theo hielt nur den Finger vor den Mund, schaltete die Taschenlampe aus und verhielt sich ganz regungslos. Lukas tat es ihm nach.

Die Schritte kamen die Kellertreppe herunter, näherten sich unaufhaltsam. Schlurfende Geräusche begleiteten das Ganze. Dann wurde alles still. Lange, sehr lange dauerte die Stille an, bis die beiden wieder Schritte hörten, die sich entfernten. Die Kellertür wurde zugeschlagen, Gepolter drang aus dem oberen Stockwerk, bis auch dort alles still wurde. Das Aufbrausen eines Motors verriet, dass er das Haus wieder verlassen hatte.

„Scheiße! Wir haben einen Fehler gemacht", murrte Theo. „Säßen wir hier nicht im Keller fest, hätten wir ihn mit unserem Besuch aufhalten können."

„Wie lange? Bis Hugo Ehrling anruft?"

Kapitel 30

Es war dunkel geworden. Theo und Lukas saßen allein in dem großen Büro.

„Ehrling hat immer noch nicht angerufen", sprach Lukas in die Stille.

Theo schaute ihn fragend an, worauf Lukas erklärend anfügte: „Er wollte sich bei uns melden, sobald er den Durchsuchungsbeschluss hat."

„Stimmt! Was sagt uns das?"

„Er hat ihn nicht bekommen."

„Und warum nicht?", spielte Theo das Frage-Antwort-Spiel weiter.

„Weil Egon Kleist ein bedeutender Mann für Land und Leute ist. Die dürfen mehr als andere."

„Gut erkannt", lobte Theo, erhob sich und stellte sich an das große Fenster.

Verdrießlich brütete Lukas an seinem Problem weiter, bis er nach einer Weile ausrief: „Wir bleiben bei unserem Plan!"

„Seit wann so heldenhaft?" Theo staunte nicht schlecht.

„Seit ich Georg Hammers Leiche gesehen habe", erklärte Lukas. „Ich kann es einfach nicht verdrängen. So zu sterben, das übertrifft meine Vorstellungskraft. So etwas darf nicht ungestraft bleiben."

„Das sehe ich auch so. Wir müssen Ehrling den Vorschlag morgen früh so schmackhaft machen, dass er gar nicht widerstehen kann."

„Morgen ist Samstag! Bestimmt lässt er sich dann wieder den Rasen von Allensbacher düngen", brummte Lukas.

„Dann wenden wir uns direkt an diesen neuen Staatsanwalt – diesen Helmut Renske. Der Typ soll ganz okay sein."

„Klar! Der wartet gerade auf uns. Er kennt uns nicht; das Einzige, was er über uns vermutlich weiß, sind unsere zweifelhaften Heldentaten", gab Lukas zu bedenken. „Uns bleibt kein anderer Weg, als der über Kriminalrat Ehrling, wenn wir etwas erreichen wollen."

Dem konnte Theo nichts entgegensetzen.

„Egal, was Ehrling sagt, wir tun es!", insistierte Lukas weiter. „Wir haben uns schon zweimal über ihn hinweggesetzt – dann können wir das auch wieder."

„Oh du, mein Held!" Theo verbeugte sich ehrfürchtig vor seinem Kollegen. „Die gesamte saarländische Bevölkerung steht ewiglich in deiner Schuld."

„Verschwinde, bevor ich es mir anders überlege!"

„Das lasse ich mir nicht zweimal sagen!" Theo eilte auf die Tür zu. Im letzten Augenblick stoppte er. „Und wo willst du jetzt hingehen?"

„Ich bleibe hier", erklärte Lukas im Schein seiner Tischlampe.

„Das ist wohl das Beste. Hier bist du sicher."

„Ja, hier habe ich keine Angst", entgegnete Lukas standhaft.

Einen Schritt ging Theo weiter, als er sich wieder umdrehte: „Ich hoffe, du verstehst, dass ich dich nicht nach Hause mitnehmen kann."

„Klar, mach dir um mich keine Gedanken!" Lukas bemühte sich, seine Stimme stark und kräftig klingen zu lassen.

Die Tür fiel hinter Theo ins Schloss.

Das war bereits die zweite Nacht, die er mutterseelenallein an seinem Arbeitsplatz verbrachte. Nie hätte er gedacht, dass sein Büro einmal zu seiner Bleibe werden könnte. Entmutigt ließ er den Kopf auf die Schreibtischplatte sinken, gab sich ganz seinem Selbstmitleid hin.

***

Ein Krachen. Lukas drehte seinen Kopf auf der harten Unterlage. Sein Schädel schmerzte.

Das Krachen wurde lauter. Dann kam ein Schlurfen dazu.

Jetzt war er hellwach.

Erschrocken richtete er sich auf. Seine Schläfen pochten, sein Herz schlug so heftig, dass er glaubte, es müsste herausspringen. Lange lauschte er, hörte aber nichts mehr. Hatte er geträumt? Aber sein Herz wollte nicht aufhören, heftig gegen den Brustkasten zu wummern. Aufrecht saß er am Tisch, den Blick auf den Eingang gerichtet. Die Tür war verschlossen. Sein Herz beruhigte sich, Müdigkeit überfiel ihn, er sank langsam in einen unruhigen Schlaf zurück.

Wieder polterte es. Wieder erwachte er.

Das Geräusch kam näher.

Er erhob sich von seinem Tisch. In den Augenwinkeln erkannte er eine Silhouette hinter der Glasscheibe der Bürotür.

Panisch schaute er sich in dem Büro um. Es gab nur eine Möglichkeit: Im hinteren Winkel konnte er unbemerkt die Wache am Haupteingang anrufen.

Eine ruckartige Bewegung – völlig lautlos.

Geduckt schlich er an den hintersten Schreibtisch in der Hoffnung, der Gegner könne ihn dort nicht sehen. Er zog sein Handy aus der Hosentasche und wählte die Nummer des Portiers. Niemand meldete sich. Was war da los? Sein verzweifelter Blick richtete sich auf das große Fenster. Er befand sich im vierten Stockwerk. Wenn er herunter springen wollte, könnte ihn das sämtliche Knochen kosten.

Wenn er hier verharrte – noch viel mehr!

Er wählte Theos Nummer. Die Mail-Box schaltete sich ein.

Scheiße, fluchte er innerlich.

Polternd schlug die Bürotür auf.

In dem zerbrochenen Türrahmen stand eine große, schwarze Gestalt.

Vor Schreck fiel Lukas das kleine Telefon aus den Händen. Deutlich schallte eine sanfte Frauenstimme durch die Dunkelheit: „Der Teilnehmer ist zurzeit nicht erreichbar. Bitte versuchen sie es später noch einmal!“

Der Einbrecher hatte Lukas sofort lokalisiert. Er folgte der zarten Frauenstimme, die wie in einer Endlosschleife flötete:

„Der Teilnehmer ist zurzeit nicht erreichbar. Bitte versuchen sie es später noch einmal!"

Hastig sprang Lukas auf, rannte auf das Fenster zu, der einzige Ausweg. Doch der Gegner war schneller. Innerhalb von Sekunden war der Weg versperrt. Dämonisch tauchte seine Silhouette direkt vor ihm auf. Lukas musste abbremsen. Verzweifelt drehte er sich um, behielt die Tür zum Flur im Auge. Dieser Wettlauf war aussichtslos. Die Schritte folgten ihm schnell und mühelos. Er fühlte sich ohnmächtig. Gegen diesen Gegner hatte er keine Chance. Plötzlich verlor er den Boden unter den Füßen und schlug mit dem Kopf gegen eine Schreibtischkante. Der Schmerz war stechend. Mühsam rappelte er sich auf und wollte weiter flüchten, als er mit Wucht umgedreht wurde und in kleine, furchterregende Augen starrte. Obwohl der Griff seines Gegners fest war, gelang es Lukas, sich daraus zu befreien. Wie von Sinnen rannte er los, ohne zu sehen wohin. Ein heftiger Schlag folgte auf seinen Hinterkopf. Er stürzte zu Boden.

***

Lukas erwachte.

Wo war er?

Alles um ihn herum war finster, sein Körper aus Eis.

Er lag auf einem Eisengestell – Hände und Füße gefesselt. Sein Kopf dröhnte, sein rechtes Augenlid klebte fest, er konnte es kaum öffnen.

Das Wenige, was er sah, genügte.

Vor ihm stand Egon Kleist – ganz in schwarz gekleidet mit einer Maske vor den Augen.

Er hatte ein Feuer entfacht und hielt eine Eisenzange in die Flammen. Langsam zog er sie heraus und warf einen prüfenden Blick auf das rotglühende Ende, bevor er sich mit langsamen Bewegungen Lukas' Körper näherte.

Verzweifelt versuchte Lukas, sich frei zu strampeln. Es half nichts. Seine Arme und Beine waren weit ausgestreckt, er hatte keine Bewegungsfreiheit. Seine Schultergelenke schmerzten höllisch bei jeder Bewegung, ihm blieb nichts anderes übrig, als still zu liegen. Nur den Kopf konnte er anheben. Mit Schrecken sah er, dass seine Arme und Beine entblößt waren. Seine Hemdsärmel und Hosenbeine lagen zerschnitten auf seinem Rumpf.

Das glühende Eisen sank unaufhaltsam auf seinen nackten Oberschenkel nieder. Der Schmerz war unerträglich. Laut hörte er seinen eigenen Schrei, bevor er das Bewusstsein verlor.

Er erwachte.

Der Geruch von verbranntem Fleisch stach in seine Nase. Es war sein eigenes. Schon wieder wurde ihm schlecht. In welchem Albtraum war er gefangen?

Wieder blickte er in die toten Augen dieses Mannes, der sich aufs Äußerste auf seine makabere Beschäftigung konzentrierte.

„Verräter wurden im 18. Jahrhundert dazu verurteilt, vor dem Tode durch Vierteilung Folterqualen ausgesetzt zu werden. Das erhöhte den Reiz der Hinrichtung und wurde zu einem angesehenen Volksspektakel. Die Menschen fanden sich in Massen zusammen, um diesem Schauspiel beizuwohnen, das der höchsten Kultur des Zeitalters entsprach. Du wirst diese längst vergessene Kultur wieder ins Leben rufen. Das ist eine besondere Ehre, die dir zuteil wird.“ Seine Stimme klang kalt und monoton.

Das glühende Eisen sank herab auf seinen anderen Oberschenkel. Wieder riss der Schmerz ihn aus seinem Bewusstsein, beförderte ihn in die rettende Besinnungslosigkeit.

„Diese Kostbarkeit habe ich nur für dich aufgehoben. Es war mir jede Minute der mühevollen Arbeit wert. Einen einfachen Tod darfst du nicht sterben. Du hast versucht, dich mir zu entziehen. Dafür wird dir die gerechte Strafe eines Verräters zuteilwerden“, sprach er weiter. Dabei schob er Lukas’ Augenlider auseinander, um sich davon zu überzeugen, dass er noch lebte und auch bei Besinnung war.

Der Anblick, der Lukas vor Augen kam, ließ einen Schreckensschauer durch seinen Körper fahren. Kleists Augen waren vom Wahnsinn erfüllt. Freude an seinem bestialischen Werk funkelte in diesem Blick.

„Ketzern wurden mit glühenden Rundeisen, die auf die Lippen gepresst und an den Zähnen verankert waren, mit einem Schnitt die Zunge abgetrennt, damit es ihnen die Sprache verschlagen sollte. Schade, dass wir heute keine solchen Sitten mehr gebrauchen dürfen. Es wäre eine wirksame Methode, die geistesarmen Menschen zum Schweigen zu bringen. Es wird zu viel geredet, zu viel Schaden angerichtet. Du gehörst zu diesen Frevlern."

Wieder ging das glühende Eisen auf seinen Körper nieder – wieder auf den linken Oberschenkel.

Ein greller Schrei riss ihn aus einer Ohnmacht.

Der Schrei gehörte nicht zu ihm, es war der Schrei einer Frau.

„Nicht ihn!", verstand er endlich die Worte in seinem umnebelten Hirn.

War er schon im Himmel? Erlöste ihn ein Engel von seiner Pein?

„Nicht ihn. Bist du des Wahnsinns?", wiederholte die Frauenstimme. „Was tust du da?"

Nun erkannte er die Stimme, obwohl er keinen einzigen klaren Gedanken fassen konnte. Es war Julianes Stimme. Plötzlich war sie ganz nah an seinem Ohr. Lukas konnte seine Augen nicht öffnen, auch konnte er sich nicht bewegen. Vermutlich war er schon tot, nur wollte sein Gehirn es noch nicht wahrhaben. Ein Arm wurde frei und fiel unsanft auf den Boden herunter. Dann wurde der nächste Arm frei.

Was geschah mit ihm?

„Lass ihn in Ruhe!", hörte er Juliane ganz nah.

„Warum gerade ihn? Was verbindet dich mit ihm?", fragte die kalte Stimme Kleists.

„Ich liebe ihn, egal, was er getan hat. Ich liebe ihn."

Seine Beine wurden befreit. Unter größten Schmerzen bewegte Lukas seine Gliedmaßen. Alles funktionierte noch – irgendwie. Sie waren nicht zertrümmert worden. Schlagartig wurde er wach, schaute mit verquollenen Augen direkt in das besorgte Gesicht von Juliane. „Beweg dich, sonst überlegt er es sich wieder anders!"

Das ließ er sich nicht zweimal sagen. Er rollte sich von der Pritsche, schon landete er auf dem harten Boden. Seine Beine gehorchten ihm nicht. Ebenso seine Arme. Mühsam kraxelte er los, von Juliane gestützt. Sein verschwommener Blick verriet ihm, dass er sich in Kellergewölben befand. Eine schwere Tür ging auf und machte den Blick auf eine steinerne Treppe frei. Mit unkontrollierten Bewegungen hievte sich Lukas hinauf.

Draußen glaubte er zu erkennen, wo er war – vor Kleists Wohnhaus. Er richtete seinen Körper auf und wankte mit unsicheren Schritten die Außenstufen hinunter zur Straße. Nur langsam kamen sie von der Stelle.

Polizeisirenen zerrissen die Stille der Nacht. Von weitem sahen sie blinkendes Blaulicht. Es kam immer näher.

***

„Gott sei Dank! Du lebst. Ich dachte, du seist bereits zerstückelt und in alle Winde verteilt." Mit diesen Worten sprang Theo aus dem ersten Polizeiwagen und steuerte Lukas an.

„Viel hat nicht mehr gefehlt. Woher wisst ihr, was passiert ist?"

„Der Wächter im Dienstgebäude hat seine stündliche Patrouille nicht eingehalten. Daraufhin wurde der Alarm ausgelöst. Für ihn kam leider jede Hilfe zu spät."

Die Beamten des Sondereinsatzkommandos eilten die Treppenstufen hinauf. Sie umstellten das Haus. Theo rannte hinter den Kollegen her. Allensbacher watschelte, so schnell er konnte, zum Eingangsportal. In der Hand hielt er ein Megafon, durch das er mit schallender Stimme sprach.

„Egon Kleist! Hier spricht die Polizei. Wir haben Ihr Haus umstellt. Geben Sie auf und kommen Sie mit erhobenen Händen heraus."

Lukas und Juliane stiegen in den ersten Dienstwagen ein. Aus sicherer Entfernung beobachteten sie das Schauspiel.

Es wurde ein wahrhaftiges Spektakel, ganz im Sinne dieses Wahnsinnigen. Die schwarz gekleideten Sondereinsatzbeamten brachten sich in Position. Die Scharfschützen unter ihnen legten ihre Gewehre an und visierten den Eingang an. Ihre Bewegungen wirkten bestens einstudiert. Ohne ein Geräusch hatten sie in kürzester Zeit unbemerkt das ganze Haus umstellt wie eine Festung.

Plötzlich tauchte eine lichterloh brennende Gestalt auf dem Dach auf.

Es war Kleist.

Mit lauter Stimme schrie er: „Ich gehe mit dem Gleichmut eines Unschuldigen in den Tod. Nur wer ein Verbrechen begangen hat, soll Schwäche zeigen."

Wie ein Feuerball stürzte er vom Dach herunter auf die große, breite Treppe vor dem Haus.

Begleitet wurde der Sturz von einem lauten, nervenzerreißenden Todesschrei.

***

Lukas saß am Fenster des Großraumbüros und schaute hinaus in die Morgendämmerung. Nebelschleier zogen sich wie ein grauer Mantel über die Häuser der noch schlafenden Stadt. Regentropfen fielen lautlos herab, benetzten die Fensterscheibe.

Juliane saß an seinem Schreibtisch, den Kopf auf die verschränkten Arme gelegt. Sie war eingeschlafen. Lukas gönnte ihr den Schlaf, den er nicht gefunden hatte. Seine Schmerzen hielten ihn wach. Sein Blick glitt hinunter zum Haupteingang des Gebäudes. Dort stand ein Krankenwagen mit blinkendem Blaulicht. Dieser Wagen war für ihn bestimmt, aber er wollte die Ankunft der Kollegen abwarten, um sich alle Einzelheiten berichten zu lassen. In Wolldecken gehüllt, die ihn vor seiner inneren Kälte schützen sollten, saß er da und beobachtete die Menschen, die den neuen Tag antraten – einen Tag, den er nicht mehr erleben sollte. Es grenzte an ein Wunder, dass er dieser schauerlichen Szene entkommen war. Sein Leben verdankte er Juliane! Welch eine Ironie des Schicksals. Seufzend drehte er den Bürostuhl herum und ließ seinen Blick auf der zierlichen Gestalt ruhen, die da an seinem Schreibtisch saß und schlief. Wer war diese Frau wirklich? Seit den letzten Stunden hatte diese Frage erneut Gestalt angenommen. Er musste es wissen, vorher würde er keine Ruhe finden.

Leben kam ins Dienstgebäude.

Die Kollegen kehrten zurück.

Lukas weckte Juliane. Mit bleichem Gesicht und verschlafenen Augen schaute sie ihn an. Zu überlegen, wo sie war, brauchte sie nicht. In Sekundenschnelle war sie hellwach. Ebenso gespannt wie er erwartete sie die Neuigkeiten.

Theo wirkte angespannt, als er sich an seinen Schreibtisch setzte. Seine Gesichtsfarbe war so grau, wie Lukas es noch nie an ihm gesehen hatte.

„Was ist los?", fragte Lukas ungeduldig, während er die Wolldecken noch fester um sich schlang.

„Du gehörst ins Krankenhaus. Der Arzt hat gesagt, du weigerst dich. Was soll das?", fragte Theo unwirsch zurück.

„Ich will wissen, wie es weiterging."

„Es war unerfreulich. Egon Kleist hat doch tatsächlich die Verbrennungen überstanden. Er liegt jetzt im Winterberg-Krankenhaus, hängt an Beatmungsmaschinen."

„Das ist doch genau das, was er immer wollte: Den Tod nicht sofort herbeiführen, damit das Opfer Gelegenheit hat, seine letzten Stunden zu genießen." Lukas schnaubte verächtlich.

„Bei Bewusstsein ist dieses verkohlte Menschenwrack nicht mehr. Er wird auch nicht mehr zu Bewusstsein kommen. Die vielen Geräte, an die er angeschlossen ist, sind reine Verschwendung. Sie schieben den Moment des Sterbens nur hinaus."

„Ist es so schlimm?", fragte Juliane.

Müde nickte Theo.

Aufgeregtes Geplapper erfüllte den Raum. Niemand war in der Lage, die Eindrücke der letzten Stunden einfach für sich zu behalten. Aus dem Büro wurde der reinste Jahrmarkt.

„Das ist genau das, was Kleist erreichen wollte: Sein Tod wird zu einem Spektakel." Lukas schaute sich um. Mit Entsetzen stellte er fest, dass sich die Kollegen mit ihren Erlebnissen brüsteten.

„Was ist mit dem Wächter passiert?"

„Er wurde an seinen Füßen aufgehängt", antwortete Theo. „Dabei waren seine Hände auf den Rücken gebunden und sein Kopf hing in einer mit Wasser gefüllten Toilettenschüssel."

Entsetzt schrie Juliane auf. Laut schluchzend lehnte sie ihren Kopf an Lukas' schmerzende Schulter. Es kostete Lukas große Überwindung, sie nicht wegzudrücken, da er jede ihrer Bewegungen allzu schmerzlich spürte. Krampfhaft biss er die Zähne zusammen.

„Wussten Sie, was Ihr Vater tat?", fragte Theo.

Heftig schüttelte sie den Kopf und meinte: „Um Gottes Willen, nein! So etwas hätte ich niemals ertragen können."

„Er tat das alles nur Ihretwegen. Hatte er denn einen Grund gehabt, Sie zu beschützen?"

„Ich habe ihm dazu keinen Anlass gegeben."

Theo nickte nur und fügte nach einigem Zögern an: „Voggenreiter und Hecht hatte er bestraft, weil sie Ihnen wehgetan hatten. Ebenso Ihren Mann Udo. Und Böhme, er hatte es zumindest versucht. Aber was war mit Robert Waltz und Georg Hammer. Was hatten die Ihnen angetan?"

„Ich weiß es nicht!" Juliane weinte.

„Wussten die beiden Männer etwas, womit sie Ihnen hätten schaden können?", bohrte Theo weiter.

„Wenn dem so war, weiß es nur mein Vater. Ich weiß es jedenfalls nicht."

Lukas ermahnte Theo: „Lass sie in Ruhe! Du siehst doch, in welcher Verfassung sie ist."

Zu seiner eigenen Überraschung nickte Theo. „Der Fall ist abgeschlossen. Und du kommst umgehend ins Krankenhaus oder ich helfe persönlich nach."

Kapitel 31

Er fühlte sich noch erschlagener, als er erwachte. Albträume hatten seinen Schlaf begleitet. Es war taghell, der Himmel düster und grau. Das Wenige, was Lukas von seinem Bett aus erkannte, war stürmisches, regnerisches Wetter. Der Sommer war wohl vorbei. Aber egal. Das war ideal, um im Bett zu bleiben. Beim ersten Versuch, die Arme zu bewegen, schrie er auf vor Schmerzen. Da zog er es vor, still zu liegen.

Eine Krankenschwester eilte mit einem besorgten Gesicht ins Zimmer und fragte, ob alles in Ordnung sei.

„Warum schmerzen meine Schultergelenke so entsetzlich?"

„Ihre Gelenke waren über einen längeren Zeitraum in einem ausgekugelten Zustand. Dadurch sind sämtliche Muskeln, Sehnen und Bänder überdehnt und eine mächtige Entzündung ist in der Gelenkkapsel entstanden. Aber sie haben Glück, es sind keine bleibenden Schäden entstanden. Es wird einfach nur lange dauern."

Dann verließ sie das Zimmer wieder.

Das Alleinsein tat ihm gut.

Mit geschlossenen Augen ließ er die Erlebnisse der letzten Tage Revue passieren. Dabei stellte er fest, dass er in einer Woche mehr erlebt hatte als manch ein Mensch in einem ganzen Leben. Der Gedanke ermutigte ihn sogar.

Die Tür ging auf.

Juliane kam herein. Sie trug eine Jeanshose, einen weiten, unförmigen Pullover und bequeme Schuhe. Der Anblick war ungewöhnlich und doch empfand Lukas ihn schön. Ihr blasses Gesicht wirkte krank und zart. Ihre unbändigen, kastanienbraunen Locken waren gezähmt zu einem Pferdeschwanz zurückgebunden. Auf dem Stuhl neben seinem Bett ließ sie sich nieder und schaute Lukas an. Es dauerte lange, bis sie endlich zu sprechen begann: „Ich will dir die ganze Geschichte erzählen. Du sollst es wissen und dann entscheiden, was du tust."

„Heißt das, dass ich noch nicht alles weiß?"

Juliane nickte. „Es wird lange dauern."

„Macht nichts. Ich habe Zeit", munterte Lukas auf.

„Ich lernte meinen richtigen Vater kennen, da ging ich gerade zur Schule", schallte ihre zarte Stimme durch das Krankenzimmer. „Er kam immer überraschend, brachte mir Geschenke oder spielte irgendwelche Spiele mit mir, bis er mein Vertrauen gewonnen hatte. Als er mir sagte, wer er war, war ich viel zu erstaunt, um an seinen Worten zu zweifeln. Als ich Jahre später meine Mutter nach ihm fragte, bestätigte sie mir alles, was ich von dem Fremden erfahren hatte. Er war also wirklich mein Vater und ich war glücklich, dass meine Wurzeln nicht aus dieser verkorksten Familie stammten. Es wurde eine schöne Zeit, denn jede freie Minute, die er erübrigen konnte, verbrachten wir zusammen. Er schwor mir damals – als ich noch ein Kind war – er würde mich immer beschützen. Diese Worte hatten mich beeindruckt, weil ich in meiner Familie nichts wert war. Dort interessierte es niemanden, wo ich war, Hauptsache, wir kosteten kein Geld." Sie schnaubte. „Als Markus Voggenreiter versucht hatte, mich zu vergewaltigen, begannen die mysteriösen Ereignisse. Ich war damals vierzehn. Es war schrecklich. Er fiel über mich her, hielt mir ein Messer an die Kehle. Damit zwang er mich, mich auszuziehen. Plötzlich tauchte aus der Dunkelheit ein Schatten auf. Markus wurde in die Luft gehoben. Er schrie entsetzlich. Dann war er verschwunden. Ich sah ihn nie wieder – fand das auch gut so. Warum darüber nachdenken?

Einige Jahre später lernte ich Thomas Hecht kennen. Ich wurde schwanger von ihm. Kaum erfuhr er davon, spuckte er mir ins Gesicht und meinte, mit dieser Methode könnte ich ihn bestimmt nicht festhalten. Da müsste mir schon etwas Besseres einfallen. Ich war verzweifelt und sah keine andere Möglichkeit, als abzutreiben. Ein Kind in meiner verkommenen Familie aufzuziehen – das kam für mich nicht infrage. Als ich von dem Eingriff zurückkam, war Thomas spurlos verschwunden. Ich sah ihn nie wieder." Sie atmete tief durch, bevor sie weitersprach: „Zwei Jahre später lernte ich Udo Pfeiffer kennen. Er hatte eine Familie ausgesucht, die für seine Publicity geeignet war. Das waren wir. Er stiftete uns ein großes Haus am Rande der Folsterhöhe. Bei der Übergabe waren Presse, Fotografen und jede Menge angesehene Leute der Stadt Saarbrücken anwesend. Seine gute Tat sollte Schlagzeilen machen. Bei der Begegnung verliebten wir uns."

Schon wieder spürte Lukas einen schmerzhaften Stich ins Herz. Es war idiotisch, das wusste er – konnte aber nichts dagegen tun.

„Udo nahm mich mit in sein feudales Haus, führte mich in seine Gesellschaft ein. Meine Mutter war entrüstet. Mit allen Mitteln versuchte sie, Udo und mich auseinander zu bringen, was ihr natürlich nicht gelang. Wir waren verliebt. Kurze Zeit später wurde ich wieder schwanger. Das nahm Udo zum Anlass, mir einen Heiratsantrag zu stellen. Ich schwebte auf einer Wolke. Meine Zukunft sah wundervoll aus. Der Hochzeitstermin stand bereits fest, die Vorbereitungen liefen schon, als meine Mutter mich besuchte. Sie war stocknüchtern. Sie sprach so sachlich, wie noch nie in ihrem Leben. Sie bekniete mich regelrecht, Udo nicht zu heiraten, bis ich sie nach dem Grund fragte. Da zog sie ein Papier heraus."

Sie schnappte nach Luft und ließ einige Sekunden verstreichen, bis Lukas fragte: „Was für ein Papier?"

„Es war eine Geburtsurkunde von Udo Pfeiffer – eine andere als die, die ich von ihm kannte."

Lukas schaute Juliane erstaunt an.

„Auf dem Papier stand, dass Udo Pfeiffer das Kind einer anderen Frau war. Sein Vater, Hugo Pfeiffer, hatte vor 39 Jahren Ida Ruffing, die Schwester meiner Mutter, als Haushälterin beschäftigt und sie eines Nachts vergewaltigt. Das Ergebnis war Udo. Direkt nach der Geburt gab Ida das Kind an Hugo, weil er nach Angaben meiner Mutter darauf bestanden hatte. Als gemeinsames Kind mit seiner Ehefrau zog er den Jungen groß."

„Du willst mir damit sagen, dass Udo dein Cousin war?“, staunte Lukas.

Juliane nickte.

„Und du hast es gewusst, bevor ihr geheiratet habt?“

Wieder nickte sie.

„Aber warum in Gottes Namen bist du eine solche Ehe eingegangen?“

„Ich hatte eine Chance, aus dem Milieu herauszukommen, wie es sie im Leben nur einmal gibt. Dafür war ich zu allem bereit.“

Nun begann es Lukas allmählich zu dämmern, warum Udo die Ehe annullieren lassen wollte. Auch erklärte das den Zustand des einzigen Kindes, das die beiden hatten.

„Wie kam es heraus, wer Udo wirklich war?“, fragte er.

„Ich hatte die echte Geburtsurkunde, mit der meine Mutter mich warnen wollte, in ein Schließfach in der Bank gesperrt. Dort wollte ich sie in Vergessenheit geraten lassen. Jahrelang ging es gut, bis eines Tages ein Brief von der Bank nach Hause kam, in dem nachgefragt wurde, ob immer noch Interesse an dem Schließfach bestünde. Dieser Brief geriet an Udo. Neugierig, wie er war, suchte er den dazu passenden Schlüssel, was für ihn kein Problem darstellte. So erfuhr er, dass unsere Ehe ungültig war.“

„Das war also der Auslöser für seine Wut, als er über dich herfiel?“

„Ja, das war dieses *es*, wonach ihr so verzweifelt gesucht habt.“

„Hatte dein Vater von alledem gewusst?“

„Er wusste alles von mir. Vor ihm hatte ich keine Geheimnisse.“

„Georg Hammer und Robert Waltz? Wussten die es auch?“

„Ja. Georg und ich sind beide auf der Folsterhöhe aufgewachsen. Seine Mutter war eine gute Freundin meiner Tante. Ida hatte es Georg Hammers Mutter erzählt.“

„Aber, warum kam Georg erst jetzt damit zu dir?“ Lukas Hirn qualmte.

„Als er das Haus über die Immobilienfirma Pfeiffer gekauft hatte, wusste er nicht, wer Udos Frau war. Mit dem Namen Pfeiffer konnte er nichts anfangen. Erst als er mich bei einer Pressekonferenz sah, war ihm alles klar. Die alte Geschichte war für ihn eine willkommene Gelegenheit, mich zu erpressen."

„Nachdem Udo tot war?"

„Nein! Es begann nur wenige Tage vor Franzi Waltz' Selbstmord."

„Was wollte Georg Hammer von dir?"

„Er war verbittert, nach dem, was Udo ihm und seiner Frau angetan hatte. Er wandte sich an mich, weil er befürchtete, von Udo nicht das zu bekommen, was er wollte."

„Und was war das?"

„Geld. Und verräterische Unterlagen über seine Frau Miriam."

„Und ausgerechnet ihm wolltest du helfen zu entkommen?" Lukas dachte dabei an das Lager in Julianes Kellerräumen.

„Zu dem Zeitpunkt war ich zu allem entschlossen. Mit meiner Hilfsbereitschaft wollte ich den Verdacht auf Georg Hammer lenken, was mir fast gelungen wäre."

„Du wusstest also, wer hinter den grausamen Hinrichtungen steckte?"

„Ich ahnte es."

„Und wie passt Robert Waltz in dieses Durcheinander?"

„Georg Hammer hatte Robert Waltz die Wahrheit über Udo und mich erzählt."

„Wann war das?"

„Alles zur gleichen Zeit."

„Also vor dem Fenstersturz?"

„Ja, warum?"

„Ich weiß immer noch nicht, warum Franzi Waltz das getan hat?", gestand Lukas.

Juliane lachte. „Ihr Mann hatte kriminelle Pläne. Sie gab sich selbst die Schuld daran."

Wieder ein Kapitel geklärt. Lukas erkannte, dass Theos und

seine Ermittlungen von ihren gegenseitigen Beschuldigungen blockiert waren – sonst wären sie vielleicht selbst dahinter gekommen.

„An dem Abend, als wir beide zum ersten Mal verabredet waren, stand Robert Waltz kurz vor deinem Besuch an meiner Tür und drohte mir, mit der Wahrheit herauszurücken, wenn ich nicht sämtliches Beweismaterial über ihn verschwinden ließe. Geld wollte er auch. Er stand im Verdacht, seine Frau aus dem Fenster gestoßen zu haben. Er wollte ins Ausland fliehen. Wir stritten uns heftig, es kam sogar zu Tätlichkeiten. Da entdeckte er durch einen dämlichen Zufall den Schlüssel zum Schließfach, den Udo unachtsam auf den Tisch in der Diele gelegt hatte", erzählte Juliane weiter.

Der verätzte Schlüssel, dämmerte es Lukas. Endlich fügte sich alles zu einem Ganzen.

„Den steckte Waltz ein und verschwand. Vor der Haustür sah ich, wie er von einem Mann aufgegriffen wurde, der sich als Polizist ausgab."

„Böhme", fügte Lukas ein. „Er gab sich nicht nur als Polizist aus, er war einer."

„Als Böhme zurückkam, hatte er alles aus Waltz herausgequetscht. Er wollte sich an mir bedienen. Ich hatte Glück, dass ihr beide noch mal zurückgekommen seid."

„Dein Vater hat also diese drei Menschen sterben lassen, weil sie etwas wussten, womit sie dir schaden konnten?"

Juliane nickte. Mit eingezogenen Schultern saß sie da und schaute Lukas an.

„Und Theresa Acantelari?"

„Sie wusste, dass Udos Vater seine Haushaltshilfe vergewaltigt hatte. Folglich wusste sie auch, wer Udos wirkliche Mutter war. Udos Vater hatte sie eingestellt, damit sie ihren Mund hielt. Das funktionierte jahrelang, bis ich in die Familie kam. Theresa konnte mich noch nie leiden. Nach Udos Tod befürchtete ich, dass sie alles verraten wollte."

„Deshalb hast du sie nach Italien zurückgeschickt?"

„Ja, aber das war nicht der Grund allein. Es dauerte eine Weile, bis ich eine Vorstellung davon bekam, wer hinter den mysteriösen Todesfällen steckte. Einen Vorwurf konnte ich meinem Vater nicht machen. Er tat es aus Liebe zu mir. Damals, als ich ein Kind war, hatte er mir versprochen, dass er mich immer beschützen wird. Ich hatte es nie ernst genommen – was wohl ein Fehler war." Juliane lachte freudlos. „Als Theresa mir eines Tages im Streit an den Kopf warf, was sie alles über unsere Vergangenheit wusste, bekam ich Angst um sie. Deshalb bot ich ihr an, ihr das monatliche Gehalt als Haushälterin auch weiterhin nach Sizilien zu überweisen. Das Angebot war so verlockend, dass sie nicht widerstehen konnte. Das erklärt die freundliche Karte."

Inzwischen war es dunkel geworden, aber Juliane machte immer noch nicht den Eindruck, als habe sie alles erzählt. Erschöpft erhob sie sich von ihrem Platz und ging einige Schritte auf und ab. Nach einer Weile ließ sie sich wieder auf den Stuhl sinken.

„In der Nacht als Udo umkam, war ich zu Hause."

Vor Schreck hielt Lukas den Atem an.

„Es war gerade erst einen Tag her, dass er mich so gedemütigt und mir die Annullierung unserer Ehe angedroht hatte. Ich wusste, was auf dem Spiel stand, wenn er das wirklich tat. Im Falle einer Annullierung wäre ich leer ausgegangen. Das wollte ich mit allen Mitteln vermeiden. Schließlich wollte ich meinen Lebensstandard nicht mehr aufgeben. Als ich nach Hause kam, bemerkte ich, dass er Alkohol getrunken hatte. Das machte es mir leichter. Ich verführte ihn, wie auf der Videokassette zu sehen ist, fesselte ihn am Kopfende des Bettes. Dieses Liebesspiel mochte er besonders. Ich dachte mir, wenn ich ihn bei Laune halte und seinen Forderungen nachkomme, überlegt er es sich vielleicht anders. Aber ich hatte mich getäuscht. Kaum hatte er seinen Höhepunkt, was unter den Umständen nicht lange dauerte, verfiel er in seine alte Laune und beschimpfte mich eine Hure und was sonst noch alles. Ich würde mir nur die Mühe machen, weil ich die Annullierung verhindern wollte. Als er diese hässlichen Dinge aussprach, war er immer noch mit den Handschellen ans Bett gefesselt. Das war dumm von ihm. Er hätte warten sollen, bis ich ihn befreit habe."

Julianes Grinsen wurde boshaft. Lukas bekam Gänsehaut.

„Er verlangte doch tatsächlich, dass ich ihn losbinde. Ich versprach ihm, ihn solange ans Bett gefesselt zu lassen, bis er einsichtig würde. Udo blieb stur. Mir wurde es zu blöd. Ich ging fort. Viel zu groß war meine Wut. Sollte er doch zappeln. Während ich um den Block spazierte, fühlte ich mich nicht wohl bei dem Gedanken, ihn einfach gefesselt zurückzulassen. Also kehrte ich um. Kaum betrat ich das Haus, da klingelte das Telefon. Peter Meyer, sein Geschäftskollege war am Apparat. Ich wimmelte ihn unfreundlich ab und ging nach oben. Den Rest weißt du."

„Und du wusstest, wer es getan hat?"

„Zu diesem Zeitpunkt noch nicht. Erst im Laufe deiner Ermittlungen dämmerte es mir. Meinem Vater hatte ich erzählt, dass Udo über seine Herkunft Bescheid wusste."

„Aber du hättest deinen Vater niemals angezeigt, nicht wahr?"

„Niemals. Er ist doch mein Vater!"

„Welche Rolle habe ich in dem grausamen Spiel gespielt?"

„Mein Vater war zufällig Zeuge unserer Unterhaltung, als du damit begonnen hast, mich zu verdächtigen."

„Soll das heißen, er befand sich im gleichen Haus?" Lukas' Adrenalinspiegel stieg schlagartig an.

„Ja. Er hatte alles mit angehört. Er sah in dir eine ernste Bedrohung." Juliane seufzte. „Der Gedanke kam mir erst, als ich letzte Nacht vergeblich versucht habe, dich anzurufen. Sofort war mir alles klar. Ich handelte, so schnell ich konnte."

Im Krankenzimmer war es inzwischen stockfinster.

Lukas schaltete eine kleine Nachttischbeleuchtung ein.

Juliane wirkte gespenstisch in dem schwachen Licht. Ihre Wangen waren eingefallen, die Augen lagen in tiefen Höhlen.

„Warum erzählst du mir das alles?"

Zuerst reagierte Juliane nicht. Er befürchtete, sie hätte ihn nicht gehört. Doch dann meinte sie: „Das, was ich im Keller meines Vaters gesagt habe, als du auf das Foltergerät gespannt warst, meinte ich ernst."

Lukas' Herz machte einen Sprung.

„Und ich will, dass du mich so liebst, wie ich wirklich bin. All die Jahre hatte ich ein falsches Spiel getrieben, um meine Position halten zu können. Und als es aussah, als sollte die Fassade, auf der mein ganzes Leben aufgebaut war, zerbrechen, kostete es mich alle Kraft, die ich hatte, nicht die Nerven zu verlieren. Jetzt, da alles vorbei ist, fühle ich mich am Ende. So will ich nicht weiterleben. Ich will einfach nur ich selbst sein."

„Und wie bist du?"

„Ich bin eine ganz normale Frau mit ganz normalen Wünschen."

„Und dazu noch sehr reich."

„Das kommt darauf an", reagierte sie geheimnisvoll.

„Worauf?"

„Wie du dich entscheidest. Ich überlasse es dir, was du mit den Informationen machst."

Epilog

Er fühlte sich heiter, als er erwachte.

Die Bewegungseinschränkungen in seinen Schultergelenken machten ihm nichts aus. Auch die Schmerzen nach den Eingriffen an den Oberschenkeln störten ihn nicht. Seine Stimmung war euphorisch. Die Sonne schien hell und freundlich durch das große Fenster. Sie gab dem Krankenzimmer etwas Behagliches.

Das Frühstück wurde serviert.

Bei dem Anblick von Frühstücksei, warmem Toast, Schinken, Käse, Butter und Honig spürte er, wie lange er nichts gegessen hatte. Mit Heißhunger machte er sich daran.

Juliane betrat das Zimmer.

Sie setzte sich zu ihm auf das Bett. Erst als sie ihre Hand nach seinem Schinkenbrot ausstreckte, nahm er sie wahr. Belustigt über seinen erstaunten Gesichtsausdruck fragte sie: „Welche Strafe bekomme ich, wenn ich dir die Scheibe Brot einfach wegnehme?"

Lukas grinste. Er tat so, als müsste er zuerst darüber nachdenken, bis er antwortete: „Lebenslänglich!"

Vergnügt lachend schnappte sie sich das Brot und hielt es ihm so vor die Nase, dass er es nicht erreichen konnte.

„Lebenslänglich?", wiederholte sie.

„Oh ja! Jetzt musst du zusehen, wie du ein Leben lang mit mir auskommst!"

ENDE